L'ESCALIER DU DIABLE

DU MÊME AUTEUR

La Chambre des murmures, L'Archipel, 2019 ; Archipoche, 2020.
Dark Web, L'Archipel, 2018 ; Archipoche, 2019.
Un soir de cauchemar, JC Lattès, 2013.
Un type bien, JC Lattès, 2012.
Le Mari, JC Lattès, 2011 ; Le Livre de Poche, 2012.
L'Ami Odd Thomas, JC Lattès, 2010 ; Le Livre de Poche, 2012.
Le choix vous appartient, JC Lattès, 2009 ; Le Livre de Poche, 2011.
Jour fatal, JC Lattès, 2008 ; Le Livre de Poche, 2010.
Frankenstein. III. *Le Combat final*, Le Livre de Poche, 2008.
Frankenstein. II. *La Cité de la nuit*, Le Livre de Poche, 2008.
Frankenstein. I. Le Fils prodigue, Le Livre de Poche, 2007.
L'Étrange Odd Thomas, JC Lattès, 2007 ; Le Livre de Poche, 2009.
Le Visage de l'ange, JC Lattès, 2006 ; Le Livre de Poche, 2008.
Au clair de la lune, JC Lattès, 2004 ; Le Livre de Poche, 2007.
La Dernière Porte, JC Lattès, 2003 ; Le Livre de Poche, 2005.
Une porte sur l'hiver, Fleuve noir, 2003.
Regard oblique, Robert Laffont, 2002 ; Pocket, 2004.
Feux d'ombre, Pocket, 2001.
Mémoire truquée, Robert Laffont, 2000 ; Pocket, 2001.
Jusqu'au bout de la nuit, Robert Laffont, 2000.

(Suite en fin d'ouvrage)

DEAN KOONTZ

L'ESCALIER DU DIABLE

traduit de l'américain
par Sebastian Danchin

ARCHIPOCHE

Ce livre a été publié sous le titre
The Crooked Staircase
par Bantam, New York, 2018.

Notre catalogue est consultable à l'adresse suivante :
www.editionsarchipoche.com

Éditions Archipoche
34, rue des Bourdonnais
75001 Paris

ISBN 978-2-3773-5899-1

PREMIÈRE PARTIE

EN CAVALE

1

En ce soir de mars, alors qu'une pluie battante noyait la ville, Sarah Holdsteck quitta les locaux de l'agence immobilière Paradis à 19 heures. Elle tenait un attaché-case de la main gauche et son sac, accroché en bandoulière du même côté, était ouvert afin que sa main droite y puise l'arme qu'il contenait à la moindre alerte. Elle prit place dans un Ford Explorer, repoussa en arrière la capuche de son imperméable et rentra chez elle en empruntant un réseau dense de rues sinistres. Depuis deux ans, elle avait l'impression de s'enfoncer lentement dans un abîme sans fond. De l'autre côté du pare-brise, la pluie poignardait la nuit de ses dards argentés. Il suffisait qu'un véhicule la suive sur quelques centaines de mètres pour éveiller ses soupçons.

Le Springfield Armory Champion de calibre .45 se trouvait à portée de main dans son sac ouvert, posé à côté d'elle près de l'attaché-case. Une arme puissante, capable de la protéger de n'importe quel assaillant, dont elle avait passé des heures à maîtriser le recul au club de tir.

À l'époque où elle vivait dans un lotissement résidentiel gardé, elle habitait une villa de plus de mille mètres carrés surplombant les eaux du Pacifique. Son logement actuel était quatre fois plus petit, les remboursements lui coûtaient les yeux de la tête et elle n'avait ni gardiennage, ni vue. Après des débuts modestes, Sarah s'était trouvée à l'âge de quarante ans à la tête d'une jolie fortune gagnée sur le marché immobilier californien avant de tout perdre deux ans plus tard.

À quarante-quatre ans, sans nier son amertume, elle était reconnaissante au destin de ne pas l'avoir laissée sans le sou. Elle disposait même d'un petit capital qui devait lui permettre de remonter la pente. Cette fois, elle éviterait de commettre l'erreur qui avait causé sa perte. Elle ne se remarierait jamais.

Les bouches d'égout débordaient dans sa rue, formant çà et là des poches d'eau que le 4x4 traversait dans un jaillissement. Elle ralentit et s'engagea dans l'allée de sa maison. Plusieurs pièces étaient éclairées grâce à un système élaboré conçu pour donner l'impression que la maison était occupée pendant son absence. Elle actionna la porte du garage à l'aide de la télécommande et glissa la main dans son sac pendant que le volet roulant se relevait. La pluie qui tambourinait sur la tôle se calma à mesure que le Ford pénétrait dans le garage. Le bip électronique de l'alarme fit naître en elle un sentiment de sécurité qu'elle n'avait pas ressenti depuis son départ de la maison ce matin-là.

Sans couper le moteur, le verrouillage des portes toujours activé, le pied gauche enfoncé sur la pédale de frein, elle enclencha la marche arrière et fit redescendre le volet roulant à l'aide de la télécommande tout en surveillant ses arrières dans les rétroviseurs latéraux. Si d'aventure quelqu'un avait tenté de se glisser sous le volet, le détecteur de présence se serait déclenché et la porte serait automatiquement remontée. Il lui aurait alors suffi de lâcher la pédale de frein, d'appuyer sur l'accélérateur, et de sortir en trombe du garage en marche arrière.

Avec un peu de chance, elle aurait même écrasé le salopard qui aurait voulu la coincer.

La barre du volet s'arrêta sur le sol en béton dans un bruit sourd. Elle était seule dans le garage.

Elle tira le frein à main, coupa le contact et descendit du véhicule dont la carrosserie s'égouttait lentement, le moteur poussant des soupirs métalliques en refroidissant.

Elle déverrouilla la porte reliant le garage à la maison, pénétra dans la buanderie et composa sur un clavier le code à quatre chiffres permettant de neutraliser l'alarme. Elle la remit aussitôt en mode «habité», ce qui eut pour effet de réactiver les sondes des portes et des fenêtres tout en laissant inactifs les détecteurs de mouvement.

Elle accrocha son imperméable à une patère au pied de laquelle une mare se forma aussitôt. Son sac accroché à l'épaule gauche, la main droite serrée autour de la poignée de l'attaché-case, elle ouvrit la porte de la cuisine où elle fut accueillie par une odeur de café.

Une silhouette, armée d'un pistolet muni d'un silencieux, se tenait derrière la petite table sur laquelle étaient posés un mug fumant et l'exemplaire du jour du *Los Angeles Times* à la une duquel s'étalait en gros caractères:

JANE HAWK INCULPÉE D'ESPIONNAGE,
DE TRAHISON ET DE MEURTRE

Sarah se pétrifia en constatant que la silhouette était celle d'une femme.

Pas encore trente ans, de longs cheveux noirs séparés par une raie et sagement rangés derrière l'oreille, des yeux aussi sombres que l'ouverture du canon du pistolet, pas une trace de maquillage, des lunettes à monture métallique, un blouson de couleur noire, une chemise blanche, un jean noir, une mine grave sur des traits parfaitement dessinés. Un portrait revisité de la Mort.

— Je ne vous ferai aucun mal, déclara l'intruse. J'ai uniquement besoin d'informations, veuillez d'abord poser votre sac sur le plan de travail et ne pas tenter de saisir votre arme.

Tout en sachant qu'il était vain d'espérer duper son interlocutrice, Sarah ne put s'empêcher de mentir.

— Je ne suis pas armée.

L'inconnue secoua la tête.

— Vous avez acheté un Springfield Armory Champion il y a deux ans, équipé de toutes les options. Vous avez fait régler spécialement la résistance de la détente et fait limer toutes les aspérités de la crosse pour que l'arme sorte de votre sac plus librement. Je ne doute pas que vous ayez passé des heures dans un club de tir puisque vous avez demandé, et obtenu, un permis de port d'arme.

Sarah posa son sac sur le plan de travail.

— L'attaché-case également, lui ordonna l'inconnue. Je vous déconseille d'essayer de me le jeter à la figure.

Sarah s'exécuta tout en coulant un regard en direction du tiroir dans lequel elle rangeait ses couteaux de cuisine.

— À moins d'être championne du lancer de couteau, ajouta l'inconnue, vous n'aurez pas le temps. Vous ne m'avez pas entendue vous dire que je ne vous voulais aucun mal ?

— Si, mais je ne vous crois pas.

L'intruse l'observa longuement avant de reprendre la parole.

— Si vous êtes la femme intelligente que je crois, vous finirez par m'accorder votre confiance. Sinon, ça pourrait tourner inutilement au vinaigre. Asseyez-vous.

— Et si je quittais la pièce ?

— Je serais obligée de revenir sur ma promesse, et vous ne pourriez vous en prendre qu'à vous-même.

Le visage de l'inconnue trahissait des origines celtes aussi sûrement que si elle s'était trouvée en Écosse ou en Irlande, mais ses yeux aux iris d'un noir aussi intense que les pupilles offraient un contraste surprenant. On aurait pu croire qu'il s'agissait d'un masque.

Sarah, qui s'était pourtant promis de ne plus jamais céder à l'intimidation, finit par obéir après avoir affronté du regard son étrange visiteuse.

2

Le calme succomba soudain sous les assauts de rafales qui plaquèrent la pluie contre les fenêtres.

Jane Hawk s'assit de l'autre côté de la table, face à sa prisonnière, et posa devant elle son Heckler & Koch .45. Les traits de Sarah Holdsteck accusaient une lassitude immense, ce qui n'avait rien de surprenant au regard des épreuves qu'elle avait traversées depuis deux ans. On la sentait lasse, mais pas abattue, un état que Jane connaissait bien elle-même.

— Ce Springfield est une belle arme, Sarah, mais vous avez tort de la garder dans votre sac. Le mieux serait de vous habiller différemment et de dissimuler le pistolet sous une veste, dans un holster.

— Je déteste les armes à feu. Je me suis fait violence quand j'en ai acheté une.

— Je comprends, mais procurez-vous tout de même un étui d'épaule. Et méfiez-vous de votre système de sécurité.

Une bourrasque fit trembler les carreaux et Sarah sursauta. Elle posa sur la fenêtre des yeux inquiets, comme si l'orage allait faire jaillir des silhouettes inhumaines derrière.

— Me méfier de mon système de sécurité ? Que voulez-vous dire ?

— Savez-vous que toutes les compagnies spécialisées d'une même région ont recours à un PC sécurité commun ?

— Je pensais que chaque compagnie avait le sien.

— Non, et certaines agences gouvernementales possèdent des accès secrets, et illégaux, à tous les PC sécurité du pays.

— À l'insu des boîtes qui proposent des alarmes, vous voulez dire ?

— Oui. C'est de cette façon que j'ai pu accéder à votre compte, découvrir le détail de votre système de protection et de vos codes, et savoir où se trouvait la batterie de secours en cas de coupure de courant.

— Je déteste les agences gouvernementales, réagit Sarah d'un air buté. À laquelle appartenez-vous ?

— À aucune, désormais. Sarah, n'utilisez jamais le code fourni par l'installateur de votre système d'alarme. Programmez-le vous-même, même si l'opération est compliquée. J'ai découvert le code dans les archives de la société concernée.

Sarah se tassa sur sa chaise sous le poids du reproche que lui adressait Jane.

— Je vis sur le qui-vive depuis longtemps, mais je ne prétends pas être parfaite.

— Personne ne vous demande d'être parfaite, seuls les fous paranoïaques le sont, mais vous pouvez vous montrer plus vigilante.

— Je me demande parfois si je ne suis pas *déjà* à moitié folle, à force de vivre de cette façon.

— Au fond de vous-même, vous savez qu'*il* peut décider à tout moment de vous éliminer.

Le regard de Sarah se perdit une nouvelle fois du côté des fenêtres.

— Vous préférez baisser les stores ? lui demanda Jane.

— Je le fais toujours quand il fait nuit.

— Allez-y, et revenez vous asseoir.

Sarah obtempéra.

— Je me suis introduite chez vous à l'aide d'un pistolet crocheteur, reprit Jane. Les forces de police sont théoriquement les seules à posséder ce genre d'outil. J'ai désactivé l'alarme générale avec votre code, je l'ai remise en mode « habité », et je vous ai attendue.

— Je veillerai à changer mon code, mais qui êtes-vous ?

Jane ne répondit pas à la question.

— Vous vendiez des biens immobiliers de luxe avec succès, aucun de vos clients ne s'était jamais plaint, et puis d'un seul coup, en l'espace de quinze jours, on engage contre vous des poursuites pour activités frauduleuses dans trois dossiers différents.

— Des accusations mensongères.

— Je sais. Survient dans la foulée un contrôle fiscal, et on vous accuse de blanchiment.

À ce souvenir, Sarah se redressa sur son siège, indignée.

— Les agents du fisc chargés d'examiner mes comptes étaient *armés*. On aurait pu croire que j'étais une dangereuse terroriste.

— Ils voulaient vous intimider.

Sarah dévisagea Jane, paupières plissées.

— J'ai l'impression de vous connaître… Nous nous sommes déjà rencontrées ?

— Peu importe, Sarah. L'essentiel, c'est que nous méprisons les mêmes individus.

— De qui parlez-vous ?

Jane tira de sa poche une photo de Simon Yegg qu'elle posa sur la table, comme elle aurait posé un atout.

— Mon mari, murmura Sarah. Mon ex-mari. Un merdeux vicelard. J'ai de bonnes raisons de le mépriser, mais quelles sont les vôtres ?

— Il fréquente des gens que je cherche à détruire. Au passage, je peux m'arranger pour qu'il regrette sérieusement le mal qu'il vous a fait.

3

Tanuja Shukla se trouvait dans le jardin, trempée et transie par la pluie et la nuit, dans un état proche de l'extase, lorsqu'elle vit surgir les assassins. Sans se douter bien sûr qu'il s'agissait d'assassins.

À vingt-cinq ans, Tanuja avait conservé l'imaginaire riche de son enfance. Ce soir-là, elle était occupée à l'écriture d'une nouvelle dans laquelle une nuit pluvieuse servait de décor à un personnage dont elle soulignait la solitude. Après avoir observé le ciel d'où tombaient des trombes d'eau depuis la fenêtre de son bureau, elle avait éprouvé le besoin de s'immerger dans la réalité afin de mieux s'identifier à son héros. Tanuja était convaincue que seul le vérisme pouvait conférer toute sa crédibilité à la fiction.

Son frère jumeau, Sanjay, né deux minutes après elle et doté d'un caractère autrement plus acerbe, s'était chargé de la rabrouer.

— Pas de souci. Quand tu mourras de pneumonie, je n'aurai plus qu'à terminer ta nouvelle et les dernières pages seront de loin les meilleures.

Le jean et le t-shirt noir de Tanuja étaient à tordre. Ils lui collaient si bien à la peau qu'elle avait l'impression d'être nue au milieu de l'orage, des baskets bleues aux pieds, vulnérable et seule, à l'image de l'héroïne de son récit. Elle mémorisa les sensations en attendant de les coucher sur le papier, ravie.

La maison se trouvait à l'extrémité d'une petite route, au cœur des collines du comté d'Orange, autrefois célèbre pour ses chevaux. Une palissade blanche entourait la propriété à laquelle on accédait par une barrière de bois, à une soixantaine de mètres de là.

La pluie assaillait la terre et le macadam, frappait de plein fouet le chêne centenaire dont les milliers de feuilles bruissaient dans la nuit, couvrant le ronronnement d'un moteur.

La maison des Shukla était la dernière à l'extrémité de la petite route et les phares du véhicule ne pouvaient qu'attiser la curiosité de Tanuja, d'autant qu'elle n'attendait personne ce soir-là.

Le véhicule se gara en biais devant la barrière, comme pour en bloquer l'accès.

Les lumières de l'habitacle s'allumèrent à l'ouverture des portières de l'imposant 4x4. Le conducteur éteignit les phares et le lourd véhicule s'effaça dans la nuit à l'instant où se refermait la dernière portière.

Les yeux de Tanuja avaient eu tout le temps de s'habituer à l'obscurité. La barrière blanche dessinait un étrange hiéroglyphe pâle dans le noir et elle crut voir trois silhouettes escalader le portail.

Celui-ci était muni d'un interphone permettant aux visiteurs de s'annoncer, mais il était clair que les nouveaux arrivants étaient des intrus.

Grâce à ses vêtements sombres, à ses cheveux noirs et au teint cuivré qu'elle devait à ses origines indiennes, Tanuja serait invisible tant qu'elle resterait loin des lumières de la maison. D'un bond, elle se réfugia derrière le vieux chêne.

Un regard furtif lui indiqua que trois hommes de stature imposante remontaient l'allée d'un pas vif, les traits dissimulés par des capuches, tels des moines sataniques occupés à quelque tâche infernale.

En dehors des histoires qui naissaient de son esprit fertile, Tanuja menait une existence calme et jamais son cœur ne s'était emballé de la sorte.

Elle quitta l'abri du chêne et rejoignit la maison dont elle évita soigneusement les fenêtres éclairées. Elle gagna la véranda arrière qui donnait d'un côté sur la cuisine, de l'autre sur un vestibule. Les deux portes étaient verrouillées. Elle sortit de sa poche une clé qui lui échappa des mains dans sa précipitation. Elle la ramassa prestement et se glissa dans le vestibule où elle avait laissé son portable. Svelte et sportive, Tanuja avait habituellement la grâce d'une ballerine, mais elle ruisselait de pluie et glissa sur le sol de la petite pièce.

Elle se releva d'un bond, telle une patineuse sur le carrelage mouillé, franchit le seuil du vestibule et vit Sanjay ouvrir la porte d'entrée.

Il était trop tard pour l'avertir et Tanuja pria le ciel de s'être trompée sur les intentions des inconnus.

Elle se rassura en reconnaissant le premier arrivant, Lincoln Crossley, un adjoint du shérif qui vivait deux maisons plus bas. Kendra, sa femme, était greffière au tribunal du comté. Le couple avait un fils de seize ans, Jeff, et un labrador nommé Gustave. Une famille ordinaire.

Sans attendre qu'on les invite à entrer, Crossley et les deux hommes qui l'accompagnaient s'engouffrèrent dans la maison et repoussèrent brutalement Sanjay. Aucun n'était en uniforme et rien n'indiquait dans le comportement de Crossley une démarche officielle.

Tanuja, surprise, était trop loin pour entendre les paroles qu'échangèrent Lincoln et Sanjay, mais elle reconnut son prénom. Elle repoussa lentement la porte du vestibule afin d'épier la suite à travers l'entrebâillement, témoin accidentel d'un drame auquel elle ne comprenait rien.

Crossley passa un bras autour des épaules de Sanjay d'un geste plus inquiétant qu'affectueux. L'un de ses acolytes sortit un pistolet, traversa le vestibule et monta à l'étage sans se soucier des traces de boue qu'il laissait dans son sillage.

Voyant le troisième intrus disparaître dans le salon, Tanuja récupéra une torche dans un tiroir, saisit son portable au vol et prit la fuite. Elle traversa la véranda en quelques enjambées et détala dans le vent et la pluie sans oser allumer sa lampe, la tête pleine d'images de viol et d'humiliation, de scénarios qui lui auraient permis de sauver son jumeau.

4

Sarah Holdsteck, les poings serrés, la mine pincée et le teint animé par le ressentiment, expliqua à son interlocutrice le cauchemar qu'elle avait vécu deux ans plus tôt lorsque trois de ses clients avaient porté plainte contre elle la même semaine. Le sentiment de trahison qui l'étreignait ne s'était en rien estompé avec le temps et Jane l'écouta, le cœur serré.

Mary Wyatt, l'avocate à laquelle Sarah avait toujours fait appel depuis quinze ans, avait commencé par la rassurer en lui expliquant que les plaintes étaient infondées. Trois jours plus tard, sans une explication, Mary refusait de la prendre au téléphone.

Sarah avait aussitôt fait appel à un confrère qui avait commencé par accepter de la défendre avant de se désister le lendemain. Et alors que l'avocat suivant lui conseillait de négocier sans aller jusqu'au procès, l'un des immeubles dont elle était propriétaire avait été déclaré inhabitable au prétexte qu'il était construit sur un terrain contaminé par des produits toxiques. Au même moment, les contrôleurs du fisc poursuivaient activement leurs recherches chez son comptable, plus que jamais décidés à la trouver coupable de blanchiment d'argent.

Elle posa un doigt accusateur sur la photo de Simon Yegg apportée par Jane.

— Un vendredi soir, ce salopard m'a expliqué que tous mes problèmes étaient le fait d'amis à lui dont il refusait de me livrer l'identité. Il exigeait le divorce à ses conditions : en plus de ce qui lui appartenait lorsque nous nous étions mariés dix-huit mois auparavant, il exigeait soixante-dix pour cent de mes biens, ce qui me laissait tout juste de quoi repartir de zéro. En échange, il s'engageait à l'abandon de toutes les poursuites, à un non-lieu du fisc, et à ce que mon immeuble soit retiré de la liste des sites contaminés.

— Et vous l'avez cru ? s'enquit Jane.

— Tout était arrivé de façon si irréelle et bizarre, je ne savais plus à qui me fier. Lui qui avait toujours été gentil et affectueux se montrait brusquement dur et méprisant. Je l'ai fichu dehors en lui expliquant que la maison m'appartenait avant notre mariage et que je n'y renoncerais jamais.

— Pourquoi avoir changé d'avis ?

Sarah tourna la tête en direction des fenêtres afin de dissimuler son embarras.

— À mon insu, il avait fait venir trois personnes qui ont déboulé par la porte du garage. Deux hommes et une femme. Il m'a laissée entre leurs mains et s'est éclipsé.

— « Entre leurs mains » ?

Sarah écarta les poings et observa ses doigts comme s'ils la répugnaient.

— Les deux types m'ont maintenue de force.

— Vous avez été violée, réagit Jane après un moment de silence.

— Non. Ils m'ont déshabillée et menottée, indifférents au fait que j'étais une femme. Je n'avais plus rien d'humain, je n'étais qu'un objet à leurs yeux.

Elle s'exprimait d'une voix sourde, désincarnée, comme si elle avait fini par user le souvenir de ces instants terribles jusqu'à en effacer l'horreur. La pâleur de ses lèvres, la rougeur de ses joues, la raideur de sa posture indiquaient pourtant qu'il s'agissait d'une défense.

— Ils m'ont entraînée jusqu'à la salle de bains, poursuivit-elle avec un détachement terrifiant. La femme avait fait couler un bain froid rempli de glaçons récupérés dans le congélateur et ils m'y ont plongée de force.

— L'hypothermie est un moyen de torture très efficace, acquiesça Jane. Les Iraniens, les Nord-Coréens et les Cubains y ont fréquemment recours car il ne laisse pas de trace.

— L'un des types s'est assis sur la cuvette des toilettes, l'autre s'est installé sur une chaise et la femme s'est posée sur le rebord de la baignoire. Ils se sont mis à discuter de cinéma, de séries télé, de sport, comme si je n'étais pas là. Quand j'ai voulu parler, la fille m'a posé un taser dans le cou et m'a tenu la tête hors de l'eau par les cheveux jusqu'à ce que cessent les spasmes.

— Combien de temps la torture a-t-elle duré ?

— J'avais perdu toute notion du temps, mais ils ont recommencé à plusieurs reprises tout le long du week-end.

Jane dressa la liste des symptômes de l'hypothermie.

— Tremblements incontrôlables, perte des repères, accès de faiblesse, vertiges, diction pâteuse.

— Les douleurs liées au froid sont très particulières, acquiesça Sarah en fermant les yeux, tête baissée, à la façon d'une femme en prière.

Seuls ses poings serrés trahissaient sa souffrance.

Jane laissa s'écouler un long silence avant de réagir.

— Au-delà de la douleur, ils voulaient vous briser moralement et vous terroriser. Vous humilier surtout. Briser votre détermination par la honte.

Lorsque Sarah reprit enfin la parole, sa voix tremblait comme si les pincements glacés connus au moment de cette épreuve terrible la reprenaient.

— Quand ces types… quand ils avaient besoin de se soulager, ils urinaient dans la baignoire.

Elle trouva enfin la force de relever la tête et de croiser le regard de Jane.

— Je n'aurais jamais pensé que l'on puisse traiter quelqu'un avec un tel mépris.

— Parce que vous n'aviez jamais croisé la route de ces gens-là. Contrairement à moi.

— Comptez-vous infliger à Simon ce que ses trois sbires m'ont fait subir ? fit Sarah d'une voix rageuse.

— Ce n'est pas la bonne méthode, Sarah.

— Il le mérite.

— Il mérite pire encore.

— Vous avez l'intention de le détruire ?

— Peut-être.

— Lui prendre son argent ?

— Une partie, en tout cas.

— Le tuer ?

— Si je parviens à lui extirper les informations dont j'ai besoin, ceux qu'il a trahis s'en chargeront.

Sarah réfléchit à ce qu'elle venait d'entendre.

— À quoi rime toute cette histoire ?

— Je ne vous souhaite pas de le savoir. Mais si vous avez vraiment envie de retrouver l'amour-propre qu'ils vous ont volé, je vous demande de m'aider.

Dehors, la tempête faisait rage. Celle qui grondait dans la tête de Sarah Holdsteck était tout aussi violente.

— Que voulez-vous savoir ? demanda-t-elle.

5

Tanuja Shukla, à la fois terrorisée et poussée par le désir de sauver son frère, traversa au pas de course les étables vidées de leurs chevaux depuis longtemps. Elle protégeait de la main le faisceau de la torche, même s'il était peu probable que l'un des intrus prenne la peine de sonder la nuit traversée par l'orage. La pluie qui imitait sur le toit un bruit de bottes digne d'une armée en marche, le parfum de la terre battue par les sabots, l'odeur aigre douce de la paille moisissant dans les stalles abandonnées…

L'extrémité de la grange, où se trouvaient autrefois entreposés selles, rênes et autres harnachements, abritait désormais une tondeuse autoportée, des râteaux, des pelles et divers instruments de jardinage. La hache, si elle pouvait éventuellement servir d'arme, ne permettrait jamais à une jeune fille aussi frêle que Tanuja de venir à bout de trois agresseurs, quand bien même elle aurait eu le cran de s'en servir, ce qui n'était pas le cas.

La pièce était aveugle, ce qui l'autorisa à utiliser sa lampe en toute liberté. Le faisceau de la torche éclaira des sacs d'engrais, des pots en terre de tailles diverses, des tuteurs destinés aux plants de tomates, des flacons de produit contre les frelons…

Elle en récupéra un sur l'étagère, dévissa le couvercle et constata qu'il était plein.

Galvanisée par les rythmes chantés par la pluie sous l'effet des rafales, Tanuja regagna l'entrée de l'étable, éteignit sa torche et la posa à ses pieds.

Bien qu'élevée par des parents hindouistes, elle n'adhérait plus à la foi de ces derniers depuis que s'était écrasé le 747 reliant New Delhi à Londres à bord duquel ils se trouvaient quand elle avait dix ans. Cela ne l'empêcha pas d'envoyer une prière à Bhâvanî, la déesse de la vie et de la miséricorde. *Donne-moi la force de triompher*.

Elle plongea dans la nuit gorgée d'eau en agitant vigoureusement le flacon de poison et courut jusqu'à la maison, sachant Sanjay en danger de mort. Parce qu'elle l'avait précédé de quelques instants dans un monde impitoyable, Tanuja serait à jamais son *rakshak*. Son protecteur.

6

Un vase rond contenant des roses qui perdaient leurs pétales comme autant de gouttes de sang, telle une boule de cristal qui aurait oublié d'annoncer le danger pesant sur la maison, trônait sur la table de verre translucide.

Assis sur une chaise de cuisine sous la menace d'une arme, Sanjay Shukla fut le premier surpris de ressentir un mélange de peur et de délectation.

Le dernier livre en date de sa sœur, sorti en librairie trois semaines plus tôt, avait enthousiasmé la critique. De son côté, Sanjay était reconnu comme un écrivain prometteur pour avoir mêlé à ses romans certains éléments propres à l'univers du polar. Il lui arrivait de s'inquiéter au prétexte qu'il ne connaissait pas assez la noirceur du monde pour être crédible. Ses parents étaient pourtant morts parce que des terroristes avaient fait exploser l'avion à bord duquel ils se trouvaient et la sœur de leur mère, la tante Ashima Chatterjee à qui avait été confiée la garde des jumeaux, avait trouvé le moyen de détourner les deux tiers de leur fortune avec l'aide de son mari, l'oncle Burt, avant qu'un juge émancipe Sanjay et Tanuja à l'âge de dix-sept ans. Mais aucun de ces malheurs n'aurait pu servir de scénario à un film de Robert Mitchum, si bien que Sanjay avait toujours rêvé de côtoyer un jour le danger et la violence.

Et voilà qu'il se trouvait brusquement du mauvais côté d'un pistolet braqué sur lui par un voisin aussi droit que Captain America. Un inconnu, également armé, se tenait près de la porte donnant sur le vestibule. Le troisième homme, un personnage aux sourcils si fournis qu'ils se rejoignaient au bas du front, posa sur la table une petite glacière dont il tira un sachet stérile contenant une seringue et un boîtier métallique carré d'une trentaine de centimètres de côté. Il avait enfilé des gants, de toute évidence pour que le froid ne lui brûle pas les doigts.

Les pistolets effrayaient moins Sanjay que la seringue, car il n'avait aucune idée du liquide qu'on voulait lui injecter. Comme il n'était nullement malade et que ses agresseurs n'étaient pas venus le soigner, il était clair qu'on voulait l'*infecter*.

Cela n'avait aucun sens, mais son existence n'en était pas à une contradiction près.

Il aurait pu s'agir d'un sérum de vérité, comme au cinéma, mais cela ne collait pas non plus puisqu'il ne détenait aucune information sensible.

Il avait demandé aux intrus ce qu'ils voulaient, à quoi rimait toute cette histoire, mais ils n'avaient répondu à aucune de ses questions, alors qu'il avait répondu aux leurs. Peut-être le soupçonnaient-ils de ne pas dire la vérité. Il leur avait expliqué que Tanuja était sortie avec son copain et qu'il n'avait aucune idée de l'heure à laquelle ils rentreraient. Il espérait secrètement que sa jumelle, qui n'avait pas de copain actuellement, avait vu arriver les intrus et s'était empressée d'alerter les secours.

Sanjay, conscient que son agitation trahirait son trouble et son désir de leur échapper, choisit de rester silencieux et se recroquevilla sur sa chaise. Plus il leur donnerait le sentiment d'avoir renoncé à leur résister, meilleures étaient ses chances de tromper leur vigilance et de s'échapper.

L'homme qui portait des gants souleva le couvercle de la boîte métallique. Un nuage de vapeur glacée s'en échappa.

Si la présence du pistolet et de la seringue n'était pas pour rassurer Sanjay, l'assurance avec laquelle les trois intrus avaient fait irruption dans la maison avant de prendre possession des lieux était plus inquiétante encore, tout comme leurs mines impénétrables, l'arrogance de leur silence face à ses questions et leurs regards vides. Lincoln Crossley avait perdu la bonhomie qui le caractérisait habituellement, ses complices et lui donnaient l'impression d'être des machines.

La boîte métallique contenait plusieurs étuis longs d'une vingtaine de centimètres, enfermés dans un matériau isolant argenté. L'homme aux gants sortit trois des étuis et les posa sur la table d'un air appliqué en fronçant la barre de sourcils qui lui traversait le front.

Crossley posa son arme sur le plan de travail près du réfrigérateur et tira de sa poche un lacet de caoutchouc semblable à ceux qu'utilisent les infirmières pour effectuer une prise de sang.

À condition de bien choisir son moment, de tourner sa chaise légèrement à gauche et d'atteindre d'un bond le plan de travail en profitant d'un instant d'inattention des trois hommes, Sanjay pouvait s'emparer du pistolet. Il ne devait toutefois pas oublier que Lincoln, en tant qu'adjoint du shérif, avait été formé par la police.

Sous le regard inquiet de Sanjay, Gros Sourcils arracha le velcro qui fermait l'un des cylindres et fit apparaître un tube à essai rempli d'un liquide ambré translucide.

L'enthousiasme de Sanjay céda définitivement la place à la peur de ne pas vivre assez longtemps pour mettre à profit son expérience dans ses futurs écrits.

Gros Sourcils introduisit l'aiguille à travers la membrane obturant l'ampoule de verre et aspira le liquide ambré à l'intérieur de la seringue. Le complice posté à côté du vestibule rengaina son arme et s'approcha, prêt à immobiliser Sanjay en cas de besoin.

Alors que l'homme bâillait d'un air ennuyé, un jet d'un liquide inconnu s'abattit sur sa bouche. Sanjay reconnut sans peine l'odeur caractéristique du puissant insecticide réservé aux frelons.

Du haut de son mètre soixante et de ses quarante-cinq kilos, trempée et transie, Tanuja venait de jaillir dans la pièce tel un ouragan, les traits déformés par une colère digne de Kali, toute-puissante déesse de la mort et de la destruction. Elle tenait dans sa main tendue un flacon de Spectracide dont elle projeta le contenu délétère à plusieurs mètres.

Ironie de l'histoire, l'idée d'utiliser l'insecticide comme moyen de défense leur avait été soufflée par Lincoln Crossley, un jour où ils parlaient des moyens de contrer des agresseurs éventuels.

Le complice, sous l'effet du poison, tituba jusqu'à l'évier dans l'espoir de se rincer la bouche, ce qui ne ferait qu'aggraver les symptômes.

Avec la grâce d'une danseuse exotique, Tanuja pivota en direction de Crossley qui tentait de récupérer son arme sur le plan de travail et l'aspergea de produit. Le jet lui brûla les yeux et le nez, l'empêchant de respirer tout en l'aveuglant.

Gros Sourcils lâcha l'ampoule et la seringue en jurant, Sanjay en profita pour jaillir de sa chaise et se jeter à quatre pattes sous la table afin d'éviter d'être arrosé par le jet que sa jumelle destinait au troisième agresseur.

Les trois intrus toussaient à s'en arracher les poumons en hurlant de douleur, ils titubaient dans tous les sens en se cognant partout.

Tanuja appela son frère qui s'empressa de quitter son abri en rampant. Sanjay gagnait à quatre pattes la porte reliant la cuisine au garage lorsque retentirent les premiers coups de feu. La vitre du micro-ondes vola en éclats, une balle ricocha contre le réfrigérateur tandis qu'une autre traversait la porte d'un placard en faisant exploser la vaisselle qu'il contenait.

Lincoln Crossley, le visage ruisselant de larmes sous l'effet de l'insecticide, les poumons à la limite de l'éclatement, tirait à l'aveugle.

Sanjay évita soigneusement Gros Sourcils qui se débattait dans une mare de vomi en se tenant le ventre à deux mains, les lèvres marbrées d'écume.

Quant au troisième homme, qui avait avalé une double dose de produit, il se labourait la gorge avec ses ongles, au bord de l'étouffement. Son portable, échappé de la poche de sa veste, gisait à côté de lui. En dépit de sa précipitation à échapper aux balles de Crossley qui continuait de tirer au hasard, Sanjay eut la présence d'esprit de récupérer le téléphone au passage avant de s'engouffrer dans le garage à la suite de sa jumelle.

Il se releva aussitôt et lança à l'adresse de sa sœur une expression héritée de leur père.

— *Shabash !* Bien joué ! hurla-t-il en allumant le portable. J'appelle police-secours.

— Rien à foutre de police-secours, répliqua Tanuja. On met les bouts !

7

Désormais persuadée que son interlocutrice ne risquait pas de la lui jeter au visage, Jane remplit un second mug de café et le posa devant Sarah Holdsteck avant de remplir sa propre tasse.

— Je vous remercie d'avoir accepté de m'aider, mais il me faut auparavant vous apporter quelques précisions.

— En clair… vous êtes en train de me dire que ma situation est pire encore que ce que j'imaginais.

— Simon ne vous avait jamais précisé qu'il avait été déjà marié trois fois ?

Sarah ne se montra que modérément surprise.

— Il m'avait expliqué qu'il s'était toujours promis de rester célibataire, mais que je lui avais fait changer d'avis.

— Sa troisième femme affirmait que c'était un beau parleur.

— C'est surtout un beau salaud.

Jane reposa le récipient de pyrex sur son socle dans la machine à café.

— Il sélectionnait apparemment ses femmes selon deux critères. Tout d'abord, il choisissait systématiquement des petites brunes aux yeux bleus.

— Et le second critère ?

— Toutes avaient de l'argent dont elles avaient hérité ou qu'elles avaient gagné. Pas nécessairement des fortunes considérables, mais en quantité suffisante. Il s'adressait à chaque fois à un avocat différent pour obtenir le divorce et récupérait entre cinquante et soixante-dix pour cent des biens de ses conjointes, selon les cas.

— Après leur avoir fait vivre un cauchemar, j'imagine.

— Toujours le même topo, acquiesça Jane en se rasseyant. Ces femmes étaient victimes de plaintes et faisaient l'objet de poursuites d'agences fédérales diverses, avant d'être torturées et humiliées, plus ou moins comme vous.

— J'imagine qu'elles ont toutes craqué, crut deviner Sarah, défaite à l'idée que son mari ait toujours réussi à s'en sortir.

— Vous avez eu la chance, ou la sagesse, de lui accorder ce qu'il demandait. À moins de le tuer, vous n'aviez guère le choix.

— Je regrette de ne pas l'avoir fait, mais j'étais trop timide à l'époque.

— Ce n'était pas de la timidité, mais de la naïveté, la corrigea Jane. Sa troisième femme a résisté une semaine durant aux bains glacés, à des séances éprouvantes dans un sauna étouffant et au manque de sommeil avant que ne surviennent les séances de viol collectif auxquelles vous avez échappé. Trois types à la fois, jamais les mêmes. Elle a fini par craquer et vit aujourd'hui du peu qu'il lui a laissé dans un bungalow minuscule dont elle ne sort quasiment jamais.

Sarah porta à ses lèvres le mug qui tinta contre l'émail de ses dents.

— Je ne sais pas exactement ce qu'ont enduré les deux premières, poursuivit Jane. Je sais simplement que Simon n'avait pas besoin de l'argent de sa première femme quand il l'a épousée. Il se trouvait à la tête de plusieurs entreprises très rentables, grâce aux contacts qu'il avait au plus haut niveau.

Sarah enroula ses doigts autour du mug chaud et ferma les yeux, apparemment bercée par les torrents de pluie qui ruisselaient sur la maison. Peut-être entendait-elle dans sa tête la voix railleuse de son ex-mari.

— J'ai toujours su que mon argent n'était qu'un prétexte, finit-elle par déclarer. Il cherchait avant tout à me mortifier et m'assujettir. C'est la raison pour laquelle il m'a laissée en vie. Il voulait savoir que je continuerais à souffrir, qu'il m'aurait brisée jusqu'à mon dernier souffle.

Sûre qu'elle serait capable d'en comprendre les implications, Jane confia à Sarah deux ultimes informations.

— Deux ans et demi après avoir divorcé de sa première femme, celle-ci s'est rendue en vacances en France en compagnie d'une cousine. Peu après leur arrivée à Paris, les deux femmes ont disparu. Leurs corps ont été retrouvés quelques jours plus tard dans un immeuble abandonné, au cœur d'un quartier mal famé. Elles avaient été détroussées et battues à mort. Trois ans après leur divorce, sa deuxième femme avait repris un semblant de confiance en elle, au point d'entamer une relation avec un homme. Ils sont partis en randonnée dans le parc de Yosemite. Il semble que l'un des deux ait glissé sur un passage étroit et soit tombé dans un précipice. L'autre semble avoir été entraîné dans sa chute en voulant le secourir, toujours est-il qu'on a retrouvé leurs corps sans vie cent mètres en contrebas.

À défaut de boire le café, Sarah s'en servait pour se réchauffer les mains.

— Si je comprends bien, il me reste moins d'un an à vivre.

— À moins que je ne le tue en situation de légitime défense, ou bien qu'un autre le tue en prenant connaissance des informations que j'espère lui soutirer.

— Je vous ai déjà dit que j'étais prête à vous aider.

— Je sais, répliqua Jane. Je vous explique tout ça dans le seul but de vous inciter à davantage de prudence. Votre vie ne tient qu'à un fil.

8

Le volet roulant du garage se souleva, telle la porte d'un mausolée dont seraient sortis indemnes les morts qui s'y trouvaient enfermés, et des cataractes de pluie s'abattirent sur le pare-brise dans le décor curieusement rassurant de la tempête qui secouait les arbres.

Au volant du Hyundai Santa Fe Sport, Sanjay Shukla était partagé entre l'ivresse de sa liberté retrouvée et le souvenir des moments violents qui avaient précédé. Il mit les pleins phares et accéléra en direction de la barrière qui s'écarterait automatiquement à l'approche du véhicule.

— Vite ! Éteins tes lumières ! lui ordonna Tanuja avec une telle autorité qu'il s'exécuta sans se poser de question. Ils ont bloqué le passage avec leur 4x4.

— Il suffit de le mettre au point mort et de le pousser.

— Qui te dit qu'ils n'ont pas laissé un comparse à l'intérieur ?

— Merde, gronda Sanjay.

Il regretta soudain de n'avoir pas emporté l'arme de l'inconnu dont il avait subtilisé le téléphone.

— La barrière des chevaux ! s'écrièrent d'une même voix le frère et la sœur.

Sanjay quitta le chemin goudronné, coupa à travers l'herbe de ce qui avait longtemps été un pâturage à l'époque où leur père élevait des chevaux.

La barrière équine avait servi d'entrée annexe à l'époque de la construction de la maison. Tout juste assez large pour laisser passer un véhicule, elle s'ouvrait sur un petit chemin qui traversait les collines.

Les énormes branches des chênes résistaient vaillamment aux rafales alors que les feuilles fouettaient la nuit et s'écrasaient sur le pare-brise où les essuie-glaces s'escrimaient à les repousser.

Le 4x4 dévala la pente en suivant le chemin forestier et parvint en vue de la clôture qui dessinait un rempart fantomatique autour du ranch. Sanjay enfonça la pédale de frein, prêt à bondir de son siège afin d'écarter la barrière, mais sa sœur le devança.

— Je m'en occupe ! cria-t-elle en s'élançant sous la pluie.

Sanjay la vit s'enfoncer dans l'obscurité, frêle et menue, presque une enfant au milieu de la nuit qui engloutissait sa *chotti bhenji*, sa petite grande sœur. Pour la première fois depuis qu'ils avaient échappé aux griffes de la tante Ashima et de l'oncle Burt, il eut peur de la perdre et se retrouva dans la peau des jumeaux démunis qu'ils avaient été autrefois, seuls contre le reste du monde.

Sanjay et Tanuja avaient la même silhouette fine et musclée, les mêmes cheveux d'un noir brillant, les mêmes yeux plus sombres encore. Tous deux étaient d'excellents guitaristes. Champions de bridge à quatorze ans, ils s'étaient lassés des cartes au bout de quelques années lorsque le goût de l'écriture avait pris le relais. Tanuja finirait par se marier un jour, sans doute Sanjay imiterait-il son exemple, mais tout en ayant conscience que leur séparation était inéluctable, il savait au fond de lui que la quitter serait un déchirement.

La barrière s'écarta, Tanuja remonta à bord du Hyundai et Sanjay s'engagea au milieu de ces collines qui servaient de terrain d'aventure à la bourgeoisie des amateurs d'équitation dont avaient fait partie leurs parents. Il prit la direction de la route la plus proche, tous phares éteints, porté par l'espoir que les hurlements de la pluie et du vent noieraient le bruit du moteur au cas où un quatrième agresseur monterait la garde dans le 4x4 bloquant l'entrée principale.

— Ils voulaient m'injecter un produit, dit Sanjay. Ils t'auraient réservé le même sort.

— J'ai vu la seringue. Que crois-tu qu'elle contenait ?

— Rien de bon.

— Je me demande bien de quoi il s'agit, réagit Tanuja en révélant les deux cylindres protégés par un isolant qu'elle avait eu le temps de rafler sur la table sous laquelle s'était réfugié son frère.

— C'est dingue que Lincoln Crossley ait pu les aider.

— Toute cette histoire est dingue.

Le chemin forestier se rétrécissait, la végétation griffait les flancs du véhicule et l'on aurait pu croire qu'il s'agissait des doigts des morts enterrés là, furieux que l'on dérange leur refuge sacré.

— Tu crois qu'Ashima et Burt pourraient être mêlés à ça ? se demanda Tanuja.

— Quel serait leur intérêt ?

— Histoire de nous piquer le peu qui nous reste, ou bien de se venger.

— Pas au bout de huit ans. Ils ont eu de la chance de ne pas se retrouver en prison, et ils le savent.

Deux sillons parallèles se matérialisèrent dans le gris de la brume, signalant la double ligne centrale d'une route de campagne à l'endroit où le chemin forestier débouchait inopinément sur une longue traînée de macadam. Sanjay tourna à gauche, soucieux de s'éloigner du ranch, et enfonça aussitôt la pédale de frein en découvrant, en travers de la route, un Range Rover dont les feux de détresse allumaient des traces sanglantes sur le rideau de pluie.

Les portières du véhicule s'ouvrirent et deux inconnus apparurent, aussi calmes et déterminés que les agresseurs précédents.

Sanjay enclencha la marche arrière et recula précipitamment en usant de toute la puissance du moteur, exécuta un demi-tour périlleux et repartit sur les chapeaux de roues, tous phares allumés. Il passa à toute allure devant le 4x4 qui bloquait l'entrée du ranch et continua sur la terre à l'endroit où la route se terminait en cul-de-sac.

— Eux aussi disposent d'un 4x4, l'avertit Tanuja.

— Peut-être, mais ils n'ont pas forcément les mêmes raisons que nous de prendre des risques, rétorqua Sanjay en dévalant la colline dont les broussailles raclaient le châssis.

Un épais brouillard poussé par le vent dessinait des formes inquiétantes qui enveloppaient le Hyundai, tandis que des bouquets d'eucalyptus jaillissaient de la brume.

Depuis le temps qu'il arpentait ces collines, Sanjay en connaissait le moindre recoin. Il manœuvrait avec une habileté diabolique entre les rochers et les troncs qui parsemaient la pente, dressant devant le véhicule un rempart apparemment infranchissable.

— Sanjay, non ! s'écria Tanuja en le voyant accélérer.

— Si !

— Si ?

— Si.

— *Jhav !*

Sanjay n'avait jamais entendu sa sœur prononcer un mot aussi obscène, pas plus en anglais que dans leur langue natale.

Il la sentit se raidir à côté de lui, prête à encaisser l'impact.

Au dernier moment, alors qu'il croyait avoir raté l'interstice qu'il cherchait entre les arbres, il comprit que le mur impénétrable en face duquel il se trouvait était le fruit d'une illusion d'optique. Les arbres de gauche, plus élancés, se trouvaient en vérité une dizaine de mètres plus bas que les jeunes eucalyptus de droite, et ce qui donnait l'impression d'une ligne infranchissable de troncs dissimulant deux alignements séparés. Le Hyundai effectua un bond en avant alors que Sanjay donnait un brusque coup de volant à droite. Évitant le tonneau, il frôla le premier rideau d'eucalyptus et poursuivit sa route vers le nord en suivant l'étroit escarpement qui longeait le canyon.

Sanjay n'avait pas eu le choix, passer à travers bois était la seule issue possible, mais il savait aussi que l'escarpement se terminait brutalement un peu plus loin face à une muraille rocheuse. Ils allaient devoir emprunter un chemin plus périlleux encore.

Deux taches de lumière trouèrent la nuit derrière eux. Les phares du Range Rover.

Sans une hésitation, Sanjay franchit la crête et lança le Hyundai dans le vide.

9

Jane Hawk avait perdu beaucoup de temps à gagner la confiance de Sarah Holdsteck, dans le seul but d'obtenir des réponses à la poignée de questions qu'elle était venue lui poser.

Elle glissa un médicament dans sa bouche et l'avala avec une gorgée de café.

Sarah haussa les sourcils.

— J'ai des acidités, lui expliqua Jane.

— Et vous buvez du café noir ?

— Je le digère bien. Mes acidités ne sont pas dues à ce que j'avale, mais à l'état de la planète, à la clique d'élitistes qui s'arrogent le droit de la pourrir et ne vivent que pour accumuler davantage de richesses et de pouvoir, à l'image de votre ancien mari.

— Vous n'auriez pas un comprimé en rab, par hasard ?

Jane lui en tendit un.

— Si je comprends bien, Simon habite désormais votre ancienne maison.

Sarah ingurgita le cachet.

— J'ai cru comprendre qu'il vivait avec un joli petit lot.

— Oui, je suis au courant, mais il me manque certains détails, je pensais que vous pourriez éclairer ma lanterne.

— Tout ce que vous voulez, mais… vous pourriez peut-être me dire qui vous êtes.

— Je m'appelle Elizabeth Bennett, mentit Jane.

— Comme l'héroïne d'*Orgueil et préjugés*.

— Vraiment ? Je ne savais pas, sourit Jane.

— Très bien, Lizzy. Que voulez-vous savoir au sujet de la maison ?

Jane commença par recueillir les informations dont elle avait besoin avant de s'intéresser à l'occupant des lieux.

— Que pouvez-vous me dire de ses habitudes ?

Sarah lui répondit d'une voix plus posée, apparemment convaincue que la chance de son ex-mari était sur le point de tourner.

Jane avait une dernière question.

— Avez-vous déjà rencontré son frère ?

— Simon avait un frère ?

— Un demi-frère. La même mère, mais des pères différents.

— Simon a perdu son père quand il avait huit ans, sa mère six ans plus tard.

— Pas du tout, la contredit Jane. Sa mère a divorcé de son père, qui a disparu par la suite dans un incendie. Sa mère est toujours vivante.

— Putain ! Ce salaud était un menteur patenté.

— C'est sa nature première. Avez-vous déjà entendu parler d'un certain Booth Hendrickson ?

— Jamais.

— Il s'agit du demi-frère en question. Né en Floride, élevé entre le Nevada et la Californie. Un grand type, cheveux poivre et sel, yeux vert pâle. Il affecte un accent policé de la Nouvelle-Angleterre et porte des costumes à cinq mille dollars.

— Ça ne me dit rien.

— Il occupe un poste important au ministère de la Justice, dans l'entourage immédiat du ministre. Il a le bras long et possède des relations dans l'ensemble des agences fédérales.

Sarah digéra l'information. À voir son visage chiffonné, elle avait eu raison d'avaler le comprimé que lui avait fourni Jane.

— Quelles autres agences ? Le fisc, par exemple ?

— Pas uniquement. Il mange à tous les râteliers.

— Vous voulez dire que Simon et lui s'amusent à dépouiller des femmes trop naïves avant de se partager leurs actifs ?

— Je doute que Hendrickson s'intéresse à l'argent, ce qui ne l'empêche pas d'aider son frère.

— Comme c'est émouvant.

— Ils ne portent pas le même nom de famille et veillent soigneusement à taire les liens qui les unissent. Hendrickson a des intérêts autrement plus importants que ceux de Simon, il n'a aucune envie que les méfaits de son frère rejaillissent sur lui. Ils n'en sont pas moins proches, ce qui m'a permis d'établir un lien entre eux.

— Vous me disiez tout à l'heure vouloir vous en prendre à Simon à cause de ses relations. Vous pensiez à Hendrickson ?

— Oui. J'ai l'intention de passer par Simon pour coincer Hendrickson. Sans parler des complices de celui-ci.

Jane se leva et rengaina son arme.

— Pour votre bien, je vous conseille de ne parler de notre rencontre à personne.

— À qui voudriez-vous que j'en parle ? Je n'ai plus confiance en quiconque.

— La situation devrait s'améliorer à présent que vous en savez davantage sur le compte de Simon. En attendant, suivez mon conseil. Changez de code et équipez-vous d'un holster.

— Je m'occupe du code dès ce soir et j'achèterai un étui demain. J'éviterai aussi de partir en vacances à Paris ou à Yosemite.

Jane allait s'éclipser par la porte donnant sur le patio lorsqu'elle entendit Sarah pousser un cri derrière elle.

Elle se retourna vivement et vit une expression consternée sur son visage.

— Je sais qui vous êtes, en dépit de vos cheveux noirs et de vos yeux foncés…

— Je ne suis personne.

Sarah, oubliant de préciser que Jane, une ancienne employée décorée du FBI, figurait désormais en tête de liste des individus les plus recherchés par le Bureau, se contenta de montrer du doigt la une du *Los Angeles Times*.

— Cet article est mensonger, c'est bien ça ? Non seulement à votre sujet, mais à propos de toute cette affaire ?

— Il y a toujours une part de vérité derrière les mensonges, Sarah. Une vérité qui attend son heure sous un torrent de contrevérités.

La lassitude qui marquait les traits de Sarah s'estompa, cédant la place à un enthousiasme qui troubla Jane.

— Je ne sais pas de quoi ils sont coupables, mais vous allez leur faire payer.

Elle se leva à son tour.

— Tout le monde n'est pas dupe de ce qu'ils disent à votre sujet. Reste à savoir pourquoi ils ont décidé de s'en prendre à vous en manipulant le grand public. J'aimerais bien… j'aimerais vraiment posséder votre courage et votre détermination.

— Je ne suis personne, répéta Jane. Je serai peut-être morte ce soir. Ou demain.

— Je ne crois pas. Pas vous.

Elle s'exprimait avec une telle ferveur que Jane en eut froid dans le dos, sans véritablement se l'expliquer.

— Mais si. Ils finiront par me tuer un jour ou l'autre. S'ils ne me réservent pas un sort pire encore.

Peu désireuse de poursuivre la conversation, elle sortit sur la terrasse, referma la porte derrière elle et s'empressa de regagner sa voiture, garée à deux rues de là.

Elle restait frissonnante et la pluie de cette fin du mois de mars n'y était pour rien, pas plus que le vent qui lui pinçait la peau. Elle se sentait petite et fragile sous le regard infini du ciel, et c'était aussi bien ainsi.

10

Les jumeaux dévalèrent la pente au milieu de nappes brouillardeuses qui se figeaient à mesure que le vent s'apaisait au fond de la vallée. Les pneus du Santa Fe Sport mordaient la boue et déchiquetaient les broussailles détrempées en enchaînant les dérapages. Les torrents de pluie suivaient leur cours millénaire sous les roues du 4x4, donnant le sentiment à ses occupants que le lourd véhicule pouvait verser à chaque instant.

Tout en restant attentif au moindre accident de terrain, Sanjay s'autorisait régulièrement de brefs coups d'œil en arrière alors que le Range Rover s'entêtait à les poursuivre. Si ses sinistres occupants ne gagnaient pas de terrain, ils n'en perdaient pas non plus, guidés par les phares du Hyundai.

Ils parvinrent enfin au fond du canyon où convergeaient tous les ruissellements jusqu'à former une rivière brunâtre qui fuyait vers le sud. Sanjay coupa les phares du 4x4 et suivit la direction du courant.

— Avec un peu de chance, ils prendront vers le nord, expliqua-t-il à sa sœur.

— J'en doute, le contredit celle-ci, qui n'était pourtant pas pessimiste de nature. Sans phares, nous irons moins vite et ils nous rattraperont.

— Je n'ai pas l'intention de ralentir, Tanny, l'assura Sanjay.

Le cours d'eau improvisé avait débarrassé ses berges de tous les débris qui s'y trouvaient, emportant jusqu'aux troncs d'arbres à moitié pourris qui dévalaient le lit du torrent, ballottés par le courant boueux. Au fil des millénaires et des orages, les rives avaient progressivement perdu leurs aspérités et formaient l'équivalent d'une chaussée parfaitement praticable.

Tout en veillant à ce que le Hyundai, protégé par les murailles encaissées du canyon, reste invisible aux yeux de ses poursuivants, Sanjay conduisait presque à l'aveugle, sa tâche compliquée par l'obscurité. L'eau qui filait sur sa droite se matérialisait uniquement grâce aux guirlandes d'écume provoquées par ses méandres.

— On laisse des traces de pneus dans notre sillage sur la terre meuble, remarqua Sanjay, mais la pluie devrait les effacer en quelques minutes. Sans parler des éboulis sur lesquels nous roulons, nettement plus anonymes. Ils seront obligés de ralentir s'ils veulent deviner de quel côté nous avons tourné.

— Je ne te connaissais pas un tel *chaska* pour le danger, s'étonna Tanuja.

— Ce n'est pas le goût du danger qui m'anime, mais le désir de rester en vie.

11

Jane Hawk, tétanisée par le froid derrière son volant, attendit que la soufflerie du chauffage lui apporte un peu de réconfort. De l'autre côté du pare-brise ruisselant de pluie, les réverbères donnaient l'impression de trembler comme d'immenses torches jalonnant une route menant aux enfers.

Elle avait acheté le Ford Explorer en liquide à un trafiquant installé dans un ancien ranch à chevaux près de Nogales, en Arizona. Le 4x4 avait été volé aux États-Unis et entièrement refait au Mexique où il avait été doté, entre autres améliorations, d'un moteur Chevrolet de 825 chevaux.

Le passé de Jane au FBI se révélait très utile dans sa cavale. Elle connaissait parfaitement le fonctionnement des criminels et savait où les trouver en cas de besoin.

À sa demande, le trafiquant avait entièrement désossé le système de navigation de l'Explorer. Il suffisait que ses poursuivants apprennent quel véhicule elle conduisait pour que son GPS la trahisse et qu'ils puissent la suivre à la trace. De même, elle n'avait pas de smartphone, ou d'ordinateur.

L'air chaud qui s'échappait des évents la réchauffait de façon superficielle, sans parvenir à chasser le froid. Un froid qui n'avait rien de physique, et qui s'était emparé d'elle lorsqu'elle avait lu l'admiration dans le regard de Sarah Holdsteck.

Jane ne cherchait à devenir l'héroïne de personne. Elle s'était lancée dans cette aventure pour deux raisons égoïstes : laver la réputation de son mari Nick qui ne s'était *pas* suicidé, contrairement aux apparences, et préserver la vie de son petit garçon de cinq ans, Travis, menacée depuis qu'elle avait mis au jour une conspiration au plus haut niveau de l'État en enquêtant sur la mort de Nick. Les ramifications de cette cabale s'étendaient chaque jour davantage à travers le pays, à l'insu des gens ordinaires qui ne se doutaient de rien.

Elle avait accepté les risques liés à son entreprise, sachant qu'elle pouvait mourir à tout instant. Quand bien même elle parviendrait à démasquer et maîtriser les coupables, il était quasiment certain qu'ils l'assassineraient pour se venger. Ses ennemis étaient puissants et disposaient de moyens financiers considérables. Ils étaient peu habitués à l'échec et n'accepteraient pas la défaite avec panache. Jane avait caché Travis chez des amis que personne ne risquait d'identifier. Si jamais elle mourait, elle avait l'assurance que son fils serait élevé au mieux par un couple aimant.

Ses chances de survie, aussi minimes soient-elles, dépendaient de sa capacité à rester concentrée sur sa mission, à conserver sa détermination, à opérer avec toute l'humilité requise. L'avenir de la liberté humaine avait beau reposer sur elle, Jane ne se sentait pas l'âme d'une Jeanne d'Arc et refusait de sentir peser sur ses épaules les obligations de la Pucelle d'Orléans. De son point de vue, les illuminés qui se lançaient dans de telles croisades étaient perdus d'avance, dépassés par leurs ambitions exaltées, voire étouffés par l'orgueil. Quant au sort que lui réservaient ses ennemis s'ils parvenaient à l'arrêter, il était bien pire que le bûcher.

Elle mit en route les essuie-glaces et démarra. La tâche qui l'attendait était rude et le temps lui était compté.

12

Tanuja Shukla ne prétendait pas disposer de pouvoirs surnaturels. Comme tout un chacun, elle était incapable de prédire l'avenir, mais à mesure que le 4x4 se rapprochait de la sortie du canyon, côté sud, à l'endroit où les eaux impétueuses du torrent s'engouffraient sous le pont de la route principale, elle sentit l'euphorie de la fuite céder le pas au désespoir.

La stratégie de Sanjay avait apparemment porté ses fruits. Renonçant à toute prudence, il avait foncé dans la nuit en parvenant à échapper aux amas rocheux comme aux broussailles qui menaçaient de stopper à tout instant la course du lourd véhicule. Depuis plusieurs minutes, les phares du Range Rover n'avaient pas troué l'obscurité derrière eux, leurs poursuivants avaient emprunté un mauvais chemin, ou bien ils avaient pris trop de retard.

Cela n'empêcha pas Tanuja de craindre le pire, au sortir du canyon, lorsque Sanjay gravit la pente couverte de gravillons et s'engagea sur la route principale à l'endroit où celle-ci atteignait le pont. Son inquiétude se matérialisa sous la forme d'un pick-up Chevrolet monté sur des roues démesurées.

Le Hyundai avait pris vers l'ouest et le pick-up roulait en sens inverse. Tout indiquait qu'il s'agissait d'un véhicule ordinaire, piloté par un conducteur anonyme qui allait les croiser innocemment. Au lieu de quoi le Chevy se mit en travers de la route à l'approche du pont et plusieurs hommes en descendirent précipitamment.

Repartir dans le canyon était impossible, et faire un demi-tour aurait conduit les jumeaux jusqu'au cul-de-sac au bout duquel se trouvait leur ranch.

Ils auraient été perdus si Sanjay avait ralenti instinctivement à la vue du danger. Contre toute attente, il accéléra en voyant les portières s'ouvrir à la volée. Le Santa Fe Sport bondit en avant dans un rugissement de moteur et Tanuja crut l'espace d'un instant que son frère avait décidé de foncer sur le pick-up.

L'un des assaillants tenait un fusil à la main. Surpris de voir le Hyundai se ruer vers lui, il n'eut pas le réflexe de tirer ni le bon sens de se jeter de côté. Le 4x4 frappa de plein fouet sa portière qui se referma sur lui en l'envoyant voler.

— Putain de merde ! hurla Tanuja.

Le Chevy, en travers de la route, continuait de bloquer le passage du 4x4. Sanjay donna un coup de volant et monta sur le bas-côté en pente, sa course mal éclairée par le phare rescapé de la collision avec le pick-up. Le Hyundai chassa par l'arrière, Sanjay serra désespérément le volant entre ses mains et sa sœur crut que le véhicule allait verser, mais Sanjay parvint à en garder le contrôle et retrouva brutalement le macadam, hors de portée du fusil.

Tanuja se pencha sur le rétroviseur latéral tandis que son frère lançait un coup d'œil en arrière.

— Ils nous poursuivent ! Ils nous poursuivent, s'écria la jeune fille.

La voix de son jumeau couvrit la sienne.

— Ce n'est pas avec un pick-up qu'ils vont pouvoir nous rattraper !

— Ils ont abandonné leur copain sur la route ! Si ça se trouve, il est mort.

— Il n'est pas mort, répliqua Sanjay.

— La portière l'a pourtant envoyé voler.

— Le choc n'était pas si violent.

— De toute façon, je m'en fiche. Il s'apprêtait à nous tirer dessus.

— Qui sont tous ces cinglés ?

— *Rakshasa*, répondit Tanuja, faisant référence aux démons de la mythologie indienne qu'elle avait mis en scène dans l'une de ses nouvelles.

— Ce sont clairement des voyous et des gangsters, mais j'aimerais savoir pour le compte de qui ils travaillent, et pourquoi ils s'en prennent à *nous* !

— Comment ont-ils pu deviner qu'on passerait par le canyon et qu'on sortirait là ?

Une pluie de balles s'écrasa contre la lunette arrière alors que le Santa Fe Sport, lancé à pleine vitesse, approchait des cent cinquante kilomètres-heure. Sanjay avait enclenché les quatre roues motrices, mais il risquait à tout instant l'aquaplaning sur le macadam détrempé.

Le paysage autour d'eux était encore désert, mais la route sinuait en direction des vallées nettement plus peuplées du comté d'Orange. Le pick-up ne cédait pas un pouce de terrain, sans gagner pour autant sur le Hyundai, lorsqu'apparut dans le lointain la lumière intermittente d'un gyrophare.

— Hé ! Les flics ! s'écria Sanjay. On est bons, Tanny, c'est les flics.

— Lincoln Crossley aussi fait partie de la police, rétorqua Tanuja.

Comment ce type, qui était adjoint du shérif, avait-il pu décharger son pistolet à l'aveugle au risque d'atteindre ses complices, sans parler d'elle et de Sanjay qu'il avait clairement voulu tuer ? Elle laissa échapper un grognement inquiet en voyant apparaître une voiture de patrouille dont la sirène couvrait désormais le grondement du moteur et celui de la pluie.

— On est foutus.

— On n'est pas foutus, la contredit Sanjay.

— On est foutus, je te dis.

— Qu'en sais-tu ? Je te signale que c'est toi qui écris des romans fantastiques pleins d'espoir, et moi qui suis auteur de polars, et je te répète qu'on n'est pas fichus.

— *Chodu*, insista-t-elle.

— Pas du tout *chodu*.

— *Chodu* à mort, gémit-elle alors que la sirène ne cessait de se rapprocher.

13

Le temps que Jane se range le long du trottoir à deux rues de sa destination dans la ville d'Orange, les trombes d'eau qui tombaient du ciel s'étaient transformées en crachin. Elle descendit de voiture en emportant un cabas de toile à fermeture éclair.

Si jamais les flics parvenaient à identifier son Explorer gris métallisé, le véhicule se retrouverait instantanément sur le site du National Crime Information Center et elle aurait toutes les polices du pays à ses basques. Elle ne serait plus en sécurité nulle part. Il lui faudrait bien deux ou trois jours avant de se procurer une nouvelle immatriculation en s'adressant au faussaire qu'elle connaissait à Reseda, au nord de Los Angeles, et il lui serait impossible de se servir du véhicule dans l'intervalle.

La prudence lui dictait de se garer loin de l'endroit où elle se rendait. Le type qu'elle comptait voir ne faisait pas partie du complot, il n'avait aucune raison de la trahir, mais elle avait connu tant de désillusions depuis quelque temps qu'elle évitait de prendre le moindre risque.

L'immeuble n'avait pas changé depuis sa dernière visite. Une construction d'un étage sans âme, coincée entre deux parkings comme on en voyait des dizaines dans le sud californien, sa façade de brique peinte en blanc ornée d'un portique, d'une balustrade et de colonnes. Il était 21 heures et les parkings étaient relativement pleins.

Négligeant l'entrée, elle fit le tour du bâtiment en direction d'un alignement de quatre garages munis de volets roulants. La porte coulissante donnant sur l'arrière permettait d'accéder à un ascenseur de service. Elle s'avança dans le vestibule et snoba le battant qui lui faisait face, derrière lequel se trouvaient des gens dont elle ne souhaitait pas être vue. Elle tira vers elle la porte de gauche, constata qu'elle donnait sur l'escalier menant à l'étage, la referma et ouvrit celle de droite. Elle vit des marches conduisant au sous-sol et s'y engouffra.

Elle déboucha sur un long couloir éclairé par des spots diffusant une lumière blanche et froide. Les murs étaient habillés de mélaminé blanc et un revêtement plastique gris recouvrait le sol et les plinthes. Jane aurait pu se croire dans un vaisseau interstellaire.

Elle ouvrit la porte située en face de l'ascenseur de service, alluma les lumières, découvrit la présence d'un cadavre et avança d'un pas décidé.

14

Comme dans un cauchemar, les poursuivants des jumeaux se rapprochaient dans leur dos tandis que la voiture de patrouille filait à toute vitesse dans leur direction, accompagnée par le hululement de sa sirène. Le paysage restait tristement dépouillé de part et d'autre de la route. La pluie, qui tombait jusque-là sans relâche, cessa brusquement son roulement de tambour avec un effet théâtral dramatique.

Sanjay respectait la police et s'enorgueillissait de garder son calme dans les situations les plus difficiles, mais rien dans son existence ne l'avait préparé à ce que toutes les valeurs auxquelles il croyait s'effritent entre ses doigts en l'espace de quelques heures.

– Accroche-toi, déclara-t-il à sa sœur en apercevant un croisement.

Il enfonça la pédale de frein et tourna le volant brutalement à droite. Le Hyundai fit une embardée sur la chaussée mouillée, Sanjay redressa le 4x4 et accéléra sur la nouvelle route.

– Qu'est-ce que tu fabriques ? lui demanda sa sœur.

– Je ne sais pas.

– Où va-t-on ?

— Je te le dirai quand je le saurai. Je cherche un endroit où quitter cette route à l'insu des autres.

Le ruban d'asphalte serpentait dans les collines au milieu des chênes centenaires, cachant le 4x4 à la vue des inconnus.

Sanjay, qui connaissait pourtant bien la région, chercha désespérément dans sa mémoire une cachette potentielle. S'il était doté de capacités de concentration exceptionnelles, il avait en revanche le plus grand mal à mener de front plusieurs tâches à la fois. Après tout, pourquoi mâcher du chewing-gum tout en jouant au basket ? Il n'avait d'ailleurs aucun goût pour le basket. Il n'éprouvait aucune difficulté à piloter le Santa Fe Sport à toute vitesse sur une route mouillée pleine de virages dangereux tout en surveillant ses poursuivants dans le rétroviseur, mais il aurait été bien incapable de réfléchir à une destination précise.

En pareille situation, Tanuja montrait combien elle était complémentaire.

— On ne tardera pas à arriver aux haras de Honeydale. C'est l'endroit idéal pour les semer.

— Tu as raison, approuva-t-il.

L'embranchement se trouvait un peu plus loin à droite. Une mauvaise route constellée de nids-de-poule et bordée de chênes traversant un pâturage abandonné dont la clôture n'avait pas résisté aux assauts des termites et de l'humidité.

Sanjay s'y engagea en éteignant ses phares et laissa le moteur ralentir de lui-même sans se servir des freins, histoire d'éviter que les feux stop ne s'allument dans la nuit si leurs poursuivants étaient plus près qu'il ne le pensait.

La petite route courait sur une trentaine de mètres avant de disparaître au creux d'un vallon perdu dans l'obscurité de cette nuit sans lune. Sanjay se laissa guider par la colonnade des vieux arbres et le gris des broussailles sur le bas-côté.

Le Hyundai longea les ruines d'une vieille demeure dont les occupants avaient péri lors d'un incendie trois ans plus tôt. Les deux âtres et leurs conduits de pierre, épargnés par les flammes, montaient la garde dans l'obscurité.

Le feu, attisé par le vent le soir du drame, s'était attaqué aux écuries qui étaient partiellement détruites. Les chevaux d'élevage et les bêtes qui se trouvaient en pension dans le bâtiment avaient pu être sauvés par le régisseur du domaine, mais l'affaire avait péri avec ses propriétaires. Au terme d'une longue bataille juridique entre les héritiers, un accord avait finalement été trouvé un an plus tôt, sans que la propriété trouve un acquéreur depuis.

Sanjay contourna l'un des bâtiments encore intacts, se gara le long et coupa le moteur.

— Quand ils s'apercevront que nous les avons semés, ils ne penseront pas à revenir sur leurs pas, persuadés que nous nous sommes évanouis dans la nature.

Tanuja baissa sa fenêtre. Il ne pleuvait plus et le vent était tombé, seule flottait dans l'air une légère odeur de brûlé qui s'échappait des écuries voisines. Rien ne venait troubler le silence : ni sirène, ni vrombissement de moteur.

— Personne ne voudra jamais nous croire, Sanjay.

— En tout cas, on ne risque pas d'aller raconter notre mésaventure au shérif. Tu peux être certaine qu'il est dans le coup.

— Quand je pense que *Baap* et *Mai* ont quitté l'Inde à cause de la corruption. Ils me manquent terriblement.

— Moi aussi, acquiesça Sanjay.

Le paysage restait plongé dans l'obscurité sous les nuées sombres et une nuit presque palpable s'était introduite à l'intérieur de l'habitacle par la fenêtre ouverte. Sanjay avait l'étrange sensation de respirer un peu de pénombre avec chaque bouffée d'air.

— Peut-être que le shérif lui-même n'est au courant de rien.

— Ou peut-être l'inverse.

— La plupart des communes alentour disposent d'agents municipaux.

— Sauf qu'on ne vit dans aucune d'elles.

— Il faut bien qu'on s'adresse à *quelqu'un*.

Le frère et la sœur sursautèrent en voyant le GPS s'allumer alors qu'ils n'avaient touché à rien. Une carte apparut à l'écran, sur laquelle clignotait un point rouge au niveau de la petite route qu'ils venaient d'emprunter, à l'endroit précis où se trouvait le Hyundai.

— Que se passe-t-il ? s'étonna Tanuja.

Sanjay descendit du véhicule, aussitôt imité par sa sœur. Il leva la tête en direction du ciel, l'air perplexe. Et si leurs poursuivants avaient le moyen de les localiser grâce au système de navigation ? Le GPS continuait-il d'émettre lorsque le moteur était éteint ? Quelqu'un avait-il pu déclencher l'appareil à distance. Au centre du tableau de bord, l'écran lumineux semblait narguer les jumeaux en leur disant : *Vous n'êtes nulle part en sécurité*.

Un bruit de moteur se fit entendre dans le lointain. Plusieurs véhicules.

Tanuja posa sur son frère un regard interrogateur de l'autre côté du 4x4.

— Sanjay ?

Il rejoignit sa jumelle d'un bond et lui prit la main sans ménagement.

— *Vite ! Filons d'ici !*

15

L'air de la climatisation était porteur d'une odeur chimique astringente mêlée à une puanteur organique à laquelle Jane préférait ne pas penser.

La table en inox avait été soigneusement récurée, tout comme les récipients en plastique transparent conçus pour recueillir le sang s'écoulant le long des gouttières prévues à cet effet.

Le corps du défunt avait été déposé sur une seconde table en inox, celle-là dépourvue de gouttière, où il reposait sous un drap qui laissait uniquement apparaître le cou et la tête. L'un des bras du cadavre, échappé du linceul, pendait dans le vide. L'éclairage cru transformait chaque pore en cratère, chaque ride en crevasse, au point que le visage du mort ressemblait à un coin de désert torturé par la sécheresse, le vent et les forces tectoniques. Il aurait meilleure allure le lendemain matin lorsque le maquilleur lui aurait rendu un semblant de vie en donnant l'impression qu'il dormait.

Un dossier était attaché au pied de la table. Jane y trouva une photographie du défunt lorsqu'il était vivant et en bonne santé, de façon à guider le maquilleur. Le nom du mort figurait au dos du portrait : Kenneth Eugene Conklin.

Elle remit le dossier à sa place et passa un appel sur son téléphonc jetable.

— Gilberto Mendez, lui répondit la voix du propriétaire de l'entreprise de pompes funèbres, un étage au-dessus de la tête de Jane.

— Tu m'as dit un jour que tu donnerais ta vie pour mon mari le jour venu. Je ne te demande pas de mourir, il a pris les devants, mais ton aide me serait précieuse.

— Seigneur, c'est toi ? Où es-tu ?

— Je tiens compagnie à Kenneth Conklin.

— Tu plaisantes ?

— Je t'aurais volontiers passé Ken pour qu'il te confirme ma présence à ses côtés, mais il n'est pas d'humeur causante.

— Je descends tout de suite.

Lorsque Gilberto franchit le seuil de la pièce une minute plus tard, costume noir, cravate noire et chemise blanche, il avait dix kilos de plus que deux ans auparavant, mais paraissait en forme. Il avait un visage rond et brun suffisamment avenant pour que sa femme lui trouve une ressemblance avec un bonhomme de pain d'épices. À trente-six ans, avec son crâne légèrement dégarni, il commençait à ressembler au père dont il avait hérité son entreprise.

Il referma la porte derrière lui et montra du menton les cheveux de jais et les yeux noirs de Jane.

— Tu ne ressembles pas à la Jane que j'ai connue.

— Une perruque, des verres de contact et une façon différente de me tenir, rien de plus.

— Qui osera dire que tu n'as jamais su te tenir ? plaisanta-t-il en se postant de l'autre côté du cadavre.

— Comment vas-tu, Gilberto ?

— Très bien, et j'en ai presque honte.

— J'en suis particulièrement heureuse.

— On attend notre quatrième pour le mois de juin.

— Encore une fille ?

— Un garçon. Avec trois sœurs, que Dieu ait pitié de lui.

— Il aura trois anges gardiens.

— Tu as sans doute raison.

Jane tendit un doigt vers le visage marqué du mort.

— Quand ton père est mort, il y a deux ans, tu avais juré de revendre l'entreprise.

Gilberto sourit d'une façon presque enfantine, en dépit de ses yeux d'une tristesse immense.

— Je me suis engagé dans les Marines pour échapper à ce métier, mais j'ai fini par contracter le virus. Mon père disait toujours que l'essentiel est d'empêcher la mort de priver les défunts de leur dignité. À l'époque, ça ne me parlait pas. J'ai fini par comprendre en rentrant d'Afghanistan.

Il prit le bras du mort et le reposa le long de son corps avec tendresse, comme l'aurait fait un infirmier, ou un ami.

— Jamais Nick ne se serait suicidé, dit-il.

— Il ne s'est pas donné la mort.

— Alors tu es dans le pétrin pour avoir voulu découvrir la vérité, c'est ça ?

— J'ai fini par comprendre ce qui lui était arrivé, mais la situation est infiniment plus complexe à présent.

— Tout ce qu'on dit sur ton compte aux infos, ces meurtres, les secrets d'État que tu aurais vendus, les accusations de trahison. Il suffit de te connaître pour savoir que c'est faux.

— Les infos ne colportent plus guère que des mensonges, alors les gens oublient de réfléchir.

— Qui as-tu dérangé à ce point ?

— Un certain nombre de personnes haut placées dans le gouvernement, ou dans le monde des affaires. Des gens qui manipulent les médias avec une aisance stupéfiante.

Depuis que Gilberto avait fait allusion à la grossesse de Carmella, Jane ne pensait plus qu'à cette femme avec ses trois filles et ce bébé qu'elle portait en elle.

— Tu as tant de responsabilités sur les bras désormais, je n'aurais jamais dû venir ici. Je vais te laisser.

Gilberto lui répondit d'une voix douce, presque un murmure. Il devait s'adresser de la même façon aux familles en deuil qu'il recevait dans son bureau.

— Comment va Travis ?

Elle laissa s'écouler un silence avant de répondre.

— Il a du mal à accepter la disparition de Nick, mais il est en sécurité, chez des gens qui l'aiment.

— Tu as été obligée de le cacher ?

— Ils ont menacé de le tuer quand ils ont su que j'enquêtais sur eux, mais jamais ils ne parviendront à lui mettre la main dessus.

Jane ramassait son cabas lorsque Gilberto l'interrompit.

— Tu crois peut-être que la devise des Marines, *semper fi*, ne me convient plus ?

— Ce n'est pas ce que je crois qui est important, Gilberto.

— « Toujours fidèle », c'est tout le temps. Pas uniquement quand ça t'arrange.

— La famille avant tout, répliqua Jane. Reste fidèle aux tiens.

— Nick était l'un des miens. C'était comme mon frère. Je ne serais pas là aujourd'hui sans lui. Toi aussi, tu fais partie des miens. J'aimerais que tu me respectes assez pour me dire de quoi tu as besoin. À part sauter d'une falaise, je suis prêt à tout.

Jane hésita à reposer le sac de toile.

— Je comptais te demander de conduire une voiture en te faisant passer pour mon chauffeur.

— C'est tout ?

— Il s'agit d'enlever un salopard qui travaille pour le ministère de la Justice. C'est la seule piste dont je dispose. Il est sorti du bois lors de l'attentat qui a coûté la vie au gouverneur du Minnesota la semaine dernière. J'ai su qu'il venait dans le coin en m'introduisant dans l'ordinateur de la boîte de voitures avec chauffeur de son frère. Je vais devoir lui tirer les vers du nez, mais je n'ai pas besoin de toi pour ça. Tu le récupères en te faisant passer pour son chauffeur, tu me l'amènes, et je gère le reste. Si tout va bien, ce qui n'est pas garanti.

– Je suis un bon chauffeur. Je ne me suis jamais pris d'amende.

– On parle d'un enlèvement, Gilberto. Tu risques des années de taule.

– Je ne serai que le chauffeur. Un jeu d'enfant. En plus, ça ne me changera pas vraiment, c'est déjà moi qui conduis le corbillard.

16

Les chênes ne poussaient pas assez près les uns des autres pour que l'on puisse parler de forêt, mais leur frondaison était si épaisse qu'ils dressaient au-dessus de Tanuja et Sanjay une voûte digne d'une cathédrale païenne dédiée au dieu Pan. Alors qu'ils fuyaient loin du haras de Honeydale, la seule musique qui leur tintait aux oreilles était le chant des crapauds dont Tanuja n'avait jamais mesuré jusqu'alors combien il était inquiétant. Des crapauds, soucieux de fêter la fin de l'orage, qui auraient dû se taire en prenant conscience de la présence d'étrangers dans leur royaume. Ce chœur naturel semblait suggérer que les jumeaux Shukla étaient si proches de leur mort qu'ils se trouvaient déjà réduits à l'état d'esprits.

L'imagination, chez un auteur, est autant une malédiction qu'une bénédiction.

Ils fuyaient sur un terrain plat peuplé d'herbes folles, uniquement freinés par la nuit et la crainte de tomber dans une crevasse. Ils atteignirent rapidement la crête et s'arrêtèrent afin de regarder en direction du sud, par-dessus les arbres. Essoufflés, ils restèrent un long moment à contempler les deux paires de phares immobiles, sans doute à l'endroit où avait été abandonné le Hyundai.

— Qui sont ces gens ? se demanda-t-elle.

— Cela va bien au-delà des adjoints du shérif. Quelqu'un d'important veut notre peau.

— D'important comment ? Et pour quelle raison ?

— Aucune idée, Tanny. On va devoir repartir.

Ils tournèrent le dos au panorama qui s'étendait à leurs pieds. En direction du nord-est, de l'autre côté de la crête suivante, trois lueurs diffuses trouaient péniblement la nuit : une bleue, une rouge et une jaune. Tanuja se demanda l'espace d'un instant si elle se trouvait brusquement aspirée dans l'un des romans fantastiques qu'elle affectionnait tant avant de comprendre d'où provenaient les lumières.

— Le néon du Relais de Coogan !

Le Relais tenait davantage de la taverne que du restaurant et faisait figure de monument dans la région. Un lieu de rendez-vous pour les habitants des hameaux voisins en quête de présence humaine, surtout le week-end.

— Il doit se trouver à un kilomètre, estima Sanjay.

— On pourra y demander de l'aide.

— Peut-être, dit Sanjay. Peut-être.

— Il y aura forcément là-bas des gens qu'on connaît.

— On connaissait Lincoln Crossley. On croyait le connaître, du moins.

— Le monde entier ne peut pas s'être ligué contre nous, Sanjay. Viens !

Ils descendirent dans le vallon suivant, en direction du néon, prenant moins de risques dans la nuit à présent qu'ils avaient un but et l'espoir de trouver de l'aide. Les nuages commençaient à se dissiper, laissant filtrer les premiers rayons de lune. Le pire qui pouvait leur arriver désormais serait de se casser une jambe dans le noir. Sanjay prit le bras de sa sœur et ils poursuivirent leur chemin.

17

La présence du cadavre entre eux symbolisait les hésitations de Jane à l'idée d'impliquer ce père de famille nombreuse dans une entreprise aussi périlleuse. Gilberto, en dépit de son insistance à respecter sa devise de fidélité et la dette qu'il avait vis-à-vis de Nick, semblait entretenir des doutes.

Le défunt, sur sa table, leur rappelait combien il serait dangereux de céder à l'impétuosité. Peut-être la mort les guetterait-elle s'ils procédaient à cet enlèvement ? L'amour que Jane portait à son mari ne s'était nullement érodé avec sa disparition. Quant à l'admiration de Gilberto pour Nick, elle était le moteur de son engagement pour la défense du bien et de la vérité dans un monde de violence et de mensonge. Cet engagement ne pouvait toutefois avoir de sens que s'ils agissaient avec prudence, guidés par la raison et le devoir, et non par leurs émotions.

— Je suis sensible à ta décision de m'aider en mémoire de Nick, mais s'ils découvrent que tu m'as apporté ton soutien, ils se ficheront bien de savoir que tu as uniquement servi de chauffeur. Ils t'élimineront. Je dois impérativement te mettre au courant de ce qu'ils ont fait, de leurs intentions, de l'enjeu de toute cette affaire à leurs yeux.

Elle posa les yeux sur le visage du mort, la bouche raide comme si ses lèvres n'avaient jamais souri, les paupières si fines qu'on aurait pu les croire usées par les visions que leur avait imposées l'existence. Jane avait voulu que Nick soit incinéré. Elle espérait voir son propre corps disparaître au milieu des flammes si elle mourait à son tour.

— Les salauds qui ont monté ce complot ou cette cabale, comme tu veux, ont mis au point un algorithme capable de désigner les individus qui entraînent notre civilisation dans ce qu'ils considèrent être la mauvaise direction. Des artistes, des journalistes, des universitaires, des scientifiques, des femmes et des hommes politiques, des militaires…

Gilberto fronça les sourcils.

— La mauvaise direction ? Comment un ordinateur peut-il décider de ce qui est bon ou non pour notre civilisation ?

— Ce n'est pas l'ordinateur qui décide, mais *eux*. L'algorithme se contente de désigner des cibles. Ces monstres sont persuadés qu'à condition d'effacer suffisamment de gens susceptibles d'influencer les autres, on parviendra à une sorte d'Utopie. C'est la théorie. En réalité, ils recherchent le pouvoir. Le pouvoir absolu.

Gilberto était rentré de la guerre avec une tristesse née de sa bienveillance et de son désir d'éviter les conflits. La colère prit le pas à l'annonce de l'horreur qui attendait l'humanité et il pinça les lèvres.

— *Effacer*. Un synonyme commode d'*assassiner*.

— On prétend que Joseph Staline aurait déclaré : « La mort d'un homme est une tragédie, celle d'un million d'individus est une statistique. »

— Ces gens comptent tuer un million de personnes ?

— Et même davantage à terme. Deux cent cinquante mille par génération, rien qu'aux États-Unis. C'est-à-dire huit mille quatre cents personnes par an.

— Ils te l'ont dit ?

— L'un d'eux me l'a expliqué. Tu vas devoir me croire, il n'est plus là pour te le confirmer. Je l'ai tué. Légitime défense.

Gilberto accusa le coup. Se battre à l'autre bout du monde était une chose, se battre dans les rues de son propre pays en était une autre. Il chercha un appui des deux mains sur la table en inox.

— Leurs victimes figurent sur ce qu'ils appellent la « liste Hamlet ». Une fois ces proies identifiées, ils les prennent au dépourvu, généralement lorsqu'elles sont seules, loin de chez elles. Ils profitent que ces gens sont en voyage, ou participent à un congrès, pour leur administrer un sédatif.

— Un sédatif ?

— Un produit spécial qui les programme pour se suicider. Nick figurait sur la liste Hamlet. Il s'est tranché la gorge avec son poignard des Marines.

Gilberto posa sur Jane un regard stupéfait, comme s'il la prenait pour une folle.

— On *programme* les gens ?

— On est rattrapés par la science-fiction, Gilberto. Et je peux te dire que ça n'a rien à voir avec les bons vieux films d'anticipation. Tu as entendu parler de nanotechnologie, je suppose ?

— Des trucs microscopiques. Des machines invisibles à l'œil nu.

— Exactement. Dans le cas présent, des centaines de milliers ou des millions de molécules que l'on injecte dans le sang et qui remontent jusqu'au cerveau en passant à travers la barrière hémato-encéphalique avant de s'assembler en réseau. Une sorte de toile d'araignée contrôlable à distance qui se forme en l'espace de quelques heures. Le sujet ne s'aperçoit de rien, il semble normal, personne ne voit la différence jusqu'au moment, quelques jours ou quelques semaines plus tard, où il reçoit l'ordre de se suicider.

— Si je ne te connaissais pas, réagit Gilberto, je penserais que tu es bonne à enfermer.

— Il m'est arrivé de me poser la question moi-même, ces derniers temps. Nick ne savait pas ce qu'il faisait. Ou alors, s'il le savait, il n'a pas pu s'en empêcher, et ça me rend malade.

Elle serra les paupières et reprit longuement sa respiration avant de poursuivre ses explications.

— On assiste depuis deux ans à une vague anormale de suicides. Des gens parfaitement heureux, nullement dépressifs, qui n'ont aucune raison de vouloir mourir. Il leur arrive d'emporter des innocents avec eux. Tu as sans doute entendu parler de cette institutrice modèle du Minnesota qui s'est fait exploser en même temps que le gouverneur de l'État et une quarantaine de personnes. J'ai obtenu la preuve qu'elle avait été programmée par ces gens. Comme Nick.

— Pourquoi ne pas divulguer tes preuves ?

— À qui ? Le FBI n'est pas entièrement corrompu, mais nombre de ses responsables font partie du complot. C'est pareil au sein de la NSA, ou de la Sécurité intérieure. Ils ont infiltré tous les rouages de l'État.

— Alors il faut alerter la presse.

— J'ai essayé. Je croyais avoir déniché un journaliste intègre. Je m'étais trompé. J'ai des monceaux de preuves, mais il suffit que je les confie à la mauvaise personne pour qu'elle s'empresse de les détruire, et tout ce que j'ai enduré n'aura servi à rien. Je ne t'ai pas tout dit, il y a pire que la liste Hamlet. Bien pire. Ils ne se contentent pas de programmer des individus pour se suicider.

— Je t'écoute ?

— Ils sont capables de prendre le contrôle de gens à leur insu et de les utiliser pour leurs basses œuvres.

Ils les transforment en assassins, ou bien ils en font des esclaves.

Jane haïssait la mort, qui lui avait pris son mari et sa mère, mais à force de contempler le visage du défunt sous son linceul, elle se demandait si son sort n'était pas plus enviable que celui des personnes asservies par le réseau de molécules qui envahissait leur cerveau.

— Les membres du complot se font appeler les Arcadiens. Chez l'un d'eux, j'ai croisé la route d'agents de sécurité d'apparence ordinaire, entraînés pour tuer sans réfléchir et parqués dans une cage, comme des chiens. On leur avait volé leur personnalité et leurs souvenirs pour les transformer en machines de chair et de sang.

Elle sut que Gilberto la croyait quand elle le vit se signer.

— Des machines de chair et de sang, répéta-t-elle. Les Arcadiens ont également imaginé des bordels de luxe à l'intention de leurs membres les plus fortunés. J'ai réussi à en visiter un, au péril de ma vie. Cet endroit était peuplé de filles magnifiques dont on avait effacé la mémoire. Elles n'avaient gardé aucun souvenir de leur passé, elle ne connaissait plus rien du monde en dehors de leur bordel. On les avait privées d'espoir et de rêves, elles ne pensaient plus qu'à entretenir leur corps pour rester désirables. Des filles programmées pour donner du plaisir. Des esclaves sexuelles sans limite ni tabou. Elles s'expriment d'une voix douce en donnant l'impression d'être heureuses, mais elles n'ont plus aucun libre arbitre. Elles sont incapables de ressentir de la tristesse ou de la colère, mais qui sait s'il ne reste pas au plus profond d'elles-mêmes une vague conscience, des bribes d'estime de soi, des filaments d'espoir ? Leur corps est devenu une prison, un enfer de solitude. Je n'ai pas honte de l'avouer, je suis terrorisée à l'idée de terminer dans la peau d'une de ces filles. Une fois que le mécanisme de contrôle a pris possession du cerveau, il n'existe aucun moyen de le détruire. Il n'existe aucune porte de sortie, à part la mort.

18

Une lune grosse comme un œuf de dragon apparut, nichée dans le creux des nuages chassés par un vent d'altitude. Les chênes, de plus en plus espacés, veillaient sur des royaumes autonomes moins propices aux herbes sauvages à mesure que les jumeaux se rapprochaient de la crête voisine.

En dépit du danger qu'elle courait avec son frère, Tanuja prenait peu à peu la mesure romanesque de la situation. Tout en escaladant la pente, elle imaginait les rebondissements potentiels d'une version de Hansel et Gretel transposée des forêts primitives allemandes aux zones broussailleuses et désertiques du Sud californien, une histoire où l'adversaire du frère et de la sœur ne serait pas une sorcière dans une maison de pain d'épices, mais une secte aussi néfaste qu'impitoyable. Tanuja avait toujours apprécié la façon dont Hansel et Gretel se vengeaient en poussant la vieille dans son four avant de s'enfuir avec les pierres précieuses et autres perles de la mégère.

Les jumeaux atteignirent la crête, époumonés, et découvrirent en contrebas l'enseigne dont les reflets rouges, bleus et jaunes avaient attiré leur attention un peu plus tôt. Le seul bâtiment en vue était une fausse cabane en rondin au toit surmonté d'une double rangée de néons. En haut d'un poteau planté devant le bar, des lettres lumineuses dessinaient les mots RELAIS DE COOGAN à l'intérieur d'un énorme chapeau de cow-boy stylisé.

Une vingtaine de véhicules étaient garés tout autour de l'établissement et des effluves de musique country échappés d'un juke-box flottaient dans la nuit.

Tanuja descendit la pente détrempée derrière son frère en direction du bar, à la croisée de deux routes.

Les premières notes de *La Macarena* tintèrent au fond de la poche du jean de Sanjay au moment où ils arrivaient au parking du Relais. Le jeune homme sortit le portable volé à l'un de leurs agresseurs plus tôt dans la soirée.

— Ne réponds pas, lui enjoignit Tanuja.

— Ne t'inquiète pas, la rassura Sanjay. J'ai récupéré ce téléphone dans l'espoir d'en apprendre un peu plus sur ces gens.

— Qui appelle ? Tu vois s'afficher un numéro ?

— Non, c'est un appel masqué.

Sans qu'il décroche, une longue suite de chiffres s'afficha à l'écran avant de laisser place à une carte du croisement près duquel ils se trouvaient. Un point rouge clignotait à l'endroit précis où ils se tenaient.

— Vacherie ! s'écria Sanjay. Ils nous ont localisés !

— Comment est-ce possible ?

— Aucune idée.

Tanuja se tourna vers l'axe nord-sud, désert à cette heure-là.

— Ils arriveront par là.

Le bar était entouré d'une véranda sur pilotis. Sanjay s'en approcha au pas de course et lança le téléphone le plus loin possible à l'intérieur du vide sanitaire.

Au même instant, un bruit de moteur se fit entendre dans la direction des haras de Honeydale et des lumières apparurent derrière un bosquet d'eucalyptus.

Sans qu'il leur soit besoin d'échanger une parole, Sanjay et Tanuja se ruèrent vers le véhicule le plus proche, un camion au plateau équipé de hautes ridelles en bois surmontées d'une bâche. Ils s'y hissèrent et découvrirent une nuée de fougères et de palmiers en pot. Le camion devait appartenir à un paysagiste.

Ils se glissèrent tout au fond du plateau afin d'échapper aux reflets des néons, protégés à la vue par une forêt de fougères.

Le bruit de moteur se rapprocha et deux paires de phares successives balayèrent le parking. Le premier véhicule, une voiture de patrouille du bureau du shérif, s'arrêta devant la porte du Relais, sur la zone peinte en jaune interdisant aux conducteurs de se garer.

Le pick-up Chevrolet monté sur de grosses roues apparut à son tour, reconnaissable à sa portière passager arrachée. Le conducteur immobilisa le véhicule un peu plus loin entre deux 4x4, coupa le contact et descendit en compagnie de deux complices. De toute évidence, ils avaient abandonné leur collègue blessé près du pont. Le conducteur du pick-up contourna le Relais de Coogan par le nord tandis que les autres passaient de l'autre côté. De toute évidence, ils comptaient s'introduire dans le bar par l'entrée des cuisines.

Deux adjoints du shérif en uniforme descendirent de la voiture de patrouille et se postèrent sur la véranda d'où ils jetèrent un regard circulaire sur le parking avant de pénétrer dans l'établissement.

— On est *chodu* si on reste ici, murmura Tanuja. Ils finiront par fouiller tous les véhicules garés sur le parking en constatant qu'on n'est pas à l'intérieur.

L'instant suivant, le frère et la sœur descendaient discrètement du camion.

L'idée de devoir s'enfuir à pied n'était pas pour les rassurer, ils se trouvaient à des kilomètres de la zone habitée la plus proche, dans une zone infestée de coyotes affamés.

Le grésillement d'une radio attira leur attention. Le bruit sortait de la voiture de patrouille dont le moteur tournait au ralenti.

– Non, décréta Sanjay.

– Il ne leur faudra pas plus de trois minutes pour s'apercevoir qu'on n'est pas dans le Relais, argua Tanuja en se précipitant vers le véhicule noir et blanc, suivie par son frère.

La vitre était baissée côté conducteur et la voix du flic de service au standard signalait un 11-80 à Silverado Canyon.

Tanuja se glissa derrière le volant et desserra le frein à main tandis que Sanjay bondissait sur le siège voisin. Elle enclencha la marche arrière et démarra.

19

La lumière crue du sous-sol, l'air aussi glacé que celui d'une chambre froide, les relents de produits chimiques et l'odeur indéfinissable qui imprégnait la pièce, les inflexions bienveillantes et douces de l'entrepreneur de pompes funèbres, la tristesse qui ne quittait jamais son regard…

– Aucune porte de sortie, à part la mort ? répéta-t-il.

Il s'agissait moins de questionner les conclusions de Jane que de savoir si elle pouvait encore avoir un avenir, face à l'ennemi implacable qu'elle venait de décrire. Si le seul espoir de la jeune femme était de sauver la vie de son enfant au prix de la sienne, si l'unique moyen de venir à bout des conspirateurs consistait à se sacrifier, alors elle ne ressemblait en rien aux Marines lorsqu'ils partent au combat. Ceux-ci sont disposés à se battre pour leur pays car ils emportent avec eux la conviction d'avoir une bonne chance de revenir vivants.

En tant que femme de Marine, Jane était sensible aux inquiétudes de Gilberto. Sans craindre la mort, les guerriers doivent éviter de prendre des risques inutiles afin de ne pas compromettre leur mission. Il leur faut aussi éviter d'entamer le combat en ayant la certitude de mourir, car l'esprit de défaite nuit au combattant.

— Je dois rester en vie pour Travis, déclara-t-elle. Mais aussi pour avoir le plaisir de voir s'écrouler les rêves de ces salopards pleins d'arrogance, de savoir qu'ils croupiront en prison jusqu'à la fin de leurs jours, à défaut de pouvoir les traîner devant un peloton d'exécution. Je ne suis pas à l'abri de commettre des erreurs, mais je n'ai pas l'intention de sacrifier inutilement ma vie. Ou la tienne.

— Désolée de t'avoir obligée à le dire.

— J'aurais agi de même à ta place.

— Qui est le type du ministère de la Justice qu'on doit enlever ?

— Un certain Booth Hendrickson, répondit Jane en sortant du sac de toile une enveloppe kraft qu'elle tendit à Gilberto. Étudie cette photo jusqu'à ce que tu sois sûr de pouvoir identifier cet homme, puis détruis-la.

— Quand auras-tu besoin de moi ?

— Demain matin à 10 h 30. Tu le récupéreras à l'arrivée des avions privés, à l'aéroport du comté d'Orange.

— Mon corbillard peut difficilement passer pour une limousine.

— J'en ai trouvé une. Entre autres boîtes, son frère est propriétaire d'un service de voitures avec chauffeur. Hendrickson n'hésitera pas un instant à monter dans l'une des limousines de son frère, conduite par l'un de ses chauffeurs.

Jane détailla à Gilberto le plan qu'elle avait mis au point, puis elle tira du cabas un étui en cuir contenant un Heckler & Koch 45 similaire à celui qu'elle portait.

– Je doute que nous ayons besoin de nous en servir, mais on n'est jamais trop prudent par les temps qui courent.

– J'ai déjà une arme à laquelle je suis habitué.

– Sauf qu'elle n'est pas anonyme et pourrait permettre de remonter jusqu'à toi alors que celle-ci n'a pas d'histoire. Prends-la et n'hésite pas à t'en servir si nécessaire.

Elle posa le pistolet dans son holster sur le drap recouvrant le mort, puis elle sortit un chargeur de rechange et un silencieux, ainsi qu'un téléphone jetable.

– Tu en auras besoin pendant l'opération. Le numéro de mon appareil jetable est scotché à l'arrière du tien.

– Quand bien même tu parviendrais à gagner un minimum de sécurité pour Travis et toi... tu ne remporteras pas la partie.

– Peut-être.

– On ne pourra jamais obliger le génie des nanotechnologies à rentrer dans sa lampe.

– On a émis la même remarque au sujet de la bombe nucléaire, mais nous sommes toujours là.

– Jusqu'à aujourd'hui.

– C'est l'instant qui compte. Demain devient aujourd'hui, et aujourd'hui devient hier. Je dois à mon petit garçon suffisamment d'aujourd'hui pour qu'il puisse disposer un jour d'un passé digne de ce nom.

Elle referma le sac de toile, fit le tour de la table et se planta devant Gilberto dont elle prit la nuque avant de poser son front contre celui de l'ancien Marine. Ils restèrent ainsi un long moment, entourés de silence, puis elle déposa un baiser sur la joue de l'entrepreneur de pompes funèbres et quitta la pièce. Quelques instants plus tard, elle s'enfonçait dans la nuit.

20

Tanuja filait dans l'obscurité en tenant d'une main très sûre le volant de cette voiture inconnue. À la lumière des événements extraordinaires qu'elle vivait et des émotions qu'elle ressentait ce soir-là, la réalité lui donnait l'impression d'être une matière molle qui se déformait sous ses yeux. Le paysage sombre qui défilait de l'autre côté des vitres aurait tout aussi bien pu être une mer hostile, les collines les dos bossus de monstres marins du Dévonien.

Pour avoir écrit quelques romans policiers, Sanjay connaissait le maniement de la sirène et du gyrophare, mais Tanuja s'en servait uniquement pour inciter les autres véhicules à lui céder le passage.

Ils ne pourraient pas garder longtemps un véhicule aussi reconnaissable et le mieux était encore de rallier au plus vite la frange occidentale du comté, plus peuplée. Ils auraient davantage le choix de la suite, sans savoir pour autant quel serait ce choix.

— Il va falloir trouver une cachette pour la nuit, le temps de réfléchir.

— Nous cacher chez qui ?

— On ne peut pas risquer d'impliquer nos amis, ça pourrait se révéler dangereux pour eux.

— Sans compter qu'il est impossible de savoir à qui se fier tant qu'on ne saura pas *pourquoi* on nous poursuit.

Sanjay resta silencieux quelques instants avant de réagir.

— Arrête-toi au premier distributeur d'argent Wells Fargo. J'ai seulement cent quatre-vingts dollars sur moi. Et toi ?

— Pas un sou.

— S'ils ont pu nous retrouver grâce au GPS du Hyundai, ils seraient capables de savoir dans quel motel j'ai utilisé ma carte bancaire.

— Tu crois que c'est possible ? Je veux dire, de suivre en temps réel des achats par carte bancaire ?

— Je ne sais pas quoi te dire, Tanny. Avec eux, on dirait que tout est possible. Le mieux est de tirer le maximum de liquide.

À 20 h 50, après avoir pris six cents dollars dans un automate, ils abandonnèrent la voiture de patrouille dans le parking désert d'un quartier de bureaux de Lake Forest, sans que personne ne remarque leur manège.

Des bancs de nuages jaunis par la lumière de la ville cachaient partiellement la lune dans un ciel que Tanuja, prise de vertige, ne reconnaissait pas. Elle ne parvenait pas à identifier la moindre constellation et le macadam des trottoirs semblait se dérober sous ses pieds. Après quelques minutes de marche, ils parvinrent à une artère animée bordée par une nuée de fast-foods et de petits commerces. L'enseigne d'une chaîne hôtelière de milieu de gamme se découpait dans la nuit à une rue de là, tandis qu'un motel nettement moins reluisant dressait sa silhouette un peu plus loin.

Aucun des deux établissements ne faisait figure de refuge idéal, l'un et l'autre avaient une allure inquiétante. Tanuja voulut se convaincre qu'il s'agissait d'une menace imaginaire, mais son frère semblait partager ses réticences.

— Je le sens mal, dit Sanjay. On devrait pouvoir trouver mieux.

21

Jane Hawk sortit de l'entreprise de pompes funèbres pour se rendre dans un quartier de Newport Beach comptant plusieurs lotissements gardés. L'un d'eux abritait l'ancienne maison de Sarah Holdsteck, désormais occupée par son ancien mari, Simon Yegg.

Jane se gara devant un supermarché ouvert de nuit, au cœur d'un centre commercial haut de gamme. Un nombre impressionnant de Mercedes, de BMW et de Ferrari circulaient sur l'axe routier voisin. Elle descendit de voiture en emportant son sac et longea sur deux kilomètres l'enceinte arborée d'un quartier résidentiel huppé sans croiser âme qui vive ni voir un bâtiment, à l'exception des imposants postes de garde.

Les maisons qu'elle apercevait entre les arbres possédaient toutes des clôtures à l'unisson de leur architecture : grillages ou murets pour certains, panneaux de verre pour d'autres. Jane s'approcha du mur de végétation en s'éclairant à l'aide d'une torche dont elle voilait le faisceau avec la main et finit par découvrir un espace entre deux buissons. Quelques instants plus tard, elle se trouvait à l'intérieur du lotissement.

Celui-ci comptait plus de cent cinquante résidences, et quand bien même elle aurait croisé la route d'une patrouille de gardes, ceux-ci ne pouvaient pas connaître tous les occupants du lieu, sans parler de leurs hôtes. Le mieux serait encore de sourire aux gardes en leur adressant un signe de la main.

Grâce à Google Earth, elle avait pu se familiariser avec le labyrinthe des rues. Dans quelques minutes, elle serait en vue de la maison de Yegg.

Celle-ci, une immense demeure de style méditerranéen, possédait des fenêtres en ogive. On y accédait par un imposant portique à colonnes. Elle s'approcha de l'entrée avec le plus grand naturel en constatant que les pièces étaient plongées dans le noir.

À en croire Sarah Holdsteck, lorsqu'elle vivait avec lui, Simon refusait d'avoir du personnel le soir et le week-end, se contentant de deux femmes de ménage qui arrivaient tôt le matin et repartaient à 17 heures. Il était peu probable qu'il ait changé ses habitudes depuis.

Simon retrouvait quatre de ses amis pour une partie de poker le dernier vendredi de chaque mois, chacun recevant les autres à son tour, et la partie de fin mars n'avait jamais lieu chez Yegg. Petra Quist, sa poupée Barbie du moment, une blonde aux yeux bleus vingt ans plus jeune que lui, profitait de l'occasion pour sortir avec des amies. Les photos accessibles sur sa page Facebook dévoilaient tour à tour une jolie fille gnangnan ou une jeune femme infiniment plus délurée, parfois en compagnie d'une bande de cinq beautés aux jambes interminables avec laquelle elle faisait son shopping ou la tournée des bars. À en juger par les clichés postés sur le site, leurs petites sauteries étaient copieusement arrosées.

Jane appuya à quatre reprises sur la détente de son pistolet crocheteur avant que les goupilles de la serrure s'alignent et que la porte s'ouvre. Elle se glissa à l'intérieur de la maison, accueillie par le bip de l'alarme.

Elle disposait de deux minutes pour entrer le code avant que la police soit alertée.

Lorsque Sarah avait été contrainte d'abandonner sa maison à Simon, il l'avait narguée en annonçant son intention de ne changer ni les serrures ni le code de l'alarme. *Sens-toi libre de passer quand tu veux, mon chaton, de me guetter et de me vider un chargeur en pleine poitrine quand je rentrerai chez moi. Tu crois que tu en serais capable, mon chaton ? Non, c'est bien ce que je pensais. La championne de l'immobilier qui a réussi à la force du poignet n'a que de la gueule. Tu parles beaucoup, mais tu n'es qu'une pauvre trouillarde, une pauvre conne qui a fait fortune par hasard. Tu avais la chance d'avoir un joli petit cul, mais les années sont passées par là et tu devras te contenter de passes à dix dollars le jour où tu seras obligée de vendre tes fesses.* Sarah se souvenait quasiment mot à mot du laïus qu'il lui avait débité en guise de discours d'adieu. Elle avait souvent été tentée de passer à l'acte et de commettre ce dont il la croyait incapable, mais le tuer n'aurait servi qu'à gâcher sa propre vie. En outre, le défi de Simon dissimulait sans doute un piège. Il pouvait très bien l'attendre et la tuer dès qu'elle mettrait un pied dans la maison, sous couvert de légitime défense puisqu'elle serait armée. Les insultes dont il l'avait abreuvée restaient toujours aussi douloureuses deux ans plus tard. Jane avait bien compris qu'en dépit de son intelligence et de sa force de caractère, Sarah n'était pas près de pardonner à Simon.

Jane composa sur le clavier du système d'alarme les quatre chiffres du code fourni par Sarah et enfonça la touche étoile. Le bip s'arrêta. Ce salopard arrogant de Yegg craignait si peu son ancienne femme qu'il avait effectivement tenu sa promesse de ne rien changer.

Jane commença par réactiver l'alarme périmétrique avant de parcourir les pièces.

À en croire les commentaires de Petra Quist sur Facebook, ses copines et elle faisaient « le tour des boîtes en s'éclatant », avant de rentrer à contrecœur à minuit. Il n'était pas question que sa « love machine atomique », celui qu'elle appelait « Monsieur Big », trouve le nid vide en rentrant du poker, aux alentours de minuit et demi.

Jane disposait d'une bonne heure pour décider de la façon dont elle allait pouvoir enfermer Petra Quist afin de disposer elle-même de Monsieur Big en toute liberté.

Le surnom de l'intéressé risquait fort d'avoir perdu toute réalité lorsque poindrait l'aube.

22

À une rue de distance de l'artère animée qui traversait la ville, les troncs des arbres restaient détrempés une demi-heure après l'orage, alors que les feuilles avaient eu le temps de sécher. La pluie s'était tarie dans les caniveaux.

Les vitraux de la Mission de la Lumière divine brillaient dans la nuit, des applaudissements et des rires étouffés s'échappaient du bâtiment. Sanjay n'avait jamais pensé à une église lorsqu'il avait proposé à sa sœur de se mettre en quête d'un refuge plus sûr qu'un motel, mais le sanctuaire paraissait rassurant. Laissant de côté ses doutes, il entraîna Tanuja à l'intérieur du bâtiment qu'il trouva désert. Les bancs étaient vides, et aucun prêtre n'officiait près de l'autel surmonté d'une énorme croix blanche en plastique, éclairée de l'intérieur.

Des voix enfantines leur parvinrent, mêlées à des rires d'adultes et des trilles de piano. Les jumeaux remontèrent l'allée centrale et s'arrêtèrent à hauteur de la barrière séparant le chœur de la nef. Une porte s'ouvrait sur leur gauche, et ils franchirent le seuil d'une salle de spectacle paroissiale. Il y avait là deux cents personnes, installées sur des chaises pliantes. Un chœur d'une douzaine d'enfants disposés sur trois rangées occupait la partie droite de la scène, à côté du piano, face à des élèves d'école primaire déguisés de façons diverses. Trois garçons étaient habillés en lapins blancs et trois autres portaient un costume d'œuf, tandis que quelques filles figuraient des jonquilles. Un énorme poulet en papier mâché dressait sa silhouette incongrue au milieu de la scène.

À deux semaines de Pâques, la petite troupe présentait un spectacle de divertissement très éloigné des problèmes de crucifixion et de résurrection.

Une pancarte signalait la présence de toilettes au fond de la salle, à l'entrée d'un grand hall.

Sanjay prit la main de sa sœur et l'entraîna vers le hall alors que la musique enflait et que les lapins batifolaient au milieu des jonquilles. Le public, monopolisé par le spectacle, ne leur accorda aucune attention.

Au-delà des toilettes se trouvaient plusieurs salles de classe, sans doute prévues pour l'enseignement du catéchisme, ainsi qu'un couloir desservant une cuisine et des bureaux. Au-delà, les jumeaux découvrirent un grand débarras dans lequel étaient entreposés des aspirateurs et des cireuses, une vingtaine de tables de cantine pliantes et les éléments grandeur nature d'une crèche, parmi lesquels les Rois mages, leurs chameaux, quelques agneaux, le bœuf et l'âne.

Sanjay attira Tanuja à l'intérieur de la pièce et referma la porte derrière eux.

— Nous n'avons qu'à nous cacher ici. La pièce sera bientôt achevée, les gens ne tarderont pas à repartir.

— Tu voudrais qu'on passe la nuit dans cette église ?

— Il y a des toilettes, peut-être même des provisions dans la cuisine.

— Ça me fait tout drôle.

— Nous serons en sécurité, Tanny.

— Mouais… sans doute as-tu raison, reconnut-elle.

— Cela nous laissera le temps de réfléchir à la suite.

— Et si quelqu'un a la mauvaise idée de venir fouiller ce débarras ?

— On n'aura qu'à se cacher au milieu des santons. À moins de s'aventurer jusqu'au fond de la pièce, personne n'y verra que du feu.

Ils se glissèrent sans bruit au milieu du bric-à-brac avant de s'asseoir par terre, cachés à la vue par les statues en plastique des Rois mages.

Dans la salle de spectacle, une salve d'applaudissements plus nourrie que les précédentes signala la fin de la représentation.

23

Sur le parking d'un ensemble de bureaux de Lake Forest, installé derrière le volant de la voiture de patrouille abandonnée, Carter Jergen charge sur le disque dur de son ordinateur les images vidéo du véhicule. Les caméras installées à l'avant comme à l'arrière des voitures de police servent essentiellement à protéger les agents en prouvant qu'ils n'ont rien à se reprocher lorsqu'on les accuse d'exactions.

Il n'est nullement question de brutalités policières ce soir. Jergen travaille pour la NSA et il n'a aucune autorité sur les adjoints du shérif, ce qui est aussi bien pour eux car il ne se priverait pas de les sanctionner pour manquement au devoir et incompétence s'il était leur chef. Faut-il qu'ils soient bêtes pour se laisser voler leur véhicule par les jumeaux Shukla.

Jergen est surtout inquiet de voir que les deux adjoints concernés font partie des « Modifiés », ceux à qui l'on a injecté un implant cérébral. Ils ont été appelés en renfort lorsque l'équipe chargée d'inoculer une nano-machine aux jumeaux a rencontré de sérieux problèmes. L'ensemble des individus impliqués dans l'opération ont été modifiés à leur insu, à commencer par Lincoln Crossley et ses deux acolytes.

Jergen soupçonne depuis quelque temps les Modifiés de perdre une partie de leurs capacités, en plus de leur libre arbitre, lorsque le mécanisme de contrôle se reconstitue à l'intérieur du cerveau. Il est probable que le phénomène n'est pas immédiat et s'accentue avec le temps, mais il est clair que certains des Modifiés ne sont pas aussi intelligents qu'avant.

Intelligence n'est pas le mot juste. Il semble surtout que les Modifiés perdent une partie de leur motivation. Tout en obéissant scrupuleusement aux ordres, la plupart d'entre eux ne manifestent aucun intérêt pour la tâche qui leur est confiée et ne font preuve d'aucune initiative.

Après tout, peut-être est-ce aussi bien. Les gens sont souvent trop malins pour leur propre bien. Ils ont des motivations ineptes, telles que l'argent, le statut social, l'admiration de leurs semblables. Le nouvel ordre mondial sera modelé par ceux, à l'image de Carter Jergen, qui sont le mieux à même de corriger les défauts humains les plus courants. Il sera essentiel qu'une partie importante de la population se soucie uniquement d'obéir. L'absence de détermination chez eux est probablement le plus sûr garant contre toute tentation de rébellion.

Le visage éclairé dans l'obscurité par la lueur diffuse de l'écran, Jergen visionne les images prises par la caméra au moment où les jumeaux s'éloignent dans la nuit et traversent le parking éclairé. On les voit disparaître sans se douter qu'ils laissent derrière eux les indices grâce auxquels il sera aisé de les retrouver.

Jergen éteint son ordinateur et descend du véhicule.

Radley Dubose l'attend un peu plus loin, à côté du Range Rover à bord duquel ils ont poursuivi Sanjay et Tanuja au fond du canyon. Radley, d'une humeur massacrante, donne l'impression qu'il pourrait soulever la voiture de patrouille et la jeter au loin. Il est doté d'une mâchoire carrée comme celle de Dudley Do-Right et de deux yeux aussi durs que ceux de Sam le Pirate. Dubose a peut-être fait ses études à l'université de Princeton, mais il sort tout droit d'un dessin animé.

— Je ne sais pas ce que tu vas m'annoncer, gronde-t-il, mais ne me dis pas que ces petits merdeux ont désactivé les caméras avant de s'évanouir dans la nature. J'en ai assez de ces deux petits connards insolents. Je voudrais leur mettre la tête à l'envers.

— On a peut-être une chance d'y parvenir, le calme Jergen. Ils sont partis à pied en direction du boulevard qu'on aperçoit là-bas.

Les deux hommes remontent à bord du Range Rover dont Carter allume les phares avant de quitter le parking.

— Quand je pense que ces deux gamins sont de simples écrivains, s'énerve Dubose. Des écrivains ! Comment ces deux rats de bibliothèque ont-ils pu nous mener en bateau de cette façon ?

— Il faut croire qu'ils sont malins, suggère Jergen.

— Fini de rigoler. J'en ai ma claque. Il est temps de passer aux affaires sérieuses.

Jergen range le 4x4 le long du trottoir sur un emplacement interdit, au coin du boulevard.

Les deux hommes descendent de voiture et examinent les alentours. Les restaurants et les bars sont encore ouverts, mais ce n'est pas le cas des autres commerces. La circulation s'écoule par à-coups, au rythme des feux de signalisation.

Dubose remarque le premier un motel appartenant à une chaîne, et un autre nettement plus miteux.

– On sait que ce salopard de Sanjay a récupéré de l'argent dans un automate. Il a sûrement voulu payer en liquide au moment de prendre une chambre.

Jergen a noté de son côté la présence de deux caméras fixées à un réverbère. La première est braquée vers le nord, la seconde lui tourne le dos.

– Rien ne nous dit qu'ils ont voulu descendre dans un motel. Ils ont très bien pu faire du stop et poursuivre leur route. Commençons par visionner les images de ces caméras avant d'aller interroger les réceptionnistes.

24

Jane passait d'une pièce à l'autre, allumant les lumières au fur et à mesure avant de les éteindre, oppressée par la débauche de moulures, de lambris, de lustres en cristal, de soieries, d'antiquités françaises, de dorures. Aux dalles de pierre succédaient les planchers de chêne épais habillés de tapis persans anciens. Les lampes Tiffany rivalisaient avec les suspensions Handel, et le contraste était d'autant plus marqué entre l'opulence de ce décor et le dépouillement des tableaux abstraits. Sans doute étaient-ils signés de peintres connus, Jane n'aurait su le dire, faute de s'intéresser à l'art contemporain.

Si la maison avait été initialement construite par Sarah Holdsteck, Jane soupçonnait Simon Yegg d'être à l'origine de cette décoration fastueuse, constituée de trésors accumulés lors de ses divorces successifs.

Elle trouva ce qui l'intéressait au niveau inférieur. Le garage, conçu pour accueillir huit voitures, abritait une Rolls-Royce, une Mercedes GL 550, un Escalade Cadillac et une Lamborghini, mais aussi un établi que venaient compléter plusieurs placards remplis d'outils, ainsi qu'un cric hydraulique, preuve que Yegg était amateur de mécanique. La cave à vin voisine comprenait une salle de dégustation. Quant au cinéma privé, son hall d'entrée était équipé d'un guichet à l'ancienne et d'un comptoir à pop-corn, la salle de projection pouvant recevoir une quinzaine de personnes. Cette pièce aveugle de dix mètres sur quinze, parfaitement insonorisée, fournirait à Jane un espace d'interrogatoire idéal.

25

Le Range Rover est garé au pied d'un immeuble de bureaux. Pendant que Radley Dubose, debout au coin de la rue, scrute la circulation des deux côtés du boulevard d'un air sombre, Carter Jergen, assis au volant du 4x4, est penché sur l'écran de son ordinateur. Il procède à des recherches dans les immenses banques de données de la NSA, stockées au cœur d'un bâtiment de cent mille mètres carrés dans l'Utah.

Jergen a beau travailler pour la NSA, ses recherches n'ont rien d'officiel. Les autorisations dont il dispose lui permettent d'œuvrer en toute discrétion pour le mouvement clandestin qui entend installer en Amérique une société utopique. De peur que sa hiérarchie s'étonne de ses recherches, il utilise un accès secret aménagé par des collègues investis dans le complot.

La NSA ne se contente pas de stocker tous les appels téléphoniques et tous les SMS émis sur le territoire américain, elle est également chargée de surveiller et de gérer les scènes enregistrées par les caméras de surveillance du pays. Il suffit à Jergen de se rendre sur un site dédié pour visionner les images de n'importe quelle caméra aux États-Unis.

En l'occurrence, il se fiche des films en temps réel du carrefour qu'il aperçoit de l'autre côté de la vitre. Seules l'intéressent les images enregistrées un peu plus tôt dans la soirée, lorsque les jumeaux Shukla ont abandonné la voiture de patrouille.

Depuis quelques années, l'immense majorité des carrefours sont équipés de caméras. Officiellement, il s'agit d'étudier la circulation afin d'améliorer l'aménagement des intersections, de décourager les conducteurs enclins à brûler les feux rouges, de protéger les citoyens en cas d'attaque terroriste. Officiellement.

Ces raisons existent bel et bien, mais ces vidéos vont surtout permettre à Jergen de localiser les fuyards.

Les jumeaux apparaissent soudain dans le champ de la caméra. Ils se tiennent à l'endroit exact où se trouve à présent Radley Dubose, mais alors que ce dernier affiche clairement sa colère, les deux jeunes écrivains scrutent les environs d'un air inquiet, à la fois perdus et indécis.

26

Avec ses rayonnages chargés de produits d'entretien et sa crèche en bois au fond de laquelle on apercevait un enfant Jésus emmailloté et auréolé de fil de fer, entre des animaux en plastique et des figurines grandeur nature au regard de verre d'un réalisme saisissant, le débarras de l'église formait un cadre pour le moins irréel.

Les dernières voix avaient fini par s'éteindre, les portes ne claquaient plus, les moteurs avaient cessé de ronronner sur le parking. Sanjay et Tanuja laissèrent s'écouler deux minutes dans un silence absolu, puis une troisième, avant de quitter leur cachette derrière les chameaux et les Rois mages.

Sanjay écarta lentement la porte du débarras et scruta le hall plongé dans la pénombre sur le sol duquel son ombre dessinait une silhouette déformée et grotesque. Il passa la tête dans le couloir et constata que tout était calme.

— Je crois bien qu'il n'y a plus personne, dit-il.

— As-tu regardé s'il y avait un presbytère à côté de l'église ? l'interrogea sa sœur.

— Non, je ne sais pas.

— Mieux vaut ne pas allumer de lumière si c'est le cas. Le pasteur pourrait s'en étonner.

Une torche rechargeable était branchée sur une prise près de la porte, prête à servir en cas de séisme, conformément à la réglementation. Il devait y en avoir d'autres un peu partout dans le bâtiment.

— Son faisceau sera trop puissant, remarqua Tanuja en voyant Sanjay hésiter à s'en emparer.

— Alors il suffit de s'éclairer avec des cierges. Il y en a toujours dans les églises.

Ils découvrirent sur des étagères plusieurs boîtes contenant des bougies de toutes les tailles, ainsi que des caisses de vaisselle réservée aux repas paroissiaux. Les jumeaux choisirent trois grands verres dans lesquels ils glissèrent de grosses chandelles.

— On trouvera sûrement des allumettes dans la sacristie, suggéra Sanjay.

— Ou dans la cuisine, renchérit Tanuja que la faim tenaillait.

Sanjay alluma la torche de secours dont il filtra le rayon avec la main avant de guider jusqu'à la cuisine sa sœur qui portait les trois photophores improvisés.

Les deux fenêtres de la pièce étaient équipées de stores que Sanjay tira soigneusement avant de se mettre en quête d'allumettes. Au fond d'un tiroir, il trouva un allume-gaz muni d'un long col articulé.

Tanuja posa les verres sur la table et son jumeau alluma les bougies avant d'éteindre la torche. Une lueur orangée envahit la pièce, trop faible pour être aperçue de l'extérieur à travers les interstices des stores.

Le premier des deux réfrigérateurs ne contenait que des bouteilles d'eau et de Pepsi, mais son voisin proposait un large assortiment de tranches de jambon, de saucisson et de fromage. La présence de tomates, de laitues, de pots de moutarde et de mayonnaise signalait l'habitude des employés de l'église de se fabriquer des sandwiches.

Une bouteille de champagne était cachée dans le compartiment à légumes, sous une grosse salade, comme si sa présence était coupable dans la cuisine d'une église. Sans doute était-elle stockée là en prévision d'un anniversaire car les jumeaux dénichèrent quatre flûtes derrière des boîtes de haricots.

— Je te laisse prendre deux flûtes, je vais déboucher la bouteille, décida Sanjay.

— Tu crois ? s'inquiéta sa sœur.

— Pourquoi pas ?

— On n'est pas encore sortis de l'auberge.

— Disons que ça nous donnera du cœur au ventre, répondit-il en ouvrant la bouteille au-dessus de l'évier, au cas où de la mousse s'en échapperait. Quitte à se contenter de saucisson, autant l'arroser dignement.

— Et si cette auberge n'avait pas de sortie ? insista Tanuja.

— Tu me fatigues avec ton auberge. Tu sais bien ce qu'il arrive à Hansel et Gretel. Ils finissent par s'échapper en emportant dans leurs poches les pierres précieuses et les perles de la sorcière.

— C'est l'hôpital qui se moque de la charité, remarqua Tanuja en préparant deux flûtes. Pour une fois, c'est toi l'optimiste et moi qui vois tout en noir.

— Quoi qu'il en soit, nos poursuivants seront toujours moins dangereux que la méchante sorcière. Ils n'ont pas de pouvoirs surnaturels.

— Je ne sais pas ce qu'ils ont, mais ces gens-là ne sont pas normaux. On dirait qu'ils ont été envoûtés.

Le claquement du bouchon traversa l'air sans entrain et une pluie de bulles de champagne ruissela sur l'évier en inox. Sanjay remplit les verres.

— Nous aussi, on a de quoi les envoûter. On trouvera bien le moyen de les obliger à entrer dans le four pour les rôtir.

— *Chotti bhai*, c'est toi qui me fatigues avec Hansel et Gretel.

— Je te signale que je suis ton cadet de deux minutes seulement, *bhenji*, se défendit Sanjay en levant sa flûte. Aux invincibles jumeaux Shukla. Nous sommes des survivants, ma sœur.

Elle écarquilla les yeux dans la pénombre.

— Ne plaisante pas avec ça, Sanjay. J'ai peur.

Le jeune homme sentit son cœur se serrer à l'idée que sa sœur soit aussi mal, et qu'il soit dans l'incapacité de la rassurer. Il se contenta de trinquer avec elle avant d'avaler une gorgée du liquide doré.

Tanuja l'imita après un instant d'hésitation, avant de proposer à son tour un toast.

— À nos chers *Baap* et *Mai*, qui restent présents à nos côtés.

Sanjay ne croyait guère à la présence de leurs géniteurs, disparus de longue date, mais il se garda bien d'en souffler mot à sa sœur.

— À nos parents, déclara-t-il en dégustant une délicieuse gorgée de champagne glacé.

27

Après avoir hésité, les jumeaux avaient décidé de remonter le boulevard en direction du nord. Grâce à la qualité des images en haute définition, Carter Jergen est en mesure d'agrandir la vidéo et de voir Sanjay et Tanuja tourner à droite au carrefour suivant.

Radley Dubose a pris place sur le siège passager, la mine aussi maussade que celle d'un Orque dans les romans de Tolkien. Jergen s'engage sur le boulevard et tourne à son tour à droite avant de se garer sur un emplacement illégal.

Le nom de la rue lui permet de fouiller les données de la NSA à la recherche des quatre caméras qui surveillent l'intersection.

— L'un des oiseaux d'Hitchcock aura sévi, remarque Jergen.

— Diarrhée aviaire, grommelle Dubose.

— En grande quantité, lui confirme Jergen.

Il n'est pas rare que des oiseaux se perchent sur les caméras de surveillance, dont les modèles les plus anciens ne sont pas munis de pics. Les arbres alentour sont porteurs de baies acides et les déjections des oiseaux attaquent le plastique censé protéger les objectifs, si bien que les images deviennent floues. Les caméras dirigées vers l'est et le nord n'ont enregistré que des images illisibles.

– La technique, c'est beau quand ça marche, s'agace Dubose.

Le carrefour suivant est trop modeste pour que des caméras y aient été installées. Jergen se plaint que le manque chronique d'argent public oblige le gouvernement à opérer les mauvais choix. L'État consacre des millions à l'installation d'éoliennes, ou dans l'étude des effets délétères de la techno sur la maturité sexuelle des préadolescentes, mais il n'a pas les moyens d'installer partout des caméras HD lorsqu'il s'agit de surveiller des populations de plus en plus indisciplinées.

Comme il est interdit de se garer tout le long de la rue, Jergen longe lentement le trottoir en examinant les façades, sans se soucier des automobilistes impatients qui klaxonnent derrière lui.

– Bande de connards, se plaint Dubose. Ils ont toute la place pour doubler, mais il faut qu'ils râlent. Si seulement ce tas de tôle avait un toit ouvrant.

– Pourquoi donc ?

– Je pourrais passer la tête dehors et descendre l'un de ces abrutis, ça ferait réfléchir les autres.

– Tu te crois dans un dessin animé de la Warner ?

– De quoi tu parles ? demande machinalement Dubose en scrutant les bâtiments.

– Je parle de Bugs Bunny et de Daffy Duck. J'adorais ça quand j'étais gamin.

– Jamais vus. Je n'ai jamais aimé les trucs de gamin. Je n'avais pas le temps pour ces conneries.

– Il y avait un personnage baptisé Sam le Pirate avec un énorme chapeau de cow-boy qui résolvait tous ses problèmes à coups de revolver.

— Ce n'est pas moi qui lui donnerai tort, réplique Dubose, son menton à la Dudley Do-Right en avant.

— Tiens ! Une épicerie de quartier.

Le magasin en question est une supérette dotée d'un parking sur lequel s'engage Jergen. Sous le toit, au-dessus de l'entrée, plusieurs caméras surveillent les alentours. Il est probable que le propriétaire du magasin disposera d'une ou deux caméras supplémentaires à l'intérieur.

— Tu peux être certain que ça déconne quand un commerce de quartier installe plus de caméras que la NSA et la Sécurité intérieure réunies, déclare Dubose, et son collègue hoche la tête.

28

Jane savait que Petra Quist rentrerait peu avant minuit, ce qui ne l'empêcha pas de mettre un terme prématuré à la visite des lieux en se rendant dans la cuisine où elle se délesta d'un objet sorti de son sac. Il était 23 h 10 lorsqu'elle éteignit les dernières lumières afin de se poster dans le vestibule, près de l'une des fenêtres qui flanquaient la porte d'entrée. Cinq minutes plus tard, beaucoup plus tôt qu'elle ne l'avait prévu, une limousine Cadillac interminable s'engagea sur l'allée circulaire devant la maison.

Jane recula de quelques pas et vit le chauffeur ouvrir la portière arrière et aider sa passagère à descendre.

Vêtue d'une robe courte dépourvue de manches, sans manteau ni étole en dépit de la fraîcheur ambiante, Petra Quist descendit de voiture. Malgré ses longues jambes et ses bras fins, elle était loin de posséder la grâce que montraient les photos de son compte Facebook. On aurait dit une marionnette aux articulations grippées. Elle monta les quelques marches en s'efforçant de marcher droit avec l'élégance étudiée d'une cigogne aux membres ankylosés. De toute évidence, elle se balançait lascivement à seule fin d'aguicher le chauffeur.

Ce dernier, loin de s'intéresser à ses jambes de mannequin ou à son postérieur de collégienne, la regarda gravir les marches avec inquiétude, au cas où elle aurait fait une chute, qui aurait pu abîmer son joli visage ou éclater ses lèvres pulpeuses. Le moindre incident lui vaudrait les foudres de son employeur Simon Yegg, la « love machine atomique » de sa précieuse passagère.

Petra parvint jusqu'à la porte en gardant la tête haute et Jane s'empressa de se réfugier dans le bureau voisin du vestibule dans lequel flottait une odeur de cuir et de cigare. Elle déposa son sac à ses pieds.

À en juger par le cliquetis au niveau de la serrure, la fêtarde avait du mal à y introduire sa clé. Elle finit par y parvenir, la porte s'ouvrit et le bip de l'alarme se fit entendre.

— Anabel, éclaire-moi, ordonna Petra en refermant la porte.

À ces mots, le lustre de l'entrée s'alluma.

Sarah Holdsteck avait oublié de préciser à Jane qu'un robot baptisé Anabel gérait les commandes vocales de ses occupants. Sans doute parce que ce gadget n'était pas installé à l'époque où elle vivait là. Jane trouva le détail intéressant, et intrigant.

— Anabel, désactive l'alarme. Cinq, six, cinq, un, étoile.

— Alarme désactivée, répondit une voix féminine de synthèse.

Au moment où Petra traversait le vestibule en fredonnant *Fight Song* de Rachel Platten, Jane sortit de l'ombre du bureau, son arme à la main, le canon tourné vers le sol.

— Petra Quist, anciennement Eudora Mertz d'Albany, dans l'Oregon.

La fêtarde se tétanisa sur les motifs géométriques des dalles de marbre, une jambe en avant dans sa minirobe à la couleur de ses yeux, la lanière de son sac Valentino passée sur son épaule, son teint de rose encadré par ses boucles blondes.

— Élue élève la plus populaire en terminale, petite amie de Keith Buchanan, le joueur de football américain star du lycée, poursuivit Jane. Ensuite, vous vous envolez pour New York où vous exercez le métier de mannequin. Trois ans plus tard, vous réalisez des pubs pour de grandes marques à Los Angeles, entre deux petits rôles à l'écran.

Si Petra avait peur, elle ne le montrait pas, affichant l'expression menaçante des filles peu commodes que l'on voit couramment dans les magazines de mode.

— Après avoir passé deux ans à L.A., vous ralliez Nashville où vous chantez dans des clubs pour débutants, une guitare à la main. Dix-huit mois plus tard, à l'âge de vingt-six ans, vous êtes de retour ici, à deux pas de La La Land, mais pour quoi ?

Petra poussa un soupir d'impatience.

— Tu n'as aucune raison de m'en vouloir, ma jolie. Si Simon t'a laissée tomber, c'est lui qu'il faut buter.

— J'y songe, mais j'ai besoin que tu aies débarrassé le plancher quand il va rentrer. On va aller faire un petit tour au cinéma, toutes les deux.

— Et pis quoi encore ? J'ai soif.

Jane leva le canon de son arme qu'elle avait munie d'un silencieux, non par souci de discrétion dans une maison aussi isolée, mais parce qu'elle savait le pistolet plus intimidant avec ce genre d'accessoire.

Que sa soirée ait été trop arrosée pour percevoir la menace, ou qu'elle ait été dotée d'un caractère bien trempé, Petra ne cilla pas.

— Si tu as envie de jouer avec moi au concours de la plus vicelarde, ma chérie, je te conseille de prendre des cours pendant quelques mois avant de revenir me voir.

Elle ponctua sa phrase en tournant le dos à Jane et se dirigea tranquillement vers le salon, de la même démarche chaloupée qu'elle avait réservée au chauffeur un peu plus tôt. Sans doute l'expérience lui avait-elle montré qu'elle faisait parfois autant d'effet aux filles qu'aux mecs.

Sachant que Simon ne tarderait pas, Jane aurait neutralisé Petra à l'instant où elle désactivait l'alarme en lui faisant respirer le chloroforme artisanal fabriqué quelques jours auparavant à l'aide d'acétone et de chlorure de chaux si elle n'avait pas entretenu l'espoir de lui soutirer quelques informations.

Elle suivit Petra dans le salon.

— Je ne suis pas l'une des ex de Simon, et je ne te veux aucun mal.

— Me voilà rassurée. Maintenant, je te demande de te casser.

— Je ne te veux aucun mal, mais je peux m'y résoudre au besoin.

— En me collant deux balles dans la nuque ? Si tu savais comme je m'en fous. Je serai morte avant d'avoir compris ce qui m'arrive.

— Tu es ivre.

— C'est encore quand je bois que je suis au mieux de ma forme. Tu trouves que j'ai la voix pâteuse ? Jamais de la vie. La vodka m'éclaircit les idées. Tu connais l'histoire de Peter Parker qui se fait mordre par une araignée et se transforme en Spider-Man ? Eh bien la Belvedere avec une olive me fait le même effet.

Jane franchit la double porte menant jusqu'au vestibule à la suite de la jeune femme.

— Ne fais pas l'idiote, tenta Jane. Ne me pousse pas à bout inutilement.

— Va te faire foutre. D'ailleurs, je suis sûr que ça ne te déplairait pas.

À l'école du FBI à Quantico, et par la suite lorsqu'elle avait intégré le Bureau au sein des Unités 3 et 4 d'analyse du comportement, Jane avait eu l'occasion de croiser des individus dangereux des deux sexes. Aucun ne lui avait résisté, ce qui rendait l'attitude de Petra Quist d'autant plus inhabituelle. Sa réticence n'était pas uniquement due à l'alcool et le seul moyen de la ramener à la raison était de percer les causes de son entêtement.

Constatant que Jane ne la lâchait pas d'une semelle, Petra s'emporta :

— Pourquoi ne pas m'attraper par les cheveux, me jeter par terre et me péter les dents ? Tu n'as que la gueule, c'est ça ?

Elle s'avança dans une immense cuisine somptueusement équipée, capable d'accueillir un peloton de cuisiniers, et la lumière s'alluma automatiquement.

— Ou alors tu n'as pas envie d'abîmer mon corps avant d'avoir pu t'amuser avec ?

Sous les yeux de Jane qui se demandait jusqu'où irait cette femme, ou plutôt cette enfant, Petra prit deux verres à cocktail et un shaker dans un placard avant de sortir une bouteille de vermouth et un bocal d'olives du réfrigérateur. Elle déposa le tout sur le plan de travail en granit noir de l'îlot central.

— À moins que tu ne sois une sainte-nitouche cul-serrée. Si ça se trouve, tu ne touches ni les filles, ni les garçons, et tu te touches encore moins toi-même. Tu ferais mieux de picoler un coup, ma jolie. Je ne risque pas de confier mes petits secrets à une pétasse moralisatrice qui ne boit jamais une goutte d'alcool. C'est bon pour les filles, les mecs, les chiens et les chats.

Elle ouvrit la porte d'un congélateur dont elle tira une bouteille de Belvedere glacée avant de remplir les deux verres en regardant Jane avec mépris.

— Ma fille, t'es un drôle de numéro. Avec ta gueule, ton cul et le reste, tu pourrais faire du cinéma, mais tu te maquilles pas, tu laisses tes cheveux en pétard et tu t'habilles chez un fripier. J'imagine que tu dois passer des heures devant ta glace pour cultiver un look aussi minable. Ça te branche d'être moche ? Je serais curieuse de connaître ton histoire. Tu ne veux pas me la raconter ? Anabel, ajouta-t-elle à l'adresse du robot domestique, éteins les lumières !

Juste avant que la pièce ne se trouve plongée dans l'obscurité, Jane eut le temps de voir son interlocutrice brandir la bouteille de Belvedere. Celle-ci retomba sur le plan de travail en se fracassant. Petra, le goulot à la main, disposait désormais d'une arme redoutable.

29

Alors que le vendredi tire à sa fin, un seul employé travaille au QuickMart. Un certain Tuong, à en croire le badge pincé sur la poche de sa chemise blanche. Un Américain d'origine vietnamienne, un jeune homme soigneusement rasé d'une vingtaine d'années qui s'exprime poliment d'une voix posée. Carter Jergen devine que Tuong, à l'instar de beaucoup de ses compatriotes venus d'Asie, occupe deux emplois en entretenant l'espoir de posséder un jour son propre commerce. À moins qu'il ne suive un cursus universitaire de haut niveau en informatique.

Quels que soient les défauts de Tuong, la bêtise n'en fait pas partie. Il dissimule derrière son humilité une intelligence aiguë presque palpable. Surtout, il reste sensible à l'autorité ; les membres de sa communauté ambitionnent d'acquérir un savoir lorsqu'ils vont à l'université, au lieu de construire des barricades. Et lorsque Tuong affirme ne pas savoir où se trouve l'appareil qui enregistre les images des caméras de surveillance, Jergen ne doute pas un instant de sa parole.

Radley Dubose, à l'inverse, refuserait de croire le pape si celui-ci lui affirmait qu'il fait soleil un jour sans nuages. Il brandit pour la énième fois ses papiers de la NSA, tel un shaman agitant des têtes de serpents séchés sous le nez des individus les plus superstitieux de sa tribu. Il menace Tuong des foudres du gouvernement s'il refuse de coopérer avec des agents fédéraux à la recherche d'un terroriste.

Comble de malchance, les câbles des caméras vidéo sont encastrés dans les murs de la supérette, ce qui empêche Dubose de les suivre jusqu'au disque dur.

Il s'énerve contre le malheureux employé.

— Ce disque dur se trouve forcément dans l'arrière-boutique ou dans la réserve. Il doit se voir comme un cafard sur une pièce montée.

— On ne vend pas de pièce montée, réplique Tuong.

— Je m'en doute, bon sang ! J'ai bien compris que ce bazar n'était pas une pâtisserie. C'était une image.

— Une image erronée, le contre Tuong.

— Quoi ?!!

— Nous n'avons pas de cafards ici. Les services d'hygiène nous félicitent toujours pour la propreté des lieux.

Jergen, amusé par cet échange, prend une barre chocolatée sur le comptoir, ouvre l'emballage et croque dans la confiserie avec satisfaction.

— Il n'est pas question de cafards, mais de…

Tuong, qui s'amuse autant que Jergen, a le front d'interrompre le géant.

— Justement, nous sommes très fiers de ne pas en avoir.

Les poings de Dubose dessinent deux jambons à l'extrémité de ses bras.

— Je retourne dans la réserve. Tu as une arme sous le comptoir ? demande-t-il avant que l'employé ait pu réagir.

— Oui, monsieur.

— Tu sais t'en servir ?

— Oui, monsieur.

— Je vais te dire un truc : ne t'avise pas de l'utiliser contre un agent fédéral si tu ne veux pas te retrouver dans un océan de merde.

— Vous pouvez me dire tous les trucs que vous voulez.

— De quoi tu parles ?

— De l'océan de merde.

Dubose, au bord de l'implosion, est prêt à éventrer Tuong.

— Assez perdu de temps. Je vais jeter un œil dans la réserve.

Tuong, le visage impassible, voit Dubose passer derrière le comptoir et pousser la porte du couloir menant à l'arrière-boutique. Il se tourne vers Carter Jergen.

— Je vais passer un coup de fil à M. Zabotin. Je lui demanderai où se trouve le disque dur.

— M. Zabotin ?

— Ivan Zabotin. Il est propriétaire de ce QuickMart et de trois autres.

— Vous le féliciterez de ma part pour la propreté des lieux, plaisante Jergen en croquant dans sa barre chocolatée.

Tuong lui répond par un sourire et décroche le téléphone.

30

Un rayon de lune se cristallisait sur le carreau de la fenêtre, les chiffres lumineux verts de l'horloge du four luisaient faiblement dans le noir, à la façon d'un code énigmatique…

Dans l'obscurité que traversaient des effluves d'alcool, des échardes de verre crissèrent sous les semelles de Petra, tels des grincements de dents. Elle poussait de petits cris chaque fois qu'elle tailladait sauvagement le noir avec le goulot de la bouteille, comptant sur sa bonne connaissance des lieux pour avoir l'avantage sur son adversaire et lui entailler le visage.

Jane choisit de ne pas tirer. Elle avait toutes les chances de rater son adversaire dans le noir et l'éclair de la détonation trahirait sa position. Sans compter qu'elle n'avait aucune envie de tuer cette drôle de fille, à moins de ne pas avoir le choix.

Elle préféra reculer en criant : « Anabel, allume les lumières », en vain. Quelques instants plus tard, elle tâtonnait jusqu'au plan de travail sur lequel elle se hissa d'un bond. À un mètre du sol, au centre de l'îlot que formait la plaque de granit, ramassée sur elle-même, un genou sur le plan de travail, la main gauche à plat pour plus de stabilité, elle tendit l'oreille afin de localiser les sons qui lui parvenaient.

Petra Quist, oubliant toute prudence, laissa éclater sa colère en multipliant les gestes désordonnés dans le noir, chaque mouvement du tesson de bouteille ponctué par une injure empruntée au vocabulaire des pires misogynes. Le verre du goulot tintait furieusement chaque fois qu'il rencontrait un obstacle. Il finit par éclater contre le granit du plan de travail dans une symphonie d'éclats de verre.

Jane laissa passer son adversaire avant de pivoter sur elle-même en suivant le son de sa voix. Cette fois, se souvenant de la formule utilisée par Petra lorsqu'elle s'était adressée à l'ordinateur, elle se releva en criant: «Anabel, éclaire-moi», et une lumière vive chassa l'obscurité.

Petra écarquilla les yeux, surprise, les traits déformés par la rage. Son visage conservait une certaine beauté, mais d'un genre tout autre que celui qui avait fait tourner la tête des hommes dont elle avait croisé la route tout au long de la soirée. Une beauté sauvage et dure, comparable à celle qu'arborait la Gorgone sous son casque de serpents, lorsqu'elle transformait les hommes en statues de pierre d'un simple regard.

Jane lança son pied et Petra poussa un cri en ressentant, au niveau de l'avant-bras droit, une douleur fulgurante qui lui fit lâcher le tesson de bouteille. Jane sauta du plan de travail et plaqua violemment son adversaire contre l'un des réfrigérateurs. À défaut de savoir se battre, Petra se débattait comme une diablesse, refusant de s'avouer vaincue. Elle voulut griffer son adversaire et ne réussit qu'à casser ses faux ongles avant de tenter de mordre Jane.

Cette dernière lui assena un coup de genou dans le bas-ventre qui lui coupa le souffle et lui ôta toute velléité combative. Elle en profita pour lui envoyer son avant-bras dans le menton. Les yeux de Petra se révulsèrent, sa nuque vint frapper la porte du réfrigérateur et Jane s'écarta afin de laisser le corps inanimé de la jeune femme glisser le long de la paroi en inox et s'écrouler à ses pieds, sans connaissance.

31

La présence de Radley Dubose devant la caisse du QuickMart ne décourage pas autant la clientèle que s'il était couvert de sang, une tronçonneuse à la main, mais Carter Jergen soupçonne sa stature imposante d'inciter à rebrousser chemin une bonne partie de ceux qui franchissent le seuil de la supérette. Le géant ne fait rien pour dissimuler sa colère et son arrogance. N'importe quel individu doté d'un minimum de bon sens comprend qu'il se trouve en présence d'un représentant de l'État prêt à chercher des noises au premier venu.

Ivan Zabotin, le propriétaire du magasin, a pris le relais de Tuong, mais il lui a fallu vingt minutes pour arriver sur place et ses excuses ne font qu'exacerber la fureur de Dubose.

Zabotin est un petit homme doté d'une grosse tête et de petites mains fines, ce qui lui donne l'allure étrange d'un enfant barbu. Il s'exprime dans un anglais correct avec un fort accent. Il a émigré de Russie où ses parents ont longtemps subi le poids du régime communiste ; lui-même a grandi dans le monde à peine moins dangereux qui a suivi l'effondrement de l'Union soviétique, et il en a gardé une certaine méfiance à l'endroit des représentants de l'autorité publique. Il demande à voir et examine d'un air nerveux les papiers de ses visiteurs avant d'entraîner ceux-ci dans son bureau.

— Vous étiez quoi, à l'époque de la Mère Russie ? lui demande Dubose. Une espèce d'oligarque ?

— Un oligarque ? répète Zabotin, surpris. Non, non, non, monsieur. Pas du tout. Les miens étaient au contraire les victimes des oligarques.

— Vous êtes propriétaire de beaucoup de magasins, poursuit Dubose. Expliquez-moi comment vous avez pu acheter tout ça si vous n'avez pas débarqué en Amérique sur un yacht de cent mètres de long avec un milliard de dollars d'argent sale.

Les jambes de Zabotin ploient sous l'accusation, il se fige sur le seuil de son bureau.

— Avec ma femme, nous sommes quasiment arrivés les mains vides. On a travaillé dur, on a économisé, on a investi. Pas besoin d'un milliard de dollars pour acheter un QuickMart.

— Sauf que vous en avez quatre, insiste Dubose sur un ton accusateur de haut magistrat.

Zabotin se tourne vers Jergen, en quête d'un soutien, mais le collègue de Dubose se contente de lui opposer un regard morne. Pour que les deux hommes soient capables de jouer au bon flic et au mauvais flic, encore faudrait-il que l'un d'eux soit doté d'un minimum d'empathie, ce qui n'est pas le cas. Au mieux Jergen peut-il feindre l'indifférence.

Pressé de voir disparaître ses deux visiteurs, Zabotin s'installe derrière son bureau en leur expliquant que le disque dur du système de sécurité se trouve dans un coffre, mais que les images filmées par les six caméras peuvent être visionnées directement sur son ordinateur.

Jergen lui précise que seules les caméras installées au-dessus de l'entrée de la supérette l'intéressent, et il indique une heure approximative à Zabotin.

Sur le bureau trônent plusieurs cadres contenant des photos du maître des lieux en compagnie d'une femme qui doit être son épouse, mais aussi de leur fille, de leurs deux fils, et même du chien de la famille. Sur la table de Zabotin est posée une statue de la Liberté en plastique, ainsi qu'un drapeau américain soigneusement amidonné qui donne l'impression de flotter fièrement au vent.

Pendant que le propriétaire cherche la vidéo demandée sous le regard attentif de Jergen, Dubose, le front barré d'un pli, examine les cadres l'un après l'autre en étudiant les visages des membres de la famille Zabotin.

Son manège n'échappe pas au commerçant dont le regard navigue en permanence de l'écran aux grosses mains du géant qui caressent les portraits de façon inquiétante.

Dubose s'humecte le pouce et l'écrase sur le verre du cadre à l'endroit précis où s'affiche le visage de Mme Zabotin, apparemment soucieux d'effacer une tache qui l'empêche de distinguer convenablement les traits de l'intéressée. Il procède au même rituel avec les portraits de la fille et des deux garçons, âgés de dix à douze ans, comme s'il voulait leur jeter un sort.

Ivan Zabotin en est si perturbé que ses doigts ne lui obéissent plus et qu'il doit s'y reprendre à plusieurs reprises avant de faire apparaître les images à l'écran.

Jergen est intrigué par le comportement de son collègue. Quand il n'incarne pas Sam le Pirate, Dubose lui fait penser aux personnages décalés des *Contes de la crypte*.

Soudain apparaissent à l'écran le frère et la sœur qui passent devant le magasin en se tenant la main. Ils regardent autour d'eux d'un air inquiet, sans savoir de quel côté viendra l'attaque.

La première caméra les perd de vue, mais Zabotin continue de suivre les jumeaux grâce aux images de la deuxième, dont l'objectif embrasse le parking de la supérette, puis de la troisième dont le champ couvre une partie de la rue. Les jumeaux s'éloignent dans la nuit, s'arrêtent au feu suivant et traversent le carrefour en direction de l'est.

Le système de surveillance de Zabotin fournit des images en haute définition, mais il est uniquement conçu pour surveiller les environs immédiats du QuickMart.

Avant de disparaître de l'écran, les jumeaux tournent à gauche en direction de lumières colorées qui ne sont pas celles d'une enseigne.

— Remontez en arrière que je puisse visionner à nouveau les dernières images, commande Carter Jergen.

Zabotin s'exécute et Jergen regarde la séquence à quatre reprises avant de demander au Russe de figer l'image. Jergen tapote l'écran d'un doigt.

— On dirait des voitures, déclare-t-il en désignant une masse sombre. Mais à quoi correspondent ces drôles de lumières dans le fond ?

— Ce sont les vitraux de l'église, lui répond Zabotin.

— Quelle église ?

— La Mission de la Lumière divine.

Jergen se tourne vers Dubose.

— Pourquoi voudrais-tu qu'ils se planquent dans une église ? s'étonne le géant.

— Les églises servent de sanctuaire aux fugitifs depuis la nuit des temps.

Dubose secoue la tête.

— Pas dans le monde d'où je viens.

Désireux de couper court, Ivan Zabotin relève la tête.

— Agent Jergen, en quoi puis-je encore vous aider ?

— Vous nous avez été d'une grande utilité, monsieur Zabotin. Il ne vous reste plus qu'à oublier notre visite. La sécurité nationale est en jeu, parler de notre visite à quelqu'un, même à votre femme, serait un délit grave.

C'est faux, évidemment, mais Zabotin pâlit.

— Un délit passible de trente ans de prison, insiste Jergen.

— Trente-cinq ans de prison, le corrige Dubose.

— Il ne s'est rien passé du tout, je n'ai aucune raison de raconter quoi que ce soit à qui que ce soit, s'empresse de réagir Zabotin dont le front se perle de transpiration.

Jergen et Dubose abandonnent le patron du Quick-Mart derrière son bureau et regagnent le magasin. Tuong, derrière la caisse, apostrophe Jergen.

— Vous avez oublié de payer la barre chocolatée.

— Elle n'était pas terrible, se défend Jergen qui en prend aussitôt une autre. Elle avait un goût de merde.

À peine sorti de la supérette, il jette la barre chocolatée dans une poubelle.

— C'est si mauvais que ça ? lui demande Dubose alors qu'ils rejoignent le Range Rover.

— Pas du tout, mais je surveille ma ligne, rétorque Jergen.

32

Le temps filait, la grande aiguille avait parcouru près de la moitié de son cercle horaire, minuit approchait à grands pas…

Dans l'immense cuisine, un espace de bureau doté d'un fauteuil à roulettes avait été conçu pour la rédaction des menus.

Jane roula le siège jusqu'à sa victime inconsciente et l'installa tant bien que mal sur l'assise avant de ligoter ses poignets aux bras du fauteuil à l'aide de liens en nylon prélevés dans son cabas.

D'un cylindre central s'échappaient les pattes en araignée du siège auxquelles elle attacha les chevilles de Petra.

Jane en arrivait à regretter les mesures qu'elle devait prendre contre Petra. Un prédateur solidement armé n'a aucun mérite à s'attaquer à un agneau, même s'il s'est rebellé.

Petra n'avait rien d'un agneau, mais elle n'était pas davantage le loup qu'elle affectait d'être. Sa dureté apparente était essentiellement une armure, son arrogance et sa rage constituaient l'essentiel de son système de défense.

Lorsque Jane en aurait terminé avec elle, Mlle Quist se retrouverait sans armure. Elle ne résisterait pas longtemps sans ses moyens de protection habituels dans ce monde de rapaces. Elle en serait elle-même partiellement responsable, mais Jane se voyait mal la relâcher dans la nature sans la moindre assistance.

En fin de compte, Jane allait devoir assumer la culpabilité liée à ce qu'elle infligeait à Petra au nom de Travis et de tous les innocents figurant sur la liste Hamlet.

La maison était dotée de deux ascenseurs : le premier dans le vestibule, le second dans la vaste arrière-cuisine communiquant avec la salle à manger. Elle roula le siège auquel était attachée Petra dans l'ascenseur de service et descendit au sous-sol.

Les soirs de poker, l'homme de la maison (si l'on pouvait parler d'homme à l'évocation de Simon Yegg) rentrait entre minuit et demi et 1 heure du matin. Le temps dont disposait Jane lui suffirait tout juste à se préparer. Encore fallait-il que Simon ne revienne pas prématurément. Et si Petra avait regagné ses pénates en avance en sachant que son compagnon comptait rentrer plus tôt que d'habitude ? Il était clair que chaque minute comptait.

Jane sortit de l'ascenseur en poussant le fauteuil roulant et Anabel alluma automatiquement le fronton du cinéma sur lequel s'affichaient deux mots en cursives de néon bleues : *Cinéma parisien*.

Elle franchit la double porte avec sa prisonnière et se retrouva dans le hall d'accueil où elle éprouva quelques difficultés à manœuvrer le fauteuil à cause de l'épaisse moquette qui recouvrait le sol. Redoublant d'efforts, elle tira la chaise jusqu'au stand de pop-corn et bloqua les roues à l'aide des freins prévus à cet effet de sorte que Petra ne puisse bouger si elle revenait à elle.

Jane remonta au rez-de-chaussée en empruntant cette fois l'escalier. Elle récupéra son cabas dans la cuisine sans se soucier des morceaux de verre et de la mare de vodka sur le carrelage, sachant que Simon n'avait aucune raison de passer par là à son retour.

D'après Sarah Holdsteck, son ancien mari avait toujours recours à un chauffeur les soirs de poker, ce qui l'autorisait à boire quelques verres de whisky Macallan. La limousine le déposerait devant sa porte, comme celle de Petra, et Jane l'attendrait dans l'entrée si tout se déroulait comme prévu.

Elle se rendit dans le vestibule où elle réactiva l'alarme périmétrique avant d'éteindre le lustre et de s'approcher de la petite fenêtre collée à la porte.

La rue et les palmiers du jardin étaient plongés dans l'obscurité, seules quelques lampes brillaient faiblement sur l'allée en demi-lune menant au portique brillamment éclairé.

Jane, son cabas à l'épaule, regagna le cinéma du sous-sol en veillant à couper les lumières derrière elle.

Petra Quist avait repris connaissance. Attachée à son siège, elle aurait aguiché n'importe quel amateur de sexe extrême. Elle ne semblait pas décidée pour autant à rabattre son caquet.

— Tu es morte, sale connasse.

— À vrai dire, nous sommes tous des morts en sursis. Certains d'entre nous partiront plus tôt que les autres, c'est tout.

Elle souleva un petit banc placé contre un mur et l'installa face à la prisonnière avant de s'y asseoir.

— J'ai mal partout, poursuivit Petra, mais c'est rien à côté du sort que te réservera Simon.

— Où as-tu mal ?

— Va te faire foutre.

— J'éviterai de te recommander un programme analogue tant que tu ne seras pas remise sur pied.

Petra voulut lui cracher à la figure, mais le jet de salive s'étala sur le tissu du petit banc.

— Tu t'y crois, pas vrai ? Eh bien, je peux te dire que tu as tort.

— Tout le monde s'y croit plus ou moins dans la vie. Reste à savoir de quelle façon.

Les deux femmes s'affrontèrent du regard pendant une trentaine de secondes. Jane rompit la première le silence.

— Je serais curieuse de savoir à quel point tu détestes Simon.

— N'importe quoi ! Pourquoi voudrais-tu que je le déteste ?

— C'est une évidence.

— Il est cool avec moi, il me donne tout ce que je veux.

— Jusqu'à quel point le détestes-tu ?

— Je n'ai aucune raison de le détester.

— Bien sûr que si.

33

L'église, brillamment éclairée sur les images filmées par la caméra de surveillance du QuickMart, est à présent plongée dans le noir et le parking est désert.

En revanche, on aperçoit de la lumière dans le presbytère voisin, une lampe d'extérieur met en valeur la plaque métallique qui accueille les visiteurs.

MISSION DE LA LUMIÈRE DIVINE
Je suis venu pour qu'ils aient la vie
Et qu'ils soient dans l'abondance
Pasteur : Gordon M. Gordon.

Carter Jergen enfonce la sonnette et Dubose maugrée à côté de lui :

— J'espère pour eux qu'ils n'ont pas accordé l'asile à ces chiards de jumeaux, ça fait suffisamment longtemps qu'ils se foutent de nous. De toute façon, je les vois mal se réfugier ici, cette taule n'est pas vraiment un repaire d'hindous.

— Ils ne sont pas hindous, le corrige Jergen.

— Leurs parents l'étaient.

— Tes parents avaient bien une religion, j'imagine.

— Ma mère a été adventiste à un moment.

— Regarde où ça t'a mené.

— Peut-être, mais c'est différent avec l'hindouisme.

— Pas du tout.

— Bien sûr que si, insiste Dubose.

— Soyons cools avec ce pasteur, suggère Jergen. Les prêtres sont des gens arrangeants. On n'en a pas pour longtemps.

Dubose reste impassible, telle une statue d'un dieu nordique prêt à inonder la nuit d'éclairs à la moindre provocation.

Un homme d'une cinquantaine d'années ouvre la porte, vêtu d'un pantalon de costume et d'une chemise blanche aux manches remontées, sa cravate dénouée. Il a une crinière grise parfaitement taillée et son teint hâlé signale le recours à un institut en cette saison. Son sourire conquérant confirme sa sociabilité.

À tout prendre, il ressemble moins à un homme d'Église qu'à un agent immobilier, mais Jergen ne s'y trompe pas.

— Révérend Gordon ?

— À votre service. En quoi puis-je vous aider ?

Jergen et Dubose lui débitent le laïus habituel en produisant leurs cartes professionnelles.

Le sourire du pasteur laisse place à une expression grave. Il invite ses visiteurs à pénétrer dans le presbytère et les conduit jusqu'à un petit salon en affichant une mine aussi sombre que s'il venait d'apprendre la mort d'une de ses ouailles.

Gordon M. Gordon s'assoit dans un fauteuil de cuir brun tandis que Jergen et Dubose prennent place sur le canapé.

Sur la petite table voisine du fauteuil est posé un verre rempli de ce qui doit être du whisky avec des glaçons. Le livre ouvert sur une ottomane n'est ni un traité de théologie, ni un volume d'essais spirituels, mais un polar de John Grisham.

Le pasteur voit que le verre et le livre n'ont pas échappé au regard de Jergen.

— Je souffre d'insomnie depuis la mort de Marjorie il y a deux ans. Mon épouse, une femme extraordinaire. Nous étions mariés depuis trente ans et je n'arrive pas à trouver le sommeil à moins de me détendre avec un verre d'alcool et un roman.

— Le whisky à petite dose et la prose de Grisham ne sont en rien des vices, mon révérend, le rassure Jergen. Je vous présente toutes mes condoléances, vivre avec la même personne pendant trente ans est une bénédiction.

— C'est vrai, approuve le pasteur. Dieu s'est montré généreux avec moi.

— J'allais vous demander si votre femme était couchée, parce que les secrets que nous souhaitons vous confier ne sont pas à mettre entre toutes les oreilles.

— Je vous rassure tout de suite, monsieur Jergen. Mes enfants ont quitté le nid depuis longtemps, je n'ai que cette bouteille de scotch et M. Grisham pour me tenir compagnie.

Dubose prend le relais sans finesse.

— Vous organisiez une soirée dans votre église ce soir. De quoi s'agissait-il ?

— Nous assistions à la représentation de notre premier spectacle de Pâques. Un conte amusant destiné aux enfants. Une pièce consacrée à la passion du Christ sera donnée à la fin de la semaine sainte.

Jergen tend au pasteur son téléphone portable sur l'écran duquel s'affiche une photo des jumeaux Shukla.

— À tout hasard, mon révérend, auriez-vous remarqué la présence de ces deux jeunes gens ce soir ?

Gordon se penche en avant et plisse les yeux. Il hoche la tête en souriant.

— Un très beau couple. Je les ai remarqués au moment où ils se rendaient aux toilettes. Comme je ne les connaissais pas, j'ai pensé qu'ils avaient été invités par l'un ou l'autre de mes paroissiens.

Conformément à un rituel parfaitement rodé, Jergen et son collègue échangent un regard appuyé. Intrigué comme de juste, le pasteur manifeste son inquiétude.

— Mon révérend, veuillez bien réfléchir avant de nous répondre, reprend Jergen. Avez-vous vu ces jeunes gens quitter l'église à la fin de la représentation ?

— Figurez-vous que non. Je me suis même fait la réflexion que je ne connaissais pas leur nom. J'aurais aimé les inviter à rejoindre la Mission de la Lumière divine.

— Se pourrait-il qu'ils soient restés à l'intérieur du bâtiment ?

Le pasteur est manifestement plus à l'aise avec les mystères de la foi qu'avec ceux de la vie courante, car la question le désarçonne.

– À l'intérieur de l'église ? Pour quelle raison auraient-ils pu vouloir y rester ?

– Pour y trouver refuge, répond Dubose.

– Et se cacher, précise Jergen.

– Mon Dieu ! s'écrie Gordon, se souvenant brusquement que ses visiteurs poursuivent de dangereux terroristes, à en croire les explications qu'ils lui ont fournies à leur arrivée.

– Le bâtiment est-il fermé à clé la nuit ? s'enquiert Dubose.

– Oui, au même titre que nos bureaux et la salle paroissiale. C'est malheureusement une obligation de nos jours. Lorsque j'étais jeune, les portes des églises restaient constamment ouvertes. Ce n'est plus envisageable aujourd'hui, à cause du vandalisme et des profanations.

– Nous allons devoir fouiller les lieux, déclare Dubose sans ménagement. Donnez-nous les clés.

– Ne pensez-vous pas qu'il serait prudent d'appeler la police ?

– La police locale ne dispose pas des autorisations nécessaires, lui explique Jergen. Vous non plus. Je vais procéder à la fouille de vos locaux avec mon collègue.

– C'est peut-être dangereux.

– Ne vous inquiétez pas, le rassure Jergen. Nous connaissons notre métier. Puis-je vous demander les clés ?

Le pasteur louche en direction de son whisky avant de se reprendre, puis il se lève et sort trois clés de sa poche. On le sent hésitant à l'idée de confier le trousseau à ses visiteurs.

– Et s'ils étaient armés ?

Jergen tend la main dans sa direction.

– C'est peu probable.

– Sans doute, mais c'est une possibilité. Il serait préférable de s'adresser à une unité d'élite afin de boucler le périmètre et d'attendre qu'ils sortent d'eux-mêmes.

— Allez, pasteur. Vos clés, exige Dubose sur un ton sans réplique.

— Une fusillade pourrait coûter très cher à la Mission de la Lumière divine, en termes de mauvaise publicité, de procès, de risque.

— À l'heure qu'il est, le seul risque, c'est vous, s'énerve Dubose.

Il sort le pistolet qu'il porte dans un étui au niveau des reins et tue le pasteur d'une balle en pleine tête.

Le prêtre se dégonfle comme une baudruche et s'écroule au pied de son fauteuil.

Jergen désigne l'arme de son collègue.

— C'est un Glock 26 ?

— Oui, avec un plein chargeur de balles à tête creuse.

— J'ai pu m'en apercevoir. C'est juste que la crosse paraît différente.

— Je l'ai remplacée par une Pearce. Je peux dégainer plus vite.

— Tu crois que les flics seront capables de remonter jusqu'à ton flingue ?

— Bien sûr. Je compte le donner à ce petit merdeux de Sanjay Shukla. C'est lui qui portera le chapeau pour la mort du pasteur.

En attendant, Dubose remise le pistolet dans son étui.

— Tu as remarqué que je t'ai écouté. Je me suis montré arrangeant avec ce connard de prédicateur.

— Je sais. Tu t'es montré très patient.

— Il avait le choix.

— Les gens ont toujours le choix, approuve Jergen en récupérant les clés qui gisent à côté du cadavre.

— Tu n'as touché à rien ? s'inquiète Dubose.

— Uniquement la sonnette, mais je l'ai essuyée tout de suite après.

— Après ça, conclut Dubose en accordant un ultime regard à sa victime, ces chiards de Shukla ont intérêt à se trouver dans l'église.

34

Le hall d'accueil du cinéma avait une décoration chargée, surtout pour un lieu aussi petit. Les fresques en trompe-l'œil du plafond représentaient des cieux aux couleurs glorieuses de l'aurore, des lustres pendaient des pampilles en forme de pétales, du bronze doré ornait les colonnes de marbre noir au chiffre du maître de maison et les murs étaient tendus de soie rouge.

Petra Quist offrait un tableau étrange au milieu de ce décor outrancier digne d'un cabaret à cocottes parisien du Second Empire.

— Je ne déteste pas Simon, répéta-t-elle.

Jane, assise face à sa prisonnière, haussa les épaules.

— Je méprise ce type, alors que je ne l'ai jamais croisé.

— Tu as sans doute un problème de colère rentrée, rétorqua Petra, hésitant à cracher à nouveau au visage de Jane.

— À qui le dis-tu, acquiesça Jane. Et encore, tu ne sais rien.

— T'es une cinglée de première.

— Je me range à l'avis d'une spécialiste.

— Quoi ?

— Allons, Petra. Simon est une ordure, et tu le sais pertinemment.

— Pourquoi tu lui en veux autant, si tu l'as jamais rencontré ?

Jane éluda la question.

— Si je comprends bien, le gentil papa gâteau te donne tout ce que tu veux, c'est ça ? Argent, bijoux, fringues, limousines, toute la gamme des compensations habituelles.

— Des compensations ? Tu veux dire quoi ?

— Ce que je veux dire n'a aucune importance. L'essentiel est de savoir si tu es dupe de la situation ou non.

Du haut de ses vingt-six ans, Petra avait une telle maîtrise de l'alcool qu'elle pouvait donner l'impression d'être à peu près sobre après avoir passé six heures à faire la tournée des boîtes avec ses copines.

— La situation ?

Jane se pencha vers elle en la gratifiant d'un regard acide, mais bienveillant.

— Tu es suffisamment crédule pour t'imaginer qu'un long avenir doré vous attend, toi et Simon ? Tu n'as pas compris que tu étais une pute ?

Une expression de haine déforma les traits harmonieux de Petra, des larmes de colère et de honte brillèrent dans ses yeux. Elle cracha au visage de Jane, sans plus de succès que la fois précédente.

— À force de cracher, tu vas finir par te déshydrater, l'avertit Jane. C'est dangereux, tu sais.

— Tu te prends pour qui, salope ? De quel droit tu me juges ? S'il y a une traînée ici, c'est bien toi.

— Il ne t'épousera jamais.

— T'as vraiment rien compris, il a même décidé de m'offrir une bague. Il m'a toujours dit qu'il était pas du genre à se marier, mais je le fais fondre, figure-toi. Alors ferme ta grande gueule et fiche-nous la paix.

— Pas du genre à se marier ? Je ne sais pas ce qu'en penseraient ses quatre femmes.

— Quatre femmes ? N'importe quoi ! Tu me prends pour une conne ?

— Simon épouse des femmes riches, il les dépouille consciencieusement et les mutile psychologiquement avant de les jeter comme de vulgaires mouchoirs en papier.

Sans laisser à Petra le temps d'exprimer son incrédulité, Jane lui raconta la mésaventure de Sarah Holdsteck, les bains glacés infligés par des types qui n'hésitaient pas à lui uriner dessus, et le reste.

— Les précédentes ont été violées par ses complices, histoire de bien les humilier. L'argent n'est même pas sa motivation première, puisqu'il en a déjà. Ce type est un pervers.

— Ces quatre femmes n'ont jamais existé, insista Petra. Tu mens.

— L'une d'elles est devenue si agoraphobe qu'elle ne quitte plus la maison dans laquelle elle s'est réfugiée. Deux autres ont été assassinées, sans doute parce qu'elles reprenaient un peu trop confiance en elles, pour avoir osé lui dire son fait.

Petra se recroquevilla sur son fauteuil.

— Tu n'es qu'une sale menteuse. Je refuse de t'écouter. Je n'entends plus un mot de ce que tu me serines. Va-t'en.

— Ta vie dépend de ta capacité à m'écouter, au contraire. J'ai besoin de Simon pour atteindre son demi-frère, qui est un type dangereux doté d'amis haut placés.

— Il n'a pas de frère, demi ou pas.

— Miracle ! Elle a retrouvé l'ouïe ! Son frère s'appelle Booth Hendrickson. Simon ne s'en vante pas parce que Booth et ses petits copains des ministères refilent du boulot à ses boîtes. À travers son entreprise de voitures avec chauffeur, Simon a signé un contrat bien juteux avec le ministère de la Justice dont il trimbale les responsables quand ils sont de passage dans la région.

Paupières serrées et lèvres pincées, Petra fit semblant de ne pas entendre. À cet instant précis, elle n'avait pas vingt-six ans, mais plutôt treize.

— Que ça te plaise ou non, tu finiras par me dire ce que j'ai besoin de savoir au sujet de Simon. Quand j'en aurai fini avec lui et Booth, il sera dans un tel pétrin qu'il te rendra responsable de ce qui lui est arrivé, pour avoir été incapable de me résister. Il comprendra surtout que tu en sais bien trop. S'il ne t'égorge pas lui-même, il demandera à ses petits copains de s'en charger.

— Putain ! Mais tout allait bien dans ma vie jusqu'à ce que tu débarques. C'est pas juste. Qu'est-ce que je t'ai fait pour que tu aies la haine à ce point ?

— Nick, mon mari, était un homme bien. Il n'y avait pas mieux que mon Nick, et ces cinglés assoiffés de pouvoir l'ont tué.

Arc-boutée dans son déni, Petra commençait à sentir ses certitudes s'effriter. Les paupières toujours closes, elle secoua la tête.

— Je ne veux pas savoir.

— Mon petit garçon vit désormais dans une planque. Ils ont promis de le tuer s'ils lui mettaient la main dessus.

— T'es complètement cinglée et tu racontes n'importe quoi.

— Regarde-moi dans les yeux et tu sauras que je dis la vérité.

Petra obéit machinalement et Jane ne lut dans son regard que de la haine et de la colère.

— Je ne sais pas qui tu es, mais tu mens. Quand bien même tu dirais la vérité, ce qui n'est pas le cas, je suis morte. Que je te balance tout ce que je sais ou pas.

Le message était clair : *Aide-moi à m'en sortir, donne-moi une lueur d'espoir, et j'accepte de t'aider*.

— Simon planque du cash quelque part dans cette maison. Les types de son acabit le font toujours.

— Je ne suis pas au courant.

Jane laissa s'écouler un battement avant de poursuivre.

— Il m'est arrivé d'être complètement paumée dans ma vie, dit-elle avec une note de tendresse dans la voix. Je ne savais plus à quel saint me vouer. Mais ce n'est pas inéluctable. Je l'obligerai à me dire où il planque son argent. Je n'en veux pas, tu n'auras qu'à le prendre et partir avec.

— Partir où ?

— J'imagine qu'il doit garder en liquide dans les deux cent mille dollars. Peut-être plus. Assez pour aller où tu veux, de préférence dans un endroit où personne ne te connaît. Tu n'auras qu'à changer de nom une fois de plus, et si j'ai un conseil à te donner, évite les types dans son genre à l'avenir. Change de vie.

— Pour devenir quoi ?

Jane se pencha et posa la main gauche sur l'un des poignets de la femme-enfant attachée au fauteuil.

— Pour devenir toi-même. Si je n'avais pas fait irruption dans ta vie, tu serais probablement morte avant d'atteindre la trentaine. Tu dis que Simon te traite bien, qu'il est gentil avec toi et te donne tout ce que tu veux, mais je suis certaine que tu as pris la mesure, à un moment ou à l'autre, de sa violence rentrée.

Petra détourna les yeux et se concentra sur les nuages en trompe-l'œil du plafond.

Jane savait qu'il était plus efficace de convaincre sa prisonnière que de la menacer. À un moment donné, le sujet accepte inconsciemment de coopérer et l'interrogateur doit savoir en profiter sans le brusquer, de peur qu'il se referme comme une huître. Le mieux était encore de la laisser s'exprimer à son rythme.

— Il lui arrive de me faire mal, mais il ne fait pas exprès, avoua Petra tout en continuant d'explorer les nuages des yeux.

35

Les flammes des bougies se contorsionnaient dans les photophores improvisés en projetant des ombres fluctuantes sur la table de la cuisine. Les jumeaux, assis l'un en face de l'autre en diagonale, dévoraient des sandwichs jambon-fromage-mayonnaise, deux chacun car ils étaient affamés, tout en grignotant des chips.

À présent qu'ils avaient trouvé un refuge, fût-il temporaire, le cauchemar qu'ils avaient traversé leur semblait moins terrifiant. Tanuja, en particulier, y voyait un conte fantastique digne des frères Grimm, dans une version mise au goût du jour. La parenthèse de répit qui leur était accordée leur montrait la situation sous un jour favorable, au même titre que leur modeste repas se trouvait sublimé par la bravoure et l'astuce dont ils avaient fait preuve.

Ils mangèrent le premier sandwich en silence, préoccupés avant tout par la faim et le désir de savourer leur havre de paix. Le second, à l'inverse, fut l'occasion d'une discussion à bâtons rompus sur les motivations de leurs poursuivants et les solutions qui s'offraient à eux.

Tanuja avait posé sur la table les deux mystérieuses ampoules raflées après avoir neutralisé Lincoln Crossley et ses deux séides à coups d'insecticide. Le liquide ambré translucide contenu dans les tubes de verre luisait doucement à la façon d'un élixir magique capable de les doter de pouvoirs surnaturels.

À la lueur dansante des bougies, les particules en suspension dans le liquide s'agglomééraient entre elles avant de se dissoudre et de dessiner de nouveaux filaments. Ceux-ci étaient parcourus de nœuds étranges, semblables aux éléments d'un circuit intégré miniature, qui finissaient immanquablement par se détacher avant de se fixer ailleurs.

— Si ça se trouve, remarqua Sanjay, ce truc était maintenu au frais pour assurer sa stabilité. Il commence à s'agréger en se réchauffant.

— Peut-être, mais de quoi s'agit-il ? réagit Tanuja. Tu crois que le liquide est en train de tourner ?

— On dirait que ces micro-particules se regroupent toutes seules.

— Dans quel but ?

Sanjay fronça les sourcils.

— Ils voulaient m'injecter ce truc.

— Dans quel but ? répéta Tanuja.

— Je n'en sais rien, mais ce n'était pas pour mon bien.

Lorsqu'ils préparaient les sandwiches un peu plus tôt, ils avaient trouvé une plaquette de chocolat noir qu'ils avaient gardée comme dessert en se promettant de l'arroser avec le reste du champagne.

Ses carrés de chocolat avalés, Tanuja tendit son verre.

— J'ai besoin d'aller aux toilettes, signala-t-elle à son frère.

Il fit mine de se lever pour l'accompagner, mais elle l'arrêta d'un geste.

— Ne bouge pas, sauf si tu as besoin d'y aller aussi. Je me souviens du chemin. Déguste tranquillement ton chocolat, *chotti bhai*, dit-elle en prenant l'un des photophores de fortune. Quand je reviens, il faudra décider ce qu'on fait demain matin, sinon jamais je n'arriverai à m'endormir.

— Quand bien même on fourbirait un plan d'enfer, je vois mal comment je pourrais fermer l'œil cette nuit.

Au moment de quitter la pièce, Tanuja se retourna et vit que son jumeau examinait le contenu des ampoules. Par un effet d'optique dû à la lueur des bougies, on aurait dit que les filaments contenus dans le mystérieux liquide tissaient l'ombre d'une toile d'araignée sur son visage.

36

— Il te fait mal ? demanda Jane. De quelle façon ?

Petra Quist, son visage toujours tourné vers les fresques du plafond, ferma les yeux.

— Il ne fait pas exprès, c'est juste qu'il se laisse emporter par l'excitation. Comme un ado.

— De quelle façon ? insista Jane.

— J'ai un peu trop bu et je suis crevée. J'ai envie de dormir.

— De quelle façon te fait-il mal ?

— Il ne me fait pas vraiment mal.

— Ce n'est pas ce que tu m'as dit. Tu affirmais que ça lui arrivait de temps à autre.

— Oui, mais je voulais dire… il ne laisse jamais de marques sur ma peau.

— De quelle façon ? Allez, dis-moi ce qu'il te fait.

Au terme d'un silence aussi fragile que la plus fine des porcelaines, Petra se décida. Sans aller jusqu'à un murmure, elle s'exprima d'une voix douce.

— Il me donne des claques.

— Au visage ?

— Ça fait mal, mais sans laisser de traces. Jamais il n'irait jusque-là.

— Quoi d'autre ?

— Parfois… il me serre la gorge avec sa main.

— Il t'étrangle ?

— Non. Enfin, un peu, mais j'arrive toujours à respirer. Sur le moment, ça fait peur. Mais il ne me ferait jamais de mal pour de vrai. Il est gentil avec moi.

Elle se mura dans un silence qui contrastait avec son tonnerre intérieur. Le masque lisse de son visage dissimulait son angoisse. Elle avait bu et elle était fatiguée, mais elle n'avait pas sommeil, contrairement à ce qu'elle affirmait. Son silence ne signalait pas la fin de sa confession, mais une pause qui lui donnerait la force de continuer.

— Il lui arrive aussi de m'injurier, mais je sais qu'il ne pense pas ce qu'il dit. Il est parfois… très dur, mais uniquement sous le coup de l'excitation.

— Tout ce que tu viens de me décrire, les claques, les injures, sa main autour de votre cou. Ça se passe quand vous faites l'amour ?

— Oui, mais pas à chaque fois. Il ne peut pas s'en empêcher et il le regrette après. Il m'achète un truc chez Tiffany pour s'excuser. Il sait se montrer aussi doux qu'un enfant.

Les aveux de Petra fournissaient à Jane des indications qu'elle saurait mettre à profit lorsqu'elle interrogerait Simon, mais il lui manquait encore le détail qui ferait mouche.

Attachée à son fauteuil, dans une position qui aurait pu suggérer une situation libertine si elle n'avait pas été prisonnière, Petra révéla brusquement, à son insu, l'information dont Jane avait besoin pour faire craquer son amant.

— C'est drôle, la vie, dit-elle d'une voix chargée de mélancolie. Tu te dis que personne ne pourra jamais plus te maltraiter puisque tu as déjà tout connu. Et puis il suffit d'un rien pour que toutes tes défenses s'écroulent. Le pire, ce n'est pas quand il me frappe. C'est quand il oublie mon nom et qu'il me donne celui de son putain de robot domestique.

37

Le verre contenant la bougie était chaud dans la paume de Tanuja alors qu'elle s'enfonçait dans l'obscurité que la lumière vacillante peinait à percer. Le léger couinement des baskets de la jeune fille sur le linoléum ciré troublait seul le silence du couloir.

La porte des toilettes des femmes était entrouverte, Tanuja la poussa et s'avança. La lueur de la flamme se refléta sur les miroirs et les murs recouverts de stratifié brillant et la pénombre sembla se dissoudre. Un double lavabo était fixé de part et d'autre de la pièce au fond de laquelle s'ouvraient quatre box.

Tanuja posa son photophore entre les deux lavabos de droite, face au miroir, et la flamme se multiplia à l'infini.

Elle se glissa dans le box le plus proche et fit ses affaires à la lueur de la bougie avant de tirer la chasse.

Elle fit couler l'eau à l'un des lavabos, pompa du savon liquide dans le distributeur et une odeur acidulée d'agrumes monta jusqu'à ses narines tandis qu'elle se lavait les mains. Elle sécha celles-ci à l'aide de serviettes en papier, se regarda dans la glace et s'étonna de ne pas avoir les traits tirés.

Elle crut brièvement à une illusion d'optique en voyant du mouvement derrière elle dans le miroir, jusqu'à ce qu'y apparaisse la silhouette bien réelle d'un jeune homme aux cheveux d'un blond presque blanc. Tout en voulant se persuader qu'il s'agissait d'un paroissien inoffensif, elle sut que la vie n'était pas aussi simple.

Elle s'apprêtait à se défendre lorsqu'elle sentit la morsure d'un taser au niveau des reins. Les aiguilles n'avaient pas réussi à percer la toile de son t-shirt, mais celui-ci n'était pas assez isolant pour la protéger du choc électrique qui la tétanisa.

Elle laissa échapper un gémissement sourd comparable à celui d'un rongeur emporté par une chouette. Son corps fut pris d'un tremblement convulsif alors que ses poumons, paralysés, l'empêchaient de respirer.

Son attaquant posa le taser contre son ventre en appuyant sur la détente avant de répéter l'opération au niveau du cou. Cette fois, Tanuja perdit connaissance.

38

Petra Quist rouvrit les yeux et se tourna vers Jane.

— Au lit, il lui arrive de m'appeler Anabel, comme son robot domestique. Zarbi, tu trouves pas ?

— Tu lui en as fait la remarque ?

— Il ne sait pas pourquoi. Il me dit que ça n'a aucune importance. Sauf que ça en a une pour moi.

Jane posa à nouveau sa main sur celle de la prisonnière.

— C'est souvent sans le vouloir qu'ils nous font le plus mal. C'est bien ça qui est le plus douloureux, cette incapacité à nous comprendre.

— Tu l'as dit, ma chérie. Comment peut-il être dans mes bras, dans mon *ventre*, et me donner le nom d'un robot ?

— Ce programme de domotique est conçu pour que chaque propriétaire puisse lui donner le nom qu'il veut, lui expliqua Jane.

Petra prit un air étonné.

— Qu'est-ce que ça change ?

— Il aurait pu lui donner n'importe quel prénom, mais s'il a choisi Anabel, c'est qu'il s'agit d'une femme qu'il connaît.

— Quelle putain de femme ? Pourquoi ne m'avoir rien dit de cette salope ?

— À ta place, je lui poserais la question. Je l'obligerais à répondre, même. En attendant, ma jolie, quand *précisément* t'appelle-t-il Anabel ?

— Je te l'ai dit, de temps en temps au lit.

— Au moment où il jouit ?

— Je suis pas sûre, mais je crois pas. C'est surtout quand il me gifle et qu'il fait mine de m'étrangler ou bien…

Elle n'acheva pas sa phrase, emportée par la noirceur de ses souvenirs.

— Ouais, il est toujours en colère quand il m'appelle Anabel, reprit-elle après un silence. Ça fout un peu la trouille, sauf que c'est pas à moi qu'il en veut. J'ai toujours pensé qu'il s'en voulait à lui-même. Parce qu'il y arrive pas. En général, il est prêt, mais pas toujours. Quand j'y repense, c'est de la haine plutôt que de la colère. Il prononce son nom d'une façon amère, et puis il m'injurie, et c'est comme ça qu'il finit par y arriver.

— Arriver à avoir une érection, tu veux dire.

— Pauvre Simon, réagit Petra sur un ton compatissant. C'est terrible pour lui chaque fois qu'il ne peut pas.

39

Au lendemain d'une catastrophe qui avait plongé dans le noir la ville et ses banlieues les plus misérables, des flammes s'élevaient de cratères creusés de main d'homme et des vagues de cendre tourbillonnaient dans la nuit sur laquelle veillait un croissant de lune narquois. Les porteurs ployaient sous le poids des cercueils tandis que les brahmanes officiaient dans la lumière trouble, assistés par les hommes en pagne qui alimentaient les flammes. Au cœur du *shamshan ghat* où l'on procédait à la crémation des défunts, leurs proches erraient par milliers en gémissant, tels des fantômes, sans même voir Tanuja. Elle retrouvait le Bombay de son enfance, en tant que femme cette fois, au soir du jour où ses parents étaient morts dans un accident d'avion. Le drame ne s'était pas déroulé en Inde, mais elle *savait* qu'ils étaient là, parmi les victimes de ce cataclysme indéterminé. Tout en ayant conscience que ses chers *Baap* et *Mai* étaient morts, Tanuja les cherchait désespérément afin qu'ils avertissent Sanjay du péril qui le menaçait.

Elle émergea lentement de son cauchemar et mit un moment à comprendre qu'elle était allongée sur le sol des toilettes, reconnaissables à l'odeur de savon aux agrumes comme aux senteurs de cire fondue qui y flottaient.

L'inconnu qui l'avait neutralisée à l'aide d'un taser se matérialisa au-dessus d'elle et lui tendit la main afin de l'aider à se relever. Comme elle refusait de le toucher, il la saisit par le poignet et la mit de force en position assise.

— Remue-toi le cul si tu n'as pas envie que je te traîne par les cheveux, lui ordonna-t-il.

Elle se releva, titubante, et posa une main sur son cou en sentant sa gorge emprisonnée. Elle s'aperçut qu'elle portait un collier, comme un chien, attaché à une laisse que son agresseur tira brusquement.

Après avoir passé sept années avec Sanjay sous la coupe des Chatterjee, le couple que formaient leur oncle et leur tante, Tanuja avait appris la valeur de la liberté. Elle avait beau s'enorgueillir de pouvoir gérer n'importe quelle situation et de ne pas céder facilement à l'inquiétude, elle fut prise de panique. Son cœur se mit à battre comme si elle avait couru un marathon et elle chercha des doigts la boucle de la laisse, sans la trouver.

– Laisse cette bougie tranquille, lui conseilla son ravisseur. Ne t'imagine pas que tu vas pouvoir me la jeter à la figure. On va à la cuisine, tu connais le chemin.

Elle poussa un cri afin d'alerter Sanjay. Son gardien la frappa durement, ce qui ne l'empêcha pas de recommencer.

– Va-t'en, Sanjay ! Ne reste pas là !

L'inconnu la fouetta au visage avec la poignée de la laisse.

– Arrête de te comporter comme une idiote. Il est trop tard.

Tanuja sortit des toilettes sous la menace de son agresseur en se demandant ce qu'il avait voulu dire. Pourvu que son frère n'ait pas été capturé, qu'il ait réussi à s'échapper, que ces monstres n'aient pas pu lui mettre leurs sales pattes dessus.

Les ténèbres du couloir n'étaient pas sans évoquer le passage menant au *jahannan*, le monde sans espoir où régnaient les démons. Une faible lueur troua l'obscurité, signalant la porte de la cuisine.

Son ravisseur la poussa en avant et sa gorge se serra lorsqu'elle découvrit le *jahannan* qu'elle redoutait. La vue de Sanjay lui tira des larmes. La chemise déchirée, les cheveux en bataille, l'air défait, il s'était visiblement battu avec le géant qui se tenait derrière sa chaise. À la lueur des deux bougies restantes, Tanuja remarqua qu'il portait également un collier dont la laisse, tendue, était attachée au barreau reliant les deux pattes arrière de la chaise.

40

— Je suis désolée, mais je n'ai pas le choix, s'excusa Jane en tirant de son cabas un rouleau de gaze et du ruban adhésif. Je ne pense pas que Simon pourrait t'entendre depuis là-haut, mais autant éviter que tes cris l'alertent. Une fois que je l'aurai neutralisé et installé dans la salle de cinéma, je te retirerai ton bâillon.

— Tu peux me faire confiance, tenta Petra. Je… j'ai compris.

— Une conversion bien rapide. « J'étais aveugle, mais je vois à présent. »

— Je ne cherche pas à t'embobiner. J'ai vraiment compris. Tu es ma seule porte de sortie.

— Je ne doute pas que tu aies compris, ma jolie, mais je sais aussi que tu as Simon dans la peau.

— Plus maintenant.

— Il te frappe, t'étrangle, t'injurie et te maltraite, mais une fois que je ne serai plus là pour t'aider à ouvrir les yeux, tu retomberas dans le piège.

— Peut-être pas, se contenta-t-elle de répondre avec lucidité.

— Le peut-être est de trop.

La jeune femme, sans doute rattrapée par l'abus d'alcool qui commençait à lui marteler les tempes, pâlit sous ce qui lui restait de fond de teint et de blush. Son rouge à lèvres, resté collé sur le bord des verres de cocktail qu'elle avait ingurgités, avait fini par s'effacer et sa bouche avait acquis une teinte grise.

— Tout à l'heure, lui promit Jane, quand j'aurai ouvert son coffre et que tu auras son argent devant toi, je te laisserai le choix entre Simon et un nouveau départ dans la vie. Vu dans quel état il sera, tu préféreras sûrement l'argent.

— Tu comptes lui faire quoi ?

— Tout dépendra de lui. Lui aussi aura le choix. En attendant, je vais te bâillonner avec cette boule de gaze. Si tu essayes de me mordre, je te frappe, et les claques de Simon sont de la plaisanterie à côté des miennes. Contrairement à lui, je me fiche de te laisser des marques.

Petra commença par ouvrir la bouche avant de tourner la tête de côté.

— Attends. Il faut que j'aille aux toilettes, j'ai besoin de pisser.

— Pas le temps. Tu te retiendras.

— Combien de temps ?

— Le temps qu'il faudra.

— C'est nul !

— Je sais, reconnut Jane. Mais Simon ne devrait plus tarder et je n'ai pas le choix.

— T'es vraiment une salope.

— Ce n'est pas la première fois que tu m'en fais la remarque, et tu auras remarqué que je ne t'ai jamais contredite. Allez, ouvre la bouche.

Petra s'exécuta sans chercher à mordre sa ravisseuse. Cette dernière acheva de la bâillonner avec une double longueur de ruban adhésif.

41

Le salaud qui avait mis en laisse Tanuja n'était pas un cadeau, mais son complice inquiétait bien davantage la jeune femme. Ce n'était pas uniquement les deux mètres et le quintal du géant qui la perturbaient, mais plutôt son regard dur et méprisant. S'il était relativement gracieux en dépit de sa carrure, chacun de ses mouvements respirait l'arrogance. On le sentait convaincu depuis toujours de sa supériorité, il était porteur d'une violence comparable à celle d'un tigre en présence d'une gazelle.

Les assiettes, les flûtes et les ampoules du mystérieux produit avaient disparu, remplacées par les accessoires nécessaires à une injection : un ruban de caoutchouc et des lingettes antiseptiques.

Tanuja reprit sa place à table, en diagonale de son frère garrotté à sa chaise. Son cher *chotti bhai* s'excusa, comme s'il portait la responsabilité de la situation.

Le géant leur conseilla de ne rien dire, les menaçant de leur couper la langue. Sans doute l'avertissement était-il exagéré, mais il n'était pas difficile de l'imaginer maniant habilement un scalpel.

Son compagnon, un petit blond aux yeux bleus d'une trentaine d'années, avait des airs d'élève modèle. Il posa sur la table une glacière identique à celle que Gros Sourcils avait apportée chez les jumeaux en début de soirée. Il enfila une paire de gants en coton et sortit de la glacière deux seringues hypodermiques, plusieurs emballages en plastique dont Tanuja n'aurait pas su dire ce qu'ils contenaient, ainsi qu'un boîtier métallique d'une vingtaine de centimètres dont il souleva le couvercle. Un nuage glacé s'en échappa et Tanuja se crut à nouveau en plein cauchemar.

Le blond sortit du boîtier six enveloppes isolantes fermées par une longueur de velcro, puis il referma le couvercle et retira ses gants.

Sanjay tenta de résister en voyant le géant s'approcher avec le garrot en caoutchouc, ce qui lui valut une claque, assenée violemment avec la paume de la main, qui l'étourdit.

Tanuja voulut se précipiter en voyant une traînée de sang s'échapper de l'une des narines de son frère, mais la laisse qui la retenait à sa chaise l'étrangla au premier mouvement.

Le blond alluma la lumière afin que son complice trouve plus facilement la veine dans le bras de Sanjay. Avec beaucoup d'habileté, le géant commença par poser un cathéter dans la veine, puis il perça l'opercule de l'une des ampoules en l'enfonçant sur le cathéter et poussa le piston jusqu'à ce que le liquide ambré translucide pénètre dans le système sanguin du jeune écrivain.

Tanuja brûlait de savoir le comment et le pourquoi, mais elle se tut, sachant que jamais ses tortionnaires ne lui répondraient. Quant à crier ou se débattre, c'était inutile. Elle se revit à l'âge de dix ans, alors qu'elle venait d'apprendre la mort tragique de ses parents, face à sa tante Ashima Chatterjee, tout sourire, qui voyait dans ce drame l'occasion de gagner de l'argent. Enfant, Tanuja trouvait le monde étrange et menaçant. Sanjay avait depuis toujours la même vision noire de l'existence, c'était pourtant grâce à lui qu'elle avait réussi à museler ses craintes, jusqu'à ne plus voir que la magie du quotidien et transcrire celle-ci dans ses romans. La gentillesse de Sanjay, sa dévotion, sa patience et sa sagesse alors qu'il était son cadet de deux minutes l'avaient aidée à reconnaître la vérité, à accepter de sublimer le monde et d'en voir les aspects les plus lumineux. Paradoxalement, alors qu'elle devait cette métamorphose à son frère, ce dernier avait conservé son regard sombre. Par amour pour sa sœur, il avait su guérir ses peurs et les transformer en enchantements. Le frère et la sœur, conçus au même instant, avaient découvert le monde ensemble et Tanuja ne voyait pas comment elle aurait pu survivre à son *chotti bhai*. En voyant le contenu de la troisième ampoule se vider dans le bras de son frère, elle se rassura en pensant que les trois flacons restants lui étaient destinés et qu'elle suivrait son jumeau dans l'inconnu, quel qu'il soit.

Le *rakshasa* démoniaque acheva sa besogne monstrueuse en retirant le cathéter de la veine de Sanjay, sans même prendre la peine d'étancher les gouttes de sang qui perlaient au niveau de la saignée.

Lorsque vint son tour et que le blond serra le garrot autour de son bras, Tanuja ne lui offrit pas la moindre résistance. Il n'aurait pas le plaisir de voir sa peur. Il tapota la veine la plus visible, nettoya la peau à l'aide d'une lingette stérile, et s'écarta afin de laisser opérer le géant.

42

Il était 0 h 23 lorsque les phares d'une limousine noire aux vitres teintées balayèrent l'allée en demi-lune. L'immense Cadillac avança jusqu'au portique dans un ronronnement de moteur discret, aussi menaçant qu'élégant. On aurait pu croire que la Mort, échangeant son attelage traditionnel contre un engin plus moderne et son linceul à capuche contre un costume, allait descendre du véhicule, sa faux à la main.

Jane Hawk, postée près d'une fenêtre dans le vestibule, vit le chauffeur ouvrir la portière arrière droite. Simon

Yegg apparut en baskets rouge et blanc, pantalon de toile beige, maillot de rugby à rayures, blouson de cuir ouvert, et casquette de baseball rose ornée d'un grand chiffre 3. Un Blanc de quarante-six ans se la jouant jeune rappeur black cool. La limousine s'éloigna, Simon glissa sa clé dans la serrure et poussa la porte en déclenchant le bip de l'alarme.

Jane, dissimulée derrière le battant, retint son souffle.

– Anabel, désactive l'alarme. Cinq, six, cinq, un, étoile.

Le bip se tut et la voie synthétisée d'Anabel confirma la manœuvre.

– Anabel, allume les lumières sur mon passage, commanda Simon.

Les ampoules du lustre se réveillèrent et Simon Yegg découvrit Jane derrière la porte, un flacon en plastique à la main. Elle lui aspergea le nez et la bouche de chloroforme et il s'écroula dans un bruissement de tissu.

Jane n'avait pas usé de la même technique avec la fille, parce qu'elle n'avait pas le temps d'attendre son réveil pour l'interroger. En revanche, rien ne pressait dans le cas de Yegg.

Le chloroforme est un produit très volatil, et le meilleur moyen de s'assurer que sa proie ne reprendrait pas connaissance prématurément était encore de lui poser une double épaisseur de papier absorbant sur le nez et la bouche afin que les vapeurs de l'anesthésiant ne se dissipent pas.

Jane réactiva l'alarme périmétrique, puis elle mit le verrou et s'assura d'un coup d'œil à travers la fenêtre que la limousine avait disparu. Un coyote passa furtivement dans le cône de lumière d'un réverbère et posa sur elle ses yeux phosphorescents, comme s'il avait senti qu'elle l'observait.

Simon, avec son mètre quatre-vingt et ses quatre-vingts kilos, était plus difficile à transporter que Petra, mais Jane avait tout prévu en rapportant un peu plus tôt du garage la planche à roulettes permettant de se glisser sous le châssis d'une voiture.

Jane hissa le corps inerte de Yegg sur la planche comme un vulgaire sac de pommes de terre en laissant dépasser les jambes, puis elle détacha la ceinture du pantalon Gucci de son prisonnier et lui ligota les poignets sur le ventre afin d'éviter que les bras ne retombent à côté de la planche.

Une rallonge électrique, dénichée dans l'un des placards du garage, lui fit office de longe afin de tirer la planche et elle prit la direction de l'ascenseur, abandonnant la casquette dans l'entrée.

Une fois au sous-sol, elle souleva les feuilles de papier absorbant afin de s'assurer que son prisonnier respirait normalement, puis elle les reposa après les avoir imbibées de chloroforme.

Sa progression ralentie par la moquette qui freinait les roulettes de la planche, Jane traversa le hall d'accueil du cinéma en tirant son traîneau improvisé, à la grande surprise de Petra qui écarquilla les yeux en laissant échapper des sons inintelligibles, du fait de son bâillon.

Jane ouvrit la porte de la salle de projection et manœuvra de façon à y traîner la planche. Les sièges, disposés en trois rangées de cinq, étaient de somptueuses méridiennes en cuir invitant plus volontiers à la sieste qu'au visionnage d'un film.

Deux allées légèrement inclinées longeaient les murs de la salle, de part et d'autre des fauteuils, jusqu'au lourd rideau de velours cramoisi dissimulant l'écran.

Un espace de trois mètres séparait la première rangée de sièges de l'estrade, et Jane y amena la planche à roulettes, à l'endroit où elle avait déposé plusieurs accessoires plus tôt dans la soirée : trois autres rallonges électriques, le tabouret de l'établi, un allume-gaz à butane déniché dans l'un des tiroirs de la cuisine, et une demi-douzaine de petites bouteilles d'eau.

Elle passa l'une des rallonges sous le traîneau et ligota le torse de Yegg avant de procéder de même avec son bassin et ses jambes. Comme l'épaisseur des rallonges ne lui permettait pas de serrer les nœuds autant qu'elle l'aurait voulu, elle les souda en faisant fondre le plastique à l'aide de l'allume-gaz avant d'éteindre les flammes avec l'eau de l'une des bouteilles.

Cette tâche terminée, elle retira les feuilles de papier absorbant qu'elle jeta à ses pieds. Un reste de chloroforme formait un voile humide sur la lèvre supérieure de Simon, qui s'évapora presque instantanément. Le prisonnier reprendrait connaissance dans moins d'un quart d'heure.

43

Une fois le mécanisme de contrôle injecté dans le sang de Tanuja Shukla, Carter Jergen range les ampoules et autres emballages vides dans la glacière afin de ne pas laisser d'indice derrière lui.

Il se rend dans les toilettes des femmes où il récupère le photophore qui s'y trouve. Il retourne dans la cuisine, pose la lampe improvisée à côté de ses deux sœurs et éteint les néons dont il juge l'éclairage trop violent.

Dubose fume un joint, appuyé contre l'évier. Il avale longuement la fumée avant de la recracher de façon brutale tout en observant la fille.

Jergen croit comprendre. L'attente promet d'être moins fastidieuse qu'avec les victimes précédentes.

Il s'installe à la table de la cuisine avec son iPad et se met en quête d'un hôtel pour les vacances qu'il compte prendre aux Caraïbes au mois de septembre.

La pièce est silencieuse. Les jumeaux ont fini par comprendre que la moindre question sera récompensée par un coup. Ils ne sont que trop conscients de leur impuissance. Le courage des Shukla les a abandonnés. Ils sont paralysés par la peur, faute de savoir quel produit on leur a injecté. Ils n'ont peut-être pas perdu espoir, mais on les sent abattus. Ils évitent de parler, de crainte que le son de leur voix ne trahisse leur faiblesse, au risque de les décourager encore davantage.

Dubose éteint le mégot de son joint en le pinçant entre ses doigts, puis il le fourre dans une poche de sa veste et s'approche de la fille. Jergen s'y attendait, mais pas aussi vite. Le géant détache la laisse et ordonne à Tanuja de se lever. Voyant qu'elle hésite, il tira la laisse d'un coup sec, tel un enfant impatient en présence d'un jouet récalcitrant.

Elle se lève de sa chaise et son frère pose sur elle un regard inquiet.

– Que se passe-t-il ? Qu'est-ce que tu fais ?

Jergen tend le bras, saisit l'oreille de Sanjay qu'il tord en malmenant le cartilage, histoire que le message passe bien. Le garçon tente de se dégager, mais Jergen ne lâche pas prise.

Dubose entraîne la jeune femme dans le couloir, elle jette un regard en arrière et prononce le nom de son frère, moins dans le but de l'appeler à l'aide que dans celui de lui dire adieu. L'instant d'après, Dubose et elle ont disparu.

Jergen finit par lâcher l'oreille de Sanjay qui fait mine de se relever, sans espoir puisque la laisse et le collier l'immobilisent. Quant à la chaise, elle n'a aucune chance de céder en dépit de ses efforts. Le jeune écrivain est passé brusquement de l'abattement à une forme de révolte désespérée. Après être resté stoïquement immobile, il entre dans une rage incontrôlée qui ne le mènera à rien. C'est à lui-même qu'il en veut, plus encore qu'à Dubose, il sait déjà qu'il est condamné à l'impuissance jusqu'à la fin de ses jours.

Jergen repose son iPad afin d'observer la réaction de Sanjay, plus distrayante encore que la perspective de vacances aux Caraïbes.

Moins d'une minute plus tard, Sanjay retombe sur sa chaise, épuisé et couvert de sueur. On dirait un cheval, affolé par la vue d'un serpent, qui tremble de tous ses membres après avoir voulu ruer en vain. La terreur qui l'aveugle se lit dans ses yeux exorbités dont les iris ressemblent aux cratères de lunes jumelles.

— D'une certaine façon, c'est elle qui est responsable de ce qui vous arrive, note Jergen en voyant la détresse de son prisonnier. Vous figuriez tous les deux très loin sur la liste Hamlet jusqu'à la publication de son dernier roman, *La Rébellion d'Alecto*, il y a trois semaines. À cause de la réaction des critiques et de nombreux lecteurs, l'ordinateur vous a attribué une place prioritaire.

Jergen doute que Sanjay comprenne de quoi il parle tant il s'enfonce dans une spirale infernale de détresse, de chagrin et de culpabilité. Mais à quoi bon réussir aussi brillamment la mission qui leur a été confiée, avec Dubose, s'il ne peut pas s'amuser un peu ?

— Son roman va donner de mauvaises idées à des générations entières de lecteurs impressionnables, l'ordinateur estime qu'il s'agit d'une œuvre potentiellement dangereuse. Il est donc normal qu'on vous demande à présent de rectifier le tir en veillant à la discréditer.

Sanjay semble hypnotisé par la bougie la plus proche, dont la flamme se reflète dans ses pupilles, là où ne brillera plus jamais celle de son âme.

– Auparavant, il fallait une douzaine d'heures pour que le mécanisme de contrôle se reconstitue entièrement à l'intérieur du cerveau. Il y a quelques jours, on nous a fourni une nouvelle mouture du produit qui agit en quatre heures. Des millions de molécules se regroupent à l'intérieur du kilo et demi de matière grise contenue dans ta boîte crânienne. Ton corps n'a plus qu'une importance annexe, seul compte ce kilo et demi désormais. Tu sens ces millions d'envahisseurs qui prennent possession de toi ? Je trouve ça fascinant. Je me suis toujours demandé si les Modifiés avaient l'impression que des araignées prenaient possession de leur cerveau au moment où les molécules franchissent la barrière des capillaires et se regroupent en réseau pendant ces dernières heures de liberté.

Sanjay relève la tête et croise le regard de Jergen.

– Vous êtes fou, dit-il dans un murmure.

– Cause toujours, réplique Jergen.

– Le mal à l'état pur, insiste Sanjay. Tous les fous ne prônent pas le mal, mais tous les gens malfaisants sont fous.

La remarque fait sourire Jergen.

– Tu as tort de parler de façon aussi désinvolte de ton futur maître.

44

Jane regagna le hall d'accueil du *Cinéma parisien*, débloqua les roues du fauteuil de bureau dans lequel était attachée Petra Quist et la poussa jusqu'à la salle où elle l'installa dans un coin sombre, derrière la dernière rangée de sièges, afin qu'elle assiste à l'interrogatoire.

Elle retira la double longueur de scotch qui bâillonnait sa prisonnière et attendit que celle-ci recrache le morceau de gaze gorgée de salive qu'elle avait dans la bouche.

Petra avait beau affirmer son détachement à l'endroit de Simon Yegg, elle manifesta son inquiétude en le voyant inerte.

— Putain, mais qu'est-ce que tu lui as fait ? Pourquoi tu lui as recouvert le visage ? Il est mort ? Tu l'as tué ?

— Si tu regardes, répondit Jane en lui désignant la « love machine atomique » tout en réglant les lumières du cinéma de façon que le pied de l'estrade soit éclairé, tu constateras qu'il se remet tout juste d'une bonne dose de chloroforme.

— Quel sort tu lui réserves ?

— Rien de grave par rapport à ce qu'il mérite.

— Il n'est pas vraiment méchant. Il lui arrive même d'être adorable, c'est pas un cas désespéré.

— Écoute, rétorqua Jane. Je t'ai amenée ici pour que tu puisses l'entendre et que ça éclaire ta lanterne. Là où je l'ai placé, Simon ne peut pas te voir, même en tournant la tête. Si tu écoutes un peu ce qu'il pense réellement de toi, tu n'auras pas perdu ta soirée. Mais si tu es infichue de fermer ta grande bouche, je te bâillonne à nouveau.

— Non, pas ça. J'ai cru que j'allais vomir et m'étouffer dans ma gerbe.

— Alors pas un mot.

— D'accord, mais laisse-moi aller aux toilettes, je t'en supplie.

Les yeux bleus de Petra étaient des fenêtres ouvertes sur son âme, mais il fallait qu'elle soit diablement rouée pour soutenir aussi longtemps le regard de Jane sans ciller.

— Désolée, mais je n'ai pas confiance, réagit Jane en posant une main sur le front de sa captive afin de la recoiffer. Tu manques tellement d'estime de toi que tu défendras Simon tant que tu auras davantage de respect pour lui que pour toi.

Les joues de Petra s'empourprèrent et elle leva le menton d'un air de défi, prête à laisser éclater sa colère. Elle finit par se contenir.

— J'ai *vraiment* besoin de pisser.

— Lâche-toi, ce n'est pas mon fauteuil.

45

Sanjay Shukla a toutes les raisons de sombrer dans le désespoir lorsqu'il sonde le regard de Carter Jergen. Il préfère encore reporter son attention sur le couloir dans lequel ont disparu Radley Dubose et Tanuja.

— Où emmène-t-il ma sœur ? s'enquiert-il d'une voix inquiète.

— Sans doute dans le bureau du pasteur Gordon qui doit disposer de tout le confort nécessaire, répond Jergen. Il ne m'a pas eu l'air d'appartenir à la catégorie de ceux qui font vœu de pauvreté. Mon collègue a besoin d'un bon canapé, c'est tout.

Le gémissement qui s'échappe des lèvres du plus jeune des jumeaux est chargé d'un chagrin incommensurable.

— Rassure-toi, Sanjay. Je n'ai pas les mêmes intentions que mon cher camarade. Je ne suis pas originaire de Virginie-Occidentale comme lui. C'est vrai qu'il est diplômé de Princeton, mais le niveau de cette noble université n'est pas l'égal de celui de Harvard. Personnellement, j'aurais préféré me retrouver en binôme avec l'un de mes anciens condisciples, mais j'avoue qu'on ne s'ennuie pas en compagnie de Radley.

Le premier cri de Tanuja semble venir de très loin, il ressemble à l'appel désespéré d'un oiseau de nuit.

Le père de Jergen, très vieux jeu, est membre de longue date d'un club d'amateur d'oiseaux de Nouvelle-Angleterre. Tout naturellement, la passion de Carlton pour les volatiles a déteint sur son fils qui a fini par s'en détacher à son entrée à l'université.

De toute façon, les hurlements aigus de Tanuja n'ont plus rien d'aviaire. Tout indique qu'elle résiste avec la dernière énergie, en vain étant donné la force physique de Dubose et la férocité de ses appétits charnels.

D'un coup de talon rageur, Sanjay parvient à éloigner sa chaise de la table dans l'espoir de se mettre debout, mais le collier et la laisse l'en empêchent. Ses liens sont trop serrés pour qu'il puisse espérer dénouer la laisse du barreau de sa chaise et il s'écroule sur le sol avec son siège. Il tire sur les bras du siège, mais l'armature de la chaise est en métal. Son impuissance porte à son comble la frustration qui l'étouffe. Son angoisse le rend fou de rage et il parvient à opérer un demi-tour avec la chaise à force de se démener en grondant à la façon d'un animal en cage, jusqu'au moment où la réalité s'impose à lui. Prisonnier de la chaise qui dessine une cage autour de lui, il pleure toutes les larmes de son corps.

Dans les profondeurs du bâtiment, les récriminations de sa sœur ont perdu de leur intensité face à l'inéluctable.

Carter Jergen se lève et se plante au-dessus de Sanjay qu'il toise de toute sa hauteur.

— Ce n'est pas très grave, tu sais. Tu ne te sentiras pas coupable longtemps. Ta sœur doit être traumatisée à l'heure qu'il est, mais elle ne ressentira plus rien dans quelques heures. Une fois que le mécanisme de contrôle aura pris possession de votre cerveau, vous n'aurez plus aucun souvenir de ce qui s'est passé cette nuit. Comme s'il ne vous était jamais rien arrivé.

46

L'espace dégagé face à l'estrade du *Cinéma parisien* était brillamment éclairé, on aurait pu s'imaginer qu'un spectacle était prévu avant la projection du film. La première rangée de fauteuils se trouvait dans la pénombre, la deuxième était à peine visible, la troisième avalée par l'obscurité. C'est là qu'était installée Petra Quist, unique spectatrice d'une confrontation qui risquait fort de se révéler rédemptrice.

Jane posa le tabouret récupéré dans le garage à côté de la planche à roulettes, s'y installa et attendit que Simon Yegg achève de sortir de la torpeur peuplée de cauchemars macabres induits par le chloroforme.

Il battit des paupières, grommela un « non » incrédule en voyant la jeune femme qui le dominait de toute sa hauteur et serra les paupières dans l'espoir que la réalité cède la place à une vision moins inquiétante.

— Non… non… non… oh putain, non…, répéta-t-il en prenant progressivement la mesure du sort qui l'attendait.

Il banda ses muscles afin de tester la résistance de la rallonge électrique qui l'entravait et comprit qu'il ne rêvait pas.

— Fait chier. Qui êtes-vous ? C'est quoi cette histoire ? Vous êtes morte. Vous en avez conscience, au moins ? Vous êtes morte de chez morte.

— Étant donné les circonstances, je m'étonne que vous puissiez proférer des idioties pareilles. Cela dit, vous devez avoir de bonnes raisons de vouloir passer pour un macho.

Simon se rembrunit en voyant remise en cause sa virilité, mais il ne releva pas.

— Vous ne me faites pas peur, vous savez. Vous m'avez eu, c'est bien la preuve que vous êtes maline, alors discutons. Vous voulez du fric, comme tout le monde. D'accord, j'ai du fric, mais il faudrait encore que vous viviez assez longtemps pour le dépenser.

Jane, amusée, laissa s'écouler un court moment de silence avant de réagir.

— Qui vous dit que je veux de l'argent ? Qui vous dit que je ne suis pas venue vous parler de la liste Hamlet ?

— La *quoi* ?

— Qui vous dit que je ne suis pas venue discuter avec vous de ces salopards qui se font appeler les Techno-Arcadiens, comme les geeks immatures qu'ils sont ?

— Vous êtes sûre de ne pas vous être trompée d'adresse, ma chérie ? Vos inepties intéressent peut-être le voisin, mais je n'y comprends rien.

Son étonnement n'était pas feint. Booth, son frère, le faisait bénéficier de marchés publics depuis des lustres, mais peut-être ne lui avait-il jamais rien dit du complot qui avait coûté la vie à Nick.

— Ou bien, qui vous dit que je ne suis pas là pour le compte de l'une de vos ex-femmes ?

— Comme elles m'ont tout piqué, mentit-il avec aplomb, je vois mal ce qu'elles pourraient me vouloir.

— Elles vous ont *tout piqué* ? Ce n'est pas exactement ce que j'avais cru comprendre.

— Tout le monde arrange la vérité à sa sauce dans la vie.

Tout en parlant, il s'aperçut que Jane lui avait enfoncé les mains dans les poches avant de l'entraver avec sa ceinture, en plus des rallonges électriques.

— J'ai les doigts engourdis, le sang ne circule plus, se plaignit-il.

— À en croire la rumeur, ce n'est pas la seule partie de ton anatomie qui est engourdie, répliqua Jane.

— Ça veut dire quoi ? s'aventura-t-il à demander. Tu as fumé la moquette, espèce de sale conne ? Si tu as des problèmes psychologiques, ce n'est pas moi qu'il faut consulter. Dis-moi combien tu veux.

Privé de tout espoir de se libérer, ligoté comme un saucisson sur le dos face à cette femme qui le toisait depuis son tabouret, il était forcément désorienté, mais sur l'échelle de la peur, c'est tout juste s'il atteignait le premier niveau alors que d'autres auraient été terrorisés à sa place. Il est possible d'apprendre à contrôler ses angoisses, mais le comportement de Simon ne trahissait pas ce genre de maîtrise. Son assurance était manifestement le fait de son égocentrisme, de sa conviction qu'il se trouvait au centre d'un univers peuplé de pions qu'il pouvait déplacer à sa guise. À l'époque où elle travaillait au FBI, Jane avait croisé plus d'un sociopathe de cet acabit. Et s'il était possible de le manipuler en appuyant sur les bons boutons, il ne fallait en aucun cas sous-estimer son intelligence sournoise. Même entravé comme il l'était, Simon restait dangereux.

— « Tout le monde arrange la vérité à sa sauce dans la vie », le cita Jane. Excepté Marlo, ta première femme, qui n'a plus de vie du tout depuis qu'elle a été battue à mort dans les rues de Paris.

— J'adorais cette fille, mais elle manquait cruellement de sens commun. Pourquoi diable fallait-il qu'elle aille se balader dans un quartier de musulmans radicaux ? Elle se cherchait un émir blindé de pognon, peut-être ?

— Alexis non plus n'a plus de vie, depuis que quelqu'un l'a malencontreusement poussée du haut d'une falaise dans le parc de Yosemite. Cent mètres en chute libre, ça ne pardonne pas.

— Qui dit qu'elle a été poussée ? Elle faisait de la randonnée avec son imbécile de copain sur un sentier dangereux et ils manquaient de pratique. J'ai été malade en apprenant la nouvelle, ça m'a fendu le cœur. Je me trouvais à Hawaï, ça a gâché mes vacances. Notre mariage n'était pas une réussite, je ne vais pas le nier, et c'est en grande partie par ma faute. Je ne suis pas un enfant de chœur, mais j'aimais cette fille et c'est atroce de penser qu'elle est morte aussi jeune.

Jane eut brièvement la tentation de se lever et de lui écraser l'œsophage en pesant de tout son poids sur sa gorge avec le pied. Contrairement à ce qu'il s'imaginait, Simon ne se trouvait pas sur terre pour jouer les héros triomphants, mais pour démoraliser ses semblables et les pousser à s'abaisser à son niveau en faisant preuve d'une cruauté comparable à la sienne. Elle se retint, mais ce n'était pas l'envie qui lui manquait de l'étrangler.

— J'imagine que tu as aussi été catastrophé en apprenant que Dana, ta troisième femme, était agoraphobe au point de rester cloîtrer chez elle.

Le regard qu'il adressa à Jane aurait presque pu convaincre cette dernière que c'était lui qui se trouvait en position de supériorité.

— Inutile de te montrer aussi sarcastique, espèce de salope. Tu commences à me fatiguer. Si tu connais Dana, tu sais parfaitement que son drame, ce n'est pas son agoraphobie, c'est elle-même. C'est une fille extrêmement intelligente et elle adore son prochain avec une constance louable, mais en dépit de toutes ses qualités, elle n'a jamais tourné bien rond. Tu m'entends ? Comme j'étais très amoureux d'elle, je ne me suis pas aperçu tout de suite qu'elle était déboussolée de deux ou trois degrés. La situation a empiré avec le temps et elle a fini par passer le Rio Grande. Elle me fait vraiment pitié.

Il prit le temps de pencher la tête afin d'observer Jane sous un angle légèrement différent, à la façon d'un oiseau blessé essayant d'évaluer ses chances de voler avec une aile brisée.

– Mais tu n'es pas venue me parler de Dana, d'Alexis et de Marlo, finit-il par déclarer. C'est cette chère Sarah qui t'envoie. Je me trompe ?

– Sarah Holdsteck, l'épouse numéro quatre ? Je sais quel sort tu lui as réservé, mais je ne l'ai jamais croisée, mentit Jane.

Un instant désarçonné, Simon s'empressa de réagir.

– Si tu n'es pas envoyée par l'une de mes ex, c'est qu'il s'agit de Petra. Non, impossible ! Ne me dis pas que Petra a engagé une militante féministe pour m'extorquer du fric ? Je ne l'aurais jamais crue capable d'un truc pareil.

– Et pourquoi donc ?

Il haussa les épaules du mieux qu'il le pouvait, en dépit de ses liens.

– C'est une gamine sympa, pas plus conne qu'une autre, mais elle est infoutue de se défendre.

– Vraiment ? Elle s'est pourtant ruée sur moi tout à l'heure avec un tesson de bouteille de vodka. Elle avait clairement décidé de me taillader le visage en beauté.

– Tu déconnes ? C'est vrai ?

On aurait dit que cet exploit le ravissait.

– Cela dit, elle était forcément bourrée puisqu'elle avait passé la soirée avec ses copines. Face à une fille, j'imagine qu'elle est capable de se défendre. Dis-moi un peu ce que tu as pu lui dire pour la mettre dans un état pareil, ma chérie ?

— Je préfère encore que tu me traites de salope.

— Comment ?!!

— Évite de m'appeler *ma chérie.*

— J'aurais dû me douter que tu réagirais de cette façon-là. Mais tu ne réponds pas à ma question : comment as-tu fait pour rendre Petra aussi furax ?

— Je lui ai dit à ton sujet deux ou trois vérités qui ne lui ont pas plu.

— Où est-elle ?

— Elle est morte, mentit Jane. Elle s'est ruée sur moi, j'ai été obligée de l'abattre.

— Tu déconnes !

— J'ai laissé son corps dans la cuisine.

— Putain, ça fait longtemps qu'on ne m'avait pas annoncé une nouvelle aussi triste. Elle était très sexe. Et encore, c'est un euphémisme. Elle avait un cul d'enfer, soupira-t-il. En attendant, tu n'es pas envoyée par mes ex ou par Petra, tu es donc venue de ta propre initiative. Arrêtons de blablater inutilement et parlons affaires.

— Tout à l'heure, pourquoi avoir dit que Petra était capable de se défendre « face à une fille » ?

— Quelle importance ?

— Fais-moi plaisir, je suis de nature curieuse.

— C'est la première fois de ma vie qu'on me ligote pour m'extorquer des ragots, mais passons. Face aux mecs, Petra était une chiffe molle qui se couchait à la première alerte. Alcoolisée ou non, elle faisait ce qu'on lui disait, quitte à en prendre pour son grade. Elle aimait ça, je ne l'ai jamais entendue se plaindre.

— Quitte à en prendre pour son grade, répéta Jane en se penchant vers son prisonnier. Ça veut dire que tu la battais ?

— La *battre* ? Grands dieux, non ! J'ai pas besoin de battre une fille pour l'avoir. Qu'est-ce qui te prend de dire des horreurs pareilles ? Je pensais qu'on faisait des progrès tous les deux, qu'on finirait pas s'entendre, et voilà que tu me dénigres. Je ne me vexe pas facilement, mais tu pousses. Tu es uniquement venue m'insulter, ou bien tu cherches un truc précis, pour avoir pris autant de risques ?

Jane se leva de son tabouret, s'éloigna de quelques mètres et revint sur ses pas en faisant jouer les muscles de son cou et de ses épaules.

— Je suis là pour deux raisons précises. D'abord, tu vas me dire où tu caches ton fric, et évite de te foutre de moi, je ne m'appelle pas Petra. Je ne me couche pas à la première alerte.

— Je ne suis pas aussi bête que tu l'imagines. Si je te donne une fausse combinaison pour mon coffre, tu es capable de revenir me couper les couilles. Je ne suis pas en position de force et je le sais. Tout ce que je veux, c'est parvenir à un accord et qu'on en finisse.

Une fois renseignée sur l'emplacement du coffre et la combinaison de ce dernier, elle lui posa une question :

— Tu veux te débarrasser de moi, mais où comptes-tu emporter le corps de Petra ? Tu vas me coller son meurtre sur le dos ? J'aurai fait disparaître son cadavre dans un centre de traitement des eaux avant l'aube. Personne ne s'inquiétera jamais de sa disparition, à commencer par les connasses avec qui elle sortait le vendredi. Dans un mois, elles auront oublié jusqu'à son nom. Tout le monde pensera qu'elle s'est barrée à Puerto Vallarta, ou Vegas, ou Mars, avec un étalon quelconque, comme la traînée qu'elle est. Petra, tout le monde s'en fout. C'est une moins-que-rien.

Jane avait initialement pensé que le cynisme de Simon achèverait d'ouvrir les yeux de Petra, mais elle la savait suffisamment fragile pour souffrir inutilement du mépris qu'il affichait à son endroit. Elle en arrivait à regretter qu'elle ait assisté à la scène.

— Tu es sûr de pouvoir te débarrasser d'elle dans un centre de traitement des eaux ?

— Tu étais la première tout à l'heure à m'expliquer que j'avais le don de me débarrasser de mes femmes. Tu crois peut-être que les flics me font peur ? J'ai le bras long, ma belle. Je n'aurais aucun mal à demander une escorte policière pour transporter le cadavre de Petra jusqu'au centre de traitement des eaux.

Jane s'accroupit près de lui, après avoir remarqué qu'il était plus à l'aise lorsqu'elle gardait ses distances.

— Pour quelle raison as-tu baptisé Anabel l'ordinateur de la maison ?

— Quel rapport avec la choucroute ? Va plutôt chercher ta galette, ma minette.

— Galette, minette… Quel poète, ce Simon. Tout de même, c'est curieux comme nom, Anabel. Ma question te dérange ?

— Toutes tes questions me dérangent. Ne prends pas mal que je t'appelle *ma minette*, c'est ma façon de parler. Je vais recommencer à te traiter de salope, comme ça tout le monde sera content. Pour répondre à ta question, le système de domotique ne donne pas de nom à son robot, alors je lui ai donné le premier prénom qui m'est passé par la tête.

— Pas tout à fait, puisque c'est le prénom de ta mère. Ça te donne des frissons, de donner des ordres à ta mère, Simon ?

Pour la première fois depuis qu'il avait repris connaissance, il manifesta sa nervosité. Le monde avait beau tourner autour de sa glorieuse personne, il comprit soudain que le destin était capable de lui jouer des tours.

47

Jane, accroupie à côté de Simon Yegg, posa un doigt sur la fossette qui ornait son menton.

— Comme celle de ce vieil acteur hollywoodien, Kirk Douglas. Quand tu étais petit, ta mère caressait-elle cette fossette en te disant à quel point tu étais mignon ?

Simon ne s'était pas trompé en se vantant de ne pas être un imbécile. Il savait que Jane le poussait en terrain miné. Il s'efforça de masquer sa colère, mais son regard contredisait l'expression impassible qu'il arborait. Jusqu'alors, ses yeux étaient restés aussi opaques que ceux d'une marionnette de ventriloque, et voilà qu'ils trahissaient brusquement une rage inhumaine. S'il n'avait pas été solidement ligoté, il aurait tué Jane pour l'obliger à se taire.

Elle essuya sur son t-shirt de rugby à rayures le doigt avec lequel elle l'avait touché.

— Dis-moi un peu à quel point tu détestes ta mère.

— Tu débloques complètement. Ma mère est une grande dame.

— Je serais curieuse de savoir pourquoi tu as aussi peur d'elle, insista Jane.

— Ferme ta gueule, tu ne la connais même pas.

— C'est vrai, mais j'ai beaucoup entendu parler d'elle. Elle s'est mariée à quatre reprises, chaque fois avec des fils de famille efféminés qui avaient tous hérité de jolis pactoles.

— Je t'interdis d'aller sur ce terrain. Personne ne me parle de ma famille.

— Quatre divorces, systématiquement prononcés à l'avantage de cette chère femme. Elle terrorise tellement ses maris qu'ils lui laissent tout ce qu'elle réclame.

— Tous étaient amoureux d'elle, insista Simon. Jamais aucun d'eux n'a dit du mal d'elle. Jamais.

Allongé sur le dos, il n'arrivait plus à avaler la salive qui lui montait à la bouche, au point de s'étouffer et de tousser. Des filets de bave lui roulèrent le long du menton, sous le regard amusé de Jane qui voyait sa stratégie porter ses fruits.

Les trois paires de glandes salivaires sécrètent un litre et demi de salive par jour. Elles servent à mouiller la nourriture, à maintenir les dents propres, à convertir en amidon le sucre des aliments, à limiter l'acidité buccale. La production de salive peut se trouver dopée par la vue et l'odeur de mets délicats, mais aussi par la nausée. Les personnages de roman ont beau avoir la bouche sèche sous la plume des écrivains, l'effroi provoque en vérité un afflux de salive.

— À la suite de ces divorces successifs, poursuivit Jane, l'un des maris de ta mère s'est suicidé en laissant une lettre dans laquelle il se reprochait sa lâcheté. Il a choisi une mort particulièrement douloureuse en se pendant avec du fil de fer barbelé. Un autre s'est tué en Jamaïque où il se trouvait en vacances, on a retrouvé son corps coupé en morceaux à coups de machette dans une hutte servant à des cérémonies vaudoues occultes. Le troisième, qui était ton père, a été assassiné dans la maison d'un ami lors d'un cambriolage. L'ami en question a été abattu, mais ton père a été brûlé vif par les malfrats lorsqu'ils ont mis le feu à la maison pour effacer les traces de leur forfait. La police n'a jamais réussi à les retrouver. Quand on y pense, mon cher Simon le poète, c'est fou les mesures de sécurité que tient à prendre aujourd'hui encore son seul mari survivant, alors que ta chère mère est âgée de soixante-quinze ans et qu'il en a quatre-vingt-six. Il est mieux gardé que le président des États-Unis.

Simon avala son trop-plein de salive et s'humecta les lèvres.

– Tu déformes volontairement la réalité.

– Si tu ne détestes pas ta mère, pourquoi avoir affirmé à tes femmes successives qu'elle était morte ?

– Lâche-moi la grappe un peu, gronda-t-il en laissant échapper des bulles de bave de sa bouche. Je refuse de t'écouter.

– Tes quatre femmes étaient le portrait craché de ta mère.

– Tu racontes n'importe quoi.

– La même taille, la même corpulence, les cheveux très noirs, les yeux bleus. Ta mère en plus jeune.

Il tourna vers Jane un visage qui trahissait à la fois son étonnement et sa haine. La violence des propos de sa tortionnaire était telle qu'il en restait sans voix.

Les psychopathes sont d'excellents acteurs, susceptibles d'afficher des émotions qu'ils sont incapables de ressentir, mais Simon était plus mauvais acteur que ne l'aurait soupçonné Jane. S'il ne pouvait ignorer qu'il avait reproduit le schéma maternel en épousant des femmes qu'il dépouillait ensuite, il n'avait jamais eu la conscience de sélectionner ses proies en fonction de leur ressemblance avec cette mère qu'il cherchait à voler, meurtrir et humilier.

Jane comprit qu'il lui fallait profiter sans attendre de cette première fissure dans une carapace soigneusement entretenue, avant que Simon trouve le moyen de la colmater.

– Petra avait la même morphologie que ta mère, poursuivit-elle. Elle avait les cheveux blonds, mais je ne serais pas surprise que tu lui aies demandé d'enfiler une perruque noire.

Il s'agissait d'une simple supposition, Petra ne lui avait rien dit à ce sujet, mais l'expression d'effroi qui s'afficha sur les traits de Simon lui apporta la preuve qu'elle ne s'était pas trompée.

— Tu es incapable de te comporter comme un homme normal avec les femmes à moins de les frapper et de les détruire. Sans ça, ta queue te servirait tout juste à pisser. Puisque tu as les mains dans les poches, pourquoi ne pas aller vérifier ? Tu ne la trouveras probablement pas.

Il s'étrangla dans sa salive, toussa longuement, et trouva enfin la force de débiter un chapelet d'obscénités.

Jane se redressa et regagna le tabouret. Sans le regarder avec dégoût, elle faisait preuve d'une indifférence plus insoutenable encore, comme si elle ne le trouvait pas digne de salir sa semelle en l'écrasant du pied.

Il se tut, à court d'injures, et resta prostré aux pieds de Jane dans le faisceau impitoyable des éclairages qui donnaient à ses yeux une couleur terne. Il se reprit et l'observa sans dissimuler sa haine, convaincu de pouvoir la décapiter d'un regard à condition de retrouver les pouvoirs surnaturels que sont persuadés de posséder tous les sociopathes.

— J'avais évoqué deux requêtes, lui rappela Jane. L'argent est la moins essentielle des deux. Ce que je veux avant tout, c'est ton demi-frère, Booth Hendrickson.

Si la demande surprit Simon, il ne le montra pas, sans doute conscient d'avoir mal su masquer son intrépidité. Parler ne pouvait que lui nuire.

Malgré ses liens, il avait besoin de renverser les rôles, de transférer sa peur sur la jeune femme, dans l'espoir de gagner son respect.

— Ton frère doit arriver de Washington sur un jet privé du FBI. Il atterrira à l'aéroport du comté d'Orange demain matin aux alentours de 10 h 30. Une limousine de ta société de VTC doit passer le prendre. Inutile de nier, je me suis introduite sur le site de ta compagnie, j'ai pu consulter le planning. Je veux que tu annules le chauffeur prévu, je me charge de lui fournir un remplaçant.

— Non, répondit Simon.

— Parce que tu crois peut-être avoir le choix ?

— Le jour venu, je t'arracherai les tripes en passant la main par ta chatte.

— Tu n'étais visiblement pas en classe le jour où ton prof a abordé l'anatomie féminine. À propos d'anatomie, tu as fini par trouver le macaroni de contrebande qui te sert de queue ?

Il la haïssait avec une telle force qu'il ne pouvait plus garder les paupières closes. Il la dévisagea en imaginant toutes sortes de scénarios meurtriers, un passe-temps habituel chez lui.

Jane tira de la poche de poitrine de son blouson un enregistreur pas plus gros qu'un paquet de cigarettes.

— J'ai enregistré l'intégralité de notre conversation, lui expliqua-t-elle.

— Qu'est-ce que j'en ai à foutre ? Avec les contacts que j'ai, je pourrais demander aux flics de cirer mes godasses tous les jours si je voulais.

— Je connais des flics qui ne cirent pas les chaussures. Quoi qu'il en soit, je compte envoyer une copie de notre conversation à ta mère. Elle a repris son nom de jeune fille, Anabel Claridge, et partage son temps entre sa propriété de La Jolla et celle du lac Tahoe, dans le Nevada. Je lui suggérerai en prime de s'adresser aux équipes de déminage si jamais elle reçoit un paquet le jour de la Fête des mères.

Simon pâlit à ces mots.

— Je pourrais te laisser comme ça pour le week-end, poursuivit Jane, et me rendre à La Jolla en moins d'une heure, ce qui donnerait tout le temps à ta maman d'écouter cet enregistrement à loisir en attendant que tu puisses t'en expliquer. À ton avis, elle se contentera de te coller une fessée, ou bien tu organiseras autour de ta petite personne un service de protection rapprochée, comme le seul de ses quatre maris qui est encore en vie ?

La menace produisit l'effet escompté.

— Pour quelle raison veux-tu récupérer Booth ?

— J'aimerais lui poser quelques questions.

— Si jamais tu touches à un cheveu de sa tête, attends-toi au pire. Je ne sais pas exactement dans quel monde il évolue, et je préfère ne pas le savoir, mais il a des amis très haut placés et ces gens-là ont un sens aigu de l'entraide.

— Je tremble de peur.

— Je ne plaisante pas. Tu risques fort de le regretter.

Jane se leva et fit deux fois le tour de la planche à roulettes en examinant Simon comme s'il s'agissait d'un monstre marin échoué sur une plage.

— J'ai envie de pisser, déclara Simon.

— Ce cinéma privé est la pissotière la plus chic de toute la Californie, rétorqua Jane.

48

Dans le garage, à gauche de l'établi, se dressait un grand placard à quatre portes. Trois d'entre elles cachaient des rayonnages sur lesquels étaient rangées les pièces de rechange des voitures de collection de Simon. La quatrième s'ouvrait sur une penderie vide.

Jane s'approcha du meuble, munie d'une clé électronique trouvée dans le tiroir du bureau de Simon, conformément à ses indications. Elle tendit le bras en direction du placard et fit glisser lentement la clé au-dessus des portes ouvertes jusqu'à ce qu'un bip lui signale qu'un système de sécurité en avait reconnu le code. Les panneaux latéraux du placard s'écartèrent dans un soupir et les rayonnages se glissèrent dans la penderie en découvrant une cachette dans laquelle Jane s'avança. Son poids déclencha un mécanisme, le fond du placard s'effaça en faisant apparaître un immense coffre dont les lumières s'allumèrent automatiquement.

La pièce secrète, un cube d'acier aux parois épaisses de deux centimètres, était meublée sur trois côtés d'étagères chargées de dossiers, d'armes à feu, de munitions et de cartons fermés. Elle pénétra dans le coffre-fort et repéra sans peine les deux attaché-cases en titane que lui avait décrits Simon.

Elle les déposa l'un après l'autre sur le plan de travail en inox aménagé au centre de la pièce, les ouvrit grâce aux combinaisons fournies par le maître des lieux et trouva dans chacun d'eux un sac de plastique transparent sous vide contenant des liasses de billets de cent dollars.

Elle avait trouvé de l'argent liquide chez tous les Arcadiens dont elle avait fouillé les repaires au cours des semaines précédentes, en moyenne deux cent mille dollars, ainsi que des faux passeports assortis de cartes de crédit.

En dépit de l'arrogance avec laquelle ces gens s'évertuaient à construire un monde nouveau en éliminant leurs ennemis et en asservissant les autres, il était intéressant de constater qu'ils avaient pris leurs précautions afin de fuir à la hâte en cas d'échec. C'était bien la preuve qu'un doute les habitait, derrière le paravent d'orgueil et de suffisance qu'ils affichaient.

Simon Yegg n'appartenait pas à l'élite des Arcadiens. Il se contentait d'utiliser les autres sans états d'âme, mais sans doute se doutait-il que les conséquences de ses actes l'amèneraient un jour à disparaître dans la nature. Quelles que soient ses motivations, il avait pris la précaution de conserver des faux papiers dans ses attachés-cases, ainsi que la rondelette somme de quatre cent quatre-vingt mille dollars.

49

Carter Jergen relève la chaise métallique à laquelle est attaché Sanjay Shukla. Il passe les deux heures suivantes à surveiller son prisonnier tout en s'efforçant de planifier ses prochaines vacances sur le Net.

Le jeune écrivain ne dit rien, se contentant de pleurer. Jergen se fait la réflexion que les romanciers sont plus sensibles que le commun des mortels. Lassé de parcourir les sites consacrés aux îles des Antilles, Jergen s'intéresse à Tahiti jusqu'à ce que son collègue Radley Dubose revienne en compagnie de Tanuja. Le géant devrait offrir l'apparence rayonnante du mâle rassasié, mais il n'en est rien, ainsi que le confirme sa mine sombre.

La jeune femme, si elle montre sa lassitude, ne semble pas brisée par l'épreuve qu'elle a traversée. Elle a les cheveux en bataille, l'une des manches de son t-shirt est déchirée, son col est en partie arraché. Dubose la tire brutalement par sa laisse en direction du siège qu'elle occupait précédemment. Elle lui martèle la poitrine de ses poings, sans parvenir à l'atteindre au visage. Il l'attrape par le cou, la colle de force sur la chaise et attache l'extrémité de la laisse au barreau reliant les pieds arrière.

Dubose rit rarement, mais la réaction de Tanuja l'amuse et il adresse à Jergen un regard entendu en haussant un sourcil tout en secouant la tête. Il s'appuie contre l'évier et sort de sa poche le reste du joint qu'il a roulé plus tôt dans la soirée. Il l'allume, aspire une longue bouffée et son regard se vide.

La bougie qui éclaire le visage de Tanuja montre que sa lèvre inférieure est tuméfiée. Du sang coagulé macule la commissure des lèvres. Cela ne l'empêche pas de s'exprimer d'une voix normale lorsqu'elle s'adresse à son frère.

— Sanjay ? dit-elle avec tendresse. *Chotti bhai…* ?

La tête baissée, il est incapable de la regarder. Alors que ses pleurs s'étaient calmés, il est soudain secoué de sanglots.

— *Chotti bhai*, répète-t-elle. Tout va bien.

— Non, réplique Sanjay. Bien sûr que non.

— Regarde-moi. Tu n'as rien à te reprocher.

Comme il reste prostré, sans réaction, elle insiste :

— *Peri pauna*.

Sanjay sursaute violemment et relève la tête.

— Non, *bhenji*. Je ne mérite plus ton respect, ou celui de quiconque.

— *Peri pauna*, insiste-t-elle.

Jergen fronce les sourcils, intrigué.

— *Peri pauna…* Qu'est-ce que ça veut dire ?

La jeune femme lui adresse un regard si dur et méprisant qu'il en a des frissons.

— Va te faire foutre, espèce de porc répugnant.

Dubose laisse échapper un petit rire et Jergen, pas rassuré, s'oblige à sourire.

— Si ça peut te soulager, laisse-t-il tomber en regardant sa montre. Profites-en, tu n'en as plus pour longtemps.

50

Plus tôt dans la nuit, Jane avait abandonné Simon dans la salle de projection, ligoté sur sa planche à roulettes, et regagné le hall d'accueil du *Cinéma parisien* en poussant devant elle le fauteuil sur lequel était attachée Petra Quist. Cette dernière avait réussi à se retenir et ne parlait plus de vouloir se rendre aux toilettes. Toute trace de son ivresse passée avait disparu.

Jane, l'exploration du coffre-fort terminée, rejoignit Petra avec une valise noir et jaune à roulettes dans laquelle elle avait glissé plusieurs tenues appartenant à la jeune femme, ainsi que des affaires indispensables trouvées dans la commode de sa chambre.

Elle gara la valise près du stand de pop-corn et déposa devant sa prisonnière son sac à main, ainsi qu'une paire de baskets, des chaussettes, un jean, un pull, un blouson en cuir et l'un des attachés-cases contenant deux cent quarante mille dollars.

Jane avait décidé de conserver pour elle la seconde mallette, sachant que la guerre à laquelle elle se livrait lui coûtait cher.

Elle prit place sur le banc à côté de son butin et observa sa prisonnière. Dans sa minirobe sans manches, Petra n'était plus que l'ombre d'elle-même. Le corps longiligne et sensuel que lui avait généreusement accordé la nature avait perdu une bonne part de son attrait et elle ressemblait à une adolescente à la dérive. La tête pendante, elle flottait dans ses souvenirs. Un hématome dessinait une marbrure sombre sur son menton, sans doute le fruit du coup que lui avait assené Jane en la plaquant contre le réfrigérateur.

— Bien des gens diront que Simon est une ordure narcissique, un sale misogyne, un petit voleur, et ils n'auront pas tort, mais il est bien pire que tout ça.

Petra ne dit rien.

— C'est avant tout un sociopathe qui cache derrière son apparence humaine un manque total d'émotion. Lui seul compte à ses yeux et il commettrait les pires atrocités sans l'ombre d'un remords s'il avait l'assurance de s'en tirer impunément.

Petra ne semblait ressentir aucune amertume, aucune colère à la suite des remarques que Simon avait pu émettre à son sujet. Elle était bouleversée par la prise de conscience de sa propre naïveté, au point de se sentir en plein désarroi.

— Quelle est la part du déterminisme ? Certains spécialistes pensent que les psychopathes naissent de cette façon-là, poursuivit Jane, alors que d'autres rejettent la responsabilité sur leurs parents. Les deux cas existent. Personnellement, je soupçonne Simon d'être un psychopathe de naissance, élevé par une mère psychopathe. Il a compris que tu m'avais fourni des informations qu'il aurait voulu cacher. Si je lui rends la liberté après m'être occupé de son frère et qu'il te met la main dessus, il te *tuera*, Petra. Sans hésiter, et avec la plus grande cruauté.

La jeune femme laissa s'écouler un silence avant de croiser le regard de Jane.

— Tu crois que c'est vrai, ce qu'il a dit au sujet de Felicity, Chandra et les autres ?

— De qui parles-tu ?

— De mes amies. Il prétend qu'elles m'oublieront instantanément si je disparais, mais c'est des conneries, non ?

Jane prit la peine de bien choisir ses mots.

— Elles se souviendront de toi, c'est certain, d'autant que c'est toi qui fournis gracieusement les limousines et qui payes les tournées, j'imagine. Mais tu crois sincèrement que tu leur manqueras ?

Petra baissa les yeux.

— Ma belle, enchaîna Jane, ce n'est pas qu'il est facile de t'oublier, tu as un sacré caractère, mais réponds-moi franchement : si l'une des filles quittait la région, elle te manquerait tant que ça ?

Petra, le front plissé, ouvrit la bouche pour répondre avant de se raviser.

— C'est très agréable de mener une existence de plaisirs superficiels, mais ça ne dure pas. À force de s'étourdir en faisant la fête, ce n'est plus une fête. Les gens avec lesquels on s'amuse ne sont rien d'autre que des étrangers.

Petra ferma les yeux. Sans doute pensait-elle à la vie qu'elle aurait pu avoir, au sort qui l'attendait du haut de ses vingt-six ans.

— Où est-ce que je peux aller, maintenant ? murmura-t-elle.

— Je ne sais pas. Toi seule détiens la réponse. En attendant, le contenu de cette mallette devrait t'aider.

Petra écarta les paupières en entendant cliqueter les serrures de l'attaché-case.

— Tu trouveras là-dedans près d'un quart de million de dollars, expliqua Jane.

Petra posa sur les liasses un regard grave.

— Cet argent ne risque pas de… de causer ma perte ?

— Simon ne portera pas plainte pour vol.

— Ce n'est pas ça. J'ai peur de prendre ce fric et de recommencer mes conneries, pas avec Simon, mais avec un autre.

— Le fait de te poser la question devrait te donner la force de ne pas succomber à la tentation.

— *Devrait*, répéta Petra. Mais ce n'est pas sûr.

— Rien n'est sûr dans la vie, dit Jane en refermant la mallette.

Elle sortit de son cabas une paire de ciseaux et trancha le lien en nylon qui retenait le poignet droit de Petra.

— Je ne suis pas ton ennemie, et je ne l'ai jamais été. Essaie de t'en souvenir, à présent que tu n'es plus soûle, précisa-t-elle en tendant les ciseaux à son interlocutrice. Par mesure de précaution, je m'éloigne de quelques pas pendant que tu achèves de te libérer. Prends ces vêtements et change-toi dans les toilettes. Je t'attends.

Petra libéra sa main gauche, puis elle s'attaqua aux liens qui enserraient ses chevilles.

— J'ai entendu tout ce que tu as dit au sujet de sa mère. J'en suis malade. Je me sens salie de lui avoir servi d'exutoire. Son frère est aussi tordu que lui ?

— Tu n'as pas envie de croiser sa route, dit Jane.

Petra se leva de façon hésitante, les membres ankylosés, et reposa les ciseaux sur le banc à côté de l'attaché-case.

— Et je suppose que je n'ai pas envie non plus de savoir qui tu es ?

— On ne peut rien te cacher.

51

Dans la cuisine de l'église règne un silence teinté de peur et de malheur. La culpabilité du frère et le pardon accordé par la sœur restent palpables, deux des bougies achèvent de s'épuiser, leurs flammes donnent l'impression de vouloir jaillir des verres comme des papillons en tatouant sur les traits des jumeaux des ombres qui les transforment en spectres.

Radley Dubose, telle une incarnation maléfique du Jugement dernier, s'approche de Carter Jergen.

— Si ça se trouve, le mécanisme s'est déjà mis en place. Voyons si le produit a marché, qu'on en finisse.

Les personnes à qui l'on a inoculé les précédentes moutures du mécanisme de contrôle obéissaient aux ordres de ceux qui prononçaient la phrase « Jouons au crime dans la tête », une référence au célèbre roman publié par Richard Condon en 1959. Un clin d'œil imaginé par Bertold Shenneck, le savant de génie qui a mis au point ce chef-d'œuvre de nanotechnologie avant de disparaître récemment.

Jane Hawk avait pénétré ce secret, il était donc indispensable de reprogrammer au plus vite tous les individus concernés. Parallèlement, un nouveau déclencheur a été choisi pour ceux qui ont reçu l'implant cérébral de dernière génération.

Jergen se tourne vers les jumeaux.

— Oncle Ira n'est pas oncle Ira, déclame-t-il.

Il ne sait pas qui a choisi la nouvelle formule. Il sait simplement qu'il s'agit d'une référence à *L'Invasion des profanateurs de sépultures*. Ce roman de Jack Finney datant de 1955, adapté à l'écran par deux fois, raconte l'histoire d'extraterrestres qui prennent la place des gens après les avoir éliminés. L'analogie n'est pas aussi forte que dans le cas du roman de Condon, mais tous les Arcadiens ne possèdent pas l'intelligence de Shenneck.

Sanjay réagit une fraction de seconde avant sa jumelle, mais la réponse est la bonne :

— Oui, c'est vrai.

L'implant cérébral s'est reconstitué dans leur tête et ils ont perdu tout libre arbitre.

— Génial, déclare Jergen, heureux que la mutation des Shukla se soit finalement bien terminée, après tant de péripéties.

Le frère et la sœur n'ont rien perdu de leur vivacité, mais ils resteront dans un état second tant que Jergen ou Dubose n'auront pas prononcé la formule destinée à les en sortir, *Auf Wiedersehen*, au revoir en allemand.

– Vous devez nous obéir, précise Jergen. C'est compris ?

– Oui, répondent les jumeaux d'une même voix.

Dubose les libère de leurs colliers et de leurs laisses.

Sur les instructions de Carter Jergen, les Shukla font la vaisselle et rangent assiettes et verres dans le placard. Ils n'échangent pas une parole, pas un coup d'œil, et font preuve d'une efficacité de fourmi.

– Nous allons vous reconduire chez vous, leur annonce Jergen.

– D'accord.

L'une des bougies s'éteint. Jergen mouche les deux autres et les Shukla emportent les photophores improvisés avec eux afin que tout paraisse normal à l'intérieur du bâtiment le lendemain matin, lorsque la police enquêtera sur la mort du pasteur Gordon.

52

Petra Quist, en jean et pull, avait retrouvé son apparence habituelle. Tirant la valise à roulettes d'une main tout en tenant de l'autre l'attaché-case, elle rejoignit le garage, suivie de Jane, et s'approcha du véhicule le moins voyant de la collection de Simon, un 4x4 Cadillac. Elle plaça la valise dans le coffre et déposa la mallette sur le siège passager.

– Ne garde pas l'Escalade trop longtemps, lui conseilla Jane. Juste le temps de trouver une agence de location de voitures. Ensuite, tu seras en sécurité. Je veillerai à ce que Simon ne te recherche pas. Son frère et les complices de celui-ci n'ont aucune raison de s'intéresser à une ancienne petite amie de Simon. Tu n'auras rien à craindre.

Petra dévisagea longuement Jane avec l'air perplexe de quelqu'un à qui l'on s'adresse dans une langue inconnue.

— J'ai essayé de te taillader le visage avec un tesson de bouteille.

— Tu étais soûle.

— Je n'aurais pourtant pas hésité…

— Je ne t'ai pas vraiment fait de cadeau, moi non plus. Comment va ta mâchoire ?

Petra tâta l'hématome.

— Il y a pire. Je sais pas comment te remercier.

Jane lui sourit.

— C'est pourtant simple. Refais ta vie en évitant de commettre les mêmes erreurs. Sois heureuse. À ta place, je me tiendrais à l'écart des endroits chics que tu avais l'habitude de fréquenter. Cette existence-là est factice. Installe-toi dans une petite ville ordinaire, comme celles qu'on voit dans les vieilles séries des années cinquante, où vivent des gens normaux.

— C'est la première fois, depuis que je suis née, que quelqu'un cherche à m'aider sans rien attendre en retour.

Jane, interloquée, suivit Petra jusqu'à la portière conducteur.

— Ne me dis pas que personne ne t'a jamais aidée.

— Personne, je t'assure.

— Ça ne me regarde pas, insista Jane en discernant une touche de mélancolie dans la voix de Petra, mais sais-tu quand ont commencé tes ennuis ?

— Je peux te préciser l'année, le jour et l'heure, et ça ne date pas d'hier.

— Peut-être est-ce aussi bien que tu le saches. On n'exorcise pas aisément un démon qu'on n'est pas capable d'identifier.

— Rien ne dit que j'y parviendrai.

— Tu ne le sauras pas tant que tu n'auras pas essayé.

Petra acquiesça. Elle ouvrit la bouche, se ravisa, et finit par se décider.

— Tu as des chaussures cool, dit-elle en s'efforçant de dissimuler son émotion.

— Des Rockport ordinaires.

— Je sais, mais ce sont des pompes solides.

— C'est tout ce qu'on leur demande.

Petra releva la tête.

— Je n'oublierai jamais cet instant précis.

— Moi non plus.

La jeune femme monta dans l'Escalade, claqua la portière, mit le contact et ouvrit le volet roulant à l'aide d'une télécommande. Le vrombissement du moteur se répercuta contre le béton des parois et Jane regarda la Cadillac disparaître dans la nuit.

53

Radley Dubose ordonne aux jumeaux de s'endormir. Installés à l'arrière du Range Rover, ceinture bouclée, ils ferment les yeux et penchent légèrement la tête vers la droite, emportés par un sommeil qui n'a rien de naturel.

Jergen reprend la route en sens inverse, en direction des collines presque désertes où se trouve la maison des Shukla.

Le Hyundai qu'ils avaient abandonné près des écuries Honeydal a déjà retrouvé sa place dans leur garage. Une équipe s'est chargée d'effacer toute trace du drame qui s'est déroulé dans leur cuisine, à commencer par les généreuses éclaboussures de l'insecticide dont Tanuja s'est servi pour tirer son frère des griffes de Lincoln Crossley et de ses sbires.

Les jumeaux ne tarderont pas à vivre l'ultime chapitre de leur existence, pris d'une folie meurtrière qui fera la une des médias et les fera passer pour des monstres aux yeux du grand public. Le dernier roman de Tanuja, en passe de devenir un best-seller et de modifier le regard éthique de toute une génération à en croire le logiciel qui édite la liste Hamlet, deviendra une œuvre maudite.

Jergen lance un coup d'œil en direction de Dubose.

— Je peux te poser une question ?

— Elle était super. Lubrique à souhait, comme on dirait à Harvard.

— Je me doutais qu'elle était bonne.

— Alors pourquoi me le demander ?

— Pourquoi ne pas avoir attendu que le mécanisme de contrôle soit en place ?

— Épargne-moi ton snobisme bidon de Nouvelle-Angleterre.

— De quoi tu parles ?

— Un fils de l'élite de Boston choqué par les manières vulgaires d'un péquenaud.

— Elle t'aurait obéi au doigt et à l'œil si tu avais attendu un peu. Ça t'aurait évité de la brutaliser.

Dubose tourne son visage d'ours vers son compagnon. Son expression vaut tous les sarcasmes.

— Dois-je en déduire que la brutaliser faisait partie du jeu ?

— On ne peut rien te cacher.

— Je ne sais pas…

— Tu déconnes ? Tu veux dire que t'as jamais brutalisé une gonzesse ?

— Jamais. Je préfère la douceur.

— Dans l'état où elle est maintenant, ce serait comme baiser un robot.

— Un robot particulièrement séduisant.

— Alors te gêne pas, t'auras qu'à te servir quand on les aura ramenés chez eux.

— Sans vouloir te vexer, Radley, je n'ai pas envie de passer après toi.

Dubose, qui se déride rarement, laisse échapper un rire grave teinté d'amertume.

— Tu trouves pas que c'est étrange de manifester autant de scrupules après tout ce qu'on a fait ce soir ?

— Peut-être, mais je n'y tiens quand même pas. En plus, on s'est contentés d'obéir aux ordres.

— On a contribué à bâtir un monde meilleur, rétorque Dubose.

54

Jane Hawk s'était réveillée tard le vendredi matin avant de s'accorder une sieste l'après-midi en prévision de l'interrogatoire de Simon Yegg. À 4 h 30 du matin ce samedi-là, après avoir fait ses adieux à Petra, elle aurait aimé prendre quelques heures de repos afin d'accueillir dignement Booth Hendrickson à son arrivée, six heures plus tard, mais elle avait les nerfs à fleur de peau et jamais elle n'aurait réussi à s'endormir.

Simon, dans l'incapacité de se libérer, pouvait bien mariner dans son jus, elle n'avait pas besoin de le surveiller. Elle se rendit dans la cuisine où elle évita soigneusement les éclats de verre avant de découvrir dans le réfrigérateur une autre bouteille de Belvedere, du Coca-Cola, et des glaçons en forme de demi-lune. Elle se servit un grand verre et l'emporta dans le bureau où elle alluma la lumière.

Un iPod était posé près de la lampe, elle hésita un instant à en examiner le contenu avant de se dire qu'écouter de la musique l'empêcherait d'entendre le moindre bruit suspect à l'intérieur de la maison.

Jane était une pianiste accomplie, tout comme sa mère assassinée, ou encore son père qui continuait de donner des récitals alors qu'il aurait dû moisir en prison depuis dix-neuf ans pour avoir tué sa femme. La musique était un besoin vital chez Jane, au même titre que la nourriture, qu'il s'agisse d'en écouter ou d'en jouer sur le clavier d'un Steinway. Elle aurait pu se lancer dans une carrière de concertiste internationale si le piano, avec son couvercle entrouvert, n'évoquait pas le cercueil de sa mère.

Elle n'avait pas besoin d'analyse ou de jargon freudien pour savoir ce qui l'avait poussée à entrer dans la police.

Elle avala une gorgée de vodka-coca et tira de la poche de son jean un camée en piteux état représentant un profil de femme en stéatite, enchâssé dans un cadre en argent de forme ovale. Travis, son petit garçon, avait trouvé ce bijou sous une pierre dans le ruisseau courant près de sa retraite secrète, chez un couple d'amis sûrs.

L'enfant s'était imaginé que la femme du camée ressemblait à sa mère. Il y voyait le signe qu'elle finirait par triompher de ses ennemis et lui avait confié le bijou en guise de talisman.

Jane tenait à cette relique non pas à cause de ses pouvoirs magiques, mais parce qu'elle lui avait été offerte par son petit garçon, le fils de Nick, conçu avec beaucoup d'amour et l'espoir que le monde lui apporterait le bonheur que procure la vie lorsqu'elle est vraie. Il suffisait à Jane de serrer l'objet dans le creux de sa main et de fermer les yeux pour voir Travis aussi clairement que s'il s'était trouvé en face d'elle, avec les cheveux de son père, sa tignasse ébouriffée, son sourire doux et timide, son intelligence qui donnait l'impression d'un petit homme attendant sagement d'en avoir terminé avec l'enfance.

Sous l'effet de la vodka, ou peut-être du camée, Jane sentit une vague de calme l'envahir. Elle vida son verre, enfouit le bijou au fond de sa poche, régla l'alarme de sa montre, se leva, éteignit la lumière et s'allongea sur le canapé.

Elle pria le ciel de voir son fils en rêve. Encore lui faudrait-il rêver, un privilège dont était souvent privée la fillette qui avait découvert, à l'âge de neuf ans, le corps sans vie de sa mère baignant dans son sang au fond de la baignoire familiale avant de revivre la même situation dix-neuf ans plus tard lorsque son mari était mort dans des conditions similaires.

55

À plus de douze mille mètres d'altitude, un avion vole dos au soleil en direction de l'ouest, dominant du ronronnement rassurant de ses deux moteurs Rolls-Royce le grouillement frénétique et souvent inutile d'une humanité incapable de prendre la mesure des changements qui agitent la planète.

L'époque est pourtant palpitante, surtout quand on s'appelle Booth Hendrickson et que l'on est l'unique passager d'un Gulfstream V conçu pour emporter quatorze passagers, en plus de l'équipage. Booth s'enorgueillit d'être connu des huiles de Washington et de leurs laquais comme un ponte du ministère de la Justice, mais aussi comme un initié capable d'organiser des rencontres discrètes avec les plus hauts responsables fédéraux. Il est plus fier encore d'appartenir à l'élite des Techno-Arcadiens dont les huiles et leurs laquais ne soupçonnent même pas l'existence.

Booth tire une bonne part de cette satisfaction des à-côtés somptuaires auxquels il a droit, à l'image de ce jet privé. Le Gulfstream est la propriété du FBI. À ce titre, il est réservé aux enquêteurs chargés de lutter contre le terrorisme. Hendrickson est suffisamment haut placé dans la hiérarchie pour réquisitionner l'appareil sans la moindre justification.

Le steward vient de lui apporter en guise de petit-déjeuner une omelette au crabe faite avec des œufs de cane, des pommes de terre sautées dans de l'huile de noix de coco et des mini-carottes au thym cuites *al dente*, le tout servi avec des toasts de pain brioché.

La nourriture est délicieuse, mais le vin n'est pas à son goût. Lorsqu'il a réservé ce vol la veille, il a précisé qu'il voulait une bouteille de chardonnay Far Niente, et on lui a servi un pinot gris assez quelconque, trop sucré pour accompagner l'omelette.

Le steward s'est confondu en excuses, mais il n'a pu lui fournir aucune explication et faute des deux verres de chardonnay qu'il comptait boire, Hendrickson devra se contenter d'une seule dose de pinot gris.

Il n'est pas superstitieux et ne croit guère aux mauvais présages, pas plus qu'il n'accorde le moindre crédit aux dieux, au destin, ou à la chance. Il ne croit qu'en lui-même, à l'efficacité du pouvoir le plus brutal, à la souplesse d'un monde matériel que les plus forts modèlent à leur guise.

Il n'en reste pas moins qu'au moment de compléter son petit-déjeuner par des tranches de mandarine saupoudrées de chocolat noir, le malaise provoqué par le changement de vin ne fait que croître. Il écoute la musique des réacteurs, à l'affût d'un changement de tonalité susceptible de signaler un problème technique.

Son repas achevé, il ouvre son ordinateur portable avec l'intention de travailler et ne peut s'empêcher de consulter plusieurs sites météorologiques, au cas où ils signaleraient des turbulences. Les heures s'écoulent et, malgré ses efforts, il ne parvient pas à chasser le trouble qui s'est emparé de lui.

Il passe en revue les articles consacrés à la mort brutale de l'un des cofondateurs des Arcadiens. Preuve a été faite que Jane Hawk se trouvait à San Francisco au moment des faits. Décidément, cette salope lui donne des boutons.

À peine le jet a-t-il atterri à l'aéroport du comté d'Orange que Booth aperçoit la limousine avec chauffeur qui l'attend sur le tarmac. Son appréhension se mue instantanément en inquiétude. Il partage avec Simon, son demi-frère, un code secret. Il va lui falloir redoubler de vigilance, mais à la peur qui l'étreint s'ajoute la satisfaction de savoir que Jane Hawk est peut-être sur le point de commettre une grave erreur. Si quelqu'un est capable de l'atteindre par le biais de Simon, c'est bien Jane Hawk.

À condition de garder son sang-froid et de la jouer fine, c'est lui qui aura sa peau.

Deuxième partie

JANE OUVRE LES VANNES

1

À 8 h 45 précises, Gilberto Mendez, ancien Marine reconverti en entrepreneur de pompes funèbres, et faux chauffeur de limousines d'occasion, gara son Chevy Suburban dans un quartier résidentiel sous un poivrier afin d'échapper aux caméras de surveillance.

Il avait choisi des chaussures noires soigneusement cirées, un costume noir, une chemise blanche, une cravate noire, ainsi qu'une casquette noire. Il avait acheté cette veste deux ans plus tôt, alors qu'il avait dix kilos de plus, si bien qu'il n'avait eu aucun mal à dissimuler dans un holster le Heckler & Koch Compact de calibre .45 fourni par Jane.

Il se dirigea à pied vers un jardin public situé à quelques rues de là en ayant le sentiment de détonner dans le paysage, mais aucun joggeur, skateur ou propriétaire de chien dont il croisait la route ne lui accorda un regard.

Le ciel était du même bleu que la couverture achetée par Carmella, sa femme, en prévision de la naissance de leur quatrième enfant. La pluie de la nuit précédente avait revivifié le vert des arbres comme les couleurs des fleurs, on aurait presque pu croire que les pelouses étaient artificielles.

C'était une journée magnifique pour l'ordre du vivant, une réflexion plus normale chez un entrepreneur de pompes funèbres que chez le commun des mortels. Un jour, dans l'enfer du Moyen-Orient, il avait entendu un aumônier remettre en cause la beauté du monde. Gilberto n'était pas aussi pieux que ce saint homme, il lui arrivait pourtant de croire que les turpitudes humaines ne viendraient jamais à bout des merveilles de la nature. En dépit de l'arme qui lui battait le flanc, il se sentait heureux de connaître des instants aussi lumineux, en partie parce que sa mission lui donnait l'occasion de redonner un sens, au nom de son pays, de la liberté et de ses frères d'armes, à la devise sacrée qu'il s'était juré d'observer : *Semper fi*.

Il aperçut sur le parking voisin d'un petit lac artificiel la Cadillac blanche que Jane lui avait promise. Le véhicule n'était pas verrouillé. Après avoir enfilé une paire de gants afin de ne pas laisser d'empreintes, Gilberto ouvrit la portière côté conducteur, souleva le tapis de sol sous lequel il trouva une clé électronique. Il s'installa derrière le volant et hésita à s'enfermer dans l'habitacle, histoire de savourer quelques instants de plus la brise parfumée au jasmin qui flattait ses narines. Sans doute avait-il inconsciemment la notion qu'il se coupait à jamais de son avenir, de sa femme, de ses filles, et du fils à naître qu'il n'aurait peut-être jamais l'occasion de voir.

Il murmura *Semper fi*, referma la portière et mit le contact.

2

Jane Hawk ouvrit les yeux à 8 h 30, tirée du sommeil par l'alarme de sa montre. Elle se leva du canapé et s'approcha de la fenêtre du bureau de Simon Yegg afin d'observer les premières lumières du jour. Elle avait suffisamment dormi et n'éprouvait aucune lassitude.

Elle se passa le visage sous l'eau dans la salle de bains attenante et remit de l'ordre dans sa perruque noire, puis elle retira ses lentilles de contact et les rangea dans leur étui. En se regardant dans la glace, elle retrouva le bleu océanique de son regard naturel.

Elle descendit au sous-sol et trouva Simon prisonnier de sa planche à roulettes, baignant dans une odeur d'urine. Sa vessie, en se vidant, semblait avoir libéré un trop-plein de bile qui était remonté jusqu'à son visage convulsé par la haine.

Il cracha un chapelet d'injures et de menaces en l'entendant arriver et tendit ses muscles à craquer lorsqu'il la vit se planter au-dessus de lui.

Il lui fit le détail des parties de son anatomie qu'il prendrait un malin plaisir à lui couper avant de les lui enfoncer dans des orifices bien précis. Curieusement, l'épreuve qu'il traversait n'avait fait que renforcer son égocentrisme. Il ne voyait pas comment il aurait pu mourir, sachant que sa mort signifierait la fin de l'univers. Les souffrances qu'il traversait n'étaient à ses yeux qu'un test d'endurance, imaginé par les maîtres du cosmos, dont il sortirait inexorablement vainqueur et qui lui permettrait de la briser.

Sa rage, démoniaque et inextinguible, ne s'éteignit nullement lorsqu'il découvrit le changement intervenu dans son apparence, mais il en resta sans voix. Si ses cheveux de jais et sa silhouette n'avaient pas changé, jamais il n'aurait remarqué la similitude avec sa mère en découvrant chez elle les yeux d'Anabel.

— Ils sont bleus, murmura-t-il, comme s'il venait d'assister à quelque transmutation alchimique, alors que ses tempes battaient brusquement au rythme des névroses qui le rongeaient.

— Je suis venue t'avertir que si l'opération tourne mal et que tu as réussi à alerter ton frère par un tour de passe-passe quelconque, tu en paieras les conséquences. Au mieux, je reviendrai ici avec un marteau et je t'exploserai les rotules. Et s'il devait arriver quelque chose à l'ami qui m'aide, ou bien si Booth s'avisait de prendre d'assaut cette maison, je trouverais le moyen d'exploser d'une balle la nouille qui te sert de queue. Je peux t'assurer que je rirai bien en t'entendant hurler devant les portes de l'enfer.

Sur son visage s'afficha un kaléidoscope d'émotions contradictoires. Son regard fiévreux évita les yeux de Jane sans jamais parvenir à se fixer sur un point précis, au point que la jeune femme se trouva dans l'incapacité de lire dans son âme. Son esprit, à l'image de la lune, s'était replié sur sa face cachée.

Il observa un silence angoissé qu'il finit par rompre au moment où elle s'apprêtait à quitter la salle de projection. Alors il prononça son nom comme s'il s'agissait d'un synonyme obscène du mot *vagin*, mais Jane ne s'en émut pas, car elle en avait entendu bien d'autres, avant Simon, lui promettre des sévices qu'ils avaient été incapables de réaliser.

3

Lorsque Booth Hendrickson descend du Gulfstream V, la limousine blanche qui l'attend sous le soleil californien est à la fois une provocation et un avertissement.

De son point de vue, les VTC *blancs* sont réservés aux mariages, aux bals de fin de lycée et aux enterrements de vie de jeune fille, aux gamins qui se rendent à la fête donnée en l'honneur de leur Bar Mitzvah au sortir de la synagogue.

À l'inverse, tous les personnages importants ont droit à une voiture noire aux vitres teintées, et il s'agit invariablement d'une Mercedes rallongée. Le contrat de Simon avec le ministère de la Justice le stipule expressément.

Jamais son frère ne lui ferait un tel affront et Booth a toutes les raisons de croire que Simon a voulu l'avertir d'un danger.

Le chauffeur qui se tient à côté de cette Cadillac de carnaval n'est pas l'un des deux chauffeurs habituels, également gardes du corps. Le type porte un costume, comme tous les employés de Simon, mais à l'inverse de ces derniers, il a une casquette, ainsi qu'une paire de lunettes de soleil enveloppantes. Les chauffeurs de Simon ne les enfilent jamais avant de prendre le volant et Booth en tire une conclusion simple : l'inconnu cherche à dissimuler ses cheveux, ses yeux et la forme de son nez, autant d'éléments cruciaux lorsqu'il s'agit d'identifier un individu.

— Monsieur Hendrickson ?

— Oui, répond l'intéressé en se mordant la lèvre pour ne pas se plaindre de la voiture.

— Je m'appelle Charles. J'espère que vous avez effectué un agréable voyage.

— Pas un nuage de tout le vol.

Charles ouvre la portière arrière droite.

— Si vous voulez bien vous donner la peine de monter, monsieur, je m'occupe de vos bagages.

— Je n'ai que deux sacs et un ordinateur. J'ai traversé l'Amérique en restant assis, ça ne me fera pas de mal de me dégourdir les jambes et de prendre l'air.

— Bien sûr, monsieur.

Charles se dirige vers l'échelle de coupée au sommet de laquelle apparaît le steward.

À travers la portière ouverte, Booth s'assure que personne ne l'attend à l'intérieur du véhicule. Il explore les environs d'un coup d'œil circulaire, à la recherche de complices éventuels du chauffeur, mais aucune des silhouettes qu'il voit ne lui paraît plus suspecte que les autres.

Il ne peut s'empêcher de repenser au pinot gris servi à la place du chardonnay. Le vin était-il drogué ? Dans quel but ? Il pourrait s'agir d'un sédatif qui fait effet au bout de cinq ou six heures et le plongera dans un coma profond lorsqu'il aura pris place dans la limousine. À moins que cette saloperie ne reste présente dans l'organisme beaucoup plus longtemps, en attendant qu'un autre produit révèle ses effets néfastes. Une sorte de sérum de vérité qui le forcerait à avouer tous ses secrets.

Un tel scénario pourrait sembler risible à quiconque ignore les avancées récentes des techniques d'espionnage. Ce n'est pas le cas de Booth Hendrickson, qui sait, mieux que personne, que l'improbable est en train de devenir possible.

Cela dit, s'inquiéter de la présence d'un produit dopant dans le pinot gris relève probablement de la paranoïa. Jane Hawk est maline, mais il voit mal comment elle pourrait s'introduire dans les hangars réservés aux avions privés du Bureau, dont la plupart des agents ne connaissent même pas l'emplacement. En outre, changer de vin ne pouvait qu'attirer l'attention ; si Hawk avait voulu le droguer, elle aurait trafiqué le chardonnay.

À moins… à moins que l'acidité du chardonnay ne vienne contrecarrer les effets de la drogue.

Le chauffeur et le steward transfèrent les bagages dans le coffre de la limousine, mais Booth demande à garder son ordinateur avec lui.

Il observe le manège des deux hommes, à l'affût d'un signe qui trahirait leur complicité. Il ne remarque rien, mais il peut avoir affaire à des individus soigneusement entraînés.

Hendrickson vit dans un monde d'imposteurs, il nage lui-même dans un océan de duplicité et de subterfuges. La paranoïa chez lui relève de l'instinct de survie, le tout est de ne jamais céder à la panique.

Le steward lui souhaite un agréable séjour, le chauffeur ouvre sa portière et attend qu'il ait pris place sur la banquette avant de la refermer.

– Charles, demande Booth. Vous connaissez mon planning, je suppose ?

– Oui, monsieur. Vous allez tout d'abord déjeuner chez M. Yegg avant de prendre votre chambre au Pelican Hill Resort à 15 heures.

Booth ne voit pas sous quel prétexte il refuserait de monter dans l'auto. S'il s'agit d'un piège tendu par Jane Hawk, il doit feindre de tomber dedans en attendant le moment de la tuer.

Il se glisse sur le siège moelleux et la portière se referme avec un bruit sourd.

4

Installée derrière le bureau de Simon Yegg, Jane venait de pirater le site de son opérateur en téléphonie lorsque son téléphone jetable sonna.

– Oui ?

– Il vient d'atterrir, lui répondit la voix de Gilberto.

– Tu as la télécommande ?

– Je l'ai trouvée dans la cachette, comme prévu.

– Alors allons-y.

L'entrepreneur de pompes funèbres raccrocha et Jane reporta son attention sur l'écran.

À l'époque où elle travaillait pour le FBI, elle avait fait la connaissance d'un hacker plein d'humour et de délicatesse employé par le Bureau. Il arrivait régulièrement à Vikram Rangnekar de s'introduire illégalement sur certains sites à la demande du directeur ou d'un haut fonctionnaire du ministère de la Justice. Vikram savait Jane mariée, mais il en pinçait pour elle et lui avait montré ses « bébés », des logiciels mis au point avec la bénédiction de sa hiérarchie.

Jane avait toujours scrupuleusement respecté le règlement, mais cela ne l'avait pas empêchée de s'intéresser aux agissements troubles des huiles du ministère. Elle avait demandé à Vikram de lui montrer comment il procédait, ce qu'il avait fait avec une fierté de coq. Il utilisait notamment des portes d'entrée secrètes afin de pirater les données des fournisseurs de téléphonie, avant de naviguer sans laisser de trace sur les sites qui l'intéressaient.

Il avait révélé ses secrets à Jane qui avait déposé un chaste baiser sur sa joue, à sa grande surprise.

Parce que tous les ordinateurs ont une signature qui permet de les localiser en temps réel, Jane n'en possédait pas depuis qu'elle avait entamé sa cavale, de la même façon qu'elle utilisait exclusivement des téléphones jetables.

Deux jours plus tôt, en utilisant les ordinateurs en accès libre de plusieurs bibliothèques successives, elle avait consulté les fadettes du téléphone professionnel de Booth Hendrickson, ainsi que celles de son portable personnel.

Cette fois, grâce à l'ordinateur de Simon, elle commença par résilier l'abonnement privé de l'Arcadien en désactivant définitivement son numéro avant de s'intéresser à son compte professionnel, établi en son nom par le ministère de la Justice.

5

La limousine s'éloigne du terminal et Booth Hendrickson demande au chauffeur de fermer la cloison transparente séparant la partie passager du poste de conduite. Booth a besoin de passer un appel de toute urgence.

Si le chauffeur est un imposteur qui soupçonne Booth de l'avoir démasqué, il n'en montre rien et s'exécute.

Booth et Simon ont en guise de père des bons à rien dotés de patronymes différents. Ils se sont appliqués à ne pas afficher le lien familial qui les unit, de peur qu'un contrôleur un peu trop scrupuleux s'aperçoive que le premier a permis au second de bénéficier de marchés publics de plusieurs dizaines de millions de dollars.

Les demi-frères discutent la plupart du temps en tête-à-tête. Les rares fois où il leur arrive de se téléphoner, Booth se sert systématiquement de son portable personnel, jamais de celui du ministère de la Justice.

Étrangement, l'appareil ne fonctionne pas. L'écran s'allume, mais il reste vierge. En désespoir de cause, il sort son téléphone professionnel, mais l'appareil reste également muet.

L'époque où les limousines disposaient d'une ligne téléphone est révolue depuis longtemps, et Booth n'a pas d'appareil jetable.

La Cadillac s'arrête à un feu rouge et Hendrickson tente d'ouvrir sa portière. Celle-ci est verrouillée, ce qui est dans l'ordre des choses puisque les compagnies d'assurances exigent que le chauffeur maintienne les portières fermées en roulant, au cas où un enfant, ou bien un crétin ivre, se répandrait accidentellement sur la chaussée.

Booth a bien son ordinateur avec lui, mais il ne se fait pas d'illusion. Jamais il n'arrivera à envoyer un texto, quand bien même il passerait à proximité d'une borne wifi dépourvue d'un code. Personne ne lirait son message à temps, la maison de Simon se trouvant à moins d'un quart d'heure de l'aéroport.

Il ne lui reste qu'une solution : sortir le pistolet dissimulé dans un holster sous sa veste.

6

Ainsi que Simon l'avait révélé à Jane la nuit précédente, le chauffeur habituel conduisait Booth directement dans le garage au lieu de le déposer devant l'entrée de la maison. Les deux frères entretenaient une relation discrète et préféraient ne pas être vus ensemble par les voisins.

Jane se rendit dans le garage en emportant son cabas et se laissa guider par sa mini-torche jusqu'à l'atelier, faute d'avoir allumé la lumière. Elle posa le cabas sur l'établi et en tira le vaporisateur rempli de chloroforme qu'elle enfouit dans la poche de son blouson.

Elle s'empara de l'escabeau accroché au mur et le déplia sous le plafonnier qui s'allumait automatiquement lorsque se relevait le volet roulant. Il s'agissait d'un éclairage blindé, impossible à démonter. Elle prit un marteau à l'aide duquel elle éclata la coque de protection en plastique avant de réduire en miettes l'ampoule LED.

Elle rangea le marteau et l'escabeau et poussa dans un coin avec un balai les morceaux de plastique et de verre.

Elle ouvrit la porte du placard dont le compartiment secret contenait encore quelques heures plus tôt les attachés-cases remplis de liasses de billets, éteignit sa mini-torche et attendit dans le noir l'arrivée de la limousine.

Booth Hendrickson serait probablement armé. Jane et Gilberto l'étaient aussi, mais il leur fallait à tout prix éviter une fusillade et la jeune femme avait mis au point un plan, tout en ayant conscience que les plans les mieux fourbis se déroulent rarement comme on le voudrait.

Gilberto commencerait par s'avancer dans le garage au volant de la limousine, il fermerait le volet roulant à l'aide de la télécommande en laissant tourner le moteur. Le volet s'abaisserait, il descendrait du véhicule et en ouvrirait le capot en s'éclairant d'une torche, sans que Hendrickson ait la possibilité de sortir de l'habitacle, les portières étant verrouillées.

Le volet redescendu, le garage se trouverait plongé dans l'obscurité et Jane en profiterait pour sortir du placard et rejoindre Gilberto sans que Hendrickson puisse la voir. Il aurait l'assurance d'être tombé dans un piège, mais il était peu probable qu'il tente de tirer dans les vitres de la Cadillac, au risque d'épuiser ses munitions.

Gilberto débrancherait la durite d'alimentation de la ventilation et Jane n'aurait plus qu'à vaporiser le contenu de son flacon de chloroforme dans le tuyau. Restait à savoir si l'opération suffirait à endormir Hendrickson, mais à défaut de perdre totalement connaissance, il serait suffisamment désorienté pour être aisément désarmé.

Debout dans le noir, Jane se prit à penser à l'au-delà qui lui avait déjà pris sa mère et son mari, où l'attendaient peut-être aussi les ennemis qu'elle avait éliminés.

7

La limousine accélère sur MacArthur Boulevard et s'éloigne de l'aéroport en longeant les sièges de certaines des entreprises les plus florissantes du pays. Ce sont de véritables parcs magnifiquement paysagés dont les arbres et les pelouses prennent la couleur terne du bronze à travers les vitres teintées. Les tours de verre dressent vers le ciel des silhouettes sombres et torves, comme si quelque force cosmique insoupçonnée avait plongé le monde dans une réalité inquiétante.

Booth Hendrickson est habitué à donner des ordres, à disposer de gardes du corps prêts à dégainer sans se soucier de la violence qu'ils déchaînent, à diriger des pelotons d'avocats prêts à réagir à la moindre alerte, à commander des services entiers de bureaucrates disposés à détruire ses ennemis à coups de directives.

Il lui arrive, en plein coït et plus souvent encore dans ses rêves, de s'imaginer dans la peau d'un loup déguisé en homme. Booth a l'âme d'un meneur, il n'est jamais aussi à l'aise qu'à la tête d'une meute. Il se nourrit de la force du groupe, de sa motivation.

Il serre dans son poing un Kimber Ultra CDP III 9 mm, une arme de moins d'un kilo disposant d'un chargeur de huit balles, en plus de celle logée dans le canon. En l'absence de la meute, c'est son seul moyen de défense. Il se glisse sur la banquette qui tourne le dos au conducteur. Au premier feu, il lui suffira de tirer quatre balles dans la nuque du chauffeur à travers la vitre en Plexiglas…

Non. S'il tue le chauffeur, il restera prisonnier de la limousine. Le corps sans vie s'effondrera sur le volant, le pied du mort ne pèsera plus sur la pédale de frein et le véhicule automatique reprendra sa course au milieu de la circulation.

Le mieux serait encore de briser le panneau coulissant de la vitre en Plexiglas, de passer la main à travers l'ouverture et d'ordonner au chauffeur de déverrouiller les portières en lui posant son arme sur la tempe, mais rien ne dit que le panneau cédera facilement, ou que le chauffeur, alerté par le bruit, ne le neutralisera pas avec un taser ou un poignard.

Il repose le Kimber sur la banquette et tente à nouveau sa chance avec les deux téléphones. En vain.

La limousine file à plus de quatre-vingts kilomètres-heure, ils arriveront chez Simon dans quelques minutes. Si Jane Hawk s'y trouve, et il en a la conviction, elle lui fera subir un interrogatoire. Elle a déjà capturé et mis sur le gril plusieurs Arcadiens dont elle a obtenu les renseignements qu'elle désirait, alors qu'ils étaient réputés impossibles à capturer et à briser.

Elle a même réussi à éliminer David James Michael, le milliardaire fondateur des Techno-Arcadiens, en dépit des multiples niveaux de protection dont il disposait. Si elle a pu parvenir jusqu'à lui, elle est capable de s'emparer de n'importe qui.

Hendrickson ne s'est jamais senti aussi vulnérable depuis son enfance auprès d'une mère abusive. Elle a fait de lui l'équivalent de l'un des surhommes imaginés par Nietzsche. Alors qu'Anabel a plus ou moins brisé ce pauvre Simon, elle a donné à Booth une volonté d'acier.

Booth ne s'est jamais senti en danger car il n'imaginait pas que Jane Hawk puisse le soupçonner d'avoir un rôle de premier plan dans le complot. Elle ne peut être au courant que d'une seule façon, mais il sera toujours temps d'en tirer les conclusions plus tard.

Quand bien même elle parviendrait à le capturer, jamais elle ne le fera craquer. Pas lui. Elle est peut-être irrésistible, mais il est inflexible.

En attendant, le mieux est encore de ne pas tomber entre ses griffes. Autant s'épargner les épreuves qu'ont dû subir les autres Arcadiens. Le seul intérêt de se laisser prendre serait de la tuer, mais il a peu de chance d'y parvenir car elle a clairement l'avantage.

Il fourre dans une poche les deux téléphones muets et récupère le pistolet sur le siège lorsque le soleil sort des nuages au-dessus de sa tête. Il lève les yeux et s'aperçoit que le toit ouvrant de la limousine peut lui servir d'issue de secours.

Quelques années plus tôt, un groupe d'une demi-douzaine de femmes qui fêtaient un anniversaire ont été victimes d'un drame à bord d'une limousine. Le feu s'est déclaré sous le châssis avant de s'engouffrer à l'intérieur de l'habitacle. Pour une raison quelconque, le chauffeur n'a pas réagi assez vite aux hurlements de ses passagères et celles-ci sont toutes mortes. Depuis, les limousines californiennes sont obligatoirement équipées d'une issue de secours découpée dans le toit.

S'échapper par là n'est pas sans risque. Hendrickson ne porte pas la tenue idéale, il a sur lui plus de cinq mille dollars de vêtements qui risquent de faire les frais de son évasion.

Il remet l'arme dans son étui et attend que le véhicule ralentisse à l'approche d'un feu rouge. Il se lève et s'accroche à la poignée de l'issue de secours.

La limousine s'immobilise.

Il tourne la poignée, le toit ouvrant bascule. Il se redresse, sa tête et ses épaules dépassent du toit du véhicule. Il pose un pied sur la banquette, l'autre sur le bar dont les verres et les bouteilles tintent, passe les bras à travers l'ouverture et se hisse sur le toit.

8

Gilberto Mendez n'avait aucune raison de croire que son passager se méfiait avant de voir un voyant rouge s'allumer sur son tableau de bord tandis que résonnait une alarme. Le temps d'ouvrir la cloison qui le séparait de l'habitacle arrière et il vit des pieds disparaître à travers le toit de la limousine. Hendrickson sauta sur la chaussée et Gilberto, arrêté à un feu derrière cinq voitures dans la file du milieu, ouvrit sa portière à la volée et bondit hors du véhicule en posant la main sur la crosse de son Heckler & Koch, prêt à l'éventualité d'une fusillade.

Il aperçut soudain son passager de l'autre côté de la limousine, slalomant entre les voitures arrêtées, en direction du trottoir.

9

Booth Hendrickson prend la fuite, empêtré dans son costume Dior Homme, retardé par ses chaussures Paul Malone, le souffle court, blessé dans son orgueil, malade à l'idée d'être capturé, torturé, ridiculisé.

Certains Arcadiens parmi les plus puissants et les mieux protégés, enlevés par Jane Hawk, ont été retrouvés morts : l'un dans un entrepôt infesté des rats, un autre dans sa maison soigneusement gardée, un troisième sur le trottoir après une chute du neuvième étage. Hendrickson n'a pas affaire à une créature surnaturelle, Jane est une prolo comme des milliards d'autres, une gonzesse bien gaulée qui s'imagine posséder des droits supérieurs à ceux que l'élite a choisi de lui accorder. Elle est ivre de vengeance au point d'en avoir perdu la tête, c'est la seule raison pour laquelle les complices de Booth n'ont pas réussi à l'éliminer jusque-là. La folie la rend totalement imprévisible.

Il file à toutes jambes en longeant la colonne des voitures qui attendent de tourner à droite. Il essaye d'ouvrir la portière passager d'une Tesla dont le conducteur sursaute au bruit. La portière est verrouillée. Il tente sa chance avec un 4x4 Lexus gris métallisé. La chance lui sourit cette fois, une petite fille qui tient entre ses mains une grenouille en peluche pose sur lui des yeux écarquillés. Trop compliqué. Booth claque la portière. Il se retourne et constate que le chauffeur reste planté à côté de sa limousine.

Booth se précipite vers une voiture qu'il serait bien incapable d'identifier, faute de s'intéresser aux autos ordinaires. Une Honda, peut-être, ou alors une Toyota. Il ouvre la porte avant. La conductrice, une fille d'une vingtaine d'années vêtue d'un jean et d'une chemise western ornée de broderies, un foulard rouge noué autour du cou et un stetson sur la tête, pose sur lui un regard affolé.

Il brandit sa carte du ministère de la Justice.

— FBI ! s'écrie-t-il, sachant que son statut de fonctionnaire ne suffira pas. J'ai besoin de votre aide. Je réquisitionne votre voiture.

Sans attendre, il prend place sur le siège passager et referme la portière.

La peur de la jeune femme se métamorphose en indignation. Elle arrache du tableau de bord une effigie d'un personnage de dessin animé et s'en sert pour le rouer de coups.

– Descendez tout de suite ! Foutez-moi le camp !

Furieux qu'elle puisse remettre en cause son autorité, il lui arrache la statuette, la jette à l'arrière du véhicule et sort son arme. Le feu passe au vert et un concert de klaxons résonne dans leur dos.

– Tournez à droite ! Vite ! *Vite !*

Le chauffeur de la limousine se matérialise au même instant derrière la vitre de la conductrice et Booth appuie sur la détente en faisant voler le carreau en éclats.

La jeune femme, persuadée que son assaillant s'est contenté d'un tir d'avertissement, enfonce la pédale d'accélérateur et démarre sur les chapeaux de roues.

10

La plupart des personnes enfermées dans les véhicules arrêtés au feu avaient vu Hendrickson s'échapper de la limousine et prendre en otage une automobiliste, mais Gilberto fut le seul à intervenir, ce qui faillit lui valoir une balle.

Couvert de débris de verre, il évita du mieux qu'il le pouvait les conducteurs impatients de redémarrer, regagna en toute hâte la Cadillac et reprit le volant avant de se lancer à la poursuite de la Subaru jaune dans laquelle Hendrickson avait pris place.

Le temps de quitter MacArthur Boulevard et de tourner sur Bison, il vit l'auto japonaise zigzaguer dangereusement d'une file à l'autre.

Il récupéra sur le siège passager le téléphone jetable fourni par Jane et composa d'un doigt le numéro de cette dernière tout en conduisant d'une main.

— Oui ?

— Il était au courant, ne me demande pas comment. Il a fui par le toit ouvrant de la limousine.

— Où es-tu ?

— Il a pris en otage une fille dans une Subaru. Je leur colle au train. On roule sur Bison en direction de Jamboree.

— Elle a forcément un portable, réagit Jane.

— Oui. Je te conseille de ne pas rester sur place.

— Entendu, répondit-elle. Je te rappelle tout de suite.

11

La fille en tenue western a les nerfs à vif et elle a peur, ce qui est compréhensible. Elle est surtout furieuse et lance des coups d'œil exaspérés en direction de son passager qui sent des bouffées de colère parvenir jusqu'à lui.

— Faites demi-tour, ordonne-t-il. *Tout de suite !*

Elle obéit et la Subaru repart en sens inverse vers MacArthur Boulevard. Le feu est rouge au niveau du carrefour.

— Vous avez bousillé ma vitre, ça va me coûter les yeux de la tête.

Le sac à main de la jeune femme repose contre sa cuisse, le long de la console centrale. Hendrickson s'en empare et elle tente de l'en empêcher.

Il lui assène un coup de pistolet sur les doigts.

— Contentez-vous de conduire !

— Vous n'avez pas le droit de me piquer mon fric !

— Je me fiche de votre fric. Je fais partie du FBI.

— Rendez-moi mon argent !

— Je cherche votre téléphone, pas votre argent. *Je fais partie du FBI, je vous dis !*

— Vous n'avez qu'à vous acheter un téléphone.

— Gardez vos mains sur le volant.

Elle tente de lui reprendre son iPhone et il colle le canon de son pistolet sur son cou.

— Vous êtes bête, ou quoi ?

— Qui va conduire, si vous me tuez ?

— Moi, en m'asseyant sur votre cadavre s'il le faut.

— Vous ne faites pas partie du FBI.

— Pourquoi vous arrêtez-vous ?

— Je ne sais pas si vous êtes au courant, mais ça s'appelle un *feu rouge*.

— Rien à foutre, du feu rouge. Avancez !

Comme elle ne lui obéit pas, il lui pose son arme sur la tempe.

— Tout de suite, espèce de connasse !

Le flot des voitures s'écoule sur les six voies du boulevard, trois dans chaque sens. La conductrice s'élance en klaxonnant, mais jamais les conducteurs n'auront le temps de s'arrêter et Booth regrette son imprudence. Il est pris d'une peur si archaïque que le semi-remorque tout proche prend des allures de Léviathan. Un concert de klaxons et de crissements de freins se fait entendre, mais la Subaru traverse l'océan de véhicules et atteint la rive opposée après avoir frôlé la catastrophe à deux reprises. Hendrickson se dit que sa chance est en train de tourner.

— Prenez la 73 vers le sud, ordonne-t-il à la jeune femme.

— Pourquoi ? Où ça ?

Il lui donne un coup à la tempe avec le canon de son arme, histoire de la ramener à la raison sans l'étourdir pour autant.

— Vous n'avez pas besoin de le savoir. Plus vite, bordel ! *Appuyez sur le champignon !*

La Subaru dévale à toute allure la bretelle d'accès à la 73 et Hendrickson en profite pour passer un appel sur l'iPhone. Il compose le numéro de la structure interfédérale chargée de retrouver Jane Hawk, baptisée Alerte-J. Pour une fois, le FBI, la Sécurité intérieure, la NSA, la CIA et l'Agence de protection de l'environnement ont mis de côté leurs rivalités dans le but d'appréhender la fuyarde. L'ensemble de leurs moyens financiers, techniques et humains, alliés à ceux des forces de police locales, permet d'envoyer des équipes dans n'importe quel coin du pays en moins d'une demi-heure, parfois même en dix minutes.

— Plus vite ! hurle Hendrickson.

— Je suis déjà en excès de vitesse.

— Aucune importance, je travaille au FBI.

— C'est des conneries, réplique la jeune femme qui accélère pourtant sous la menace de l'arme pointée sur elle.

Les responsables des cinq agences fédérales concernées ne se doutent pas que la cellule de recherche Alerte-J a été mise sur pied par les Techno-Arcadiens qui en ont pris le contrôle. Officiellement, il s'agit d'arrêter Jane Hawk afin de la juger pour meurtre, trahison et autres inculpations bidon ; en réalité, les Arcadiens souhaitent lui inoculer un mécanisme de contrôle dans l'espoir de savoir qui lui prête assistance. Il sera toujours temps de l'éliminer ensuite en faisant croire à des causes naturelles.

Un correspondant décroche à la deuxième sonnerie et Hendrickson se présente avec un identifiant à sept chiffres. Il indique l'adresse précise de la maison de Simon à l'intérieur de son lotissement et précise en guise de conclusion :

— Merle s'y trouve, mais pas pour longtemps.

Merle, le nom de code donné à Jane Hawk.

— Je serai sur place dans cinq minutes, envoyez-moi des renforts, conclut Hendrickson qui aime autant les codes secrets et les mots de passe que les avantages liés à son rang dans la hiérarchie fédérale.

Enfant, Booth n'a guère eu l'occasion de jouer ou de s'amuser, il se rattrape aujourd'hui.

Il raccroche et enfouit l'iPhone dans sa poche, au grand dam de la fille.

— C'est mon portable ! Je l'ai acheté avec mes sous !

— Si vous ne faites pas d'histoire, vous en aurez un tout neuf aux frais de l'État.

— Je veux celui-là. Rendez-le-moi !

— Prenez la prochaine sortie.

— Espèce de connard, je te signale qu'on est encore en Amérique !

— L'Amérique n'existe plus, réplique-t-il en la menaçant de plus belle avec son arme.

— Et mon cul, alors ?

— *Prenez cette sortie !*

12

Jane attendait dans le noir lorsque Gilberto Mendez l'avait appelée. Hendrickson se serait empressé de s'emparer du portable de la conductrice qu'il avait prise en otage, ce qui mettait tout son plan par terre.

Elle remonta dans la cuisine et récupéra le boîtier Medexpress qu'elle avait laissé là, puis elle regagna précipitamment le garage dont elle alluma les lumières.

Elle était arrivée à pied et n'avait pas le temps de retourner à l'Explorer, garé à l'extérieur du lotissement sur un parking de supermarché.

Une Rolls-Royce, une Lamborghini, un Mercedes GL 550…

Elle fouilla le tiroir de l'établi, à la recherche des clés du 4x4 Mercedes, puis elle s'empara d'un tournevis ordinaire et d'un autre à tête cruciforme.

13

La Subaru a quitté le 73 et pris la direction de la côte. La fille en tenue western zigzague d'une file à l'autre en serrant les mâchoires, concentrée sur la route. Après avoir multiplié les récriminations, elle s'est murée dans le silence.

Hendrickson, soulagé dans un premier temps, finit par s'inquiéter de son mutisme. Cette fille, avec sa cervelle de moineau, lui déplaît souverainement.

— Je ne vous conseille pas de jouer à l'idiote, gronde-t-il.

— Espèce de facho.

— Contentez-vous de conduire. Allez, dépassez-moi ces voitures ! Vous n'avez qu'à klaxonner.

— Putain de nazi, grommelle-t-elle en s'exécutant.

Le sang de Hendrickson ne fait qu'un tour. Personne ne l'a jamais traité de fasciste ou de nazi, ce sont des insultes qu'il réserve aux autres.

— Ma chérie, quand on s'habille comme un péquenaud de rodéo, on évite d'insulter autrui.

— Communiste de mes deux.

— Où avez-vous trouvé ce Stetson de carnaval ? s'énerve Booth. Vous n'aviez pas les moyens de vous en acheter un vrai ?

— C'est ma tenue de boulot, pauvre con. Je travaille dans un restaurant à thème. Les types dans ton genre, je les renifle à cent mètres.

— Les types dans mon *genre* ?

— Les connards nazis ou communistes à grande gueule qui laissent des pourboires minables.

Il la frapperait et lui casserait quelques dents avec un plaisir non dissimulé, mais préfère lui brandir sous le nez sa carte de fonctionnaire du ministère de la Justice.

— Allez, prenez la prochaine à droite !

— Vous avez déjà travaillé dans votre vie, au moins ? lui demande-t-elle.

— À droite !

Elle enfonce la pédale de frein, la voiture fait une embardée et dérape jusqu'à la rue indiquée, au point que Booth se demande si la fille n'a pas appris à conduire avec un amateur de stock-car.

— À voir votre gueule, vous avez dû vivre aux crochets de maman avant de devenir fonctionnaire.

Si Booth n'avait pas la capture de Jane Hawk en ligne de mire, il abattrait sans autre forme de procès cette pétasse insolente, au lieu de quoi il s'oblige à conserver un semblant de sang-froid.

— Je vous conseille de foncer si vous n'avez pas envie de mourir avant l'heure.

14

Jane venait de quitter la maison de Simon au volant de son 4x4 Mercedes volé lorsqu'elle fut stoppée par un camion de travaux sortant d'un chantier de construction. Les deux trémies du véhicule contenaient plusieurs tonnes de terre qui évoquèrent chez elle des sépultures géantes récemment comblées. Le conducteur effectua de longues manœuvres avant que Jane puisse enfin reprendre sa route.

Elle fit bientôt halte à hauteur du poste de garde. L'œil électronique qui surveillait les voitures était si lent qu'elle fut contrainte de s'immobiliser quelques instants devant la barrière coulissante avant que celle-ci ne s'ouvre. Une feuille de palmier oubliée par les élagueurs étant restée coincée sur la glissière, les roues de la grille patinèrent longuement avant de franchir l'obstacle.

Jane ne croyait pas à la chance, qu'elle lui soit favorable ou pas. Seule la détermination comptait à ses yeux, mais en pareil cas, alors que les circonstances semblaient se liguer contre elle en un moment aussi décisif, elle croyait discerner la réalité des mystères du monde derrière les apparences.

Elle franchit la grille, passa devant la guérite des agents de sécurité du lotissement et atteignit l'avenue voisine au moment où surgissait une Subaru jaune roulant à toute allure.

15

À la vue de la course erratique de la Subaru, Gilberto avait cru comprendre que le pistolet de Booth

Hendrickson ne suffisait pas à lui assurer l'obéissance de la conductrice. Il avait même cru voir la jeune femme se battre avec son passager, avant que la voiture jaune n'exécute un demi-tour périlleux sur Bison et n'effectue une traversée affolante de MacArthur Boulevard. Le temps qu'il franchisse à son tour le carrefour au volant de la limousine et atteigne la 73, la Subaru avait pris une sérieuse avance. Sans slalomer d'une file à l'autre comme précédemment, elle mordait régulièrement sur la file d'arrêt d'urgence.

Gilberto jugea plus prudent de suivre le véhicule à distance dans l'espoir que Hendrickson ne se doute pas qu'il était suivi. L'Arcadien était suffisamment occupé avec la conductrice pour prêter attention aux autres véhicules.

Gilberto hésita à appeler police-secours sur son téléphone jetable afin de signaler le vol de la Subaru, mais lancer les flics aux trousses d'un preneur d'otage qu'il avait lui-même enlevé n'était pas vraiment une bonne idée.

En outre, il avait rapidement compris que Booth prenait la direction du lotissement gardé où vivait son frère dans le quartier de Newport Coast. Il ne faisait aucun doute qu'il cherchait à coincer Jane avant qu'elle ait pu disparaître dans la nature.

Gilberto aurait pu appeler la jeune femme, mais il risquait de la retarder dans sa fuite. De toute façon, elle était au courant du danger qui la menaçait, car elle avait compris que Booth alerterait ses complices grâce au téléphone de son otage.

Lorsque la Subaru quitta la 73 en direction de la côte sans ralentir, s'ouvrant la voie à grands coups de klaxon, Gilberto choisit de réduire l'écart.

16

Lors de son appel, Gilberto n'avait pas eu le temps de communiquer à Jane la marque et la couleur de l'auto piratée par Hendrickson, mais la façon dont était pilotée la Subaru, avec la rage d'un frelon en colère, lui suggéra qu'il s'agissait de son ennemi. Elle en trouva la confirmation en voyant la limousine blanche dans le sillage de la voiture.

Booth reconnut probablement la GL 550 de son frère car la Subaru freina brusquement en faisant un dérapage contrôlé avant de foncer sur la Mercedes.

Jane eut tout juste le temps d'enclencher la marche arrière, les pneus des deux véhicules crissèrent sur le macadam et la Subaru, ratant de peu le 4x4, s'arrêta en travers de la route d'accès au lotissement privé.

Hendrickson jaillit de l'auto jaune, son arme à la main, avec l'intention d'abattre Jane, mais il vit au dernier instant la limousine fondre sur lui tel un mastodonte. Il tira à deux reprises en direction de la Cadillac dont le pare-brise s'étoila avant d'exploser, pulvérisé par un troisième projectile.

Jane mit la Mercedes au point mort et ouvrit sa portière à la volée en l'utilisant en guise de bouclier tout en sortant son Heckler.

Hendrickson évita d'un bond la limousine dont les pneus laissèrent des traces de gomme noire sur la chaussée dans un long grincement de freins avant de venir taper contre le pare-chocs de la Subaru. Jane vit avec soulagement Gilberto descendre de la Cadillac, son pistolet à la main. Deux contre un, les chances de Hendrickson étaient limitées, ce salopard allait devoir se rendre.

Jane voulait à tout prix éviter de le tuer car elle avait encore besoin de lui.

L'Arcadien, qui avait réussi à éviter de justesse la limousine, reprit rapidement son équilibre. Jane allait lui ordonner de lâcher son arme lorsque la conductrice de la Subaru s'interposa et sauta sur le dos de son ravisseur qu'elle immobilisa avec ses longues jambes, comme le ferait un cow-boy chevauchant un taureau lors d'un rodéo. Déstabilisé par le choc, il laissa échapper son arme tandis que sa victime lui agrippait les cheveux de la main gauche tout en lui arrosant le visage de coups de poing avec la droite.

Gilberto se rua sur le pistolet et le ramassa avant que Booth ait pu le récupérer.

Jane rangea le sien dans son étui et tira de la poche de son blouson le flacon de chloroforme.

Si Hendrickson avait appris un jour à se battre, il avait oublié depuis. Ployant sous le poids de son assaillante, semblable à une tortue gênée par sa carapace, il exécutait une ronde folle dans l'espoir de se débarrasser de la furie. À bout de forces, il finit par s'écrouler en entraînant la jeune serveuse dans sa chute.

Jane se jeta à genoux près de lui. Il lui lança un regard assassin, les traits convulsés par la rage. Ses lèvres dessinèrent un rictus mauvais mais il n'eut pas le temps de prononcer une seule invective car Jane lui arrosait le nez de chloroforme. Il perdit aussitôt connaissance.

17

Comme s'il lisait dans les pensées de Jane, Gilberto se précipita derrière le volant du GL 550, exécuta prestement un demi-tour et s'immobilisa en marche arrière à l'endroit où gisait Hendrickson, Jane agenouillée près de lui. Le garde posté dans la guérite du lotissement, qui avait entendu les coups de feu et assisté à l'accident, devait être en train d'appeler la police. Sans parler des individus autrement plus dangereux qui ne devaient plus se trouver loin si Hendrickson leur avait signalé la présence de Jane grâce au téléphone de la serveuse.

Cette dernière, voyant Hendrickson inoffensif, se jeta sur lui, plongea la main dans la poche de sa veste et en tira un iPhone.

— Je vais en avoir besoin, dit Jane.

— J'ai bossé comme une malade pour me le payer, répliqua la serveuse. Vous pouvez pas comprendre, j'imagine que vous vous contentez de tirer quand vous avez envie d'un truc.

— Je vous l'achète, proposa Jane en soulevant le hayon du 550.

— Me l'acheter ? N'importe quoi.

La fille s'écarta en voyant Jane rouler Hendrickson sur le dos et Gilberto lui saisir les chevilles.

— Dix mille dollars en liquide, avec votre foulard rouge en prime, insista Jane en aidant Gilberto à hisser Booth dans le coffre du 4x4.

— C'est pas un foulard mais un bandana. Vous en avez besoin pour quoi ?

— Vous n'avez pas envie de le savoir, fit Jane avant de demander à Gilberto de prélever trois liasses dans l'attaché-case posé sur le siège passager de la Mercedes.

La fille contempla d'un air maussade la silhouette prostrée de Booth Hendrickson à l'arrière du 550.

— Il mériterait d'aller en taule, après ce qu'il m'a fait.

Gilberto tendit les liasses à Jane qui en donna une à la serveuse.

— Dix mille pour le portable et le bandana.

La fille posa sur elle un regard méfiant.

— Ce ne sont pas des faux billets, vous pouvez me croire, fit Jane.

— En qui peut-on avoir confiance de nos jours ? rétorqua la fille.

Elle n'en tendit pas moins son iPhone et détacha son bandana.

Jane commença par asperger de chloroforme le foulard qu'elle posa sur la bouche de son prisonnier, puis elle tendit les deux autres liasses à la jeune femme.

— Je vous propose vingt mille de plus pour oublier que mon ami, ici présent, est latino. Vous avez vu un grand blond, et mon 4x4 n'est pas blanc, mais gris métallisé. Quant à votre agresseur, on ne l'a pas chloroformé, on l'a enlevé en le menaçant avec une arme.

La fille prit les deux liasses du bout des doigts.

— Vous cherchez à m'acheter pour que je mente ?

— On dira que c'est de la politique. En attendant, vous feriez mieux de planquer cet argent.

Gilberto se mit au volant du 4x4, laissant à Jane le soin de refermer le hayon. La fille en profita pour dissimuler deux des liasses dans son soutien-gorge et la troisième dans sa culotte.

— J'espère que vous penserez à moi en torturant cette ordure de nazi communiste.

— Promis.

— Je sais même pas comment vous vous appelez.

— Dorothy, mentit Jane.

— Et moi Jane, répliqua la fille.

— Bien sûr, réagit Jane en prenant place à bord du Mercedes.

18

Le 4x4 filait sur la route de la côte dont les accotements sablonneux, parsemés de touffes d'herbe sauvage, longeaient une plage de sable clair que venaient lécher les eaux scintillantes de l'océan.

Gilberto et Jane venaient d'atteindre Corona del Mar lorsque résonna la première sirène. Un gyrophare confirma bientôt la présence d'une voiture de patrouille. Les voitures s'écartèrent afin de laisser passer le véhicule de police et le hululement de la sirène se perdit dans le lointain.

Cette zone résidentielle proche de la côte pacifique, avec ses rues pittoresques bordées de ravissantes maisons et son parc dominant l'océan, avait bien mérité son surnom de Village. Gilberto s'arrêta le long du trottoir dans un quartier calme et laissa tourner le moteur tandis que Jane descendait du Mercedes, munie des deux tournevis récupérés dans le garage de Simon Yegg.

Toutes les polices du pays étaient désormais équipées de caméras capables de lire et d'enregistrer les plaques d'immatriculation des véhicules, que ceux-ci soient garés ou en mouvement. Ces données étaient transmises en temps réel dans des centres régionaux avant que la NSA ne les regroupe dans son immense centre de traitement de l'Utah, de sorte qu'il était désormais possible de suivre à la trace n'importe quel véhicule.

Le plan original de Jane avait du plomb dans l'aile et le seul moyen de s'en tirer consistait à transférer le corps de Booth Hendrickson du Mercedes au Suburban de Gilberto. Elle ne pouvait toutefois courir le risque que les Arcadiens établissent un lien entre le GL 550 et le 4x4 de la famille Mendez, et même si rouler sans plaque d'immatriculation n'était pas la panacée, cette solution présentait un danger moindre.

Usant du tournevis normal, Jane retira les plaques du Mercedès tandis que de nouvelles sirènes se faisaient entendre et que les pales d'un hélicoptère fouettaient l'air en altitude. Elle leva les yeux vers le ciel et vit un hélico de la police et un autre aux couleurs de l'armée longer la côte en direction de Newport Coast.

Elle s'engouffra dans le 4x4 et fourra les tournevis ainsi que les plaques sous son siège.

– Le coin devient malsain, dit-elle à son compagnon.

Même sans immatriculation, le Mercedes restait dangereux, ils allaient devoir s'en débarrasser au plus vite. Dès que leurs poursuivants sauraient qu'ils avaient fui dans le GL 550 de Simon, il leur serait facile de les localiser grâce à la balise GPS du véhicule.

19

Le bâtiment, tout droit sorti de l'imaginaire fiévreux d'Edgar Allan Poe, découpait sa silhouette dans le ciel radieux en dessinant une tache menaçante, à la façon d'un palais hanté habité par un silence oppressant.

Cet ancien lycée avait été victime d'un drame lors d'une marche pour la paix organisée un samedi soir, huit mois plus tôt. Personne n'avait su expliquer comment une simple manifestation pacifique avait pu basculer de la sorte dans la violence. Plusieurs personnes présentes, affirmant que la politique n'avait rien à voir dans les troubles survenus ce soir-là, racontaient que le rassemblement avait été infiltré par un groupuscule raciste qui avait déversé sa haine dans le système de sonorisation, ce que contestaient une partie des survivants. Indépendamment des causes, ceux qui avaient apporté des cocktails Molotov et du napalm n'avaient pu être identifiés, et les enquêteurs s'étaient étonnés qu'autant de manifestants soient venus armés alors qu'il était uniquement question de promouvoir la fraternité. Si le gymnase de douze cents places n'avait pas accueilli deux cents personnes de trop et si certaines issues n'avaient pas été bloquées, sans doute aurait-on dénombré moins de trois cents victimes. De même, le bon fonctionnement des alarmes à incendie aurait permis aux secours d'arriver plus vite et le bâtiment aurait pu être sauvé. En dépit de plusieurs enquêtes, locales et fédérales, le drame de ce rassemblement pour la paix le jour de la fête de l'Indépendance conservait tout son mystère.

Jane ne disposait d'aucun élément d'information particulier, mais elle soupçonnait cette tragédie d'avoir été provoquée par des membres de la liste Hamlet poussés au suicide par les Arcadiens. Ces derniers avaient l'habitude de travestir leurs actions en attentats terroristes de façon à créer le chaos dans le pays et inciter la population à réclamer davantage d'ordre. La restriction des libertés publiques qui en découlerait, tout comme l'accroissement des mesures de sécurité, ferait un jour le jeu des organisateurs du complot en leur permettant de prendre le pouvoir avec la bénédiction du plus grand nombre.

Des barrières avaient été installées tout autour de l'établissement scolaire, mais les bâches de protection avaient été partiellement déchirées par les curieux. Les pancartes signalant la présence de matériaux toxiques et la précarité de l'édifice étaient constellées de graffitis obscènes.

Le bâtiment aurait déjà été rasé si les autorités fédérales n'avaient pas exigé que les ruines restent en l'état tant que l'enquête ne serait pas bouclée.

Sur l'arrière, à l'abri des regards, le campus du lycée englobait un terrain de football américain, flanqué de tribunes, que Gilberto traversa au volant du GL 550. Il prit de la vitesse et enfonça la barrière. Le Mercedes, phares brisés et capot enfoncé, stoppa sur l'ancien parking des enseignants dont le macadam avait partiellement fondu le jour de l'incendie.

Jane et Gilberto se trouvaient à un kilomètre de la rue résidentielle où l'ancien Marine avait garé son Suburban tôt ce matin-là.

– J'ai repéré un raccourci, dit-il à sa compagne. J'en ai pour dix minutes, peut-être même moins.

Ils remirent en place la barrière du mieux qu'il le pouvait, de sorte qu'un passant éventuel ne remarque rien, puis Jane fit le tour du 4x4, souleva le hayon et prit le pouls de Hendrickson. Le cœur battait un peu trop lentement, mais régulièrement. Elle souleva le bandana rouge, vit les yeux du prisonnier s'agiter derrière ses paupières, et reposa le foulard après avoir vaporisé dessus un peu de chloroforme.

Le soleil n'avait pas encore atteint son zénith, mais l'ombre du lycée était anormalement longue pour un milieu de journée. Tout était silencieux au milieu des ruines, sans un chant d'oiseau, seule la rumeur lointaine de la circulation parvenait jusqu'à Jane. Jusqu'au moteur du Mercedes qui n'émettait pas les cliquetis habituels en refroidissant, comme si les trois cents âmes qui s'étaient envolées là en l'espace d'une heure funeste avaient transformé les alentours en zone morte.

Simon avait dû être découvert dans sa maison de Newport Coast à cette heure, il était sûrement libéré. Les Arcadiens devaient savoir que le Mercedes avait disparu.

Ils étaient sans doute en possession du numéro d'immatriculation et ne tarderaient pas à obtenir du constructeur du 4x4 les coordonnées de son GPS.

Jane ne se faisait guère d'illusion, il était peu probable que le choc avec la barrière ait suffi à réduire au silence la balise du véhicule. Les loups seraient bientôt là.

20

Tanuja Shukla ouvrit les yeux sans lever la tête de l'oreiller et constata qu'il était 11 h 19. Le réveil devait être détraqué. Jamais elle ne se réveillait aussi tard, même un samedi matin. Surtout, elle était épuisée.

Elle s'étonna de voir qu'elle avait gardé sa montre, alors qu'elle la retirait systématiquement au moment de se mettre au lit. Curieusement, elle indiquait la même heure que le réveil.

Elle repoussa les couvertures et s'assit sur le bord du lit. Son pyjama était trempé de sueur.

Elle porta machinalement la main à sa bouche en ressentant un pincement à la commissure des lèvres. Un peu de sang coagulé s'effrita sous ses doigts.

Elle se figea, perplexe, avant de se souvenir.

Dehors sous la pluie dans la nuit, trempée jusqu'aux os, prenant le pouls de ses réactions face à la dureté des éléments pour mieux ressentir les émotions du personnage principal de la nouvelle qu'elle était en train d'écrire. L'orage qui lui parlait par le truchement du vieux chêne dont les feuilles bruissaient sous la pluie.

Elle se souvenait d'avoir regagné la maison et glissé sur le plancher vitrifié de la véranda. Elle était tombée la tête la première sur l'un des fauteuils à bascule. Une maladresse idiote qui lui vaudrait de manger et de boire avec précaution pendant quelques jours afin de ménager sa lèvre meurtrie.

Elle se sentait poisseuse, elle avait mal partout, ce que sa chute ne suffisait pas à expliquer. Il émanait d'elle une odeur étrange et étrangement familière qu'elle ne parvenait pas à identifier.

Elle se dirigea vers la salle de bains et l'odeur se transforma en une puanteur qui lui donnait la nausée. Si elle était persuadée d'être sale quelques instants plus tôt, elle se sentait à présent *répugnante*.

Elle fut prise d'une envie frénétique de se récurer sous la douche. Mais cela ne voulait rien dire. Rien du tout.

Elle se glissa sous un jet d'eau brûlante et se lava longuement à l'aide d'un gant de toilette et de savon, s'étonnant de découvrir des hématomes sur ses seins. Sa chute sur le fauteuil à bascule aurait dû être plus mauvaise qu'elle ne l'avait pensé.

Enfin propre, débarrassée de sa nausée, elle tourna lentement sur elle-même pendant de longues minutes sous l'eau chaude, les yeux fermés, jusqu'à en oublier ses douleurs. Le bruit de la douche lui fit remonter en mémoire l'orage de la veille : le ciel noir, la pluie aussi dense que de l'encre faute de lumière, le vieux chêne dessinant une forme torturée dans l'obscurité, *l'apparition soudaine de trois silhouettes encagoulées au milieu du déluge, une scène tout droit tirée d'un film où des moines de l'époque médiévale se lanceraient dans quelque mission apocalyptique.*

La poitrine de Tanuja se serra et elle rouvrit les yeux, s'attendant presque à voir les moines entourant la douche aux parois de verre.

Quelle curieuse impression ! Mais cela ne signifiait rien. Rien du tout.

Elle se sécha les cheveux, s'habilla et se mit en quête de Sanjay. Elle le trouva dans son bureau dont la porte était ouverte. Il lui tournait le dos, assis devant son ordinateur. Ses doigts couraient sur le clavier à une vitesse stupéfiante, comme emporté par l'inspiration.

L'écriture, davantage encore que le fruit du talent, est le résultat d'une concentration intense. Tout comme son frère, Tanuja respectait si bien les exigences de ce processus créatif qu'il ne lui serait jamais venu à l'idée de déranger Sanjay autrement qu'en cas d'extrême urgence.

Elle se rendit dans la cuisine et mit un filtre dans la machine à café. Elle se pinça machinalement le nez, ses narines agressées par une odeur chimique astringente. Le temps de mélanger une demi-cuillère à thé de cannelle au café moulu, elle se redressa, incommodée par l'odeur dont elle se mit à chercher l'origine.

La cuisine était étincelante, elle ne se souvenait pas de l'avoir laissée si propre la veille. Quant à l'odeur, elle lui parvenait par bouffées. Curieusement, elle n'était pas vraiment désagréable. Elle avait un petit côté citronné, comme le produit antibactérien avec lequel elle nettoyait les plans de travail, en plus âcre.

Elle s'approcha de la table en verre sur laquelle était posé un bocal transparent rempli de roses rouges. L'odeur ne provenait pas de là, mais les fleurs la fascinaient.

Elle en observa les pétales un long moment, jusqu'à ce que son attention soit attirée par un objet inattendu, posé à côté du bocal. Une seringue hypodermique contenant un liquide ambré translucide.

La présence de cette seringue était à la fois incongrue et familière. Tanuja, prise d'une impression de déjà-vu, se demanda si ce qu'elle avait pris pour un rêve ne pourrait pas être le souvenir lointain d'un moment réel.

Elle voulut saisir la seringue, mais ses doigts se refermèrent sur du vide.

Au même instant, elle identifia la senteur étrange : l'odeur chimique du produit insecticide réservé aux frelons.

Voilà qui expliquait tout… À ceci près que ce n'était pas la saison des frelons. Il est vrai que le produit leur servait aussi à se débarrasser des fourmis.

Quant à la seringue… L'incident était étrange, mais il ne signifiait rien. Rien du tout.

Tanuja remplit d'eau le pot en Pyrex, sûre que les arômes de café attireraient Sanjay.

En quelques minutes, une riche odeur de mélange jamaïcain flottait dans l'air, que Tanuja huma goulûment tout en préparant une omelette aux pommes de terre et au bacon, qu'elle servirait avec des toasts. Elle avait une faim de loup.

21

Le lycée avait été truffé de caméras, à l'image de beaucoup d'établissements scolaires devenus des repaires de drogue et de violence en l'espace de quelques décennies, mais les appareils avaient été dévorés par l'incendie et n'auraient jamais pu fonctionner, faute d'électricité.

Jane, qui se sentait pourtant observée, scruta l'une après l'autre les fenêtres de l'établissement, en quête d'une silhouette humaine au milieu des décombres calcinés. Son intuition, dont elle connaissait la fiabilité, lui indiquait que le bâtiment était désert, mais elle joua néanmoins la prudence. Après des mois de cavale, traquée par des ennemis dotés d'une palette impressionnante de moyens de surveillance, elle était arrivée à un seuil de paranoïa critique qui menaçait de la paralyser ou de perturber son jugement.

Huit minutes après s'être éclipsé, Gilberto était de retour au volant du Suburban et Jane lui ouvrit la barrière endommagée afin qu'il se gare dos à dos avec le Mercedes. L'ancien Marine l'aida à transférer le corps de Booth Hendrickson dans le Chevrolet, avec son cabas, l'attaché-case rempli de liasses de billets et le conteneur Medexpress qu'elle avait stocké un temps dans le réfrigérateur de Simon Yegg.

Jane refermait le hayon lorsqu'une sirène vrilla l'air à moins d'une rue de là, bien trop près pour qu'ils puissent s'enfuir sans être vus. Il suffisait que les Arcadiens repèrent le Suburban pour le suivre ensuite à la trace grâce aux caméras installées sur la voie publique. Gilberto, propriétaire officiel du véhicule, serait aussitôt pris pour cible avec les siens par les organisateurs du complot.

Ils se regardèrent avec angoisse, la corde au cou, s'attendant à tout instant à ce que le bourreau actionne la trappe et les fasse basculer dans le vide. Le hululement de la sirène baissa d'un ton, la voiture de police ou l'ambulance concernée s'éloigna, appelée par un délit ou un accident quelconque. Fausse alerte.

Gilberto prit place derrière le volant tandis que Jane se glissait sur la banquette afin de surveiller son prisonnier, allongé dans le coffre.

— J'ai appelé Carmella, déclara Gilberto. Elle est allée passer le week-end avec les filles chez sa sœur à Dana Point.

— Je suis désolée. Moi qui ne voulais pas impliquer ta famille.

— Ce n'est pas de ta faute. Ce qui est fait est fait. De toute façon, on n'a pas le choix.

— Je me creuse la tête à la recherche d'une autre solution.

Le Suburban traversa en cahotant le terrain de football américain, contourna les gradins, s'engagea à gauche dans une ruelle et disparut dans le dédale de la métropole. Jane et Gilberto avaient réussi à échapper aux griffes des partisans de cette nouvelle Utopie qui les auraient tués sans l'ombre d'une hésitation au nom du progrès social.

Jane s'en voulait de requérir l'aide de Gilberto, mais elle ne voyait pas comment procéder autrement. L'ironie du sort avait voulu qu'elle s'adresse à un entrepreneur de pompes funèbres et se réfugie avec les morts alors qu'elle tenait entre ses mains la vie de Booth Hendrickson, coupable de tant de crimes.

22

Sanjay Shukla, installé devant son clavier, ne s'était jamais senti aussi inspiré, comme piqué par un moustique exotique qui lui aurait inoculé le virus de la création. Le phénomène allait bien au-delà d'un simple besoin. Le mot *besoin* impliquait une forme de manque qu'il lui aurait fallu combler, ce qui n'était pas le cas. Il enchaînait les mots et les phrases, porté par une *nécessité* qui ne lui laissait aucun choix. Il pianotait sur les touches de son clavier à un rythme effréné et voyait s'afficher à l'écran un déluge tropical de mots.

Il s'était réveillé en conservant dans son esprit embrumé les bribes d'un rêve étrange, un kaléidoscope d'images horrifiques. Il avait été pris aussitôt d'une envie irrépressible de raconter l'histoire d'un homme qui laissait périr son enfant, à défaut d'avoir réussi à le protéger. C'est tout juste si Sanjay connaissait les grandes lignes de son récit, il savait seulement que l'enfant entraînait dans la mort toute l'innocence du monde et que la civilisation sombrait dans une nuit sans fin.

Les phrases coulaient de ses doigts sans structure définie, sous forme d'un monologue intérieur qui voyait le père raconter son incapacité à sauver son fils. Sanjay aurait aimé construire son récit de façon plus cohérente, mais les phrases s'échappaient de ses doigts comme des serpents contrariés, sans qu'il parvienne à les dompter. Emporté par sa fougue, il poursuivit à ce rythme trois heures durant, jusqu'à en avoir mal aux doigts. La nuque raide et la poitrine contractée, il avait l'impression que son cœur allait exploser.

Il cessa brusquement d'écrire et resta le temps d'une éternité prostré sur son siège, comme hébété, jusqu'à ce qu'une odeur de café et de bacon grillé le tire de sa léthargie. Il enregistra les pages qu'il venait de rédiger et gagna la cuisine.

Tanuja, devant les plaques chauffantes, retournait des tranches de bacon dans la poêle. Elle lui adressa un sourire.

— J'ai préparé une omelette. Il y en a suffisamment pour deux. Les toasts seront prêts dans un instant, je veux bien que tu les beurres.

Sanjay avait faim, mais ce n'est pas l'expression qui lui vint spontanément.

— Je me sens complètement vidé.

Si Tanuja trouva la remarque étrange, elle n'en laissa rien paraître.

— Nous devons manger et poursuivre notre tâche, répondit-elle, de façon tout aussi incongrue.

Les toasts jaillirent du grille-pain et Sanjay s'appliqua à les beurrer.

23

Le maquilleur était occupé par un défunt au sous-sol, l'assistant de Gilberto et son apprenti avaient conduit au cimetière le mort exposé la veille, en prévision de la cérémonie d'inhumation, et aucune autre dépouille ne serait présentée aux familles avant la fin de journée, si bien que l'endroit baignait dans un silence mortuaire.

Après avoir débarrassé Hendrickson de sa veste et de son holster, Jane et Gilberto le sanglèrent sur la civière servant à transporter les cadavres et le poussèrent à l'intérieur du bâtiment avant de le monter tant bien que mal à l'étage, dans le logement familial de l'ancien Marine.

Le mobilier moderne et minimaliste de l'appartement contrastait avec l'atmosphère pesante du rez-de-chaussée, avec ses moulures, ses épais rideaux de velours, ses meubles néo-gothiques.

— Quel effet ça fait de vivre au milieu des morts ? demanda Jane à son compagnon.

— Rien de spécial, répondit Gilberto, sauf qu'on a conscience de la mort en permanence. Nous sommes tous des défunts en sursis, mais la plupart des gens évitent d'y penser.

— Tes filles ne font jamais de cauchemars ?

— Si, mais elles ne rêvent pas de cadavres.

Elle le laissa dans la cuisine en compagnie de leur prisonnier et retourna chercher son cabas, l'attaché-case et le récipient Medexpress. À son retour, elle constata que

Gilberto avait réglé la civière de sorte que Hendrickson soit penché à quarante-cinq degrés au lieu d'être allongé à l'horizontale.

– Dans le métier, on n'a pas besoin de ce genre de gadget, remarqua Gilberto, mais ils fabriquent essentiellement des civières pour les vivants et elles sont toutes réglables en hauteur. J'ai pensé que ça te faciliterait la tâche.

Elle prit le pouls de Booth sans lui retirer pour autant le bandana rouge.

Gilberto en profita pour préparer du café bien noir avant de remplir deux mugs, sans y ajouter de sucre.

Une tarte à la ricotta, préparée par Carmella, refroidissait sur une grille. Jane s'en servit une bonne part qui lui ferait office de déjeuner tandis que Gilberto s'isolait dans la pièce voisine afin de téléphoner à sa femme.

Le temps que Jane avale sa dernière bouchée de tarte, Hendrickson reprenait lentement connaissance en marmonnant des paroles inintelligibles. Elle passa à l'eau son assiette et sa fourchette, se resservit du café et retira le foulard qui dissimulait le visage du prisonnier.

Il était encore entre deux eaux lorsque ses paupières s'écartèrent sur des yeux vert pâle. Il ne s'était pas encore aperçu qu'il était sanglé à la civière, c'est tout juste s'il devait se rappeler qui il était. Il adressa un sourire endormi à Jane en l'apercevant.

– Salut, sexy, lui dit-il d'une voix respirant la béatitude.

– Salut.

– Ta jolie petite bouche me donne des idées.

– Je n'en doute pas, mon grand.

– Approche-toi donc un peu.

Pour toute réponse, Jane passa une langue enjôleuse sur ses lèvres.

— Oncle Ira n'est pas oncle Ira, déclara Booth.
— Alors qui est-ce ?
Hendrickson lui adressa un soupir supérieur.
— Non, ce n'est pas la bonne réponse.
— Quelle est la bonne réponse, mon grand ?
— Tu es censée répondre : « Oui, c'est vrai. »
— Oui, c'est vrai, répéta-t-elle.
— Fais-moi une gâterie, ma beauté.
Elle lui envoya un baiser aérien.
— C'est drôle, dit-il en riant doucement avant de retomber en léthargie.
Lorsqu'il écarta à nouveau les paupières trente secondes plus tard, son regard était moins trouble, mais il n'avait toujours pas conscience du danger.
— Je suis sûr qu'on s'est déjà vus.
— Tu veux que je te rafraîchisse la mémoire ?
— Je suis tout ouïe.
— Tes petits copains ont tué mon mari, ils m'ont ensuite menacée de violer et tuer mon petit garçon, et ils cherchent à avoir ma peau depuis des mois.
Le sourire de Hendrickson s'effaça lentement.

24

Lorsque Sanjay et Tanuja prenaient leur petit-déjeuner ensemble, ils discutaient ordinairement de sujets divers, en particulier de la nouvelle à laquelle travaillait la jeune femme. Après s'être fait mal la veille en glissant dans la véranda, elle évitait de mâcher du côté droit pour que sa lèvre tuméfiée guérisse plus rapidement. Sanjay lui demanda comment elle se sentait, elle lui répondit qu'elle avait eu de la chance de ne pas se casser une dent. À son tour, elle lui demanda ce qu'il avait à l'oreille droite. Sa question surprit Sanjay qui tâta d'une main le pavillon et s'étonna de constater que le cartilage était en miettes. Il grimaça de douleur et crut un instant que ce n'était pas lui qui maltraitait son oreille, mais un inconnu assis à côté de lui. *Il vit soudain dans sa tête une cuisine éclairée par des bougies. Tanuja, debout sur le seuil de la pièce, l'observait avec une mine tragique avant de disparaître, tirée en arrière à l'aide de la laisse attachée au collier qu'elle portait autour du cou.* La vision était si réaliste qu'il en fut choqué, mais elle s'effaça aussitôt et une petite voix lui susurra que ce n'était rien, rien du tout. Il tenta vainement de faire resurgir l'étrange cuisine des méandres de son cerveau. Sans doute avait-il esquissé une mimique grotesque car sa sœur lui demanda ce qui n'allait pas. Il s'empressa de la rassurer, se contentant de s'étonner de son oreille tuméfiée, quitte à se demander s'il ne s'était pas levé pendant son sommeil. Ils parlèrent de somnambulisme, un sujet dont Tanuja s'était servie dans l'un de ses livres. De toute façon, cette blessure à l'oreille n'était rien, rien du tout.

Son petit-déjeuner avalé, Tanuja regagna son bureau et se remit à l'écriture de sa nouvelle pendant que Sanjay retrouvait son ordinateur. Manger et discuter avec sa jumelle était en général pour lui source d'inspiration, mais ce n'était pas le cas ce jour-là. Il avait parlé du bout des lèvres et Tanuja semblait distraite. On aurait dit qu'elle avait un secret à lui révéler, sans se résoudre à en parler, alors qu'ils s'étaient toujours montrés d'une franchise exemplaire l'un avec l'autre.

Perturbé, il afficha à l'écran les pages écrites en début de matinée et en entama la relecture. Sa prose était si fiévreuse, brouillonne et bizarre qu'il se demanda quel magazine pourrait bien en vouloir. Quant à publier son texte sous forme de livre, aucun éditeur ne publierait ce genre d'élucubrations. Tout en s'appliquant à écrire de la littérature, il avait toujours veillé à distraire ses lecteurs, se refusant à écrire des livres invendables. C'est pourtant ce qu'il avait fait ce matin-là avec *passion*. L'histoire de ce type qui mettait en péril la liberté et l'innocence du monde pour n'avoir pas été capable de sauver un enfant relevait essentiellement de l'allégorie, il s'agissait d'une fable symbolique rédigée dans une langue codée que lui-même ne parvenait pas à déchiffrer, *alors qu'il en était l'auteur*. Certains spirites prônaient ce qu'ils appelaient l'écriture automatique, affirmant que le cerveau était une porte d'entrée accessible aux esprits désireux d'entrer en contact avec les mortels. Le contenu des pages écrites de la sorte ne serait donc pas le fait du médium, mais d'une entité mystérieuse dissimulée derrière le voile séparant le monde des vivants de celui des morts. Sauf que Sanjay ne croyait pas à toutes ces fariboles.

Plus il s'enfonçait dans la relecture de son texte, plus il éprouvait l'envie de poursuivre l'écriture de cette sorte de testament littéraire. Il fut grandement perturbé en tombant soudain sur un passage dont il n'avait gardé aucun souvenir. Les deux principaux protagonistes de son récit, un adulte et un enfant, étaient des fils d'immigrés indiens. À l'heure de sa mort, le petit garçon avait dit *Peri pauna* à cet homme qui n'avait pas su le protéger. Cette expression, signifiant littéralement « Je touche tes pieds », était réservée aux personnes que l'on respectait et vénérait. Des larmes montèrent aux yeux de Sanjay. L'écran se brouilla devant ses yeux et il pleura longuement sans parvenir à comprendre à quoi correspondait cette histoire dont il n'avait pas encore écrit la fin.

Ses pleurs refusaient de se tarir, tout comme son désir de comprendre. Ses yeux finirent par sécher alors que s'effritait son besoin de pénétrer le sens du texte. Celui-ci ne signifiait rien, rien du tout. Hypnotisé par l'écran, il relut ces lignes dans lesquelles il avait cru discerner un sens mystérieux quelques minutes plus tôt, et ne vit plus qu'une succession de mots provoqués par un accès de fièvre ou une attaque cérébrale mineure. Le phénomène, rare chez les individus de son âge, n'était pas sans précédent.

Rien. Ces mots ne signifiaient rien. Rien du tout.

Il ouvrit un autre document, celui du manuscrit auquel il travaillait depuis trois mois.

Il commença par en relire le chapitre le plus récent, histoire de se remettre dans le bain. Il rédigea une première phrase, puis une autre, trouva l'ensemble équilibré et poursuivit la tâche qu'il aimait le plus au monde, et pour laquelle il était fait.

Il entama le paragraphe suivant par une métaphore élégante qui lui plut beaucoup et…

La sonnerie de son portable interrompit le cours de ses pensées.

— Allô ?

— Oncle Ira n'est pas oncle Ira, fit une voix.

— Oui, c'est vrai, répondit Sanjay.

— Je vais t'expliquer ce qui se passera ce soir, et tu suivras mes instructions avec le plus grand calme. Tu n'auras pas peur, tu n'éprouveras pas le moindre désespoir. Tu m'écouteras sans émotion et tu ne remettras pas en cause mes ordres. C'est compris ?

— Oui.

— Cet appel terminé, tu ne te souviendras même pas qu'il a eu lieu. Tu retourneras à tes activités, mais tu feras ce que je vais te dire. C'est compris ?

— Oui.

Le correspondant de Sanjay lui donna ses instructions pendant de longues minutes avant de conclure la conversation par la formule *Auf Wiedersehen*.

– Au revoir, dit le jeune homme qui reprit la rédaction de sa jolie métaphore, heureux d'avoir retrouvé la maîtrise des mots.

25

Les cheveux noirs de la jeune femme ne sont visiblement pas les siens, mais ses yeux sont d'un bleu extraordinaire, ainsi qu'ont pu le raconter les rares personnes qui ont survécu après avoir croisé la route de Jane Hawk.

Un homme massif à la mine grave, le chauffeur en personne débarrassé de sa casquette et de ses lunettes de soleil, un horrible costume noir de confection sur le dos, est assis sur une chaise de cuisine. Il a les cheveux et les yeux noirs, et tient à la main un mug de café si sombre qu'on pourrait le croire puisé dans les eaux du Styx. Il est manifestement là pour impressionner, un gros bras illettré doté d'un QI qui lui permet tout juste de tenir un volant et d'appuyer sur la détente d'une arme à feu. Booth Hendrickson n'est pas du genre à se laisser intimider par un inculte de cet acabit qui confond le pot aux roses avec un poteau rose. Il a eu recours à des dizaines de voyous de ce genre par le passé, il s'en est débarrassé à la première occasion une fois qu'ils ont exécuté ses ordres. L'intelligence et l'esprit triompheront toujours de la force brutale. L'intelligence, l'esprit, et des relations haut placées, ce dont Booth ne manque pas.

Il relève à nouveau la tête et croise le regard bleu ciel de Jane Hawk, sans ciller cette fois.

— J'ai signalé à mes hommes que vous vous trouviez chez Simon. Vous avez peut-être réussi à vous échapper avant que mes troupes ne vous tombent dessus, mais ils disposent de mille moyens de vous retrouver, ils seront bientôt ici.

— Mille moyens ? Une belle hyperbole.

La remarque le fait sourire.

— Il est toujours agréable d'entendre des mots compliqués dans la bouche d'une jolie femme. Vous avez récemment acheté le manuel du petit vocabulaire savant en vingt leçons ? Vous y avez peut-être découvert l'expression *lèse-majesté* ? Si ce n'est pas le cas, je vous conseille de consulter un dictionnaire.

— Les Techno-Arcadiens dont vous faites partie ne sont pas encore un État souverain, que je sache. Vous n'êtes que des éléments séditieux, ivres de pouvoir. C'est vous qui trahissez votre pays en commettant un crime de lèse-majesté.

Il ne s'attendait pas à ce qu'elle connaisse l'appellation qu'ils se sont donnée. Elle aura arraché cette information à l'une des personnes qu'elle a enlevées et interrogées.

Elle tire de sa poche un iPhone d'un geste un peu trop théâtral et le pose sur la table avec autant de délicatesse que si elle manipulait un œuf de Fabergé.

Elle attend qu'il l'interroge au sujet du portable, mais il n'en fait rien. C'est à qui cédera le premier, et elle ne gagnera pas à ce petit jeu-là avec Booth.

— À condition de contrôler les médias et la justice, on peut accuser de trahison et obtenir la condamnation de n'importe qui. Vous ne contrôlez rien du tout, alors vous êtes mauvaise juge en la matière. Quoi qu'il en soit, trahir son pays pour donner naissance à une société idéale relève de l'héroïsme.

Elle affiche sa surprise de façon outrancière, une expression moqueuse sur le visage.

– Une société idéale dans laquelle on asservit les individus en leur faisant un implant cérébral ?

Il sourit et secoue la tête.

– Il n'est pas question d'asservir qui que ce soit, mais d'offrir la paix aux gens en les délivrant de leurs soucis, en donnant à leur existence un sens qu'ils sont incapables de trouver par eux-mêmes.

Elle ouvre la fermeture éclair du cabas posé sur la table et Booth en profite pour jeter un coup d'œil à l'iPhone. Il s'agit de savoir quelle question elle attend de lui, histoire d'être sûr de ne pas la lui poser.

Il oublie le portable en la voyant sortir du sac une grande paire de ciseaux.

– Donner un sens à leur existence, dites-vous ? reprend-elle. Il y a donc tant de gens perdus dans la vie ?

– Ne vous faites pas l'avocat du diable, Jane. Vous savez comme moi que des millions de nos semblables gâchent leur existence en consommant de la drogue ou de l'alcool. Ces gens-là sont paumés, indolents, ignares et *malheureux*. Nous leur donnons une chance de goûter au bonheur en les modifiant.

– C'est donc ça, Boo ? Vous leur donnez une chance de goûter au bonheur ? Je ne sais pas si je peux être d'accord. Je trouve que ça ressemble furieusement à de l'esclavage.

Il feint de ne pas avoir remarqué la paire de ciseaux.

– Les gens que nous modifions ne sont pas sélectionnés sur des critères de race, de religion, de genre, ou d'orientation sexuelle. Nous ne visons aucune famille humaine en particulier. Ce n'est pas de l'esclavage si les gens sont modifiés dans le seul but d'accroître le niveau de satisfaction et de bonheur dans le monde.

— Si je comprends bien, Boo, vous faites du mécénat humanitaire. Avec un peu de chance, ça pourrait vous valoir le prix Nobel de la Paix.

Booth déteste qu'on l'appelle Boo. C'est le surnom qu'on lui donnait pour se moquer de lui quand il était jeune. Peut-être Jane l'a-t-elle découvert, ou alors elle se fie à son intuition. Elle se figure qu'en le ridiculisant et en l'aiguillonnant, elle parviendra à le déstabiliser. Même topo avec ces ciseaux. De l'intox conçue pour le fragiliser. Elle est mal partie. Il a subi tant de moqueries quand il était petit, il a eu tout le loisir de s'endurcir. Et si elle s'avise de le torturer, elle s'apercevra qu'il est courageux et endurant. De toute façon, cette fille se pique d'agir dans le respect des valeurs morales traditionnelles et la torture physique n'en fait pas partie.

— Les personnes que vous « modifiez » ne figurent pas toutes sur votre liste Hamlet, poursuit Jane. Mais si l'on s'en tient à ceux qu'elle désigne, en quoi leur offrez-vous le bonheur en les poussant au suicide ?

— Ce n'est pas moi qui les choisis. C'est l'ordinateur.

— Un algorithme.

— Exactement. Il a probablement mis votre mari sur la liste parce qu'il comptait se lancer dans une carrière politique douteuse en quittant les Marines.

— Qui a conçu ce logiciel ?

— Des gens supérieurement intelligents.

— Vous parlez sans doute de Bertold Shenneck et de David James Michael.

— Des gens plus intelligents que vous et moi, affirme-t-il alors qu'il est persuadé de leur être intellectuellement supérieur.

— Shenneck et Michael sont morts. Ce n'est pas très malin de leur part.

Il ne daigne pas lui répondre.

Il s'aperçoit soudain que ses ravisseurs lui ont retiré sa veste en voyant celle-ci toute chiffonnée sur le plan de travail. Ils auraient pu avoir le bon sens de la mettre sur un cintre, il s'agit d'une veste Dior. Quant aux sangles qui lui immobilisent les cuisses, elles risquent fort de froisser son pantalon.

Jane Hawk lui montre l'iPhone avec la paire de ciseaux.

— Vous vous demandez probablement à quoi correspond ce téléphone.

— Pourquoi me poserais-je une telle question ? C'est un portable, Janey. Rien de plus.

— Il s'agit de celui que vous avez volé à la jeune femme dont vous avez réquisitionné la voiture.

Booth s'efforce de hausser les épaules, handicapé par ses entraves. Surtout, ne pas montrer à Jane sa joie.

— Vous vous êtes servi de ce téléphone pour contacter vos gens et les lancer à mes trousses. Je dispose à présent du numéro que vous avez appelé.

— Il ne vous sera d'aucune utilité.

— Vous croyez vraiment ? Réfléchissez un peu, Boo.

Il n'a pas eu besoin de ses conseils pour y réfléchir. Lorsqu'il a contacté l'Unité J, ses équipes ont automatiquement enregistré le numéro de l'iPhone. Ils vont pouvoir s'en servir pour le localiser grâce à la balise de son GPS.

Elle tourne son regard vers le chauffeur tout en continuant de jouer avec la paire de ciseaux. Hendrickson lui sourit, comme s'il connaissait la suite.

Elle s'approche de la civière en faisant crisser les lames des ciseaux. Elle voudrait que Booth l'interroge sur ses intentions, mais il s'en garde bien.

Il affiche sa surprise et son mécontentement lorsqu'elle coupe sans crier gare une mèche de ses cheveux.

— C'est quoi ce bordel ?

— Un petit souvenir, réplique-t-elle en laissant tomber la mèche à ses pieds. Je crains fort d'avoir massacré votre… comment appelle-t-on ça, dans votre monde ?

— De quoi parlez-vous ?

— De vos cheveux si bien coiffés.

— Vous êtes ridicule.

— Les gens comme vous ne se contentent pas d'aller chez le coiffeur. Ils se font faire une coupe par une visagiste.

Le voyou en costume noir ricane dans son coin. Il est difficile de savoir si sa réaction est spontanée, ou bien si elle fait partie du scénario.

— Combien payez-vous pour une coupe, Boo ?

— Vous n'arriverez à rien par la moquerie, se défend-il.

— Cent dollars ?

Booth se mure dans le silence.

— Je crois bien qu'il se sent insulté, déclare-t-elle à l'adresse du voyou. Ça doit lui coûter au bas mot deux cents dollars, peut-être même trois cents.

Booth s'aperçoit qu'il regarde fixement l'iPhone. Il détourne le regard, de peur qu'elle ne remarque son manège.

— Allez, Boo. Combien coûte une séance chez la visagiste ?

Il refuse de se laisser caricaturer sous les traits d'un patricien vaniteux. Ce n'est tout simplement pas lui, il ne relève pas de cette catégorie, pas plus qu'il n'appartient à celle de Jane. Il plane loin au-dessus de toute considération de classe, de caste, ou d'échelon. Le mieux est encore de ne pas répondre.

En l'espace d'un éclair, elle passe du calme à la fureur. Ses traits sont déformés par la rage et la haine.

— *Combien vous coûte une coupe de cheveux, espèce de pauvre connard ?*

Elle lève le bras et plante les ciseaux dans le matelas sur lequel est allongé Booth. Les lames le frôlent et il ne peut s'empêcher de sursauter. Du plastique s'échappe de la mousse et la pointe des ciseaux crisse contre la civière en inox après avoir traversé le matelas.

Elle veut le convaincre que la mort de son mari et les obstacles semés sur sa route depuis qu'elle est en cavale lui ont fait perdre la boule. Elle entend le persuader qu'elle peut craquer et le massacrer à tout instant, sans le vouloir, mais il la connaît trop bien pour se laisser berner. Il a étudié en détail les enquêtes qu'elle a bouclées à l'époque où elle travaillait pour le FBI. Elle a fait preuve d'une maestria rare grâce à de brillantes déductions, mettant en œuvre des stratégies avisées tout en utilisant des techniques parfaitement maîtrisées. Cela fait des mois qu'elle échappe à toutes les polices fédérales, régionales et locales. Cette fille ne perd pas la tête à la moindre contrariété.

Il n'en coule pas moins un regard en direction de l'iPhone, comme s'il avait le pouvoir d'appeler les unités d'intervention du SWAT par la seule force de sa volonté.

Jane se penche sur lui. Sa colère est retombée aussi vite qu'elle est arrivée, son visage respire le charme et la sérénité. Ses lèvres sont à vingt centimètres de celles de Booth alors qu'elle pose la pointe des ciseaux sur la paupière inférieure de son œil gauche. L'acier est froid, la pointe acérée.

— Savez-vous pourquoi j'ai posé cet iPhone sur la table, Boo ? lui glisse-t-elle dans un murmure. Pour vous donner une bouffée d'espoir avant de vous la retirer. Vous qui avez privé d'espoir tant de gens. J'ai introduit un tournevis dans le port de ce portable, Boo. J'ai détruit sa batterie, il n'a plus de jus, sa balise n'émet plus. Personne ne pourra localiser cet iPhone. Personne ne viendra vous sauver.

Trois teintes de bleu différentes viennent strier l'iris de ses yeux, à la façon d'un éventail japonais. À la lumière des néons de la cuisine, on pourrait penser que son regard s'éclaire de l'intérieur. Ses pupilles sont des trous noirs dans lesquels on peut se noyer.

Elle s'adresse à lui d'une voix aussi tendre que celle d'une amoureuse.

— Dites-moi, Booth. Que dois-je vous retirer d'autre, en plus de l'espoir, pour vous inciter à parler ? Vos yeux, ce qui vous empêchera à jamais de voir le mal ? Ce serait une perte terrible, à en juger par le plaisir que vous prenez à savourer le mal que vous faites.

Elle pose les ciseaux sur sa bouche.

— Ou bien alors votre langue, qui aime tant mentir ? Si je vous la coupe, vous serez obligé de répondre à mes questions par écrit tout en avalant votre sang.

Elle écarte les ciseaux et le surprend en lui caressant l'entrejambe de la main gauche, au niveau du sexe.

— Vous fréquentez Aspasie, Booth ?

Booth ne s'attendait pas à ce qu'elle connaisse l'existence des maisons de rencontres, aussi luxueuses que secrètes, dont bénéficient les Techno-Arcadiens les plus riches. Ils ont choisi ce nom en mémoire de la maîtresse de l'homme d'État qui dirigeait Athènes aux alentours de l'an 400 avant notre ère, Périclès.

— Il en existe quatre, murmure-t-elle. À Los Angeles, San Francisco, New York et Washington. Les avez-vous toutes testées, Booth ? J'ai personnellement visité l'Aspasie de Los Angeles.

Il s'inquiète intérieurement en apprenant qu'elle a réussi à s'introduire dans l'un de ces temples de l'amour, en dépit de mesures de sécurité draconiennes. C'est impossible, elle ment forcément.

— Cette allée bordée de palmiers majestueux, la cour intérieure avec son immense piscine, toutes ces œuvres d'art et ces meubles anciens qui ont dû coûter des dizaines de millions de dollars, tout ce marbre et toutes ces dorures. L'endroit respire si bien la classe qu'il donne de l'importance aux adolescents attardés qui le fréquentent.

Elle ne ment donc pas. Elle s'est bien rendue à Aspasie. Elle dissimule sa véritable humeur derrière le paravent de ses mots enjôleurs, de ses caresses appuyées, mais ses yeux trahissent une colère inépuisable. Ce qu'elle a vu à Aspasie est une abomination, la lueur qui brille dans ses pupilles trahit son dégoût.

— L'une des filles de l'Aspasie de Los Angeles est une splendide Eurasienne de dix-huit ou dix-neuf ans qui se nomme Luling. Il s'agit bien sûr de son identité de putain car elle ne se souvient plus de son vrai nom, pas plus qu'elle n'a conservé le souvenir de ses proches ou de son passé. Elle ne sait même plus ce que recouvrent les mots *passé* et *avenir*. Son cerveau a été effacé, elle ne vit que dans l'instant présent, Boo. Un sourire perpétuel aux lèvres, attentive aux moindres désirs de ses visiteurs, lavée de toute inhibition. On pourrait presque la trouver joyeuse, si elle n'était pas privée de toute émotion. Elle ne vit que pour satisfaire les désirs de ceux qui l'exploitent. Pas mal, non ? Rien que d'y penser, vous devriez frétiller de la queue, Boo.

Il n'ose pas répondre. Il comprend à présent qu'il a sous-estimé sa cruauté potentielle.

La voix douce de Jane se transforme en murmure.

— J'imagine que vous avez des fantasmes, Booth ? Vous aimez peut-être l'amour brutal, et même très brutal ? Ça vous branche de les entendre crier ?

L'assurance de sa propre supériorité a permis jusque-là à Booth de se sortir de bien des mauvais pas. Il réfléchit à toute vitesse aux mots qu'il devrait prononcer.

Le visage de Jane se trouve à moins de vingt centimètres du sien. Elle continue de lui caresser l'entrejambe en lui envoyant son haleine au visage.

– Je fais très peur au petit garçon de maman, pas vrai ? S'il n'était pas terrorisé, son petit soldat se mettrait au garde-à-vous, mais il reste tout mou. La peur est un bon moyen de regarder la vérité en face. Promettez-moi de me révéler tous les secrets des Arcadiens, sinon vous n'imaginez même pas le sort que je vous réserve.

S'il trahit les Arcadiens, ils le tortureront et le tueront pour sa lâcheté. Les autres conspirateurs sont autrement plus sanguinaires que cette salope qui a conservé ses réflexes de droiture. Elle lui en a fait voir de toutes les couleurs ces derniers mois, au point d'avoir des migraines. Sans doute est-elle capable de se révéler plus cruelle qu'il ne le pensait, mais jamais elle ne lui coupera la langue ou les couilles, contrairement à ses complices. Elle le terrifie, c'est vrai, mais il doit pouvoir s'en sortir en affichant sa supériorité et sa suffisance.

La peur le fait saliver, il en profite pour lui cracher au visage alors qu'elle est tout près.

Il s'attend à ce que ce geste déclenche sa rage, à ce qu'elle le gifle et le griffe, mais il n'en est rien. Sa sérénité reste intacte.

Elle continue de l'observer sans bouger, puis elle se redresse lentement et le regarde en silence, le visage impassible.

Une minute s'écoule sans qu'elle cherche à s'essuyer le visage. Des gouttes de crachat brillent sur ses joues et son menton, une coulée visqueuse perle à l'extrémité de son nez parfait.

Elle lui tourne le dos et se dirige vers l'évier. Au lieu de se nettoyer à l'aide de papier absorbant, elle se contente de regarder par la fenêtre.

Sa réaction est si inattendue que Booth sent un vent de panique s'emparer de lui dans le silence de la pièce. Il hésite à la quitter des yeux et finit par se forcer à regarder le voyou en costume noir qui le dévisage avec des yeux aussi noirs que des nids de tarentule en plein désert.

Jane se retourne vers son compagnon.

– Je dois aller aux toilettes. Fais-le taire pendant mon absence.

– Je le chloroforme ?

– Non, bâillonne-le avec du scotch.

Sur ces mots, elle quitte la cuisine sans un regard pour le prisonnier, le visage humide de son crachat.

Booth entend brusquement dans sa tête l'avertissement qu'elle lui a donné un peu plus tôt. *Vous n'imaginez même pas le sort que je vous réserve.*

26

Dans son bureau, Tanuja emmenait Subhadra, son unique personnage, dans l'orage en pleine nuit avant de l'entraîner dans un périple mystérieux et magique. Les phrases ne s'enchaînaient pas avec la facilité habituelle, néanmoins elle éprouvait une certaine satisfaction.

La sonnerie de son téléphone, la mélodie de la chanson *What a Wonderful World*, retentit dans le silence et elle la laissa se répéter en fredonnant les paroles avant de décrocher.

— Oncle Ira n'est pas oncle Ira, fit une voix d'homme qui lui était familière.

— Oui, c'est vrai, répondit-elle.

Elle écouta les instructions données pour le soir même avant de préciser qu'elle avait compris.

— *Auf Wiedersehen*, ma belle, conclut son correspondant.

— Au revoir, dit-elle avant de reposer le téléphone et de reprendre la rédaction de sa nouvelle.

Quelques minutes s'étaient écoulées lorsqu'elle se mit à chanter « *I see trees of green and red roses too* » en croyant entendre sonner son portable, mais la sonnerie ne se répéta pas. Soit son correspondant avait raccroché immédiatement, soit Tanuja avait rêvé.

Elle posa sur son téléphone un regard perplexe, puis elle haussa les épaules et rejoignit Subhadra en plein orage.

Elle posait parfois un doigt sur sa bouche tuméfiée, mais la plaie ne saignait plus depuis longtemps.

27

Jane se lava le visage à l'eau et au savon dans le lavabo des toilettes, puis elle se sécha à l'aide d'une serviette.

Elle se regarda dans la glace sans reconnaître ses yeux, inquiète de savoir si elle serait capable d'accomplir la tâche qui l'attendait.

Elle n'avait jamais passé beaucoup de temps devant un miroir, même lorsqu'elle était jeune, de peur d'y retrouver les traits de sa mère. Le visage qu'elle voyait lui rappelait trop le trouble, le doute, la peur et la lâcheté qui l'avaient paralysée lorsqu'elle n'avait pas trouvé, à l'âge de neuf ans, la force d'accuser son père d'avoir tué sa mère. Elle *savait* pourtant qu'il l'avait assassinée avant de maquiller sa mort en suicide. Les gens grandissent et changent, ils acquièrent de haute lutte un certain degré de maturité et de sagesse, mais le miroir leur renvoie invariablement ce qu'ils ont été.

La lâcheté n'était pas en cause cette fois. Elle n'avait pas besoin de courage pour donner à Booth Hendrickson ce qu'il méritait, mais il lui faudrait se montrer impitoyable. Elle devait s'endurcir, pas tant vis-à-vis du monde qu'à l'égard de tous ceux qui ne savaient pas reconnaître chez autrui leur propre humanité, qui s'attribuaient à eux seuls le droit de vivre, qui se nourrissaient de pouvoir comme d'autres ont besoin d'air et d'eau. La planète avait toujours porté des nuées d'individus sans scrupules, mais leur nombre croissait de façon inquiétante à présent que les avancées technologiques les autorisaient à concentrer entre leurs mains des pouvoirs dont n'auraient pas osé rêver les monarques d'autrefois.

Elle ne pouvait pas user avec Hendrickson des techniques d'interrogatoire qui l'avaient si bien aidée avec ses victimes précédentes. L'arrogance de Booth était une armure quasiment impénétrable. Tout comme son frère, il avait été marqué dès l'enfance par un nœud gordien qui n'avait fait que grossir depuis. L'homme qu'elle tenait à sa merci paraissait aussi solide qu'un chêne, mais il était pourri jusqu'à la moelle. Hendrickson était un labyrinthe de duperies dont elle accueillerait les révélations à ses risques et périls.

Elle n'avait d'autre choix que de se montrer cruelle avec lui, consciente que l'argument était fragile puisque la plupart des psychopathes se justifiaient de la même façon.

Elle ferma les yeux et s'efforça de voir son fils dans sa tête, tel qu'elle l'avait vu la dernière fois, dans le champ voisin des écuries de Gavin et Jessica Washington. Elle le revit dans la lumière du matin, à l'ombre d'un chêne, debout sur un escabeau, démêlant la crinière de Hannah, la pouliche que lui avait offerte Gavin et Jessie quelque temps plus tôt. Une petite brise agitait ses cheveux bruns ébouriffés, hérités de son père. Quant à ses yeux, du même bleu que ceux de Jane, ils restaient porteurs d'une innocence qu'elle avait perdue de longue date.

À chacune de ses rares visites précédentes, il l'avait raccompagnée jusqu'à sa voiture à l'heure du départ avant de la regarder s'éloigner. La dernière fois, il n'avait pas supporté l'idée d'une nouvelle séparation et lui avait fait savoir, par l'intermédiaire de Jessica, qu'elle devait feindre d'aller lire dans la pièce voisine ou dans la véranda de sorte que les mots *au revoir* ne soient jamais prononcés.

Elle avait donc observé la scène à distance, fière de constater qu'il devenait rapidement un excellent cavalier sous la tutelle de Gavin, heureuse de voir que Hannah était intelligente et qu'elle s'entendait à merveille avec Duke et Queenie, les deux bergers allemands des Washington. Elle n'avait pu retarder indéfiniment le moment de la séparation, consciente que chaque minute supplémentaire doublerait son chagrin à l'heure du départ et que si elle ne partait pas immédiatement, elle ne partirait jamais. Elle avait surpris trop de secrets, dérangé trop de gens dont le pouvoir et la richesse se doublaient d'une arrogance et d'une malfaisance implacables. Quand bien même elle aurait voulu abandonner la lutte, ses ennemis n'auraient jamais lâché sa piste et l'auraient poursuivie jusqu'au bout du monde. En découvrant sa cachette, ils trouveraient celle de Travis. Aucun pays lointain, aucune existence anonyme, aucun nom d'emprunt n'arrêterait ses poursuivants, eux qui voyaient tout depuis le ciel, disposaient de cent millions de caméras de surveillance, dominaient la toile d'araignée d'Internet qui leur permettrait un jour de s'introduire impunément dans le sanctuaire de n'importe quel terrien. La mort dans l'âme, elle avait embrassé Travis sur la joue pendant qu'il s'occupait de Hannah, précisant qu'elle partait se promener, au lieu de quoi elle avait traversé la maison, retrouvé sa voiture et démarré en combattant la buée qui l'empêchait de voir la route alors qu'un beau soleil brillait dans un ciel sans nuages.

Elle se regarda une dernière fois dans la glace des toilettes de la famille Mendez et comprit qu'elle serait désormais capable de commettre les horreurs nécessaires à la défense des innocents. Au-delà de son fils, il s'agissait de rendre hommage à tous ceux dont l'âme avait été fauchée par les Arcadiens, et personne ne lui en tiendrait rigueur le jour du jugement dernier.

Jane ne se faisait toutefois aucune illusion : elle savait déjà que l'acte qu'elle s'apprêtait à commettre la hanterait jusqu'à la fin de ses jours.

28

En cette saison, les matinées les plus fraîches étaient réservées aux chevaux. Et comme tous les jours où Gavin Washington s'occupait de ses bêtes, ce dernier samedi de mars fut l'occasion d'heures idylliques et de moments de grâce jusqu'à ce qu'il fasse halte le long d'un ruisseau, à l'abri d'un bosquet, à l'heure du déjeuner.

Le jour s'était levé depuis à peine plus d'une heure ce jour-là lorsque Gavin avait sellé Samson tout en surveillant le petit Travis, bien droit sur sa pouliche Hannah, avant de prendre le chemin des collines dont l'herbe était verte depuis les dernières pluies. Quelques nuages traînaient dans le sillage de l'orage de la nuit précédente, mais ils s'effilochaient comme des cocons de soie, emportés par le ciel auquel ils avaient donné naissance.

Gavin et le petit garçon parlaient peu, les promenades à cheval étant propices à la méditation. Leurs montures avançaient au pas, le silence rythmé par le martèlement des sabots, le roulement des cailloux heurtés par les sabots, le grincement des selles en cuir et le murmure récurrent des hautes herbes agitées par la brise. Les lapins effrayés par les cavaliers s'enfuyaient au milieu des broussailles, sous le regard des lézards perchés sur les pierres chauffées au soleil.

Ils accélérèrent légèrement en bifurquant vers le nord, de façon à laisser le soleil sur leur droite, mais Gavin ne jugeait pas le petit garçon apte à passer au trot en dehors de l'enclos.

Au-dessus de leur tête, des buses à queue rousse se laissaient porter par les courants ascensionnels, à l'affût de rongeurs. Le ballet aérien des rapaces pouvait se révéler hypnotique et Gavin recommanda à Travis de se concentrer sur le chemin. Les ombres étaient encore longues sur le sol, mais la chaleur suffisait à pousser les serpents à sonnette à s'enhardir.

L'homme et l'enfant s'engagèrent dans un canyon dont les pentes douces venaient s'éteindre le long d'un torrent. Celui-ci, gonflé par l'orage, était trop profond pour que Travis tente de le franchir à gué, mais un sentier courait près de la rive que les cavaliers empruntèrent, bercés par le murmure joyeux de l'eau qui chatoyait au soleil.

Peu après 11 heures, ils firent halte près d'un bosquet de peupliers. Ils mirent pied à terre et menèrent les bêtes jusqu'au torrent afin de les abreuver. Les pluies étaient si abondantes depuis la fin de l'hiver que les orages avaient nettoyé le lit du cours d'eau de toutes ses impuretés.

Ils laissèrent les chevaux brouter l'herbe du bosquet, étalèrent une couverture à l'ombre des arbres et dégustèrent des sandwiches au poulet en buvant du thé glacé conservé dans des thermos.

— Tante Jessie est la reine du sandwich, déclara le petit garçon.

— C'est la raison pour laquelle je l'ai épousée, dit Gavin. À cause de ses sandwiches, de ses raviolis maison et de sa tarte aux pêches.

L'enfant éclata de rire.

— C'est des bêtises !

— Tu crois ? Depuis quand est-ce que tu t'y connais en bêtises ?

— Tu t'es marié avec elle parce que tu l'aimes.

Gavin leva les yeux au ciel.

— Qui ne tomberait pas amoureux d'une fille qui prépare des sandwiches aussi succulents ?

Un vrombissement étrange résonna dans le lointain. Sans doute un outil, mais Gavin eut beau dresser l'oreille, le bruit s'était tu.

— Tu as toujours assez de crème solaire, Travis ?

— J'ai pas de coups de soleil.

— Je t'en remettrai un peu avant de reprendre le chemin de la maison.

Gavin avait un teint d'acajou flammé, contrairement au petit garçon dont la peau claire nécessitait un long apprivoisement au printemps.

— J'aimerais bien être noir comme toi.

— C'est promis, je t'intronise dans la confrérie ce soir après le dîner.

— Ça marche comment ?

— On met un disque de Sam Cooke, on te noircit au cirage et on prononce des formules magiques.

— C'est n'importe quoi.

— Je vais te dire un truc qui est encore plus bizarre, mais qui est vrai.

— C'est quoi ?

— Autrefois, il y avait des baleines dans le coin.

— Tu dis encore des bêtises, oncle Gavin.

— Toute cette région aride, et même le désert qui s'étend un peu plus loin étaient recouverts par la mer.

— Quand ça ?

— Pas le mois dernier, bien sûr, mais il y a quatre millions d'années. On a retrouvé des fossiles de baleines par ici. Si tu avais mangé ton sandwich ici même il y a quatre millions d'années, tu aurais pu te retrouver dans le ventre d'une baleine, comme Jonas.

Le vrombissement se fit à nouveau entendre, nettement plus proche cette fois.

— C'est quoi ? demanda Travis.

— Allons voir.

Gavin se leva et se posta entre les peupliers. La main sur les yeux afin d'éviter la morsure du soleil, il scruta le ciel et vit un drone équipé d'une caméra survolant le canyon.

Les collines du comté d'Orange avaient beau sembler isolées, elles étaient bordées de nombreuses bourgades, mais c'était bien la première fois que Gavin voyait un drone dans les parages.

La présence de l'appareil pouvait s'expliquer de bien des façons. Les agents immobiliers utilisaient ces appareils pour filmer les propriétés à vendre, les géomètres y avaient également recours, à ceci près qu'il n'y avait aucune zone constructible à des kilomètres à la ronde.

— Qu'est-ce qu'il fait ? s'enquit Travis en voyant le drone approcher.

— Reculons, décida Gavin en entraînant le petit garçon dans les taillis.

— Qu'est-ce qu'il fait ? répéta l'enfant.

— C'est sans doute un geek qui s'amuse avec son nouveau jouet.

— Aussi loin ?

— Autant qu'il s'entraîne dans le coin. Il ne risque pas de s'écraser contre un pare-brise de voiture. Allez, on ferait mieux de finir nos sandwiches avant que les fourmis les dévorent.

Ils retournèrent à l'orée de la clairière où les attendait la couverture dans une poche d'ombre.

Le bosquet n'était guère fourni, il aurait suffi que le drone le survole pour que sa caméra surprenne les chevaux occupés à brouter.

L'appareil bourdonnait toujours dans le lointain. Gavin finit son sandwich en deux bouchées et dissimula les bêtes sous les peupliers.

— J'aime autant leur éviter de rester au soleil, expliqua-t-il à son jeune compagnon. En attendant, il y a des brownies pour le dessert, si ça t'intéresse.

— Moi, je me serais marié avec tante Jessie rien que pour ses brownies.

— Pas de ça entre nous, cow-boy. Je l'ai vue avant toi.

Gavin s'interrompit en identifiant cette fois les moteurs de deux drones différents, l'un plus éloigné que l'autre.

— Le drone est pas seul, remarqua Travis.

— Il faut croire que les geeks du cru ont organisé un tournoi, plaisanta Gavin en s'aplatissant contre un tronc d'arbre d'un air faussement dégagé.

L'amitié qui liait sa femme et lui à Nick et Jane était relativement récente, et ils n'en avaient jamais fait la publicité. Depuis deux mois et demi qu'ils cachaient Travis, pas un seul des ennemis de Jane n'avait établi un lien entre elle et le ranch des Washington. À bien y réfléchir, si les salopards qui pourchassaient Jane avaient découvert qu'elle était amie avec Jessie et lui, ils n'en seraient pas à envoyer des drones en reconnaissance : ils auraient pris Jessie en otage et attendraient tranquillement le retour des deux cavaliers.

29

De retour dans la cuisine, Jane constata que Gilberto Mendez s'était levé de sa chaise et se tenait près de l'évier, raide comme un piquet, le visage grave, dans une pose qui ne devait pas être éloignée de celle qu'il adoptait lorsqu'il accueillait les familles des défunts à l'entrée du funérarium.

Booth Hendrickson, toujours sanglé en position inclinée, était bâillonné à l'aide d'un rouleau de gaze maintenu sur sa bouche par du gros scotch.

Même privé de sa voix, le ponte du ministère de la Justice parvenait à manifester son mépris en levant le menton, le front impavide et les paupières plissées.

Jane se planta face à la civière en regardant le prisonnier droit dans les yeux, histoire de s'accorder une ultime chance de changer de stratégie, mais sans états d'âme.

– Je croyais que Shenneck et D. J. Michael étaient les deux têtes du serpent, mais celui-ci frétille toujours en dépit de leur disparition. J'ai besoin de savoir qui détient le pouvoir chez les Arcadiens, qui en est l'empereur incontesté. À vrai dire, j'ai besoin de beaucoup d'autres d'informations.

Hendrickson fit non de la tête, prêt à jouer les durs en dépit de sa position critique.

– Je pourrais vous interroger comme je l'ai fait avec les autres, mais vous êtes un menteur de première auquel le diable n'a rien à envier. Je n'ai pas les moyens de me laisser berner, de me lancer dans une chasse au trésor inepte au risque de tomber dans un piège.

Hendrickson ricana derrière son bâillon.

– Je n'ai qu'un seul moyen de vérifier ce que vous me direz.

Il haussa un sourcil.

– En janvier dernier, deux mois après la mort de Nick, je vivais toujours dans notre maison de Virginie avec mon fils lorsqu'est survenu un incident terrifiant. J'effectuais des recherches sur les suicides inexpliqués et Travis jouait aux Lego dans sa chambre quand un salopard armé d'un pistolet crocheteur s'est introduit chez moi avant de rejoindre mon fils.

Un nuage passa sur le front de Hendrickson.

– L'inconnu en question a raconté des histoires drôles à Travis, puis il lui a demandé d'aller me trouver dans mon bureau pour que je lui explique la signification du mot *nadsat* et de l'expression *du lait avec*. Travis était persuadé que c'était un jeu, alors qu'il s'agit d'une référence au roman *L'Orange mécanique* d'Anthony Burgess, une œuvre qui m'a fascinée lorsque j'étais à l'université, au point de me pousser à intégrer le FBI. Travis est revenu quelques minutes plus tard en me racontant avoir reçu la visite de M. Drougie. Le nom a fait tilt. Dans le roman de Burgess, les voyous drogués hyper violents s'appellent des drougies. Travis m'a alors expliqué que M. Drougie comptait lui apprendre un jeu amusant qui s'appelait le viol.

Les yeux de Hendrickson se chargèrent de venin.

— J'ai pris mon arme et procédé à une fouille en règle de la maison, mais il n'y avait plus personne, poursuivit Jane. À ce moment-là, le téléphone a sonné. C'était M. Drougie qui me conseillait de ne plus enquêter sur la mort de Nick et l'épidémie de suicides si je ne voulais pas que mon petit garçon soit enlevé et offert aux cinglés de Daech ou de Boko Haram qui se feraient un plaisir de s'en servir comme esclave sexuel. Il a ensuite menacé de me réserver le même sort.

Elle serra les paupières et reprit longuement sa respiration dans l'espoir de museler le désir de violence qu'elle sentait monter en elle.

Elle rouvrit les yeux et se pencha vers Hendrickson.

— Ce M. Drougie avait une voix très particulière, avec une pointe d'accent anglais que je n'oublierai jamais. Je ne vous oublierai jamais, monsieur Drougie. J'ai su que c'était vous quand vous êtes sorti du coaltar tout à l'heure et que vous m'avez dit combien vous aimiez les filles qui usent de termes savants comme le mot *hyperbole*.

Elle récupéra dans le réfrigérateur la boîte Medexpress et la posa sur la table. Sur l'écran digital s'affichait la température intérieure de la boîte, 4 °C, suffisamment basse pour en préserver le contenu.

Elle sortit de son cabas une longueur de caoutchouc, une lingette stérile et une seringue hypodermique.

Hendrickson manifesta son inquiétude en posant une question que son bâillon rendait inintelligible.

Jane souleva le couvercle de la boîte et s'assura que les packs de glace n'avaient pas fondu, puis elle sortit trois ampoules contenant un liquide ambré translucide. Il s'agissait des échantillons du mécanisme de contrôle récupérés dans la résidence secondaire de Bertold Shenneck à Napa Valley quelques semaines plus tôt, avec l'aide d'un complice.

Sur le moment, elle avait emporté ces échantillons en pensant qu'ils lui serviraient de preuve, mais ils allaient à présent lui permettre de rétablir la justice à sa façon.

Hendrickson protesta derrière son bâillon en poussant des borborygmes affolés.

– Je le regrette, dit Jane, mais c'est la seule solution avec vous si j'entends connaître la vérité. J'en ai un besoin urgent, monsieur Drougie, et Shenneck a eu la gentillesse de me fournir le nécessaire.

Hendrickson se débattit de plus belle en faisant tanguer la civière inclinée, mais les sangles étaient trop serrées pour qu'il puisse espérer se libérer.

Elle attendit qu'il se soit épuisé de lui-même, puis elle prit une paire de ciseaux et découpa la manche droite de la chemise du prisonnier.

Il tenta de résister, sans y parvenir.

Le morceau de tissu blanc glissa de son bras et tomba par terre, laissant à nu le bras aux poils hérissés par la chair de poule. Une voile de transpiration perla sur son front.

30

C'est tout simplement impossible. C'est un scandale. Il n'est pas n'importe qui, il est hors de question qu'on le modifie.

Personne ne lui a signalé qu'elle avait en sa possession des ampoules contenant le mécanisme de contrôle. Il faut croire que personne n'était au courant.

On savait que cette cinglée s'était emparée de l'argent du coffre de Shenneck dans sa maison de la Napa Valley, on la soupçonnait d'avoir emporté les clés USB contenant le détail des recherches de Shenneck, puisqu'il lui arrivait de travailler dans sa maison de week-end lorsqu'il n'était pas dans son laboratoire de Menlo Park, mais personne n'était au courant pour les ampoules de produit.

Shenneck n'était pas censé en avoir chez lui, le stock aurait dû se trouver en sécurité à Menlo Park. À quoi diable pensait ce connard arrogant ? En plus d'être dangereuse, une telle incurie était totalement stupide ! Sans doute cet enfoiré syphilitique comptait-il injecter un mécanisme de contrôle à cette salope autoritaire d'Inga, la bimbo qui lui servait de femme ? Il avait peut-être voulu la transformer en esclave sexuelle, comme les filles d'Aspasie ?

C'est tout simplement intolérable. Impensable. Il est hors de question que cette prolo de troisième zone le modifie. Elle ne fait pas le poids. Seule la chance lui a permis d'aller aussi loin.

Tandis qu'elle déballe la seringue, Booth réalise que certains Arcadiens sont au courant, et qu'ils se sont bien gardés de l'avertir. En fonction de la cellule que l'on a intégrée et de la fonction qu'on y occupe, on ne sait que le strict nécessaire, c'est vrai, néanmoins il était persuadé de tout savoir. Si jamais on lui a caché une information aussi cruciale, c'est qu'il n'y a plus d'honneur nulle part. Plus aucune intégrité.

Tout n'est que trahison, machination, et chaos ! Il est hors de question qu'on le modifie !

31

Jane déballa la seringue et prépara le cathéter, puis elle serra le garrot de caoutchouc autour du bras de son prisonnier, au niveau du biceps, et chercha du doigt une veine.

Elle déchira l'emballage de la lingette stérile, en tamponna la saignée de Booth. Ce dernier n'était plus le même depuis qu'il avait compris le sort qu'elle lui réservait, à en juger par les sons suppliants qui s'échappaient de sa gorge.

Ses doigts s'agitaient désespérément malgré la présence des sangles, on aurait dit un mendiant quémandant une piécette.

Des yeux, il supplia la jeune femme de l'épargner, implorant une miséricorde que lui-même s'était toujours refusé à accorder à ses victimes.

Les gémissements qui s'échappaient du bâillon étaient aussi pitoyables que les jappements d'un chien blessé.

Gilberto s'approcha.

– Je m'en charge, proposa-t-il. J'ai reçu la formation nécessaire.

– Non, pas toi, murmura Jane. La responsabilité m'en incombe seule.

Alors qu'elle remplissait la seringue avec le contenu de la première ampoule, Hendrickson laissa échapper des cris aigus d'enfant apeuré, perdu au fond des bois.

Prise d'une hésitation, elle fut parcourue d'un frisson, comme si une présence invisible et glacée l'avait traversée furtivement.

Le cœur humain est facilement trompeur, celui de Jane ne faisait pas exception à la règle. Deux raisons seulement lui donnaient la force de poursuivre la mission périlleuse dans laquelle elle s'était embarquée : l'amour de son fils et de son défunt mari d'une part, de l'autre la conviction que le seul moyen de voir le bien triompher était encore de résister au mal. La tentation était forte, pourtant, de combattre le mal par le mal, au risque de s'abaisser à recourir à ce qu'elle rejetait de toutes ses forces. Elle n'aurait pas su dire si son cœur était davantage assoiffé de justice que de vengeance, mais elle savait qu'en se mentant à elle-même, elle courait le risque de perdre son âme. Elle devait son intégrité à la certitude que l'amour voué à Nick et Travis était plus fort que sa haine de Hendrickson et de ses alliés. Seul l'amour pouvait tuer chez elle le virus du mal.

Elle entendit résonner dans sa tête la voix de M. Drougie lorsqu'il lui avait téléphoné au mois de janvier. *On pourrait envoyer ce mioche dans un trou du cul du tiers-monde pour le plaisir, le livrer à Daech ou Boko Haram qui s'y connaissent en esclaves sexuels. Certains de ces salopards adorent autant les petits garçons que les petites filles. Si ça se trouve, ils se le partageront jusqu'à ses dix ou onze ans, avant qu'un de ces barbares finisse par se lasser et décide de couper sa jolie petite tête. Personnellement, vous me plaisez plus que votre fils, mais je n'hésiterais pas un instant à vous expédier avec lui pour que les cinglés de Boko Haram qui sont à voile et à vapeur vous prennent en sandwich. Mêlez-vous de vos affaires et tout ira bien.*

Elle releva la tête et croisa le regard vert pâle du prisonnier.

— Que ça plaise au diable ou non, ce sont mes affaires.

Ce n'était pas un péché véniel de priver un être humain de son libre arbitre, même si l'intéressé se croyait autorisé à décérébrer ses semblables au nom d'une utopie, mais le sort en était jeté et elle lui inocula le contenu de la première ampoule avant de passer à la deuxième.

Comme crier ne serait plus d'aucune utilité à Booth, mais aussi parce qu'elle se sentait l'obligation de vraiment voir son visage au moment où elle le réduirait de son état d'homme à celui de marionnette, même au prix des malédictions qu'il pourrait prononcer à son encontre, elle arracha le scotch qui muselait sa bouche et le laissa recracher le tampon de gaze qui le bâillonnait.

Booth ne la maudit pas, pas plus qu'il ne prononça une parole. Il ne pleura même pas.

Au moment d'enfoncer le piston de la seringue chargée de la troisième dose, elle observa une nouvelle fois son prisonnier. Il semblait horrifié et abattu, mais un changement se produisit soudain sur son visage. Ses yeux se remplirent d'un mélange de crainte et d'admiration comme si, au lieu de voir une veuve décidée à sauver à tout prix la vie de son enfant, il avait affaire à une déesse aborigène sauvage incarnant le pouvoir absolu et le mystère. Contre toute attente, l'épreuve que subissait Booth se métamorphosait en délivrance. Sa soif de pouvoir, faute d'être étanchée un jour, trouvait un exutoire dans l'expression de sa soumission soudaine. Son désir brûlant de voir les autres se prosterner devant lui ne trahissait plus alors que son envie profonde de prêter allégeance à une force suzeraine.

Secouée par un nouveau frisson, Jane sut que ce tremblement fiévreux glacerait longtemps ses os.

Troisième partie

LA RÉBELLION D'ALECTO

1

Gavin et Travis, assis l'un en face de l'autre sur la couverture, adossés chacun à un peuplier, avalèrent les dernières miettes des brownies, bercés par le chant des roitelets perchés au-dessus d'eux. L'entente était parfaite entre l'homme et l'enfant, dans la parole comme dans le silence.

En à peine trois mois, Gavin avait dépassé son rôle de protecteur jusqu'à devenir une figure paternelle. Quant à Jessica, elle aimait autant Travis que si elle l'avait mis au monde. La moindre souffrance de l'enfant deviendrait la leur. Si jamais il lui arrivait malheur pendant qu'ils en avaient la garde, leur vie ne serait plus qu'un océan de chagrin, les brefs instants de vie qu'ils pourraient connaître seraient marqués par le poids de leur détresse.

— Je crois bien que j'ai sommeil, fit l'enfant.

— Tu n'as qu'à faire la sieste, bonhomme. Rien ne nous presse.

— T'as pas sommeil, toi ?

— Non. Pour que je m'endorme, il faudrait que je sois accroché par les orteils aux poutres du grenier.

— Batman ! s'écria aussitôt Travis, conformément aux règles d'un petit jeu inventé par Gavin qui consistait à décrire de façon cocasse un héros dont le petit garçon devait percer le secret.

— Celui-là était trop facile. Pendant que tu feras la sieste, je vais réfléchir à une colle plus dure.

Travis se roula en boule sur la couverture et poussa un soupir d'aise.

Les bourdonnements lointains de drones venaient régulièrement perturber la quiétude de la clairière. Gavin avait beau se convaincre que la présence de ces engins dans les parages n'avait aucun rapport avec Travis, il n'osait pas quitter l'abri des peupliers tant que les appareils ne se seraient pas éloignés définitivement.

Il soupçonnait le petit garçon d'avoir la même inquiétude que lui et de prétexter le besoin d'une sieste pour retarder leur retour au ranch. Travis avait hérité son beau visage de ses parents. Il ferait tourner la tête des filles plus tard, sans jamais leur briser le cœur, son intelligence précoce lui ayant déjà enseigné la règle selon laquelle une mauvaise action faisait souffrir autrui. Il avait connu son lot de chagrin et en avait conçu un profond respect des autres que peu d'enfants partageaient à cet âge, et que certains adultes n'acquéraient jamais. Travis ferait un Marine formidable s'il décidait un jour de marcher dans les traces de son père.

Gavin et Jessica avaient fait la connaissance de Nick et Jane quinze mois plus tôt en Virginie, à l'occasion d'une collecte de fonds au profit des blessés de guerre. Ils s'étaient immédiatement liés d'amitié en s'apercevant qu'ils partageaient les mêmes convictions.

Gavin se disait parfois que la providence les avait rapprochés, en prévision de tous les ennuis que connaissait Jane. Gavin et Nick, tous deux anciens membres des forces spéciales, étaient d'un naturel réservé. Les Hawk et les Washington, peu férus de réseaux sociaux, ne possédaient ni page Facebook, ni compte Snapchat ou Instagram, ce qui les avait poussés à échanger quelques lettres et à se téléphoner épisodiquement. Leur amitié s'était essentiellement épanouie lors des rencontres d'anciens combattants auxquels Jessie participait depuis la fin de sa carrière militaire. Le jour où Jane s'était mise en quête d'un refuge sûr pour son fils, elle avait pu compter sur Gavin et Jessica, faute de pouvoir confier Travis à des proches que ses poursuivants n'auraient eu aucun mal à localiser.

Gavin ne s'inquiétait pas tant de la présence de ces drones que de leur insistance à écumer les environs. En règle générale, chaque appareil disposait d'une autonomie de quinze minutes, du double s'il disposait d'une batterie de rechange, mais cela faisait plus d'une heure que les premiers bruits de moteur s'étaient fait entendre et leur bourdonnement ne semblait pas vouloir se taire.

Les roitelets ne se lassaient pas de chanter, tandis que les cris stridents des buses à queue rousse célébraient une chasse fructueuse.

À l'inverse, des nuées de papillons aux ailes noir et blanc, frappées à leur extrémité d'une bande orange, battaient l'air en silence en annonçant l'arrivée du printemps. Leurs taches d'un blanc phosphorescent les rendaient semblables à des spectres à l'ombre des peupliers, en attendant qu'un puits de lumière révèle brusquement leur beauté éclatante.

Le dernier drone s'était tu depuis une vingtaine de minutes lorsque Travis se redressa. Il bâilla longuement et s'étira, histoire d'apporter la preuve qu'il avait effectivement dormi, et quelques papillons se posèrent sur ses mains dont ils goûtèrent le suc avant de reprendre l'air.

Dans les temps anciens, les tribus amérindiennes qui traversaient la région voyaient dans ces lépidoptères des esprits venus de l'autre monde célébrer le printemps. Quand presque tous y lisaient un signe de chance, ou d'enfants à venir resplendissants de santé, les membres d'une tribu les considéraient comme porteurs de mort.

— On rentre ? s'enquit Travis en se levant.

Gavin imita son exemple à contrecœur.

— Ouais, on ferait mieux d'y aller, la maison est à deux heures d'ici.

Quelques minutes plus tard, les deux cavaliers quittaient l'abri du bosquet et prenaient la direction du canyon sans que les papillons fassent mine de les suivre.

Reste à savoir si on laisse derrière nous la chance ou la mort, s'interrogea intérieurement Gavin.

2

L'un des néons ronronnant faiblement, la ventilation du chauffage murmurant à travers les évents d'une grille d'aération, le moteur du réfrigérateur bourdonnant doucement… la cuisine baignait dans un chœur mécanique improbable.

Booth Hendrickson s'était métamorphosé plus vite qu'un cube de glace n'aurait fondu au soleil en plein été, passant du statut de maître de l'univers à celui d'esclave obéissant. Sous l'effet de la troisième ampoule, la terreur qui le plongeait dans l'horreur s'était dissipée avec une rapidité qui laissait Jane stupéfaite. L'inéluctable de sa transformation en un être « modifié », pour reprendre la formule dont lui-même avait usé avec tant d'arrogance, avait apaisé la colère de Booth en étouffant dans l'œuf tout désir de vengeance. Il ne semblait pas même s'attrister de son sort et flottait dans une mer de tranquillité. Ses membres se relâchèrent sous la pression des sangles, il ferma les yeux et se lança dans un monologue adressé à sa propre personne sur un ton apaisé.

— Me voici donc de retour dans ce bel endroit, après tant d'années, seul dans l'obscurité.

Jane adressa un regard perplexe à Gilberto qui fronça à son tour les sourcils.

— Je pense tout seul, je joue tout seul et personne ne sait ce que je me dis intérieurement.

Les centaines de milliers, voire les millions de nanoparticules qui avaient envahi le système sanguin du prisonnier mettraient huit à dix heures avant de s'infiltrer dans le cerveau à travers les capillaires et de s'assembler pour former le mécanisme de contrôle. Il était donc trop tôt pour que Hendrickson soit affecté par leur présence à l'intérieur de son corps. Cette sorte de béatitude inexplicable, survenue si rapidement, était avant tout le signe d'un esprit complexe et torturé.

Jane ne devait pas oublier que Hendrickson était le roi de la supercherie. Tout en sachant que plus rien ne pourrait le libérer des chaînes qui l'attendaient, peut-être mettait-il à profit ses dernières heures de liberté pour conduire Jane à la mort.

Il rouvrit les yeux et posa sur la jeune femme un regard délivré de toute animosité.

— Pourquoi attendre que le mécanisme se reconstitue dans ma tête ? Vous pouvez m'interroger dès à présent. Je vous dirai tout ce que vous souhaitez savoir.

— Ou plutôt les mensonges que vous comptez me raconter.

— Pas du tout. Par la suite, quand vous me contrôlerez entièrement, rien ne vous empêchera de me poser de nouveau les mêmes questions et de voir si j'y apporte les mêmes réponses. Vous gagnerez du temps de la sorte.

— En quoi cela peut-il vous arranger ?

— J'aime autant ne pas passer ces huit heures à… à attendre. La nouvelle formule du mécanisme de contrôle agit en quatre heures. Je ne savais pas que vous aviez pris des ampoules chez Shenneck. Il est possible que personne n'ait été au courant, d'autant qu'ils ont mis le feu à la maison très rapidement afin d'effacer les traces de ce qui s'était passé là-bas. La formule que vous m'avez injectée est plus ancienne et n'agit qu'au bout de huit à dix heures. De quoi devenir fou en sachant ce qui se passe à l'intérieur de mon cerveau.

Jane n'eut aucun mal à imaginer son angoisse. À défaut de se sentir coupable, elle était disposée à alléger ses souffrances mentales au cours de cette période de métamorphose, tout en faisant preuve de prudence. Elle avait conscience que toute forme de compassion pour le diable était dangereuse.

Au moment de reprendre connaissance, encore sous l'effet du chloroforme, il lui avait révélé un secret dont il n'aurait pas conservé le souvenir. Elle y vit le moyen de tester sa fiabilité.

— La semaine dernière, sachant que j'avais découvert la formule permettant de contrôler les individus modifiés, vous avez dû vous empresser de la changer.

— *Jouons au crime dans la tête*, acquiesça-t-il. De nombreux prolos réagissent à cette phrase.

— Les *prolos* ?

— Les prolos, les lourdauds, la masse, les veaux, si vous préférez. Les surnoms donnés aux modifiés.

Malgré lc fait qu'il rejoindrait prochainement leurs rangs, son mépris était intact.

— Combien sont-ils ? s'enquit Jane.

— Plus de seize mille.

— Seigneur ! réagit Gilberto en se laissant tomber sur un siège.

— Et quelle est la nouvelle formule ? reprit Jane.

Hendrickson n'eut pas l'ombre d'une hésitation.

— *Oncle Ira n'est pas oncle Ira.*

Jane avait gardé en mémoire les paroles prononcées au sortir de sa léthargie :

— *Salut, sexy.*

— *Salut.*

— *Ta jolie petite bouche me donne des idées.*

— *Je n'en doute pas, mon grand.*

— *Approche-toi donc un peu. Oncle Ira n'est pas oncle Ira.*

— *Alors qui est-ce ?*

— *Non, ce n'est pas la bonne réponse.*

— *Quelle est la bonne réponse, mon grand ?*

— *Tu es censée répondre* : « Oui, c'est vrai. »

Ce premier test passé, elle envisagea de lui accorder un minimum de confiance et commença par l'interroger sur ses déclarations pour le moins cryptiques, quelques instants plus tôt.

— À quoi rimait cette histoire de bel endroit où vous vous trouviez, seul dans l'obscurité ? « Je pense tout seul, je joue tout seul et personne ne sait ce que je me dis intérieurement », récita-t-elle de mémoire.

Il répondit d'une voix douce et soumise qui ne lui ressemblait pas.

— Cela ne vous concernait en rien. N'insistez pas, accordez-moi un minimum de dignité. Il vous suffira de me poser la question plus tard, quand vous me contrôlerez, si vous tenez vraiment à savoir de quoi il s'agit. Je ne vous demanderai qu'une faveur, veillez bien à ce que j'oublie mes aveux lorsque vous les aurez recueillis.

Une sorte de mélancolie s'était emparée de Booth, ce qui était compréhensible au regard de la situation, mais il semblait s'y mêler un brin de sentimentalisme, peut-être même de regret.

Son regard avait perdu son magnétisme, et sa fierté avait cédé la place à ce qui ressemblait presque à de l'humilité. On aurait dit un mendiant.

– Très bien, décida Jane. Essayons de profiter ensemble de ce répit, mais cantonnez-vous à la vérité.

3

Gavin Washington se laissa guider par Travis jusqu'au ranch, ce qui était encore le meilleur moyen de ne pas le quitter des yeux. Le petit garçon avait enfilé une bombe, à son grand déplaisir, mais il aurait droit au chapeau de cow-boy tant attendu le jour où il serait suffisamment à l'aise en selle.

Samson, le cheval de Gavin, s'impatientait d'avancer si lentement. Il aurait préféré un bon galop, ou tout du moins trotter, mais il respectait toujours les instructions de son cavalier.

Après la chaleur de la mi-journée, la fin d'après-midi s'annonçait plus fraîche. De fins nuages d'altitude dessinaient dans le ciel une pellicule de glace à la surface d'un étang d'un bleu laiteux. La brise, sans céder la place à des rafales, soufflait régulièrement sur les bouquets de sauge et faisait frissonner les dernières fleurs de l'hiver.

Gavin gardait tous ses sens en alerte, à l'affût des drones. Il crut identifier un bourdonnement d'hélices à plusieurs reprises dans le lointain, mais le calme finissait invariablement par reprendre ses droits, rythmé par le martèlement des sabots sur les cailloux.

Lorsqu'ils arrivèrent en vue de la propriété peu avant 16 heures, Gavin avait cessé de s'inquiéter. Un avion survolait la vallée, mais le bourdonnement aigu, caractéristique des drones, ne s'était plus fait entendre depuis près d'une heure et demie.

L'homme et l'enfant veillèrent à ce que leurs montures se désaltèrent à l'abreuvoir, puis ils les conduisirent dans les écuries où ils les débarrassèrent de leur selle avant de les nourrir.

Gavin sortait des écuries en compagnie du petit garçon, les bêtes repues et les harnachements soigneusement rangés, lorsqu'il leva la tête à la recherche de l'avion dont il entendait le moteur au milieu des nuages blancs. Ne distinguant rien dans le ciel, il voulut croire qu'il s'agissait d'un appareil différent de celui qu'il avait entendu un peu plus tôt.

4

Jane commença par passer des liens en nylon autour des chevilles de Hendrickson, l'autorisant à se déplacer à petits pas, avant de le libérer de ses sangles. Pistolet au poing, Gilberto conduisit le prisonnier aux toilettes. Les deux hommes, de retour quelques minutes plus tard, prirent place à la table de la cuisine. Jane s'empressa d'attacher les liens qui emprisonnaient les chevilles de Hendrickson aux barreaux de sa chaise.

Elle proposa un petit enregistreur devant lui, passa autour de son cou la lanière d'une mini-caméra, sortit un carnet à spirale et un stylo, et s'installa face au prisonnier.

Son but n'était pas uniquement de découvrir le meilleur moyen de détruire la chaîne de commandement des

Arcadiens. Le témoignage de Booth lui serait utile si les conspirateurs étaient jugés un jour, tout en la blanchissant des actes criminels dont elle était faussement accusée.

Gilberto se trouvait là en qualité de témoin, son arme posée sur la table à bonne distance de Hendrickson.

Une cafetière pleine, la tarte à la ricotta de Carmella et la docilité inattendue du prisonnier contribuaient à donner à la scène un aspect surréaliste. Les échanges entre Jane et Booth prenaient parfois un tour inquiétant tant il s'efforçait de se montrer accommodant avec elle, moins à la façon d'un inculpé face à un juge que comme un enfant désireux de plaire à une mère tyrannique.

À bien des égards, il donna l'impression de retourner en enfance dès la deuxième heure de l'interrogatoire. Il réclama par exemple une autre part de tarte et la mangea avec les doigts sans utiliser la fourchette dont il s'était servi précédemment. De même, après avoir initialement bu un café noir, il ajouta du lait et quatre cuillerées de sucre dans les tasses suivantes. Après trois heures d'interrogatoire, son attention faiblit nettement. Il lui arrivait régulièrement de garder le silence pendant quinze ou trente secondes, les yeux dans le vide. Jane le ramenait invariablement au sujet qui la concernait tout en ayant la nette sensation que Hendrickson se dissociait de la réalité qui l'attendait.

Elle se demanda même si l'implant cérébral n'avait pas dysfonctionné, au point de provoquer l'équivalent d'un AVC, mais Hendrickson continuait de s'exprimer d'une voix claire sans montrer le moindre signe de paralysie, se plaindre de fourmillements, de vertiges ou de troubles de la vision.

Tout indiquait qu'il souffrait de troubles psychologiques, et non physiques.

S'il s'en tenait à la vérité, il lui avait fourni de nombreuses informations utiles, bien que ses révélations soient limitées par l'organisation des Arcadiens. Les réseaux d'espionnage ou de résistance sont traditionnellement formés de cellules indépendantes associant un nombre limité de membres. En clair, les affiliés à une cellule ne connaissent pas l'identité de ceux des autres cellules. Seuls quelques initiés, installés au sommet de la pyramide, connaissaient l'ensemble des Arcadiens. Hendrickson, en dépit de la fonction importante qu'il occupait, ne savait pas précisément à quel niveau de l'échelle il se trouvait personnellement. Eu égard à la haute opinion qu'il avait de lui-même avant l'injection du mécanisme de contrôle, il avait dû s'imaginer plus proche du haut de la pyramide qu'il ne l'était en réalité.

Les informations fournies à Jane allaient toutefois permettre à la jeune femme de pourchasser de nouveaux ennemis, tout en lui fournissant des outils inédits. Persuadée que le milliardaire David James Michael était le grand architecte des Arcadiens, elle avait pris des risques énormes en l'approchant. Pour la première fois depuis les événements dramatiques survenus dans le repaire de Michael à San Francisco, elle entrevoyait la possibilité de s'attaquer à ce nid de vipères en mettant en lumière les exactions des vampires qui œuvraient exclusivement dans l'ombre.

Un tel interrogatoire pouvait se révéler épuisant, en particulier pour quelqu'un qui trahissait l'ensemble de ses complices. Il l'était tout autant pour Jane qui décida de s'accorder une pause peu avant 17 heures. Elle n'avait quasiment rien avalé depuis vingt-quatre heures et éprouvait le besoin de recharger les batteries afin de rester concentrée.

— Je vais acheter des plats à emporter, suggéra Gilberto. Il y a un endroit sympa un peu plus loin dans la rue.

— J'ai besoin de protéines, lui répondit Jane. Évite les glucides.

— C'est un restaurant chinois, précisa-t-il avant de proposer à Jane des plats dans lesquels elle fit un choix.

— Et vous ? demanda Gilberto à Hendrickson.

Le prisonnier resta muet, les yeux fixés sur les paumes de ses mains retournées sur la table. À en juger par le léger sourire qui flottait sur ses lèvres, sans doute se souvenait-il de ce que ces doigts avaient accompli.

— Prends-lui un plat quelconque, décida Jane. Il n'est pas en position d'avoir des exigences.

5

Subhadra subissait les assauts d'un orage interminable, à en juger par la lenteur avec laquelle Tanuja poursuivait sa nouvelle. Elle avait beau y mettre toute son énergie, son récit était un rocher géant qu'elle ne parviendrait jamais à pousser jusqu'au sommet, tel Sisyphe.

Il était 16 h 45 précises lorsqu'elle eut l'intuition de parvenir enfin au stade tant attendu dans son récit. Le mieux était de s'accorder une pause et de se libérer l'esprit afin de laisser s'exprimer son inconscient. Elle effectua une sauvegarde et éteignit son ordinateur.

Elle s'était toujours laissé guider par son intuition. Qu'il s'agisse d'un roman ou d'un texte plus court, elle ne planifiait pas l'histoire, pas plus qu'elle n'esquissait ses personnages sur un document à part avant de commencer à écrire. Elle se lançait, entraînée par la petite voix de son inspiration. Un peu comme si elle s'était trouvée en communication téléphonique avec une puissance créative supérieure.

La communication était directe, c'est vrai, mais elle ne se manifestait pas sous la forme de phrases toutes faites.

Il s'agissait plutôt d'images, de séquences oniriques, de hiéroglyphes émotionnels, de vers énigmatiques qu'il lui fallait ensuite traduire en une fiction compréhensible de tous. Curieusement, la voix qui lui parlait s'exprimait pour une fois avec de vraies phrases : *Le samedi soir est fait pour prendre du bon temps, amuse-toi, oublie un peu Subhadra et son orage, habille-toi et sors, sois heureuse et les mots couleront de source demain.*

Elle s'était étonnée dans un premier temps de la clarté limpide de la voix, mais celle-ci ne la perturbait plus du tout à présent.

Elle repoussa son fauteuil, se leva, et quitta son bureau sans même éteindre la lumière.

Le moment était venu d'agir, quelles que soient les mesures à prendre. Inutile de réfléchir, elle laisserait parler son intuition.

Elle monta dans sa chambre et se mit en quête d'un coffret noir en bois laqué, muni de charnières en argent, qu'elle n'avait jamais vu, mais qu'elle savait trouver dans son dressing. Elle ne voyait rien là de paradoxal, il était temps d'agir, elle comprendrait par la suite de quoi il retournait.

Elle s'installa devant sa coiffeuse, souleva le couvercle et tira du coffret un collier orné de crânes humains miniatures, de minuscules onyx enchâssés dans les orbites. Un travail magnifique, d'une grande délicatesse. Le coffret contenait également quatre bracelets d'or ravissants, en forme de cobra.

Dourga, la déesse mère du panthéon hindou, dissimulait des travers sombres derrière le paravent bienveillant de son statut maternel. Elle était en particulier capable de se métamorphoser en Kali, une déité revêtue d'un manteau d'obscurité, uniquement parée de bracelets en or et d'un collier de crânes humains.

L'hindouisme ne fait aucune distinction entre le sacré et le profane. Tout sur terre est le reflet du divin. Kali, elle-même une variante de Dourga, était capable de laisser place à la terrible Chandi. Cette dernière, représentée le plus souvent avec quatre bras levés, en lieu et place des huit bras de Kali, tenait dans ses mains une épée, une corde, un sceptre, ainsi qu'une tête humaine coupée. De toutes les divinités hindoues, seule Kali possédait la maîtrise du temps et se montrait capable de tuer les démons.

Tanuja Shukla ne partageait pas les croyances de ses parents disparus, mais il lui arrivait d'évoquer la mythologie hindoue dans ses livres, de façon métaphorique, par souci du pittoresque, ou bien avec l'intention de créer une atmosphère mystérieuse, sans la moindre connotation religieuse. Quitte à croire en une déesse, elle aurait choisi Dourga, et non Kali, mais le collier était trop beau et elle l'accrocha autour de son cou.

6

Hendrickson, attaché à sa chaise, les mains sur la table, paumes en l'air, restait plongé dans le silence tandis que Jane tournait en rond dans la cuisine en massant sa nuque raide.

Il ferait encore jour pendant une heure et demie, mais les nuages ne permettraient pas à la Californie de se parer de son manteau de pourpre et d'or habituel. Cela n'avait guère d'importance, Jane était trop prise par les événements récents et la rudesse des tâches qui l'attendaient pour se soucier des feux d'artifice de la nature. À tout prendre, le gris du ciel était à l'aune de son humeur.

Hendrickson grommela des paroles incompréhensibles. Lorsqu'elle lui demanda de répéter, il se contenta de sourire, toujours hypnotisé par les paumes de ses mains, l'air songeur. Perdu dans ses pensées, sans doute ne l'avait-il pas entendue.

Elle reprit sa ronde et observa en passant son reflet dans la porte en acier brossé du réfrigérateur. Sa silhouette, à l'image de celle d'un revenant, était floue et déformée, son visage un masque d'ombres dépourvu de traits.

— J'aimerais savoir si c'est vrai ou non de savoir qui et quoi.

Elle s'approcha de la table et le dévisagea.

Il souriait avec la candeur d'un chat soucieux d'apprivoiser une souris, le sourire d'une souris face un morceau de fromage, le sourire d'un enfant heureux de retrouver sa maison après un drame. Jane en eut la chair de poule.

7

À 17 h 15 précises, Sanjay dactylographia le mot *fin* en minuscules, alors qu'il était loin d'avoir atteint la conclusion du roman sur lequel il travaillait depuis trois mois. Ce n'était pas même une fin de chapitre ou de paragraphe, si bien qu'il déchiffra longtemps les trois lettres en hésitant à les effacer avant de se raviser et de sauvegarder le fichier.

L'heure était venue d'agir, sans qu'il s'inquiète de savoir de quelle action il était question. Il n'éprouvait pas le besoin d'y réfléchir, il le saurait le moment venu. Tout comme sa jumelle, Sanjay était un auteur intuitif qui n'avait pas coutume de planifier ses œuvres. Écrire était un processus compliqué, mais il donnait le meilleur de lui-même lorsqu'il se laissait porter par l'énergie créative générée par les courants mystérieux de son inspiration. Il *savait* que le moment était arrivé. Il n'était plus question d'écrire en se laissant porter par son intuition, mais bien de *vivre* intuitivement.

Il quitta la pièce sans éteindre la lumière.

Il regagna sa chambre, enfila une chemise et un jean noirs, des chaussettes et des chaussures à semelles de caoutchouc noires, et sortit de sa penderie un blouson noir qu'il mit de côté.

Laissant les lumières allumées, il remonta le couloir en direction de la chambre de Tanuja. Elle l'attendait, assise devant sa coiffeuse, ainsi qu'il l'avait deviné. Elle était superbe, tout en noir, avec ses bracelets en forme de cobras et son collier de crânes. Elle s'était maquillé les paupières en noir et noirci les lèvres et les ongles.

Les jumeaux n'échangèrent pas une parole. Le moment était venu, il était temps d'agir.

Sanjay s'assit devant la coiffeuse tandis que Tanuja, agenouillée à ses pieds, lui passait du vernis noir sur les ongles.

C'était la première fois qu'il se laquait les ongles de la sorte, le geste était donc curieux de la part de sa sœur et il était tout aussi curieux qu'il se laisse faire. L'hésitation qu'il ressentit, à peine un doute, dura seulement le temps qu'elle lui peigne l'ongle du pouce droit, après quoi l'opération lui sembla parfaitement naturelle.

En attendant que sèche le vernis brillant, sa sœur lui posa du fard à paupières noir et lui peignit les lèvres en noir, comme s'il s'agissait de la chose la plus naturelle du monde.

8

Plusieurs boîtes de plats chinois à emporter étaient empilées sur la table de la cuisine : de l'omelette à l'oignon et au homard, des coquilles Saint-Jacques aux légumes, des beignets de crevettes, du poulet aux amandes, du porc à la sauce aigre douce, mais aussi du riz et des nouilles sautées.

Jane se contenta de quelques bouchées de riz en accompagnement de solides portions du reste.

Gilberto crut un instant avoir commandé de façon démesurée avant de s'apercevoir qu'il était aussi affamé que la jeune femme. Tout en mangeant, il se demanda avec humour s'ils allaient se battre pour la dernière boîte.

Hendrickson ne trouva rien à son goût, à l'exception des nouilles qu'il mangea sans enthousiasme. Il reposa les baguettes qu'il avait les plus grandes difficultés à manier et réclama des cookies.

— Il n'y en a pas, réagit Jane.

— Pourquoi ? s'étonna-t-il.

— Contentez-vous de ce que vous avez.

— C'est pas des plats normaux.

— Vous n'avez jamais mangé chinois ?

— Si, mais j'aime pas ça.

Jane le dévisagea en mastiquant son poulet aux amandes, servi avec une sauce délicieuse, s'interrogeant sur les effets du mécanisme de contrôle.

Gêné par son regard insistant, il baissa les yeux et se concentra sur les baguettes qu'il avait repoussées.

— Je peux vous proposer des sablés au citron et des cookies au chocolat préparés par Carmella, si vous voulez, dit Gilberto.

— Oui, j'en veux, acquiesça Hendrickson.

— Tu es d'accord ? s'enquit l'ancien Marine auprès de Jane.

Hendrickson était condamné, il lui restait tout juste trois heures avant que les nanoparticules achèvent de prendre possession de son cerveau, qu'un réseau dense de filaments n'enferme l'encéphale dans ses tentacules et qu'il oublie définitivement ce qui lui était arrivé tout en donnant l'impression de n'avoir pas changé. Restait à savoir quelle partie de son être aurait survécu. L'Arcadien impitoyable et sûr de lui, ou bien le petit garçon étouffé par sa mère ? N'était-ce pas une première mort qui lui était promise, bien avant le jour où son corps s'éteindrait ?

En tout état de cause, Booth était condamné, et tous les condamnés à mort ont le droit de choisir leur dernier repas.

— Donne-lui ses cookies, décida-t-elle.

— Avec un Coca, s'il vous plaît, ajouta Hendrickson en observant Jane à la dérobée avant d'adresser un sourire timide à Gilberto. Des cookies avec un Coca, ce serait super.

Jane en perdit l'appétit. Elle repoussa son plat et crut un instant qu'elle allait vomir.

Pendant que Gilberto s'occupait des biscuits, elle sortit deux cannettes de soda du réfrigérateur, une pour le prisonnier et l'autre pour elle. Elle prit deux verres qu'elle remplit de quelques glaçons avant de les poser sur la table.

— Gilberto, dis-moi que tu as de la vodka, que je puisse améliorer mon Coca.

Elle remercia le ciel en l'entendant répondre par l'affirmative.

9

Laissant les lumières allumées sur leur passage, Sanjay et Tanuja se rendirent dans la cuisine. Le premier tenait son blouson à la main, la seconde portait un sac noir.

La clé du Hyundai, comme dotée de pouvoirs surnaturels comparables à l'épée du roi Arthur enfoncée dans son fourreau de pierre, pendait à un crochet près de la porte du garage en donnant l'impression à Sanjay qu'il lui suffisait d'en prendre possession pour que soit révélée la vérité du monde.

Les jumeaux pénétrèrent dans le garage.

Le 4x4 était aussi étincelant que le jour où ils l'avaient vu pour la première fois, exposé chez le concessionnaire. Sans qu'il puisse se l'expliquer, Sanjay s'attendait à le trouver couvert de boue, des touffes d'herbe collées aux enjoliveurs.

L'espace d'un instant, il vit dans sa tête le véhicule en piteux état, un phare brisé et le pare-chocs avant enfoncé du côté passager. Surpris d'un tel changement, il se rassura en écoutant la petite voix dans sa tête lui dire que ce n'était rien. Rien du tout. Son trouble disparut aussi vite qu'il était survenu.

Il souleva le hayon arrière, Tanuja à ses côtés, et ne s'étonna nullement de découvrir deux Smith & Wesson 9 mm. Il savait même que les armes pesaient à peine plus de sept cents grammes chacune grâce à leur châssis en aluminium, que leur canon mesurait neuf centimètres, et qu'elles étaient dotées d'une double mire. Sanjay savait déjà que le recul ne lui poserait aucun problème.

Il s'équipa du holster posé à côté du premier pistolet, l'ajusta, et enfila son blouson par-dessus tandis que Tanuja glissait la seconde arme dans son sac.

Le coffre du 4x4 contenait également quatre chargeurs de rechange. La jeune femme en prit deux qu'elle glissa dans les poches de son manteau, et son frère l'imita.

En plus des armes se trouvait une rallonge électrique orange soigneusement enroulée, ainsi qu'une scie sauteuse, munie d'une lame de soixante centimètres, dont ils n'auraient pas besoin avant d'arriver à destination.

Sanjay referma le hayon, prit place derrière le volant et mit le contact. Quelques instants plus tard, les jumeaux quittaient le garage en laissant les lumières allumées et le volet roulant relevé.

10

Jessica Washington possédait des origines cherokees, irlandaises et hawaïennes qui expliquaient son teint cuivré, ses cheveux noirs et ses yeux verts en amande.

Lorsqu'elle faisait du jogging ou participait à une compétition, elle avait recours à des jambes artificielles munies de lames flexibles en guise de pieds. Ce soir-là, à l'heure de préparer le dîner en compagnie de son homme et du petit garçon, elle avait opté pour des prothèses ordinaires.

Neuf ans plus tôt, alors âgée de vingt-trois ans, elle avait été amputée des deux jambes au-dessous du genou en Afghanistan. Tout comme Gavin, Jessica avait appartenu à l'armée, mais à l'inverse de son mari, elle ne servait pas dans une unité combattante. Les bombes placées le long des routes se souciaient malheureusement peu de ce genre de détail. Elle avait croisé la route de Gavin après le drame et cela faisait désormais huit ans qu'ils étaient mariés. Ils parlaient rarement de son handicap, sinon lorsqu'il fallait réparer ou remplacer l'une de ses prothèses.

Gavin s'était reconverti au sortir de l'armée en commençant par écrire des ouvrages documentaires avant de passer à la fiction et d'imaginer des romans dont les héros appartenaient aux forces spéciales. Sans figurer sur la liste des best-sellers, ses livres connaissaient un succès appréciable. De son côté, Jessica avait mis ses dons d'organisatrice au service de la cause des blessés de guerre. Ils menaient une existence bien remplie et heureuse, en particulier depuis que Travis était venu vivre chez eux.

Ce soir-là, c'était au tour du jeune garçon de louer Dieu de ses bienfaits au moment de passer à table. Du haut de ses cinq ans, il exprimait sa gratitude avec un enthousiasme qui ne manquait jamais d'amuser Jessica. Non content de remercier le Créateur pour le ragoût de bœuf, le gratin de pommes de terre, les petits pois, le maïs, les petits pains, le thé glacé et le gâteau à la carotte, il fit référence à son poney, aux chevaux du ranch, aux papillons aperçus l'après-midi, aux buses à queue rousse, aux roitelets et aux fossiles de baleines, à Gavin et Jessica, sans oublier sa maman qui faisait l'objet d'un accord entre lui et Dieu :

– Merci à toi, mon Dieu, de m'avoir donné la meilleure maman du monde, à charge pour toi de veiller tout particulièrement sur elle et de nous la ramener très vite, pas dans un an mais bien plus tôt.

Ils écoutèrent de la musique en dînant, de vieux succès de Sam Cooke et des ballades interprétées au piano. Le repas terminé, pendant que les garçons débarrassaient et remplissaient le lave-vaisselle, Jessie voulut prendre l'air dans la véranda où flottaient des parfums de jasmin. Duke et Queenie, les deux bergers allemands, l'accompagnaient.

Dans le silence de la nuit, sans l'écran de la musique, elle reconnut distinctement un bruit de moteur d'avion en altitude.

Ce n'était pas la première fois ce jour-là qu'un appareil survolait le ranch. La vallée, une enclave rurale au sein d'un comté comptant trois millions d'habitants, n'était desservie par aucun aéroport. Bien sûr, des appareils de ligne passaient parfois au-dessus de leur tête, mais si haut qu'on les entendait à peine. Les avions privés étaient plus répandus, pour beaucoup des appareils à hélice pilotés par des pilotes amateurs, lorsqu'ils ne transportaient pas des hommes d'affaires ou des promoteurs immobiliers en quête de terrains prometteurs. En revanche, Jessie n'avait pas le souvenir d'avoir entendu ronronner des moteurs pendant toute une journée.

Les chiens s'étaient éloignés afin de répondre à un besoin naturel, ils en profitaient pour patrouiller à travers la propriété, visiter les écuries, s'assurer que personne ne s'était introduit dans le garage. Les bergers allemands étaient vigilants d'instinct, en particulier la nuit.

La brise était tombée avec le jour. Les premiers crapauds de la saison se manifestaient, une chouette hulula du haut d'un chêne, comme pour alerter les humains contre les secrets de la nuit. L'avion repassa au même instant, traversant le ciel d'est en ouest avant de prendre la direction du sud. Son passé militaire permit à Jessie d'en tirer quelques conclusions : l'appareil était un bimoteur d'une taille supérieure aux petits Cessna et autres Piper, il volait à plus de mille mètres d'altitude, peut-être pour ne pas gêner les habitants de la vallée, ou bien dans le souci de ne pas éveiller les soupçons des plus méfiants. Le ronronnement s'éloigna et l'avion vira vers l'est avant de changer à nouveau de direction au bout de quelques minutes. Le doute n'était plus permis, le pilote survolait la vallée.

Elle ouvrit la porte de la cuisine. Travis était occupé à essuyer les miettes de la table à l'aide d'un torchon humide. Le petit garçon s'appliquait en tirant la langue, il réalisait toujours avec diligence les tâches qui lui étaient confiées. Gavin, près du lave-vaisselle, aperçut sa femme sur le seuil de la pièce. Elle lui adressa un signe discret de la main afin qu'il la rejoigne dans la véranda.

11

Hendrickson dégustait ses sablés au citron après les avoir trempés dans son verre de Coca, à l'inverse des cookies au chocolat dont il grignotait progressivement le pourtour jusqu'à obtenir un biscuit miniature qu'il enfournait dans sa bouche. Il dévorait les petits gâteaux avec la gloutonnerie d'un enfant hyperactif ou d'un obèse à l'appétit insatiable, sans un regard pour ses ravisseurs.

Jane l'observait avec des yeux ronds tout en sirotant sa vodka-coca, se demandant s'il régressait vraiment ou bien s'il voulait donner le change. Elle voyait mal ce qu'il aurait pu y gagner, il ne pouvait s'agir d'une stratégie visant à ne plus lui révéler ses secrets puisqu'il lui aurait suffi de se taire, la sachant incapable de le torturer physiquement.

Il fallait croire que le comportement infantile de Hendrickson était la conséquence de sa terreur à la perspective du sort qui l'attendait, à moins que les nanoparticules, en se regroupant, n'aient créé des lésions au niveau de l'encéphale.

Jane avait peur que cette régression empêche son prisonnier de répondre à ses questions une fois le mécanisme de contrôle opérationnel. À quoi bon l'interroger si sa mémoire était celle d'un enfant de dix ans ?

Le mieux était encore de poursuivre l'interrogatoire avant qu'il ne soit trop tard.

— Vous m'avez fourni les noms de tous les membres de votre cellule, mais vous disposez de suffisamment d'informations pour *soupçonner* certaines personnes d'être des Arcadiens.

— Vous m'avez promis des cookies.

— Vous êtes en train de les manger.

— Je veux un autre Coca.

— Je m'en occupe, dit Gilberto.

— Vous pouvez me répondre en mangeant, insista Jane.

— D'accord, mais je veux savoir ce qui est arrivé à Simon.

— Votre frère ? Je lui ai laissé la vie sauve.

— Mais il lui est arrivé quoi ? Qu'est-ce que vous lui avez fait ?

— Quelle importance ?

— J'ai besoin de savoir, murmura-t-il d'un air anxieux.

Gilberto posa une cannette fraîche devant le prisonnier et en profita pour adresser à Jane un coup d'œil entendu. Elle lui exprima sa propre perplexité d'un signe de tête.

— Je l'ai brisé psychologiquement jusqu'à ce qu'il accepte de m'aider à vous enlever, répondit Jane. Je l'ai abandonné dans son cinéma privé, ligoté comme un saucisson, baignant dans sa pisse.

Hendrickson posa son cookie à demi entamé et marmonna des paroles inintelligibles.

— Parlez plus fort.

— Simon a toujours été le plus fort de nous deux, avoua-t-il dans un chuchotement.

— Votre Simon ne m'a pas donné l'impression d'un type si fort que ça, répliqua Jane en buvant une gorgée de vodka-coca. Répondez plutôt à ma question : qui d'autre soupçonnez-vous d'être un Techno-Arcadien ?

Il laissa s'écouler un moment de silence.

— Il y a au moins une personne dont je *sais* qu'elle fait partie du complot, finit-il par avouer.

Jane fronça les sourcils.

— De qui s'agit-il ?

Il s'humecta les lèvres et jeta un coup d'œil furtif en direction de la jeune femme.

— Anabel. Ma mère. Elle en fait partie. Elle a été le premier investisseur de Bertold Shenneck, avant même l'arrivée de D. J. Michael.

12

Jessie observait le ciel sans étoiles dans lequel la lune dessinait une forme floue à travers le voile nuageux, tel un spectre de l'autre côté d'une vitre couverte de givre. Gavin la rejoignit.

— Tu as entendu ? Il vole en direction de l'est, mais j'ai l'impression qu'il tourne dans le coin.

Pour un meilleur équilibre, elle écartait davantage les jambes que si elle n'avait pas été équipée de prothèses. Les poings sur les hanches, elle s'efforçait de percer la nuit d'un air de défi. Jessie attendait beaucoup du monde, c'était l'un des traits de sa personnalité qui séduisait le plus son mari.

Il écoutait le ronronnement du moteur depuis quelques instants lorsque l'appareil changea de direction.

— Il se dirige vers le nord à présent.

— Je te parie qu'il mettra le cap à l'ouest dans quelques minutes. J'ai l'impression qu'il a passé la journée à nous survoler.

— Il a bien fallu qu'il refasse le plein et change de pilote.

— Il peut très bien y avoir deux appareils qui se relayent.

Chaque fois qu'un hululement de chouette s'élevait du chêne, les tourterelles qui logeaient dans la charpente des écuries roucoulaient avec nervosité, alors que leurs nids soigneusement cachés les mettaient à l'abri des prédateurs.

L'inquiétude des tourterelles devait être contagieuse car Gavin se sentit pris d'angoisse. La menace qui les guettait était autrement plus sérieuse que celle d'une simple chouette.

— Je sais ce que tu penses, lui dit Jessie.

— Tu m'étonnes.

Jane leur avait expliqué que la NSA disposait d'avions de surveillance prêts à décoller à tout instant au-dessus des grandes métropoles susceptibles d'être touchées par des attentats terroristes. Tous étaient dotés d'appareils capables de capter l'ensemble des appels téléphoniques, y compris ceux des portables jetables, dans un rayon de quatre-vingts kilomètres. Ces pêcheurs d'informations passaient au crible le flot des ondes, à la recherche de mots suspects en anglais, en chinois, en russe, comme en diverses langues du Moyen-Orient, et localisaient les appareils jetables suspects.

— Et si…, commença Jessie.

— Oui ?

— Et si leur programme analytique était capable d'identifier des prénoms ? Jane, Travis ou Nick, par exemple ? Ou bien alors des mots comme maman, amour, papa, tu crois qu'ils seraient capables de nous coincer au cas où elle nous appellerait sur un appareil jetable ?

— Encore faudrait-il qu'ils soient au courant que le gamin se trouve dans le coin. Je ne vois pas comment c'est possible.

Travis quittait rarement la propriété. Officiellement, il s'agissait d'un neveu dont ils avaient la charge pendant que ses parents veillaient sur sa sœur de huit ans, atteinte d'un cancer. Les deux seules photos de Travis qui circulaient dans les médias n'étaient guère parlantes. La première avait été prise lorsqu'il avait trois ans ; la seconde, plus récente, était floue.

— Je me dis que si quelqu'un l'avait reconnu et nous avait dénoncés, argua Jessie, le ranch aurait été envahi par une nuée de fédéraux.

— Pas s'ils ont enquêté sur nous, auquel cas ils sauront que cette histoire de neveu est bidon. Il suffit qu'ils aient découvert un lien entre Jane et nous. Ils préféreront attendre qu'elle nous contacte. Imaginons un instant qu'ils la localisent grâce à son portable.

— D'accord.

— Imaginons aussi qu'elle ne s'en débarrasse pas après nous avoir appelés.

— Ils n'auraient aucun mal à la coincer.

— Au regard des enjeux, tu te doutes bien qu'ils ne lésineront pas sur les moyens pour l'attraper.

Gavin tendit l'oreille.

— L'avion se rapproche, il aura bifurqué vers l'ouest.

Une chouette immense s'envola du grand chêne, aussi magnifique qu'inquiétante. Elle passa au-dessus de Jessie et Gavin, ses yeux de chat trouant la nuit, puis elle piqua vers le sol et s'empara d'un rongeur. L'instant d'après, elle s'évanouissait dans l'obscurité afin de consommer sa proie en silence tandis que le moteur d'avion se rapprochait. Gavin se demanda si les drones observés à la mi-journée, loin de les chercher puisqu'ils connaissaient déjà le refuge du petit garçon, n'étaient pas censés les effrayer suffisamment pour les pousser à contacter Jane.

— Si jamais elle appelle, suggéra Jessie, on la prévient et on raccroche. Mais si cet avion est bien ce qu'on croit…

— Ils sauront qu'on les a repérés et ils nous tomberont dessus dans les dix minutes.

Il siffla avec ses doigts et les deux chiens émergèrent de la nuit en courant.

— On s'enfuit ? s'enquit Jessie.

— On s'enfuit, quitte à revenir si c'est une fausse alerte.

Elle lui prit la main.

— Je doute qu'on revienne au ranch de sitôt.

13

Une demeure imposante dominait l'extrémité du cul-de-sac. Une bâtisse contemporaine dotée d'un toit en ardoise et d'un crépi lisse, avec des dalles de calcaire au sol et d'immenses baies vitrées dominant le panorama. Le quartier regorgeait de palmiers et de fougères, de plates-bandes que des anthuriums rouges mouchetaient de taches de sang.

Sanjay Shukla se rangea le long du trottoir.

Tanuja était en train de vivre son roman le plus récent, ou bien elle effectuait des recherches en prévision de la suite, au même titre qu'elle avait affronté l'orage la veille afin de mieux cerner les émotions de l'héroïne de sa nouvelle en cours.

La Rébellion d'Alecto, son dernier livre en date, un savant mélange de fantastique, de réalisme et de comédie, avait été adoubé par la critique. Son héroïne, une jeune femme nommée Emma Dodge, était l'incarnation de la Furie Alecto. Dans la mythologie grecque, Tisiphone, Mégère et Alecto, les filles de la déesse de la terre Gaïa, punissaient les auteurs de crimes au nom de leurs victimes. Dans le roman de Tanuja, Alecto descendait sur terre en constatant que les crimes de l'ère moderne, par leur ampleur, risquaient de conduire l'humanité à sa perte, à moins que les coupables ne retrouvent la crainte de la justice divine. En sa qualité de déesse païenne, Alecto n'hésitait pas à répandre le sang, mais Emma Dodge, jeune femme urbaine de vingt-huit ans au caractère bien trempé, ébahie de partager son enveloppe charnelle avec une divinité aussi brutale, se rebellait. Dans le roman, Alecto initiait Emma aux vertus morales comme au respect des puissances célestes ; en retour, Emma lui inculquait des idées moins destructrices que celles des Lumières du XVIIIe siècle. Ensemble, elles mettaient au point des techniques punitives tout aussi radicales que l'éviscération, mais moins sanglantes. Avec le cynisme qui le caractérisait, Sanjay résumait le livre de sa jumelle en disant qu'il s'agissait de la rencontre entre une divinité suicidaire et une bienfaitrice.

Une Mercedes et une BMW étaient garées devant la maison des Chatterjee. Le dernier samedi de chaque mois, la tante Ashima et l'oncle Burt conviaient quatre amis, toujours les mêmes, à un dîner suivi d'une partie de cartes. Justin Vogt, l'avocat qui les assistait à l'époque où ils géraient les biens de la famille Shukla après la disparition de *Baap* et *Mai*, faisait partie des convives en compagnie de sa femme Eleanor, de même qu'un comptable nommé Mohammed Waziri et sa charmante épouse Iffat.

Tanuja descendit du Hyundai en faisant tinter doucement son collier de crânes.

La maison surplombait un canyon dont la pente s'étalait jusqu'à l'océan. Ce soir-là, une brume de mer transformait le ravin en une masse blafarde qui s'immisçait entre les maisons.

La jeune femme remplit ses poumons d'air frais et observa la rue qui s'enroulait autour d'un îlot ovale planté de buissons et d'arbres.

Quatre des maisons alignées le long de la rue étaient plongées dans l'obscurité, en particulier celles qui flanquaient de part et d'autre la propriété des Chatterjee.

Tanuja se demanda l'espace d'un instant pour quelle raison elle se trouvait là. *La Rébellion d'Alecto* était achevée et publiée, elle n'avait donc aucune raison de procéder à des recherches. En outre, comment explorer les sensations que peut ressentir quelqu'un dont le corps abrite une divinité grecque ? Seule l'imagination était capable d'accomplir un tel exploit.

Le cri d'un coyote en chasse s'échappa du canyon. Un bruit familier qui avait le don de mettre à vif les nerfs de Tanuja en temps ordinaire, sans déclencher cette fois le sentiment d'empathie qu'elle éprouvait habituellement pour la proie. Ce soir-là, elle se retrouvait étrangement sous l'emprise des pulsions sanguinaires d'un prédateur.

Ne t'inquiète pas, se rassura-t-elle. *Le samedi est fait pour se détendre. Amuse-toi, sois heureuse, avec la promesse de rédiger demain tes plus belles pages.*

Sanjay fit le tour du 4x4 afin de la rejoindre et elle fut rassurée. Elle n'avait aucune idée de ce que lui apporteraient ses recherches une fois qu'elle aurait sonné à la porte de la maison, mais n'était-ce pas le but de toute quête ? De voir où celle-ci vous menait ?

Sanjay ouvrit le coffre afin de récupérer la scie sauteuse et la rallonge orange, sans que sa jumelle sache à quoi ces deux objets allaient leur servir.

De simples outils, destinés à accomplir une tâche quelconque.

— Non, c'est trop tôt, décréta Sanjay en refermant le hayon. À la lueur des réverbères, le macadam et le trottoir luisaient de l'humidité apportée par la brume, des diamants perlaient sur les pelouses et des gouttes d'eau s'échappaient des corolles des anthuriums.

14

Si ce n'est à l'époque où il faisait partie des Marines, Gilberto avait toujours vécu dans l'appartement situé au-dessus de l'entreprise de pompes funèbres familiale. Enfant, déjà, il s'endormait en sachant qu'il y avait au moins un mort au rez-de-chaussée, parfois deux ou trois. D'aussi loin que remontaient ses souvenirs, il avait pris l'habitude de s'introduire subrepticement dans les salons funéraires en l'absence des familles afin de contempler les cadavres fraîchement embaumés dans leur cercueil. À onze ans, il aidait son père du mieux qu'il le pouvait. Il avait vu des gens morts de vieillesse à quatre-vingt-dix ans comme des malades emportés par un cancer à cinquante, des victimes de rixes dont le destin s'était scellé dans un bar à la fleur de l'âge, des adolescents décédés dans un accident d'auto, des enfants battus à mort par un parent abusif. Par la suite, il avait appris à préparer leurs dépouilles avec tout le respect et la tendresse enseignés par son père. Depuis la naissance, Gilberto n'avait jamais craint la présence des morts. Il ne gardait que de bons souvenirs de ces pièces du premier étage habitées par la joie de vivre ensemble.

C'était la première fois ce soir-là qu'il ressentait de la peur dans ce havre de paix. Lorsque Jane lui avait parlé la veille du complot des Arcadiens, il avait été pris d'effroi comme jamais, même à l'époque où il arpentait les champs de bataille. Et voilà qu'au moment où Booth Hendrickson passait de son état d'homme libre à celui d'esclave, la moelle des os de Gilberto se glaçait.

La maîtrise des techniques d'interrogatoire de Jane et l'opiniâtreté dont elle faisait preuve étaient littéralement fascinantes. En dépit de la façon insistante, parfois brutale, dont elle traquait la vérité, jamais il ne s'était senti agressé par ses méthodes. Il en arrivait à remercier le ciel que la jeune femme se trouve du bon côté de la barricade car elle aurait été un ennemi redoutable si elle avait pris le parti des factieux.

Le cas de Hendrickson était bien différent. Son arrogance, son mépris pour les droits et la vie des autres, cette utopie qu'il appelait de ses vœux au risque de plonger l'humanité dans les ténèbres, tout chez lui révulsait Gilberto.

À mesure que l'état de Hendrickson se détériorait sous l'effet de la métamorphose qu'il subissait, ou peut-être à la suite d'un dysfonctionnement du mécanisme de contrôle, Gilberto sentait ses cheveux se dresser au niveau de sa nuque. Dans la mesure où le processus de modification n'était pas terminé, peut-être jouait-il la comédie, mais il était difficile d'imaginer dans quel but.

Jane l'interrogea longuement au sujet de la propriété de La Jolla dans laquelle vivait Anabel Claridge, ainsi que sur le domaine du lac Tahoe où cette dernière s'installait traditionnellement de mai à octobre.

— Elle apprécie Tahoe pour sa beauté en été, et non pour les sports d'hiver, précisa Hendrickson en laissant échapper un petit rire teinté d'amertume dont il refusa d'expliquer les raisons.

Il ne s'était pas fait prier pour parler de la maison de La Jolla, mais son visage s'était assombri à l'évocation de celle de Tahoe, qu'il appelait La Forge. En l'absence d'Anabel, cette résidence d'été était placée sous la responsabilité d'un certain Loyal Garvin qui y vivait à l'année avec son épouse Lilith, elle-même employée en qualité de gouvernante. Lorsqu'elle était plus jeune, Anabel passait neuf mois par an à La Forge et ses fils y avaient en partie grandi.

— Pourquoi ce nom ? s'étonna Jane.

— La Forge ? C'est le nom qu'elle lui a toujours donné, répondit Hendrickson en observant au fond de son verre les glaçons à moitié fondus, comme un devin lirait dans le marc de café.

— La maison abritait une forge autrefois ?

— Oui, la sienne.

— Je ne comprends pas.

Il releva la tête et croisa brièvement le regard de Jane.

— C'est quoi une forge, pour vous ?

— L'atelier d'un forgeron, avec un feu, un marteau, une enclume, et tout ce qui sert à fabriquer des fers à cheval, des épées et des outils divers.

Le même rire ironique s'échappa des lèvres de Hendrickson.

— Dans le cas présent, il s'agit des outils divers.

— Mais encore ?

— C'est là qu'elle forgeait ses fils, répondit-il après une hésitation.

— Vous parlez de Simon et de vous ?

— Je croyais avoir été clair.

— Elle vous a forgés de quelle façon ?

— Elle a fait de nous les hommes qu'elle souhaitait.

Ses narines se dilatèrent et il huma l'air en tournant la tête à gauche et à droite.

— Vous avez senti ?

— Senti quoi ? s'enquit Jane.

— Une odeur de viande avariée.

— Je ne sens rien.

Hendrickson, que Jane intimidait, n'avait aucun mal à regarder Gilberto.

— Vous ne sentez pas une odeur de viande avariée, Charles ?

— Non.

— Les odeurs que personne ne remarque… C'est l'un des symptômes de l'implantation dans le cerveau du mécanisme de contrôle.

Jane laissa s'écouler un battement avant de reprendre l'interrogatoire :

— De quelle façon votre mère vous a-t-elle forgés ?

— Elle savait s'y prendre, c'est tout. Mais elle nous interdit d'en parler.

— Je vous y autorise.

— Ce n'est pas à vous de m'accorder la permission. Il est hors de question de reparler de tout ça. Plus jamais. C'est hors de question.

15

Si les ennemis de Jane étaient au courant que Gavin et Jessica abritaient Travis chez eux, il ne faisait aucun doute que leur ligne fixe et leurs portables étaient espionnés.

Ils ne pourraient plus prononcer une parole sans qu'elle soit immédiatement écoutée. De retour dans la cuisine, ils trouvèrent Travis occupé à balayer le sol à l'aide d'un attrape-poussière. Duke et Queenie trouvaient l'opération très amusante et le petit garçon, hilare, s'évertua à les empêcher de mordre la lingette avant de remiser son balai dans le placard.

En se retournant, il vit Gavin dessiner un V avec deux doigts qu'il pointa vers ses propres yeux avant de les diriger vers ceux de l'enfant. Il s'agissait d'un code préétabli synonyme de problème majeur.

Travis se raidit.

— Alors, bonhomme, lui proposa Jessie, tu veux jouer au mistigri ?

— Oh oui, j'adore les jeux d'autrefois.

Gavin tendit l'index et traça un cercle en l'air avant de tirer le lobe de son oreille droite. *Ils nous écoutent, partout dans la maison.*

— Je vais chercher à boire, poursuivit Jessie.

— Rapporte-moi une bière, fit Gavin.

— À moi aussi, renchérit Travis.

— Même pas en rêve, sourit Jessie en manipulant l'iPod posé sur le plan de travail à côté d'une paire de haut-parleurs Bose. Une Heineken pour le grand, et un soda pour le petit.

— Il faut que j'aille aux toilettes, déclara Travis.

— Moi aussi, mais pas avant d'avoir mis un peu de musique.

— Quand je pense que je suis né après la vague doo-wop ! se lamenta Gavin. Tu ne veux pas nous mettre du Hank Ballard, les Platters, les Del-Vikings ?

Une ballade s'échappa des haut-parleurs et Gavin quitta la cuisine en compagnie de Travis.

Le seul ordinateur de la maison connecté à Internet se trouvait dans le bureau de Gavin. Il était équipé d'une caméra, mais l'ancien militaire avait recouvert le minuscule objectif d'un morceau de scotch opaque. À en croire la rumeur, les ordinateurs les plus récents, dont faisait partie le sien, disposaient d'une caméra cachée derrière l'écran. Un œil orwellien digne de *1984*.

L'appareil était éteint, Gavin n'ayant pas eu l'occasion de s'en servir ce jour-là, mais il était branché à une prise murale, si bien qu'il émettait un signal en continu. Gavin n'avait aucun moyen de savoir s'il était possible de mettre en route l'ordinateur à distance de façon à activer la caméra, mais il n'avait pas envie de prendre de risque en se rendant dans le bureau.

La maison comptait trois téléviseurs, tous anciens. Le petit modèle de la cuisine était vieux d'une quinzaine d'années, il avait appartenu à la mère de Jessie. Les télés du salon et de la grande chambre avaient été achetées au moment de leur mariage, huit ans plus tôt. Aucun des trois appareils ne possédait donc de caméra ou de connexion Internet.

Duke et Queenie se ruèrent dans l'escalier devant lui, la queue basse, pressentant la crise qui couvait.

Le smartphone de Gavin se trouvait sur la commode de leur chambre. Il allait devoir l'abandonner, tout comme celui de Jessie.

Le seul portable qu'ils pouvaient se permettre d'emporter était l'appareil jetable donné par Jane. Il était hors de question de s'en servir tant qu'ils seraient à portée de l'avion espion, mais il serait utile plus tard.

Prêts à passer à l'action sans savoir précisément ce que l'on attendait d'eux, Duke et Queenie quittèrent la pièce dans le cliquetis de leurs griffes sur le plancher, sans doute à la recherche de Travis.

Au fond du dressing, deux valises préparées à l'avance attendaient, que Gavin posa près du lit.

Il récupéra dans le tiroir du bas de sa table de nuit un holster Galco en daim que ses quatre lanières réglables rendaient particulièrement confortable. Il l'enfila et y glissa son Springfield Armory TRP-Pro de calibre.45 muni d'un chargeur de sept balles. Un canon de douze centimètres, tout juste un kilo une fois chargé, l'arme de service des membres de l'unité de libération d'otages du FBI.

Il enfila un blouson de façon à cacher le holster, prit les bagages et redescendit à la cuisine où l'attendait Travis, équipé d'une petite valise. Les chiens, munis de leur laisse, montaient la garde à côté de lui, muscles tendus et queue au repos.

Jessie chantait *Little Darlin'* à l'unisson des Diamonds sur l'iPod. On aurait pu croire qu'elle n'avait pas un souci en tête. Elle avait passé à la ceinture un étui bas permettant à la crosse de son Colt Pony Pocketlite .380 de ne pas venir taper contre sa hanche.

Elle avait pris dans sa cachette de l'arrière-cuisine une mallette contenant 110 000 dollars : 90 000 saisis par Jane chez divers conjurés au cours des derniers mois, et 20 000 prélevés en plusieurs fois par les Washington sur leurs économies à la banque afin de ne pas attirer l'attention sur eux, en cas d'urgence.

Les dernières harmonies des Diamonds se turent et Gavin profita de l'intervalle entre deux chansons pour rejoindre la porte donnant sur l'extérieur.

— Tu n'as pas d'enregistrement des Marcels ?

— Du calme, Roméo. Tu crois peut-être que j'ai oublié de mettre *Blue Moon*, la chanson de notre lune de miel, sur cette compile ? Elle est un peu plus loin.

Les voix de Joe Bennett et des Sparkletones emplirent la pièce et il reconnut *Black Slacks*.

Il ouvrit la porte sans bruit et sortit avec les deux valises, laissant dans la cuisine Travis, Jessie et les deux chiens, le temps de se rendre au garage, derrière les écuries.

16

Tout en ayant conscience d'être éveillé, Sanjay avait la curieuse sensation de vivre un rêve, ou bien d'être plongé dans un vieux film noir de Michael Curtiz ou de Fritz Lang. Ou encore de John Huston. Les cônes de lumière au pied des réverbères évoquaient les projecteurs aveuglants braqués sur un suspect dans une salle d'interrogatoire plongée dans l'obscurité. Les écharpes de brume rendaient la réalité fluide et trompeuse, jusqu'à rendre impalpable le but de sa mission. Quant à la nuit, elle rongeait impitoyablement le décor, au-delà des réverbères et du brouillard. Elle faisait résonner la noirceur, tapie dans les recoins de son être, qui le poussait à agir aveuglément, sans savoir ce qui allait suivre. Sanjay n'était plus qu'un pion sur un échiquier, poussé par un joueur invisible dont il ignorait la stratégie.

Il s'arrêta devant la porte avec Tanuja et faillit appuyer sur la sonnette avant de comprendre qu'ils n'avaient aucune raison d'annoncer leur arrivée. Il tira de sa poche une clé qu'il observa longuement d'un air perplexe en se demandant comment elle avait pu se retrouver là.

– Le violeur me l'a donnée hier soir, chuchota-t-il à l'adresse de sa sœur en guise d'explication, sans que cela n'explique rien.

Elle contempla la clé et releva les yeux.

– Que dis-tu, *chotti bhai* ? lui demanda-t-elle en caressant machinalement sa lèvre tuméfiée.

– Je ne sais pas… ce n'est rien. Rien d'important.

– Rien du tout, acquiesça-t-elle.

L'étape suivante. Il glissa la clé dans la serrure, fit tourner le pêne, puis il poussa la porte. Une autre étape.

Tanuja s'avança et Sanjay la suivit dans le vestibule avec son sol de marbre doré, ses murs couleur pêche, son lustre moderne dont les guirlandes de cristal tombaient en cascade à la façon de dreadlocks.

Il referma doucement la porte, rempocha la clé et balaya du regard les consoles chinoises anciennes, disposées de part et d'autre, sur lesquelles reposaient des vases de cristal taillé remplis de roses blanches.

– *Mausi* Ashima a toujours eu un goût très sûr, remarqua Tanuja.

17

Si l'avion qui survolait la vallée était bien ce qu'ils redoutaient, la petite route conduisant à l'entrée de leur ranch était forcément surveillée, mais Gavin ne pensait pas que leurs ennemis auraient placé une sentinelle plus près de la maison. L'allée privée de la propriété était longue de plus de cinquante mètres et la colonnade de chênes qui la bordait dissimulait à la vue la ferme depuis la route, mais les observateurs éventuels ne pouvaient se permettre d'approcher davantage sans être vus. Il était de leur intérêt de se montrer discrets en attendant que Jane passe un appel sur son téléphone jetable, histoire de la localiser avant d'enlever Travis.

Le garage était une ancienne grange dépourvue de fenêtres, ce qui permit à Gavin d'allumer la lumière après avoir refermé la porte.

La bâtisse abritait un atelier de mécanique ainsi que quatre véhicules, parmi lesquels le précieux pick-up Ford vert pomme de 1948 qu'il avait entièrement désossé, rénové et remonté. Une voiture aussi rapide que l'éclair, mais trop voyante pour convenir à leur fuite. Le coupé Mercury de 1940 sur lequel il travaillait était sur cale et n'avait pas de moteur. L'Explorer de Jessie aurait été idéal si Ford n'avait pas réduit la puissance de ce modèle quelques années plus tôt, si bien qu'il ne restait guère que le Land Rover de 1987 que Gavin avait entièrement refait et qu'il savait dépourvu de GPS.

Il se hissa sur un petit escabeau et fixa solidement les valises sur la galerie de façon qu'elles ne risquent pas de s'envoler, sinon peut-être en cas de double tonneau.

Lorsqu'il regagna la cuisine, les Coasters chantaient *Yakety Yak* tandis que Jessie et Travis feignaient de jouer au mistigri en échangeant des cartes imaginaires. Gavin fredonna la mélodie, au cas où ils seraient espionnés par des oreilles indiscrètes, puis il prit la valise de Travis et les prothèses de course de Jessie, retourna dans le garage et les déposa à l'arrière du Land Rover.

Yakety Yak avait cédé la place à *The Book of Love* des Monotones lorsqu'il retourna une dernière fois dans la maison.

— J'ai envie d'aller aux toilettes, déclara Travis.

— Tu viens d'y aller, s'étonna Jessie.

— Oui, mais j'ai pas fait assez.

— D'accord, et je te promets de ne pas regarder tes cartes pendant ton absence.

Jessie prit la mallette contenant l'argent et entraîna le garçonnet en direction du garage. Gavin et les deux chiens marchaient dans leurs pas. Duke et Queenie sautèrent à l'arrière du véhicule à travers le hayon relevé.

Les chevaux pouvaient rester seuls cette nuit-là. Gavin contacterait un voisin le lendemain afin qu'il mette en pension l'étalon, la jument et le poney, en espérant que ce cauchemar s'achève rapidement. D'une façon ou d'une autre.

18

Tanuja était Tanuja Shukla, née à Bombay avant de renaître en Amérique, orpheline depuis la catastrophe aérienne qui avait emporté ses parents. Elle était aussi Emma Doge, de Long Beach, styliste personnelle de riches résidentes de Bel Air et de Beverly Hills, ainsi que la décrivaient les critiques littéraires qui avaient chroniqué son dernier roman. Enfin, elle était Alecto, fille de la déesse Gaïa.

C'était le triumvirat Tanuja-Emma-Alecto qui se tenait ce soir-là dans l'entrée des Chatterjee.

Tanuja usait de sa liberté d'écrivaine pour imaginer des univers inédits. C'est ainsi qu'elle avait donné naissance à Emma, son esclave, et emprunté Alecto à la mythologie. En dépit de son statut divin, Alecto n'était pas plus libre qu'Emma puisqu'elle relevait comme elle de la fiction, c'était pourtant elle qui décidait de la suite.

En se regardant dans l'un des miroirs de l'entrée, Tanuja ne voyait plus l'auteur de *La Rébellion d'Alecto*, mais la divinité grecque, avec ses yeux cerclés de noir, ses lèvres noires et ses ongles laqués de noir. Au-delà de la féroce Alecto, elle devinait l'ombre d'une autre déesse issue d'un panthéon bien différent : la terrible Kali, sous les traits de Chandi, porteuse d'un collier de crânes humains. Kali elle-même laissait deviner, dans les replis de son âme, l'ébauche des innombrables divinités associées à l'histoire païenne qui prenaient corps en Tanuja et guidaient ses pas.

La jeune femme détourna son regard du miroir en entendant des voix et des rires dans la maison.

19

Au volant du Range Rover, tous phares éteints, Gavin troqua l'obscurité du garage contre celle de la nuit et prit la direction de la barrière qui fermait l'arrière du ranch en direction des champs traversés à cheval le matin même en compagnie de Travis.

Le petit garçon était sanglé sur la banquette arrière et Jessie, à la place du mort, était prête à défier celle-ci en s'emparant à la moindre alerte du fusil accroché au tableau de bord.

À l'abri des nuages qui cachaient les étoiles en laissant tout juste filtrer la clarté fantomatique de la lune, la campagne ouvrait ses portes en friche. Gavin trouva sans peine son chemin grâce aux jumelles de vision nocturne qui habillaient le paysage d'une lueur verte.

Il ne s'agissait pas de jumelles de qualité ordinaire, mais d'ATN PVS7-3 de génération 4 à soixante mille dollars l'unité. Jane, qui les lui avait fournies, ne les avait sans doute pas achetées, mais Gavin avait eu la délicatesse de ne pas lui poser la question.

Les jumelles amplifiaient plus de quatre-vingt mille fois la moindre lueur, à commencer par les infrarouges invisibles à l'œil nu, et offraient un champ de vision élargi à 120 degrés.

En pleine campagne par une nuit sans lune, ils n'auraient pas pu se permettre de rouler avec les phares. Gavin avait beau savoir que le reflet des feux stop serait atténué par les herbes sauvages, il s'efforçait de freiner le moins possible.

Le bruit du moteur, s'il était susceptible de trahir leur fuite initialement, ne poserait plus de problème une fois qu'ils se seraient éloignés d'un ou deux kilomètres. Les observateurs éventuels éprouveraient les plus grandes difficultés à localiser précisément le Land Rover dans ce dédale de collines et de canyons dessiné par les millénaires.

— Tu conduis à l'aveugle, remarqua le petit garçon sur sa banquette.

— Toi et moi ne voyons rien, lui répondit Jessie, mais pas Gavin.

— J'y vois comme en plein midi, approuva le conducteur en omettant de préciser que l'inconfort des jumelles le gênait.

En le privant de ses couleurs, les jumelles transformaient le paysage en une planète étrange sur laquelle la terre et l'eau se mêlaient dans une même teinte verdâtre. De l'autre côté du pare-brise, le semi-désert qui les entourait cédait la place à un océan au fond duquel avançait le 4x4, tel un sous-marin soumis à une pression monstrueuse.

Gavin parcourut près de deux kilomètres avant de comprendre les raisons de son inquiétude croissante. Aucune des pièces composant le musée de sa mémoire n'était taboue, mais certaines étaient moins agréables que d'autres à visiter. Il ne prenait aucun plaisir à revivre les missions de nuit en Afghanistan, effectuées avec des jumelles similaires, peuplées de villages aux habitations de pisé recouvertes de crépi, de camps retranchés regorgeant de pièges. Chaque ouverture de porte vert foncé, chaque fenêtre abritait un assassin potentiel. Une silhouette sombre se détachait brusquement sur un mur vert pâle, qui tirait en courant. Une flamme d'un vert acide s'échappait d'un canon de fusil. Il s'agissait alors de répliquer en visant avec davantage d'efficacité. La silhouette se figeait, auréolée de son manteau, le temps d'une danse qui s'achevait un instant plus tard lorsque l'assaillant s'écroulait au milieu d'une mare de sang d'un vert presque noir. Gavin avait toujours su quels risques Jessie et lui couraient pour avoir accepté d'aider Jane, mais c'était seulement en découvrant le monde à travers ses jumelles qu'il prenait conscience d'être en guerre. Une guerre fratricide, opposant des Américains à d'autres Américains.

20

Tanuja entraîna Sanjay dans l'élégante demeure en passant devant des fenêtres qui bénéficiaient, de jour, d'une vue à couper le souffle sur les collines épuisant leurs pentes jusqu'à la mer, mais qu'aveuglaient à cette heure des cataractes de brume. Les jumeaux traversèrent une première pièce éclairée, une salle à manger plongée dans la pénombre, puis une cuisine.

Celle-ci donnait sur un salon accueillant une table de jeu autour de laquelle étaient installés trois hommes et trois femmes. Ils jouaient aux cartes dans l'attente du dîner tout en conversant avec animation, leur attention centrée sur la partie en cours.

Ashima la première remarqua l'irruption dans la pièce des divinités vengeresses. Elle ouvrit la bouche dans un cri muet. La surprise était telle que pas un cri ne fusa au cours de la poignée de secondes qui précédèrent les coups de feu. C'est tout juste si les convives trouvèrent la force d'implorer grâce. Trois d'entre eux seulement repoussèrent leur chaise dans le court espace de temps que leur accordait le destin, trop réduit pour qu'ils puissent songer à fuir ou se défendre.

La miséricorde, on le sait, n'est pas le propre d'Alecto et les pistolets crachèrent la mort à bout portant. Une robe de soie de couleur vive battit vainement l'air à la façon des ailes d'un oiseau exotique et le tissu vaporeux se replia sur la dépouille du volatile humain. Chacun pour soi, les silhouettes des joueurs de cartes dessinèrent des postures désespérées et grotesques, telles qu'on en voit sans doute couramment dans les artères souterraines du Pandémonium. Ceux qui s'étaient levés s'écroulèrent sur leurs compagnons assis ou retombèrent sur leur siège. La table hexagonale trembla sur ses bases, les cartes s'éparpillèrent sur le sol dans un emmêlement de nombres et de figures royales dans lequel une cartomancienne aurait peut-être su deviner la destination finale des maîtres de maison et de leurs quatre invités.

En tout, l'heure du jugement dura moins d'une minute. Leur tâche accomplie, les jumeaux ne prirent pas la peine de s'attarder à en comprendre les raisons. De toute façon, ce n'était rien. Rien du tout. Et il leur restait tant à accomplir, en si peu de temps.

21

La cuisine se trouve progressivement plongée dans l'obscurité, sans que la lumière ait baissé d'intensité. Booth Hendrickson voit apparaître des formes comparables à celles d'immenses oiseaux dont il ne distingue pas les traits.

La voix de la femme qui l'interroge fluctue dans sa tête. Il lui répond parfois, se tait le reste du temps. Les ombres se rapprochent, l'espoir bat en retraite à travers les circonvolutions de son esprit, la détresse prend le dessus.

Il y a très longtemps, il lui est arrivé de se retrouver seul dans le noir, sans avoir peur car il n'y avait personne. À l'instar du petit garçon de ses livres, il déclarait tout haut : *Je pense tout seul, je joue tout seul, et personne ne sait ce que je me dis intérieurement*.

Mais l'obscurité qui l'assaille à présent est d'une autre eau. Elle est le fruit du mécanisme de contrôle qui tisse sa toile à l'intérieur de son cerveau. L'obscurité n'aura plus aucun rôle dans sa vie, elle ne sera porteuse d'aucune joie, et pas une seule de ses pensées n'échappera à ceux qui l'ont réduit en esclavage.

L'obscurité qui s'abat sur lui s'élève d'abîmes infiniment plus profonds auxquels on accède par un escalier biscornu aux marches inégales. Un labyrinthe de pièces dans lesquelles il se déplace à tâtons.

L'endroit lui est familier, il l'a visité il y a très longtemps, lorsqu'il était réduit à la condition de chien battu. Il a goûté aux maux de la servitude et de l'impuissance. Il aime mieux mourir que de redevenir un esclave, mais il est retenu à cette table de cuisine, sans aucun moyen de se tuer. Une fois que les tentacules de la toile d'araignée auront emprisonné son cerveau, il ne pourra plus se donner la mort, à moins qu'on ne le lui ordonne.

Il connaît la réalité du monde. On la lui a enseignée. On n'échappe pas à la réalité glacée du monde.

Il y a ceux qui donnent des ordres, et ceux qui en reçoivent. Quiconque ne se sert pas d'autrui est utilisé. On brise les autres, ou bien ce sont eux qui vous brisent. Le choix de chacun réside dans ce *ou bien*.

L'obscurité gagne du terrain, elle grimpe le long des murs et s'étend jusqu'au plafond d'où s'échappent des ombres noires en forme de cocon qui prennent possession de la table devant laquelle il est assis. La seule lumière au monde est celle de la femme qui le domine. Elle brille de tous ses feux, ses traits sont éblouissants, ses yeux brillent d'un feu bleu tandis qu'elle poursuit inlassablement son interrogatoire.

Où êtes-vous, Booth ? Vous êtes toujours avec moi ? Booth Hendrickson, vous m'entendez ? Où êtes-vous ?

Il est au comble du désespoir, voilà où il est. Un désespoir d'une pureté telle qu'il ne se transformera jamais en détresse. Il n'a plus aucune énergie, il est vidé.

Où êtes-vous, Booth ?

Il lui répond, de peur qu'elle lui retire la précieuse lumière dont elle est nimbée. Il est hanté par la peur de l'obscurité. À son grand étonnement, il se met à raconter l'indicible. Il lui avoue où il est. Plus précisément, l'endroit où il a déjà été et qu'il va bientôt retrouver : « L'escalier du Diable. » Une fois l'aveu exprimé, le silence n'a plus de raison d'être, et l'indicible devient bon à dire.

22

La petite voix se chargea de rassurer Tanuja. Ce qui s'était passé n'était rien. Rien du tout. Les gens qui se trouvaient dans la maison n'étaient pas de vraies gens. La terre n'était qu'une scène sur laquelle se déplaçaient des acteurs récitant un texte. L'histoire de ces gens n'avait aucune importance, elle n'était rien qu'un amusement pour les dieux.

La suite ne serait que du théâtre. Alecto était une divinité mineure dans la Grèce et la Rome antiques, mais son importance toute relative ne la rendait pas terne pour autant. Par nature, les Furies étaient des anges de vengeance hautes en couleur. Il était du devoir de quiconque mettait en scène Alecto, Chandi ou toute autre divinité néfaste, de veiller à préserver leur flamboyance sacrée.

Tanuja se planta sur le seuil de la maison dont la porte d'entrée restait grande ouverte derrière elle.

La rue en cul-de-sac était paisible à cette heure, les sons assourdis par la brume. Les fenêtres de la seule maison du quartier éclairée donnaient l'impression de flotter dans la nuit à la façon d'écrans vidéo qui auraient oublié de diffuser des images, aucun film n'étant susceptible de rivaliser avec les événements qui venaient de se dérouler au domicile des Chatterjee.

Aucune silhouette affolée de voisin ne se dessinait derrière les carreaux, aucune sirène ne retentissait au loin. À l'évidence, la courte rafale de coups de feu n'avait pas réussi à percer les murs, la nuit, le brouillard. Sans doute les riverains étaient-ils plongés dans un jeu vidéo ou une série télévisée, s'ils ne profitaient pas de leur samedi soir en fumant un peu d'herbe, histoire d'échapper à la réalité. Le scénario de cette soirée leur épargnait les bruits extérieurs.

Sanjay, grand, mince et tout de noir vêtu, émergea du brouillard que peinait à traverser la lumière des réverbères. Il tenait d'une main la scie sauteuse et la rallonge orange. Un éclair de peur fugace traversa

Tanuja, terrorisée par cette silhouette étrange, jusqu'à ce qu'elle reconnaisse son petit frère, son jumeau, la chair de sa chair.

Il la rejoignit devant l'entrée de la maison et la suivit silencieusement à l'intérieur. Nulle parole n'était nécessaire, ils se contentaient de jouer une scène dont ils avaient planté le décor en suivant le texte phrase après phrase, sans jamais savoir ce qui les attendait, leur existence réduite à un scénario.

Tout en accomplissant sa tâche, Tanuja repensa à Subhadra, l'héroïne de sa nouvelle inachevée prise dans la tourmente de l'orage, nimbée par les éclairs au milieu des traits argentés de la pluie, le tonnerre grondant majestueusement à la façon de roues gigantesques entraînant la création vers un destin mystérieux…

La sœur et le frère alignèrent les six têtes coupées à intervalles réguliers le long de l'allée menant à la maison, puis ils retournèrent dans le vestibule et se firent face, tournant l'un et l'autre le dos aux miroirs muraux. La brume humide, attirée par la chaleur de la maison, se glissa à travers la porte ouverte.

Voyant que des larmes silencieuses coulaient sur les joues de Sanjay, Tanuja s'en émut.

— *Chotti bhai*, petit frère, dit-elle sur un ton affectueux.

— *Bhenji*, répondit-il en pleurant de plus belle.

— *Peri pauna*, dit-elle, usant d'une expression traditionnelle qui signifiait littéralement « je touche tes pieds ».

— *Peri pauna*, répéta-t-il, ce qui déclencha les pleurs de sa jumelle.

— Toutes les histoires ont une fin. C'est leur lot, déclara-t-elle sans vraiment se l'expliquer.

— Je vais compter jusqu'à trois, réagit Sanjay, conformément au scénario qui guidait leurs actes ce soir-là.

Il laissa très précisément s'écouler deux secondes entre chaque chiffre, sans hésitation ni émotion.

Les yeux dans les yeux, le canon de l'arme de Sanjay posé sur le front de Tanuja et le canon de l'arme de Tanuja posé sur le front de Sanjay, ils n'entendirent pas même les détonations qui leur ouvraient les portes d'une double éternité. Le vacarme provoqué par le double coup de feu franchit le seuil de la maison et résonna à travers la rue en cul-de-sac, attirant l'attention d'un voisin sorti promener son chien, puis de la police, des médias, et du monde dans toute son ignorance.

23

Des routes naturelles, sculptées par l'eau et le vent, déroulaient leur ruban au milieu des buissons dans la nuit verte. Des éboulis pierreux navigables, des crêtes nues dont ils suivaient brièvement la trace. Même dans un décor aussi inhospitalier, le peu d'eau courant au fond des canyons suffisait à étancher la soif des eucalyptus et des paviers de Californie. Le Land Rover, dans sa course apocalyptique, se glissait entre les immenses chênes aux silhouettes torturées par le sol acide, la chaleur et les insectes.

Gavin connaissait la région pour l'avoir parcourue à cheval depuis des années, mais il n'avait jamais percé totalement le secret des centaines de kilomètres carrés qui l'entouraient. À la lueur acidulée des jumelles, il peinait à retrouver certains repères et devait se fier, en plus de son instinct aiguisé par l'expérience, à la boussole lumineuse fixée sur le tableau de bord.

Sans avoir jamais pensé accomplir des prouesses dans de telles conditions, il commençait à s'inquiéter de la lenteur avec laquelle ils s'éloignaient de l'ennemi. Huit ans après son retour des zones de combat, il retrouvait des sensations familières: une démangeaison entre les omoplates, des papillons dans le ventre, un resserrement du scrotum qui l'avertissaient du danger.

Dans le coffre du 4x4, les chiens ne bougeaient pas, allongés comme à leur habitude. Le Land Rover traversait un champ d'herbes sauvages parcouru de buissons de sauge lorsque Duke et Queenie se redressèrent en grondant.

— Tu sais, oncle Gavin, je suis sûr qu'il y a un truc qui les dérange de ton côté de la voiture, remarqua Travis.

Gavin, qui ne dépassait pas les dix kilomètres-heure par peur de verser dans un fossé, ralentit sa course et observa les alentours à travers sa vitre. Il aperçut tardivement la meute qui fonçait dans leur direction.

— Des coyotes, s'écria-t-il.

Six individus d'une espèce connue pour chasser en solitaire. Des bêtes efflanquées dont les yeux éclairaient une gueule vert sombre, des dents acérées auxquelles les jumelles donnaient une apparence macabre.

— Je les vois vaguement, nota Travis. On dirait que leurs yeux brûlent.

Gavin ralentit encore dans l'espoir que la meute le dépasse, mais les coyotes calquèrent leur allure sur celle du Land Rover.

— Ils doivent nous prendre pour de la viande en conserve, plaisanta le petit garçon.

Jessie éclata de rire.

— Livrée sur place, comme une pizza.

Entre deux grondements, les deux bergers allemands laissaient échapper des cris aigus qui signalaient leur désir de se battre. Ils avaient pourtant conscience de la férocité de ces lointains cousins sauvages qui n'hésiteraient pas à les égorger comme des lapins.

Gavin, à l'instar de ses chiens, était inquiet de la présence agressive de ces loups de prairie. Ils étaient en sécurité à l'intérieur de leur boîte de conserve sur roues, mais la donne changerait si jamais ils crevaient un pneu.

24

Booth Hendrickson finit par craquer alors que se poursuivait le processus de modification. Lorsque les nanoparticules achèveraient de se mettre en place, elles prendraient le contrôle d'un corps humain qui avait été celui d'un être redouté et le représentant du ministère de la Justice ne serait plus que l'ombre de lui-même, une simple coquille abritant un cerveau débarrassé de son bagage traumatique.

Il évoqua longuement la propriété maternelle de Tahoe et son escalier biscornu, accumulant les détails incohérents. Il ne répondait plus aux questions de Jane et se contentait de réagir de façon aléatoire, comme une boule de flipper multipliant les rebonds. Plus elle insistait, plus son récit s'embrouillait, si bien que le mieux était encore de le laisser s'exprimer librement dans l'espoir de donner un sens à ses propos.

Les sévices qu'il avait subis pendant son enfance étaient atroces, au point que Jane s'attendait à tout instant à le voir sangloter ou trembler de rage, mais le temps lui avait apparemment appris à réprimer ses émotions. Au moment de l'adolescence comme à l'âge adulte, la conviction de sa supériorité lui avait servi de carapace. Il éprouvait le plus grand mépris à l'endroit des masses en général, et de l'immense majorité des individus en particulier. Leur ignorance le dégoûtait, il haïssait leur prétention à l'égalité, leur attachement à des notions telles que l'amour, la foi, la compassion, la bienveillance qu'il *savait* être des inventions conçues dans le seul but de leur épargner la vérité du monde réel. Hendrickson avait connu la peur, celle de ces milliards d'êtres inférieurs qui risquaient fort de détruire le monde par leur bêtise, leur inculture et leur inconscience. Il avait renoncé depuis longtemps aux sentiments les plus nobles, et voilà que les plus bas lui échappaient à leur tour alors qu'il évoquait l'escalier du Diable. Il racontait les détails abominables de son histoire de façon décousue et d'une voix monocorde, avec autant d'émotion qu'un mathématicien récitant des pages de formules complexes, ponctuant parfois son récit de coups d'œil inquiets en direction de Jane.

– Promettez-moi de ne pas me retirer la lumière, implorait-il sur un ton angoissé. Je vous en supplie, ne me retirez pas la lumière.

Son récit disloqué parvenu à son terme, il se mura dans le silence, les mains sur les genoux, tête baissée, tel un pantin à la tête remplie de paille.

Une heure plus tôt, Jane n'aurait jamais cru pouvoir éprouver de la pitié pour ce monstre. C'était désormais le cas, mais elle se refusa toutefois à aller jusqu'à la compassion, de peur de lui reconnaître une dignité qu'il ne méritait pas.

Chaque fois qu'il la suppliait de ne pas retirer la lumière, une expression de soumission abjecte proche de la vénération s'affichait sur ses traits, dépourvue d'une crainte qu'il réservait exclusivement à l'obscurité tant redoutée, celle-là même qu'il avait connue lorsqu'il se trouvait autrefois dans ce qu'il nommait l'escalier du Diable. Cette forme d'adoration révulsait Jane. Après avoir tant couru après la toute-puissance, voilà qu'il se soumettait à elle avec soulagement, aussi heureux d'être celui que l'on écrasait qu'il l'avait été à l'époque où il écrasait les autres.

Jane ne voulait pas de sa vénération.

Et si elle n'éteignait pas les lumières, ce n'était pas par souci de miséricorde, mais bien parce qu'elle ne voulait pas se retrouver dans le noir avec lui.

25

Gilberto avait bien dormi la nuit précédente, contrairement à Jane qui avait tout juste réussi à grappiller quatre heures de sommeil. L'ancien Marine paraissait pourtant aussi fatigué qu'elle, à le voir se masser la nuque d'une main. Jane regrettait de l'avoir autant impliqué. Elle regrettait plus encore qu'il ait assisté à la métamorphose d'un être humain en esclave, même si l'individu concerné manquait cruellement d'humanité.

À 20 h 45, et à nouveau un quart d'heure plus tard, Jane récita à l'intention de Hendrickson la formule imaginée pour l'activation de l'ancienne formule du mécanisme de contrôle :

— Jouons au crime dans la tête.

Les deux fois, il resta sourd à son appel, perdu dans ses pensées, peut-être victime d'une transe cataleptique provoquée par l'effondrement de son psychisme.

La troisième tentative, à 21 h 20, se révéla plus fructueuse.

— Très bien, répondit-il.

Jane voulut s'assurer qu'il ne jouait pas la comédie, puisqu'il connaissait la question et la réponse avant qu'elle lui inocule le produit. Elle avait imaginé un test consistant à donner au prisonnier un scalpel prélevé dans les outils professionnels de Gilberto, et de lui ordonner de se couper le pouce. Au moment de passer à l'acte, elle se refusa à lui infliger ce supplice, sachant les souffrances qu'il avait endurées pendant son enfance.

— Êtes-vous fatigué, Booth ?

— Oui.

Son teint blafard, ses yeux injectés de sang, ses lèvres blêmes confirmaient qu'il était au bout du rouleau.

— Très fatigué ? insista-t-elle.

— Je n'ai jamais été aussi épuisé.

— M'avez-vous dit la vérité pendant les heures où nous avons attendu que le mécanisme de contrôle se mette en place ?

— Oui.

— Toute la vérité ? Y compris au sujet de… Tahoe ?

— Oui. Tout était vrai.

— Comme vous êtes très fatigué, je vais vous demander de dormir. Vous vous réveillerez uniquement quand je prononcerai votre nom en vous touchant l'épaule droite. C'est compris ?

— Oui.

— Alors, dormez.

Il s'affala sur sa chaise, tête pendante, plongé dans un sommeil artificiel.

26

Jane ne savait plus si elle en était à sa deuxième ou troisième vodka-coca de la soirée, mais elle n'en avait cure. Elle aurait donné beaucoup pour ne plus penser à l'escalier du Diable, à la tâche redoutable qui l'attendait. Il lui fallait surtout réussir à dormir quatre ou cinq heures.

Installée dans l'un des fauteuils du salon de Gilberto qu'éclairait doucement une lampe à abat-jour de soie, face à l'ancien Marine, elle le vit se servir une dose généreuse de whisky avec un seul glaçon.

Hendrickson dormait dans la cuisine, attaché à sa chaise, baignant dans une lumière nettement moins feutrée que celle qu'ils avaient choisie pour eux-mêmes.

Hector, le frère aîné de Gilberto, était passé quelques minutes plus tôt en compagnie de son fils Manuel, âgé de dix-sept ans. Gilberto les avait retrouvés au rez-de-chaussée et leur avait donné la clé du 4x4 de Jane en leur demandant d'aller le chercher. Gilberto ne leur avait pas fourni de détails, se contentant d'expliquer qu'une amie l'avait garé la veille sur le parking d'un supermarché et qu'elle en avait besoin.

Gilberto fit tournoyer le whisky dans son verre avec un tintement de glaçon.

— Moi qui croyais en avoir fini avec la guerre.

— La guerre est une réalité universelle qui ne s'arrête jamais. En attendant, tu as réussi à t'aménager ici un havre de paix, et tu n'as toujours aucune raison de redouter les morts.

— Ce sont les vivants qui m'inquiètent, répondit-il en avalant une gorgée de scotch. Le lac Tahoe n'est pas la porte à côté.

— À condition de dormir un peu, j'y serai à midi si je prends la route à 4 heures. 13 heures au plus tard, en fonction de la météo.

— Avec Hendrickson comme passager.

— J'ai besoin de lui.

— Comment peux-tu être sûre qu'il ne te trahira pas ?

— Il n'y a aucun risque. Je m'inquiète davantage de voir empirer son état psychique, auquel cas il pourrait bien ne pas m'être aussi utile que je le voudrais.

— Ils sont au courant que tu l'as enlevé, ne l'oublie pas.

— Tu as entendu ce qu'il a dit ? Ils ne savent pas que j'ai récupéré des ampoules du mécanisme de contrôle dans la maison de Shenneck.

— *Lui* n'était pas au courant. Ce n'est pas forcément le cas des autres.

— Je suis prête à parier le contraire. De toute façon, comme ils évitent de fournir des informations inutiles à leurs affiliés, ils n'auront jamais alerté le couple qui garde la maison de Tahoe en l'absence d'Anabel.

Gilberto haussa les épaules.

— Ce qu'il nous a raconté au sujet des gens qu'ils obligent à se suicider et des autres qu'ils asservissent…

L'explication de Hendrickson restait gravée dans la mémoire de Jane. *Nous haïssons tous ceux qui entraînent la société dans la mauvaise direction. Ils méritent la mort. Une partie de ceux que nous réduisons en esclavage servent à notre plaisir, à l'image des filles d'Aspasie. Les autres dirigeront le monde sous notre contrôle, ce qui nous permettra de rester cachés. Ce sont tous des crétins ignorants qui méritent leur sort.*

Un silence s'abattit sur la pièce, qu'ils meublèrent en avalant chacun quelques gouttes d'alcool.

— Les gens qui détiennent le pouvoir..., reprit Gilberto. À l'époque de mes parents, les gouvernants ne nous méprisaient pas de cette façon.

— Le pouvoir corrompt.

— Le pouvoir a toujours corrompu, mais nous avons désormais franchi un cap.

— C'est la faute de tous ces putains d'experts, grinça Jane. Nous avons cessé de nous gouverner nous-mêmes. On a laissé les clés aux experts.

Il fronça les sourcils.

— Le monde est complexe. Il faut bien que les gouvernants sachent ce qu'ils font.

— Les experts dont je parle n'ont aucune notion de la vraie vie. Ce sont des élitistes dans l'âme, pétris de belles théories, mais sans aucune expérience du monde réel. Des pseudo-intellectuels.

— Tu parles de tous ces gens qui monopolisent les plateaux de télé.

— L'historien britannique Paul Johnson leur a consacré un livre formidable. Tu en pisserais de trouille.

— Je pisse déjà de trouille.

— Des conformistes de la pire espèce qui vivent dans une bulle avec leurs semblables. Ils méprisent le bon sens populaire et les gens ordinaires.

— Les prolos, les lourdauds, le petit peuple comme nous.

— Les gens compteront toujours davantage que les idées à mes yeux. Nick, mon fils, tes enfants, ils comptent plus que le reste.

— Tu crois que ça peut changer ?

Jane s'était déjà posé la question. La conclusion à laquelle elle était parvenue n'était guère rassurante.

— La situation n'a fait qu'empirer depuis quelques siècles.

— Il faut bien continuer d'espérer.
— Espérer. Et résister.

27

— Il arrive qu'une bonne action soit récompensée par un coup de pied dans les dents, remarque Carter Jergen avec délice.

Depuis des semaines qu'ils poursuivent leurs recherches, les agents lancés aux trousses de Travis se sont intéressés à tous les proches de Nick et Jane. Ils ont été jusqu'à placer sous surveillance l'ancienne femme d'un cousin éloigné. Ils ont passé au crible la liste de tous les Marines avec lesquels Nick a servi, celle des anciennes condisciples de Jane à l'université, interrogé les proches des victimes de tueurs en série que Jane a arrêtés ou tués en pensant que l'un d'eux avait pu se lier d'amitié avec la jeune femme. Sans résultat.

Parce que le couple n'a jamais fait étalage de son soutien aux associations d'anciens combattants, les agents envoyés par les Arcadiens ont attendu d'avoir épuisé toutes les autres pistes avant de se pencher sur la question. Au détour d'un site, ils ont fini par tomber sur plusieurs photos prises à l'occasion de marathons, de collectes de fonds, de galas caritatifs. On y reconnaît Nick et Jane en compagnie de Gavin et Jessica Washington avec lesquels ils paraissent très amis.

— Pas de répit pour les guerriers fatigués, ajoute Jergen en remontant l'allée bordée de chênes du ranch au volant d'un Range Rover.

— La rançon de la gloire, réplique Radley Dubose. Si on n'avait pas fait d'étincelles avec les jumeaux Shukla, on ne nous aurait pas mis sur ce coup vingt-quatre heures plus tard. Ça ne me dérange pas. Je trouve plutôt agréable qu'on soit sollicités. Je préfère ne pas imaginer ce qui pourrait nous arriver si on merdait.

— Tu veux dire qu'on nous retirerait notre prime de Noël ?

— Je te parie qu'on nous collerait une aiguille dans le bras comme ces deux gamins indiens.

— Jamais de la vie, réagit Jergen, surpris de découvrir autant de cynisme chez un attardé tel que Dubose. On ne va quand même pas se manger entre nous.

La remarque fait naître un sourire condescendant sur les lèvres du géant.

— Les Brahmanes de Boston[1] ne pratiquent donc pas le cannibalisme ? Je te rappelle que j'ai fréquenté les bancs d'une université de l'Ivy League. J'ai vu ce que j'ai vu et je sais ce que je sais.

Gonflé de sa suffisance, Dubose rappelle à Jergen un autre personnage de dessins animés : Popeye. *Je suis c'que j'suis et c'est tout c'que j'suis.*

— Tous les anciens de l'Ivy League ne sont pas des Arcadiens. Ce ne serait pas souhaitable, remarque Jergen.

— Je me doute qu'il n'y en a pas des masses à l'université de Pennsylvanie. Je trouve même inquiétant qu'on puisse considérer Penn comme un établissement de l'Ivy League.

Jergen, fier d'avoir fait ses études à Harvard, est convaincu que ce commentaire s'adresse indirectement à lui, mais ce n'est pas le moment de discuter, ils arrivent en vue du ranch des Washington.

1. Il s'agit du surnom donné aux familles patriciennes de la Nouvelle-Angleterre affirmant descendre des fondateurs de la ville. (*Toutes les notes sont du traducteur.*)

La maison paraît confortable avec sa grande véranda. Toutes les lumières sont allumées. On distingue ce qui doit être une grange sur la gauche, et des écuries un peu plus loin, plongées dans l'obscurité.

Carter Jergen s'intéresse surtout au pick-up dans lequel sont arrivés les premiers membres de l'équipe, garé près des marches de la véranda. Un VelociRaptor Hennessey 6x6 noir, version sur commande du Ford F-150 Raptor à quatre portes, doté de deux roues supplémentaires équipées de pneus tout-terrain. Un véhicule extraordinaire, *fabuleux*.

Récemment, certains Arcadiens de la NSA et de la Sécurité intérieure ont reçu des véhicules hors du commun, essentiellement des Range Rover améliorés produits par Overfinch North America, avec un moteur gonflé, une carrosserie en fibre de carbone, une double soupape d'échappement en titane et autres joyeusetés. Jergen les envie grandement.

Mais un VelociRaptor 6x6 ? C'est encore la classe au-dessus.

Deux types attendent dans la véranda. Ils portent des costumes Ring Jacket qui donnent une impression de décontraction tout en gardant la classe, ainsi que des cravates Cesare Attolini à pois.

Jergen ne se sent pas à la hauteur avec son T-shirt noir, son blouson Diesel orné d'un écusson à scorpion et son jean noir Dior Homme. Rien de mal à ça, après tout, Jergen est un homme de terrain et non un salonard.

La tenue de Dubose est innommable, tout juste bonne pour se balader dans les rues d'un patelin de Virginie-Occidentale.

La porte est fermée, mais il s'échappe de la maison un vieux tube d'avant l'époque de Jergen, une chanson intitulée *Get a Job*.

Les types de la véranda ne se présentent pas, ils résument la situation sèchement, presque brutalement.

On a appris vendredi à 16 heures que Gavin et Jessica Washington abritaient chez eux le fils de Jane Hawk. Décision a aussitôt été prise de surveiller l'entrée de leur propriété et de les espionner grâce à leurs portables et leurs ordinateurs. Les téléviseurs du ranch n'étant pas reliés à Internet, il n'a pas été possible de s'en servir comme mouchards.

Samedi à 3 heures du matin, deux avions de surveillance électronique de la NSA basés à Los Angeles ont été réaffectés à l'aéroport du comté d'Orange. Ils se sont relayés en mission d'observation au-dessus de la vallée, à l'écoute de l'ensemble des portables locaux, afin de localiser Jane Hawk au cas où elle contacterait les Washington.

À 19 h 20, après avoir dîné, les Washington ont entamé une partie de mistigri en écoutant de vieux succès de l'ère doo-wop. La conversation, en partie masquée par la musique, était banale. Par la suite, ils ont monté le volume de l'iPod et il n'a plus été possible de les entendre. Soit ils parlaient à voix basse, soit ils n'avaient de particulier à se dire.

Après une série de ballades – *Sincerely* des Moonglows, *Earth Angel* des Penguins, *Only You* des Platters –, les agents à l'écoute ont soupçonné les Washington d'avoir quitté la maison en compagnie du petit garçon. Le collègue envoyé en reconnaissance a fait le tour du bâtiment en regardant par les fenêtres avant d'entrer et de confirmer que la maison était vide. Les cartes du jeu de mistigri se trouvaient encore dans leur boîte.

Gavin et Jessica Washington possèdent quatre véhicules, dont trois se trouvent dans le garage. Un Land Rover de 1987 dépourvu de GPS manque à l'appel.

La barrière donnant sur l'arrière de la propriété est restée ouverte, preuve que les trois occupants du ranch ont fui en découvrant qu'ils étaient placés sous surveillance.

Une équipe de spécialistes a été appelée en renfort. Dès leur arrivée, ils fouilleront la maison et les autres bâtiments de fond en comble, à la recherche d'indices permettant de localiser Jane Hawk. Dans le même temps, Jergen et Dubose ont été chargés de se lancer aux trousses des fuyards en attendant que les rejoigne un hélicoptère de recherche nocturne.

Le rugissement de l'appareil ne tarde pas à déchirer la nuit, le souffle des pales agite les longues branches des chênes en soulevant des tourbillons de feuilles mortes qui crissent à la façon d'un nuage de sauterelles.

L'un des agents en costume Ring Jacket tend une clé à Jergen qui tressaille d'excitation en voyant qu'il s'agit de celle du VelociRaptor noir.

Le second agent tend un bloc à pince aux deux hommes en leur demandant de le signer. Le puissant 6x6 est désormais leur véhicule de service.

— Vous trouverez sur les sièges avant des jumelles de vision nocturne, précise l'agent. Vous serez en communication avec l'équipe de l'hélico pour coordonner les recherches.

Jergen a commis l'erreur de laisser Dubose signer en premier. Le temps qu'il appose lui-même sa griffe sur le document, son péquenaud de collègue a récupéré les clés du VelociRaptor.

— Je conduis, déclare le géant avec un grand sourire.

28

Gilberto insista pour surveiller Hendrickson, alors que ce dernier continuait de dormir, attaché par les chevilles à une chaise de cuisine.

— Je me coucherai quand tu seras repartie, se justifia-t-il auprès de Jane. De toute façon, je n'arriverai pas à fermer l'œil tant qu'il sera ici. Avant même que tu le transformes en zombie, ce type-là n'était pas normal. Il me donne la chair de poule.

Hector et son fils étaient allés chercher le Ford Explorer de Jane à Newport Coast et l'avaient garé dans une ruelle, le long du funérarium. Gilberto monta la valise de la jeune femme dans la chambre d'amis.

Jane, épuisée, hésita à se laver avant de se décider à entrer dans la douche afin de repartir dès que sonnerait son réveil, réglé à 3 heures du matin.

Elle éteignit la lampe de chevet et posa la tête sur l'oreiller. Sa chambre donnait sur la rue. La fenêtre était munie de rideaux, mais elle avait oublié de les tirer et n'avait pas la force de se relever pour les fermer.

La lueur émanant des réverbères dessinait une ombre argentée sur un coin du plafond. Chaque voiture qui passait devant la maison faisait danser sur les murs de la pièce l'ombre squelettique d'un vieux sycomore, tantôt à droite, tantôt à gauche, en fonction du sens de circulation des véhicules.

Au cours des mois passés, que Jane dorme confortablement ou par bribes, elle avait toujours rêvé, comme si ses journées ne suffisaient pas à traiter toutes les informations qu'elle emmagasinait quotidiennement. Son inconscient se chargeait de la rassurer ou de lui signaler les dangers dressés sur son chemin.

Cette fois, elle rêva qu'elle se trouvait sur une route d'un pays imaginaire, au volant de son véhicule. Autour d'elle, le paysage de résineux couverts de neige cédait la place à un désert de cailloux rouges, à des villes qui s'évanouissaient et se métamorphosaient en rivages indomptés. Nick se trouvait à côté d'elle et Travis était installé sur la banquette arrière, près de la mère de Jane qui avait ressuscité. Tout allait pour le mieux, jusqu'à ce que Nick se tourne vers elle : *Je pense tout seul, je joue tout seul, et personne ne sait ce que je me dis intérieurement.*

En posant les yeux sur lui, elle s'apercevait qu'il ne s'agissait pas de Nick, mais de Booth Hendrickson. Les yeux fermés, l'Arcadien dormait, ainsi qu'elle lui en avait donné l'ordre. Il écartait brusquement les paupières et ses yeux dessinaient deux ronds blancs comme des œufs durs. *Personne ne sait*, répétait-il, armé d'une seringue hypodermique qu'il lui plantait dans le cou.

Quatrième partie

SUR LA PISTE DE TRAVIS

1

Sans phares, les instruments de bord luisant dans l'obscurité, Radley Dubose fonce dans la nuit teintée de vert de toute la puissance des 800 chevaux du VelociRaptor.

Carter Jergen, également muni de jumelles de vision nocturne, feint d'être satisfait de jouer les passagers. Manifester sa frustration ne lui serait d'aucune utilité, ses récriminations viendraient alimenter la satisfaction de son rustaud de collègue.

La poursuite serait plus facile en plein jour, mais ils n'ont guère de mal à détecter les signes du passage du Land Rover qui a labouré le terrain meuble, écrasé les herbes sauvages en laissant deux sillons derrière lui, arraché des mottes de terre lorsque ses roues motrices se sont accrochées au terrain.

Le 4x4 n'a toutefois laissé qu'un sillage en pointillé, entre deux secteurs arides et durs dont seul un éclaireur indien du temps jadis serait capable de déchiffrer les secrets. Il est aisé de s'engager dans la mauvaise direction et de se mettre en quête de traces inexistantes.

C'est là qu'intervient l'hélicoptère appelé en renfort. Grâce aux caméras installées dans le cockpit de l'appareil, le copilote a moins de difficultés à retrouver la piste du Land Rover.

Outre les caméras, l'hélico est capable de balayer le désert à l'aide de rayons infrarouges. La journée précédente n'a pas été extrêmement chaude, les nuages et la nuit ont fait retomber la température et il n'est pas difficile de distinguer, par leur chaleur naturelle, les coyotes des cerfs ou des êtres humains. La signature du Land Rover sera plus reconnaissable encore.

L'hélicoptère et le 6x6 sont équipés d'émetteurs FM. En plus de ses jumelles, Jergen porte une oreillette qui lui permet de recevoir les instructions de l'équipage de l'hélicoptère, qu'il s'empresse de transmettre à Dubose. Il est loin d'être inutile, mais il en veut à son collègue de s'être approprié le volant du VelociRaptor.

Il se console en se disant qu'à condition d'accomplir leur mission, ils seront à jamais les héros de la révolution arcadienne. Ils monteront en grade, même s'il est le seul à mériter une telle promotion.

Il leur faut à tout prix capturer les Washington vivants, de façon que le couple puisse être modifié avant d'être longuement interrogé au sujet de cette salope de Hawk et de ses complices éventuels. Travis leur servira de monnaie d'échange et maman ourse serait bien inspirée de se rendre au plus vite si elle ne veut pas que son ourson en paie les conséquences.

L'hélico précède le 6x6 d'une centaine de mètres, éclairé par ses trois feux verts réglementaires ainsi que par la lueur des écrans à l'intérieur du cockpit. En dehors de ces quelques indices lumineux, l'appareil est invisible dans la nuit et l'on pourrait croire qu'il s'agit d'une sphère en lévitation, ou bien d'une soucoupe volante.

Le copilote interrompt le cours des pensées de Jergen.

— J'aperçois des traces anormales au niveau d'un éboulis. Peut-être celles d'un véhicule.

— Nous allons vérifier, réplique Jergen.

Il transmet l'information à Dubose dont le visage verdâtre n'est pas sans évoquer celui d'un homme de Néandertal, ou même de Hulk.

– Cette fichue lumière verte me prend la tête, gronde Dubose. J'ai l'impression de me retrouver dans un jeu vidéo d'autrefois, avant l'époque de la réalité augmentée. Tu ne trouves pas que c'est angoissant ? « Une sombre route déserte, hantée d'anges maléfiques », récite-t-il.

Jergen reconnaît le poème *Terre de songe* d'Edgar Allan Poe. Le fait que le rejeton d'une lignée aussi rustique puisse avoir ce genre de référence littéraire le dérange, même s'il a conscience que Dubose a fait ses études à Princeton. Si l'on peut parler d'études dans une institution pareille.

Le 6x6 fonce à travers les maigres broussailles de ce coin désertique et contourne une sablière au-delà de laquelle se dessine une longue pente. Dubose stoppe au pied de la colline, sous la surveillance de l'hélicoptère qui se trouve en position stationnaire au-dessus du VelociRaptor.

C'est tout juste si Jergen distingue, à travers le pare-brise, l'endroit où l'éboulis a été dérangé, sans qu'apparaisse la moindre trace de pneu. Il est heureux d'avoir un prétexte pour retirer ses jumelles et descendre du véhicule avant que Dubose ne récite un autre poème. L'air brassé par l'hélicoptère décoiffe Jergen et rabat les pointes du col de son blouson contre son cou, comme si les scorpions brodés avaient jailli des écussons et s'étaient glissés contre sa poitrine.

Il allume sa torche afin d'éclairer la pente et découvre un éboulis que le temps et les éléments ont lentement aplani, à l'exception d'un secteur dérangé par un phénomène quelconque. Un séisme modéré aurait bouleversé l'amas de pierres tout entier, il n'est pas impossible que le Land Rover soit passé par là.

Jergen étudie le terrain, plié en deux, en escaladant la pente qui glisse dangereusement sous ses semelles, le battement sourd des pales de l'hélicoptère faisant écho au rythme de son cœur. À mi-hauteur, un point sombre brille dans le faisceau de sa lampe. Il y plonge son index et l'approche de son nez. Une odeur caractéristique de graisse à essieux.

2

Les coyotes ont fini par se désintéresser du Land Rover avant de disparaître dans la nuit sans lune, attirés par une odeur quelconque.

On trouve dans cette région de Californie suffisamment de zones désertes et de parcs nationaux pour éviter toutes les zones habitées en naviguant de canyon en canyon jusqu'au Mexique. Il leur serait facile de franchir la frontière à Tecate ou Calexico-Mexicali, ou bien de se réfugier dans le sud de l'Arizona, le Land Rover disposant d'un réservoir de rechange.

Gavin n'avait toutefois pas l'intention de passer la nuit dans le désert, ni même de quitter la Californie. Avec l'accord de Jane, il avait imaginé avec Jessie un plan d'urgence en cas de fuite, jusqu'à ce que le scandale du complot arcadien soit révélé au grand jour, ce qui ne pouvait manquer d'arriver.

Sans avoir l'esprit léger, il se sentait très sûr de lui, animé par l'enthousiasme que ressentent les combattants à la suite d'une opération de guerre réussie.

Gavin avait frôlé la mort à plusieurs reprises en Afghanistan, tandis que Jessie avait survécu à deux crashs d'hélicoptère et une bombe placée sous sa Jeep. On ne voit plus la vie du même œil lorsque l'on échappe plusieurs fois à des dangers de ce genre. On apprend notamment à croire aux miracles, bien qu'il soit préférable de ne pas s'en remettre trop souvent à la chance.

On se demande également s'il n'existe pas une volonté supérieure, si le destin n'a pas sauvé votre peau pour une raison bien précise. Lorsque Jane avait débarqué un beau jour chez eux, à la recherche d'un refuge pour Travis, Gavin avait aussitôt pensé que sa raison d'être sur cette planète était liée à cette mission. Un coup d'œil en direction de Jessica avait suffi à lui montrer qu'elle était parvenue à la même conclusion. C'était elle qui avait dit oui en ajoutant : *Tant que ton fils sera chez nous, le pire qui puisse lui arriver sera de se cogner un doigt de pied.*

Peut-être était-ce une façon de défier le sort, mais c'était la réponse qu'attendait Jane.

L'heure était venue de tenir cette promesse, ou de mourir les armes à la main.

La première étape consistait à gagner le comté de San Diego et à emprunter la route 76 au niveau de Pala. L'objectif se trouvait à quarante kilomètres à vol d'oiseau, mais le terrain était trop accidenté pour rouler en ligne droite. Il était plus probable qu'il leur faudrait parcourir le double, le plus souvent à vitesse réduite. Gavin espérait arriver avant minuit, quatre heures après le début de leur cavale.

Ils seraient forcément poursuivis, restait à savoir de quelle avance ils disposaient. Jessie était persuadée que leurs ennemis disposeraient d'un appui aérien, et Gavin ne pouvait que souscrire à son avis. Chaque minute leur était comptée, puisque leurs poursuivants avaient des moyens de déplacement plus rapides.

La troisième fois qu'ils firent halte en haut d'un escarpement, au milieu des bruissements d'insectes et des hurlements de lynx en maraude, il reconnut le bourdonnement caractéristique d'un hélicoptère, loin derrière eux. Il scruta longuement la nuit et finit par découvrir une constellation de trois points verts mobiles. Les feux de position de l'appareil.

L'ennemi était plus proche qu'il ne l'imaginait. Il lui fallait impérativement redescendre au fond d'un canyon afin que les caméras à infrarouge ne puissent pas détecter la chaleur du moteur.

— On est dans la merde ? lui demanda Jessie alors qu'il sautait derrière le volant et mettait le contact.

— Pas encore, mais elle vole en escadrille dans notre direction.

Jessie se retourna.

— Tu as bien accroché ta ceinture, cow-boy ?

— Ceinture accrochée, la rassura Travis. Et les chiens sont couchés sagement.

Sachant que le vrombissement de l'hélicoptère empêcherait les équipes au sol d'entendre le moteur du Land Rover, Gavin enfonça la pédale d'accélérateur et franchit la crête avant de dévaler la pente en laissant derrière lui un nuage de poussière.

Il devait rouler sur un sol dur en évitant d'écraser la végétation afin de laisser le moins de traces possible en attendant d'avoir trouvé une cachette. Jamais ils ne pourraient atteindre le comté voisin avant d'être rattrapés. Le mieux était encore de planquer le Land Rover quelque part et d'attendre que l'hélicoptère les ait dépassés en poursuivant vainement les recherches.

Restait à trouver le meilleur moyen pour un 4x4 au moteur brûlant d'échapper à un détecteur de chaleur par une nuit froide dans un coin aussi désertique.

3

De garde dans la cuisine, Gilberto n'avait pas besoin de café noir, de comprimé de caféine ou de musique pour rester éveillé. Booth Hendrickson, assis de l'autre côté de la table, était un remède souverain contre la fatigue.

Jane lui avait donné l'ordre de dormir et il dormait, mais d'un sommeil agité, peuplé de rêves. Ses yeux ne cessaient de tourner dans tous les sens derrière ses paupières closes, emportés par le spectacle du sombre royaume de ses cauchemars. Sur ses traits mobiles s'affichait une large palette d'expressions, de la stupéfaction à l'horreur en passant par le dégoût.

Quand il ne grinçait pas des dents et ne se mordillait pas les lèvres, il émettait de petits bruits inquiets et parlait dans son sommeil, d'une voix étrange qui traversait la cuisine.

— *Des mains et des mains, encore des mains, des milliers de mains…*

Alors que ses chevilles étaient attachées au barreau des pattes arrière de sa chaise par des liens autobloquants en nylon, ses mains restaient libres. Lorsqu'il marmonnait, elles glissaient nerveusement sur la table de façon aléatoire, à la recherche d'un objet qu'il redoutait de découvrir.

— *Ne me forcez pas, ne me forcez pas, ne me forcez pas*, supplia-t-il soudain dans un murmure.

Sa respiration se fit saccadée, la panique lui coupait le souffle, l'obligeant à exhaler en rafales hachées entre deux gémissements, comme s'il était pourchassé par quelque créature infernale. Tout portait à croire qu'il se réveillerait d'un instant à l'autre, et puis sa peur finissait par s'apaiser et il replongeait dans un sommeil moins troublé.

Les yeux étaient un sujet de cauchemar récurrent chez lui. *Leurs yeux… leurs yeux…*, balbutia-t-il, avant de reprendre un peu plus tard : *Qu'ont-ils donc dans les yeux ? Tu vois ? Tu vois ce qu'ils ont dans les yeux ?*

Gilberto éprouva le besoin d'apaiser son estomac. Le whisky qu'il avait avalé ne passait pas et lui provoquait des acidités. Il se leva et se versa un verre de lait avec lequel il avala un comprimé de famotidine avant de retourner s'asseoir.

— *Ne me laissez pas dans le noir*, implora Hendrickson dans un murmure désespéré. *Il n'y a pas moyen de s'échapper. Quand on entre, on ne peut plus jamais sortir.*

Hendrickson fut silencieux pendant quelques minutes tout en gardant une mine torturée.

Soudain, il ouvrit les yeux et se redressa sur sa chaise en regardant fixement Gilberto.

— *Des têtes dans la tête, des yeux à l'intérieur des yeux, ils sont là, je sais qu'ils arrivent, ils vont envahir mes yeux et ma tête. Ils arrivent !*

— En quoi puis-je vous aider ? s'inquiéta Gilberto.

Sans doute Hendrickson ne le voyait-il pas. Ce n'était pas à lui qu'il s'adressait car il continuait de dormir les yeux ouverts. Ses paupières se refermèrent, il se tassa sur sa chaise et se tut.

Gilberto se fit la réflexion que le lait et le comprimé ne pourraient rien contre son malaise.

4

Radley Dubose s'énerve à mesure que le temps passe. Cela fait quarante minutes qu'il n'a pas détecté de trace laissée par ses proies. Il maudit les Washington, la nuit, le désert, l'hélicoptère, son pilote et son copilote. Il a beau tenir le volant d'un VelociRaptor de plus de trois cent mille dollars équipé de toutes les options possibles et imaginables, il n'est pas content. Il éprouve le besoin, ancré dans sa culture de péquenaud, de casser la figure à quelqu'un. N'importe qui.

Carter Jergen est tout aussi frustré, essentiellement parce qu'il se trouve coincé sur le siège passager, contraint de transmettre à Dubose les indications du copilote de l'hélicoptère qui n'a rien découvert de nouveau depuis quarante minutes. C'est comme si le Land Rover s'était volatilisé.

Dans l'obscurité verte, l'hélico sillonne l'air d'est en ouest et d'ouest en est tout en gardant le cap au sud. Si ses occupants ne trouvent rien au cours du quart d'heure à venir, ils devront repartir vers le nord afin d'examiner des zones déjà survolées, histoire de s'assurer qu'ils n'ont laissé passer aucun indice.

Ce désert de broussailles n'est pas totalement aride en cette fin de saison des pluies. Le pilote s'approche d'un canyon plus profond que les précédents. Soixante mètres en contrebas roulent les eaux impétueuses d'un torrent alimenté par la fonte des neiges dans les montagnes que l'on aperçoit au loin, mais aussi par les pluies torrentielles qui ont récemment raviné les collines voisines. Des rideaux d'arbres dessinent des taches d'un vert plus sombre entre lesquelles disparaît épisodiquement le cours d'eau, au pied des parois vert pâle du défilé.

Jergen et Dubose rongent leur frein dans le VelociRaptor arrêté au bord du canyon. Au-dessus de leur tête, l'hélicoptère s'éloigne de près de deux kilomètres vers l'est avant de revenir se positionner en surplomb du torrent, près d'un kilomètre à l'ouest du 6x6.

— Je détecte un point chaud mal défini sous les arbres. Je ne suis pas certain que ce soit eux, annonce le copilote.

Jergen s'empresse de relayer l'information à Dubose.

— Bien sûr que c'est eux, répond le géant. Ils se sont planqués dans l'eau pour refroidir le moteur du Land Rover à l'abri des arbres.

Aucune végétation ne pousse le long des parois très inclinées du défilé. Voyant que son compagnon s'apprête à dévaler la pente, Jergen freine ses ardeurs.

— Attends une seconde. Tu ferais mieux d'aller un peu plus à l'ouest, c'est bien trop abrupt par ici.

— C'est pas du tout abrupt, le contredit Dubose.

— Je t'assure que si, insiste Jergen.

— Arrête de faire ta chochotte.

La brutalité du rustaud qui lui sert de collègue énerve sérieusement Jergen qui se défend aussitôt.

— Je n'ai jamais fait la chochotte de toute ma vie.

— Peut-être pas, mais ça te démange, rétorque Dubose qui s'élance sur la pente rocailleuse et la dévale à toute vitesse en cahotant dangereusement.

Le paysage, déjà étrange dans les jumelles, n'est plus qu'un brouillard flou de taches vertes qui donnent le sentiment aux deux occupants du VelociRaptor de traverser un champ de météorites dans un film de science-fiction.

Jergen, soucieux de prouver qu'il a les nerfs solides, ne pousse pas un cri. Il refuse de s'agripper à la poignée au-dessus de sa portière ou de s'arc-bouter avec les pieds sur le tableau de bord. Uniquement retenu par sa ceinture de sécurité, il a l'impression que le pick-up va s'envoler à tout moment en le soulevant de son siège.

5

Le VelociRaptor, moteur coupé et fenêtres avant ouvertes, dresse son énorme masse au fond du canyon. Du côté conducteur, au pied des arbres dont la silhouette se découpe dans la nuit verte, le torrent a des allures de flot de magma jailli des entrailles de la terre. Le genre de décor de cauchemar qui peuple les songes de quelqu'un qui a avalé un dîner trop épicé... Un courant d'air frais caresse la carrosserie du 6x6, l'eau tumultueuse murmure et gargouille, une odeur de réglisse émise par une plante indéterminée flotte dans l'air en se mêlant à de discrets effluves de pierre humide.

Dubose s'est arrêté à trois cents mètres de l'endroit au-dessus duquel l'hélicoptère s'est positionné en vol stationnaire.

— Sachant qu'on les a découverts, ils se seraient déjà montrés s'ils avaient l'intention de se rendre. Il faut impérativement capturer le gamin vivant. Pour les deux autres, on fera de notre mieux.

— Notre mission consiste à les prendre vivants tous les trois, à inoculer un implant cérébral aux Washington avant de les interroger, réagit Jergen.

— Merci de me rafraîchir la mémoire, le raille Dubose. Sauf que ces deux-là seront mieux armés que n'importe quel clampin dans un film de Tarantino.

— Ce n'est pas certain. N'oublie pas qu'ils ont un gamin avec eux.

— Des anciens militaires ? Ils seront équipés d'un véritable arsenal, tu veux dire. Avec leur entraînement, ce sera pas de la tarte.

— Nous aussi, on est entraînés, se défend Jergen.

— Notre entraînement et celui des commandos n'ont rien de commun. Tu as lu le dossier de cet enfoiré ? Quant à l'autre salope, elle continue de courir le marathon alors qu'elle a perdu les deux jambes en dessous du genou.

— Elle ne participe pas à des marathons, le corrige Jergen. Elle court le 10000 mètres.

— Ah bon ? ironise Dubose. Tu parles d'une différence. Tu crois peut-être que cette salope est une mauviette au prétexte qu'elle se tape dix kilomètres sans jambes au lieu d'un marathon ?

— D'accord, mettons qu'ils soient lourdement armés.

— Il n'y a pas de *mettons* qui tienne. Je te garantis qu'ils sont armés.

— Si ça tourne à la bataille rangée, comment fait-on pour ne pas tuer le gamin dans la mêlée ?

— Ils ne nous tireront pas dessus pour éviter qu'il lui arrive des bricoles, affirme Dubose. Ils vont tenter de nous prendre par surprise et de nous désarmer. Tout ce que je dis, c'est qu'ils hésiteront, et pas nous, alors on les explose à vue.

— Et s'ils utilisent le gamin comme bouclier ?

— Putain, mec ! On t'oblige à suivre des cours de cynisme, à Harvard ? Tu te doutes bien que ces deux-là ne sont pas du style à utiliser un môme comme bouclier.

— Les gens ne sont jamais ce qu'on imagine.

— Alors raison de plus pour les exploser à vue.

Les deux hommes descendent du VelociRaptor et ferment les portières.

L'hélicoptère survole le canyon en altitude afin de ne pas offrir aux fuyards une cible facile, tout en restant à distance confortable du point de chaleur, histoire de guider les deux agents au sol tout en jouant sur les nerfs des Washington que le bourdonnement des pales de l'appareil n'épargne pas.

Jergen et Dubose portent à la ceinture des Sig Sauer 9 mm. Ils n'ont pas souhaité s'équiper de fusils car c'est un combat rapproché qui s'annonce. Si les Washington vont jusque-là.

Les deux hommes peuvent compter sur les hautes herbes et diverses essences d'arbres, difficilement identifiables dans la pénombre verte des jumelles, pour avancer à couvert. L'hélicoptère est un appareil à double turbine dont le rugissement suffit à couvrir leur avancée.

Le torrent est large de près de quatre mètres. Les collines environnantes sont probablement riches en carbonate de calcium. Les précipitations des saisons humides successives ont lissé le lit du torrent dont les eaux roulent librement. Dubose s'y aventure et s'aperçoit que le cours est profond d'une cinquantaine de centimètres lorsqu'il le traverse.

Parce que la nuit n'est pas étoilée et que l'éclat lunaire filtre péniblement à travers les nuages, Jergen ne s'attend pas à ce que l'obscurité soit plus marquée sous les arbres, mais il se trompe. Sans ses jumelles de vision nocturne, il serait aveugle.

Connaissant les antécédents militaires de Gavin Washington, il est possible qu'il soit lui aussi équipé de jumelles, mais il disposera tout au plus d'un modèle de génération 1, et non de génération 4, capable d'amplifier quatre-vingt mille fois la lumière, comme celui de Jergen et de Dubose.

Les deux hommes avancent en bondissant d'un tronc à l'autre, les deux poings serrés autour de la crosse de leur pistolet. Ils se méfient des herbes sauvages et des arbres qu'ils aperçoivent un peu plus loin, à l'abri desquels les Washington ont pu se tapir s'ils ont décidé de sortir du Land Rover et de piéger leurs poursuivants.

C'est peu probable. En premier lieu, ils ne voudront pas que la chaleur de leur corps les trahisse. Ensuite, ils ne souhaiteront pas laisser le petit garçon seul dans le 4x4. Ils comptaient sur la fraîcheur du torrent et la protection des arbres pour échapper au détecteur infrarouge de leurs poursuivants. Ils n'auront pas eu le temps d'imaginer une autre ruse à présent que la première a échoué.

Avec le recul, la suggestion de Dubose d'abattre à vue les Washington pour ne capturer que le garçonnet n'est pas aussi bête que le pensait initialement Jergen. Il n'a aucune envie de mourir dans ce trou. Ou ailleurs. L'essentiel est de récupérer le gamin. Avec une telle monnaie d'échange, ils tiendront Jane Hawk.

Le Land Rover émerge brusquement de la nuit, immobile au milieu du torrent dont les eaux capricieuses caressent les flancs et le pare-chocs. Le 4x4 découpe sa silhouette irréelle au-dessus de l'onde, tel un fantôme menant les esprits des morts vers leur salut.

Les deux agents pénètrent dans le périmètre du tourbillon provoqué par l'hélicoptère. Les arbres dansent au-dessus d'eux en laissant échapper des feuilles qui voltigent dans la nuit verte à la façon de papillons géants. Les herbes sauvages tremblent et la surface du cours d'eau, lisse comme du verre en amont, se couvre de rides au contact des turbulences.

Le Land Rover n'est plus qu'à trente mètres… vingt… quinze. Le pare-brise forme un rectangle sombre dans le vert vif du véhicule. Aucune forme humaine n'est pour l'instant visible, comme si le 4x4 avait été abandonné.

Si les Washington ont commis l'erreur de s'enfuir à pied avec le petit garçon dans une zone aussi accidentée, ils n'iront pas loin. Les arbres empêcheront sans doute les occupants de l'hélicoptère de repérer provisoirement leur signature thermique, mais la végétation n'est pas assez dense pour qu'ils puissent échapper longtemps aux appareils de détection aérienne.

Plus que dix mètres. Jergen et Dubose se trouvent à présent dans l'œil du tourbillon où l'air est plus calme, mais le rugissement du moteur et le battement des pales sont toujours aussi assourdissants.

Peut-être est-ce la force des vibrations sonores qui trouve une résonance inquiétante au niveau de la moelle des os de Jergen, mais il est soudain parcouru par un long frisson. Il se demande si Dubose et lui ne sont pas tombés dans un piège.

6

Gavin, tassé sur le siège conducteur, observait les alentours à l'aide de ses jumelles ATN PVS7-3 dont les lentilles dépassaient à peine du tableau de bord. Il ne fallait pas que sa signature thermique se détache de celle du Land Rover. Imperméable à l'inconfort de son poste d'observation, il vit deux silhouettes émerger de la nuit, de part et d'autre du torrent, pistolet au poing, et s'approcher lentement du véhicule à travers la végétation qu'agitait le tourbillon de l'hélicoptère.

Travis s'était tapi à plat ventre par terre, à côté des bergers allemands, tandis que Jessie se réfugiait dans le coffre libéré par les chiens. Adossée à la banquette, elle veillait à rester invisible à travers les fenêtres du véhicule.

Gavin avait coupé le contact en arrivant au torrent, dans l'espoir que l'eau froide et la protection des arbres trompent la vigilance des occupants de l'hélicoptère. Il avait rallumé le moteur en constatant que sa ruse avait échoué, prêt à foncer au meilleur moment.

Les deux agents qui avançaient lentement dans sa direction ne pouvaient pas entendre le ronronnement du Land Rover, couvert par le grondement de l'hélicoptère. L'essentiel était de les persuader que le 4x4 était abandonné.

Gavin attendit qu'ils soient tout près pour enclencher une vitesse. Les deux assassins comprirent trop tard en voyant le véhicule se ruer sur eux après avoir patiné brièvement dans le lit du cours d'eau.

Surpris, ils ouvrirent le feu seulement au moment où le Land Rover passait à leur hauteur. Trois éclairs trouèrent la nuit, deux à droite et le dernier à gauche. Une balle érafla le toit du 4x4 juste au-dessus du pare-brise, une autre s'écrasa contre l'un des rétroviseurs latéraux, tandis que la troisième se perdait dans la nature. Gavin donna un grand coup de klaxon, histoire de déstabiliser ses adversaires tout en envoyant à Jessie le signal qu'elle attendait.

7

Adossée contre l'arrière de la banquette à l'intérieur du coffre, le hayon relevé, Jessie serrait un fusil entre ses mains. Le coup de klaxon qui avait suivi les coups de feu lui confirma que Gavin était indemne, Dieu merci, et que les tireurs se trouveraient bientôt dans le sillage du 4x4.

Alors que les gerbes d'eau soulevées par le tourbillon de l'hélicoptère arrosaient l'intérieur du coffre, Jessie tira une première fois sans viser de cible précise afin d'obliger les tueurs à s'aplatir dans l'eau derrière le Land Rover. L'éclair de la détonation figea dans l'air des milliers de gouttelettes d'eau et le recul de l'arme plaqua la jeune femme contre la banquette. Rien de tel que l'aboiement d'un fusil de calibre .12 pour forcer l'ennemi à se mettre à couvert. Le temps qu'elle tire les trois cartouches restantes, le Land Rover avait pris une telle avance qu'elle était hors de portée des tueurs.

Les oreilles bourdonnantes, à demi sourde, Jessie en profita pour glisser une cartouche neuve dans le canon du fusil, et trois autres dans le chargeur.

8

Les bergers allemands étaient bien dressés, mais la violence des détonations à l'intérieur de l'habitacle les fit aboyer furieusement. Gavin ne put que compatir, car il avait l'impression étrange d'avoir reçu une paire de gifles à la volée tant le vacarme était étourdissant. Il questionna Travis en criant, d'une voix qui lui paraissait venir de très loin, et le garçonnet lui répondit sur le même mode que tout allait bien, aussitôt imité par Jessie.

À présent que l'hélicoptère ne les survolait plus, les arbres paraissaient pétrifiés. Apercevant un espace suffisamment large entre deux troncs, Gavin braqua en direction d'un talus herbeux et quitta le lit du torrent pour rejoindre le sol rocailleux du canyon. À une cinquantaine de mètres se dressait un pick-up énorme comme il n'en avait jamais vu. En s'approchant à vive allure, il distingua le mot FORD en gros caractères au niveau de la calandre.

Si le véhicule avait transporté trois personnes, le dernier serait resté à bord et Gavin prenait un risque en s'arrêtant, mais il eut la conviction que le véhicule était vide en ne distinguant aucune silhouette à l'intérieur. Il freina à hauteur de l'engin, ouvrit sa portière à la volée, son Springfield .45 au poing, et vida son chargeur sur les deux pneus arrière droits, les détonations allumant des reflets verts sur la carrosserie rutilante, à la façon d'une aurore boréale sauvage. Il se débarrassa du chargeur vide, en glissa un autre dans la crosse du pistolet, claqua sa portière en reprenant place derrière le volant, remisa dans son étui le Springfield encore tiède et démarra sur les chapeaux de roues en direction de l'est.

Les tueurs privés de leur moyen de locomotion ne présentaient plus de danger immédiat, mais l'hélicoptère était toujours là.

Gavin, cherchant des yeux une issue entre les arbres, aperçut une trouée derrière laquelle un éboulis permettait de grimper jusqu'au sommet du canyon. Il traversa le torrent, fit vrombir le moteur et partit à l'assaut de la pente. La terre avait été ramollie par les pluies récentes et il laissa dans son sillage deux traînées boueuses.

Parvenu à la crête, il vit l'hélicoptère se précipiter dans sa direction. Il s'agissait d'un appareil civil capable de transporter une demi-douzaine de passagers, en plus de l'équipage, à moins d'avoir été adapté en prévision de missions spécifiques. Aucune initiale associée à une agence fédérale n'ornait le flanc de l'hélicoptère dans le champ verdâtre de ses jumelles.

Le pilote pouvait aussi bien être un ancien militaire qu'un pilote civil sans expérience de la guerre. Gavin crut deviner qu'il s'agissait de la seconde hypothèse en voyant l'appareil survoler le 4x4 à moins de quinze mètres dans l'espoir vain de l'intimider.

À défaut d'avoir appartenu à l'armée, sans doute le pilote et le copilote étaient-ils spécialisés dans les recherches aériennes. Si le second était un tireur d'élite, ou bien s'il y en avait un à bord, ce vol en rase-mottes pouvait être une façon d'immobiliser le 4x4 en détruisant son moteur, sans risquer de tuer accidentellement l'un des passagers. Les ennemis de Jane seraient trop heureux de prendre Gavin et Jessie vivants afin de les interroger ; quant à Travis, il était impératif de l'épargner. Ou alors le pilote cherchait à effrayer Gavin en multipliant les manœuvres dangereuses, à la façon d'un matador agitant une cape rouge devant le museau du taureau, histoire de le retarder suffisamment pour laisser le temps à l'équipe au sol de sortir à son tour du canyon.

L'hélicoptère s'éloigna dans la nuit en direction de l'est, dessina une boucle par le sud et revint au-dessus de sa proie.

Comprenant que l'appareil volait encore plus bas que la fois précédente, au risque d'effleurer le toit du Land Rover, Gavin appuya de toutes ses forces sur la pédale de frein. D'un coup d'œil dans le rétroviseur, il vit Jessie sauter à terre, refermer précipitamment le hayon arrière et s'accroupir près du pare-chocs.

Des tourbillons de poussière fantomatiques enveloppèrent le 4x4 avant de s'éloigner en dansant dans le sillage de l'hélicoptère. Au passage, les turbulences provoquées par les pales firent trembler le Rover sur ses pneus.

Jessie en profita pour tirer à trois reprises sur l'appareil à l'aide du fusil avant de viser longuement le rotor.

Contrairement à ce que l'on voit dans les films, l'appareil n'explosa pas en vol, mais un bruit métallique inquiétant apporta la preuve à la jeune femme qu'elle avait fait mouche.

Le pilote s'éloigna du canyon en direction du sud et l'appareil prit de l'altitude en faisant une embardée.

Jessie ouvrit la portière avant droite et grimpa dans le Land Rover. Elle n'avait pas encore refermé la portière que Gavin démarrait dans la direction prise par l'hélicoptère. Il entendait le suivre afin de savoir s'il était gravement touché.

La cartouche de chevrotine tirée à bout portant avait manifestement causé des dégâts importants car le rotor eut des ratés. Le pilote tenta d'atterrir, mais il se trouvait à une quinzaine de mètres du sol lorsque les pales se bloquèrent. Privé de son moteur principal, l'appareil chuta lourdement en brisant l'un de ses patins et il s'affala du côté droit, maintenu de guingois par les pales.

Gavin tendit ses jumelles à Jessie. Il alluma les phares et le paysage désertique jaillit de l'obscurité.

Travis se releva et s'installa tant bien que mal sur la banquette en accrochant sa ceinture, conformément aux instructions de Jessie, gêné par les chiens qui lui léchaient les mains et le visage avec excitation.

Gavin contourna l'hélicoptère de loin, au cas où l'un de ses occupants aurait voulu leur tirer dessus. Dans le faisceau des phares se dessina la silhouette d'un homme à genoux. Son compagnon, debout dans le cockpit éventré, s'apprêtait à sauter à terre.

Le contour des collines était plus net à la lumière des phares que dans les jumelles à infrarouge. Gavin s'orienta du mieux qu'il le pouvait en se fiant aux indications de la boussole et se dirigea vers le sud-ouest à travers les broussailles, plus vite qu'il ne roulait quelques minutes plus tôt lorsque son monde était vert.

Il fut soudain pris de tremblements. La crise, pas assez violente pour qu'il claque des dents, ne dura que quelques instants. Il se tourna vers sa femme qui devait être aussi choquée que lui :

— L'Afghanistan se trouve à l'autre bout du monde, mais je crois bien que je me sentais mieux là-bas.

9

Jane Hawk était moins superstitieuse que la moyenne de ses semblables, mais elle avait tendance à croire que les longs adieux étaient annonciateurs d'une séparation définitive. En clair, elle préférait dire « à bientôt » ou « à la prochaine » plutôt que de multiplier les embrassades.

Ce dimanche-là à 3 h 30 du matin, au moment de monter dans l'Explorer garé le long du funérarium, elle se contenta de gratifier Gilberto Mendez d'un sobre « au revoir » avant de le remercier et de lui dire qu'elle l'aimait.

Elle avait pour conviction, et cela n'avait rien d'une superstition, que cette civilisation reposait sur l'amour. L'amour que pouvaient se vouer les êtres entre eux, l'amour dans sa dimension insondable. En ces temps de cynisme et de sarcasme, il était de bon ton de railler les émotions simples, de confondre amour et sentimentalisme. Dans ce monde en métamorphose constante, les valeurs auxquelles se raccrocher étaient rares. Les traditions et les relations de bon voisinage, héritées de siècles d'expérience, s'épuisaient peu à peu. Avec elles disparaissaient ceux qui trouvaient sens et réconfort dans des valeurs avérées. Désormais, les déracinés qui ne croyaient en rien, sinon à la mode du moment, produisaient une culture superficielle et conformiste dans laquelle la réalité n'était plus qu'un royaume dépourvu d'amour et de repères. À condition d'aimer suffisamment de qualités essentielles chez quelqu'un, on aimait la personne concernée, mais encore fallait-il le lui dire car le temps était compté.

Jane aimait chez Gilberto l'amour qu'il portait à Carmella, son dévouement pour ses enfants, son respect de la dignité des morts et de l'immortalité de leur âme, son amour de la liberté, sa foi dans les valeurs des Marines, dans leur devise *Semper fi*. Aussi, au moment du départ, se contenta-t-elle de formules laconiques, mais sincères :

– Au revoir. Merci. Je t'aime, dit-elle avant de le serrer contre elle en l'embrassant sur la joue.

À 3 h 31, elle prenait la route au volant de son 4x4 trafiqué au Mexique, arborant la perruque noire punk et chic, le maquillage outré, les lèvres bleues et l'anneau nasal correspondant à la photo figurant sur le permis de conduire d'Elizabeth Bennet.

Booth Hendrickson était assis à la place du mort, sous son contrôle depuis qu'elle avait prononcé la formule « Jouons au crime dans la tête ». Elle avait pu mesurer l'efficacité du système, y compris dans le cas de son prisonnier, ce qui ne l'avait pas empêchée de lui entraver les poignets à l'aide d'un lien autobloquant en nylon accroché à sa ceinture.

Booth avait gardé son costume, mais il avait troqué sa chemise déchirée contre l'une de celles de Gilberto, dans laquelle il flottait. Avant que Jane lui lie les mains, il avait passé son temps à triturer nerveusement son bouton de col, visiblement désarçonné à l'idée qu'on lui ait retiré sa cravate.

L'Explorer filait vers l'est en direction de San Bernardino sans qu'aucun de ses deux occupants ne parle. Jane apprécia ce silence durant la première demi-heure, heureuse de pouvoir réfléchir à la suite, mais à mesure que défilaient les kilomètres, elle ressentit un malaise en voyant son passager regarder fixement la route d'un œil terne, le visage impassible.

Elle décida de mettre de la musique. À défaut d'être équipée d'un GPS qui aurait permis à ses ennemis de la localiser sans peine, elle disposait d'un système audio et d'une large palette d'enregistrements. De façon douce-amère, la musique la ramenait à l'existence qu'elle aurait pu mener si son père n'avait pas assassiné sa mère bien des années plus tôt.

Depuis quelques jours, elle avait une préférence pour le *Concerto pour piano n° 3 en la majeur* de Mozart dont le premier mouvement débordait d'un optimisme dont elle avait le plus grand besoin.

Cette œuvre magistrale comprenait un autre mouvement d'une mélancolie si aiguë, si bouleversante, que Jane ne pouvait s'empêcher de repenser à Nick et à sa mère chaque fois qu'elle l'écoutait. Ou encore à Nathan Silverman, son ancien chef au FBI, à qui elle avait épargné une vie de servitude au service des Arcadiens en commettant un acte de miséricorde qui pèserait à jamais sur son âme. Ce passage du concerto, sans la déprimer, compensait l'optimisme du premier mouvement et rétablissait l'équilibre dans son cœur et dans sa tête.

Alors que s'achevait le mouvement, Hendrickson rompit le silence, en contravention de ses instructions.

— C'est tellement beau, murmura-t-il.

— Oui.

— De quoi s'agit-il ?

Elle lui fournit les détails de l'œuvre.

— Je n'avais pas droit à la musique.

Elle médita un long moment ce commentaire avant de réagir.

— Vous y aurez droit cette fois, tout au long du trajet jusqu'à Tahoe.

Il se contenta d'un simple merci en continuant de fixer la route avec l'expression figée d'un sphinx scrutant l'éternité.

Le mouvement lent du concerto prit fin et Jane fut soulagée de retrouver un rythme et une mélodie plus entraînants.

10

Au nord de la route 395 qui traversait le désert de Mojave, les nuages côtiers laissèrent place à une nuit étoilée qu'éclairait une lune basse.

L'aube ne tarda pas à colorer l'horizon d'un givre rosé dont la teinte s'éclaircit progressivement avant de céder définitivement la place à un ciel azur dans lequel se découpaient au loin des montagnes menaçantes.

La *Petite Musique de nuit* de Mozart avait succédé au concerto pour piano lorsque Jane se décida à aborder le sujet dont Hendrickson avait refusé de parler avant que le mécanisme de contrôle ne prenne le pouvoir dans sa tête. Sur le moment, il lui avait demandé d'effacer à jamais ce souvenir douloureux en lui donnant l'ordre de l'oublier.

— « Je pense tout seul, je joue tout seul et personne ne sait ce que je me dis intérieurement », récita-t-elle. À quoi rimait cette phrase, Booth ?

Il la gratifia d'un sourire contraint avant de répondre avec une nostalgie teintée de mélancolie, les yeux perdus dans son passé.

— « Je suis dans le noir, tout seul, sans personne. Je pense tout seul, je joue tout seul et personne ne sait ce que je me dis intérieurement. » C'est tiré d'un recueil de poèmes.

— Lequel ?

— *Maintenant nous avons six ans*, d'A. A. Milne. Je n'en avais que cinq à l'époque.

Jane fronça les sourcils.

— A. A. Milne, l'auteur de *Winnie l'Ourson* ?

— Les livres sont tout pour moi.

— Vous saviez lire à l'âge de cinq ans ?

— Elle me pousse à lire. Elle me pousse sans arrêt.

— Votre mère.

— J'ai droit à des leçons à longueur de journée, tous les jours, répondit-il d'une voix dure, le front barré d'un pli, les yeux plissés. *Concentre-toi, mon fils. Concentre-toi si tu sais ce qui est bon pour toi. Concentre-toi, mais concentre-toi donc, sale petit paresseux.*

Jane attendit que la respiration de son prisonnier se calme.

— Vous avez donc lu ce recueil de poèmes lorsque vous aviez cinq ans.

— On m'a offert la collection des quatre livres de Milne, pour m'encourager.

— Vous encourager à lire.

— À lire davantage, plus vite et mieux. Pour comprendre ce qui cloche.

— Ce qui cloche ?

— Ce qui cloche chez les personnages de Milne. Comme l'ourson. Il est bête, paresseux, et incapable de se concentrer. Le pire, c'est qu'il est gentil.

— C'est mal d'être gentil ?

— La gentillesse est une faiblesse. Ce sont les forts qui dominent le monde. Les faibles sont au service des forts qui leur pissent dessus. À juste titre. C'est tout ce que méritent les faibles.

Il afficha une moue méprisante, sa voix s'était durcie.

— « *C'est ça que tu veux, mon fils ? Tu veux qu'on se serve de toi et qu'on te pisse dessus tout au long de ton existence misérable ?* »

De l'autre côté de la vitre défilaient des lacs asséchés : Deadman's Dry, Lost Dry, Owl Dry. On apercevait au loin la chaîne des Lava Mountains et l'on devinait la vallée de la Mort vers l'est.

Jane sentait peu à peu le désert l'envahir.

— Quelle signification a pour vous ce poème ? Plus particulièrement ces quelques vers ?

— Ma mère affirme qu'il n'y a pas de vie digne de ce nom sans organisation. Tout est réglé en fonction d'horaires stricts. Seuls les vilains petits garçons dérogent à la règle. Une journée sans organisation est une journée perdue.

— Et alors ? finit par demander Jane après un silence.

— Alors, un quart d'heure pour prendre son petit-déjeuner. Un quart d'heure pour déjeuner. Une demi-heure pour dîner. On se couche le soir à 20 heures et on éteint les lumières, on se lève le matin à 5 heures. Éteindre les lumières. Il n'y en a que deux dans la chambre. Elle retire les ampoules et les emporte avec elle une fois que je suis au lit.

— « Je suis dans le noir, tout seul… »

Il hocha la tête.

— « Sans personne. » Le poème s'intitule *Dans le noir*. Alors je m'approche de la fenêtre avec un livre et je lis au clair de la lune quand elle brille dans le ciel, ou bien à la lueur des éclairages de jardin. J'arrive à distinguer les mots sur la page à condition de bien orienter mon livre. Pendant une heure ou deux, jusqu'à ce que mes paupières se ferment, je suis libre de mes pensées. Libre de jouer comme je l'entends. Libre de mon temps. C'est le seul moment de la journée où je m'appartiens.

— Que se passait-il lorsqu'elle ouvrait la porte de votre chambre et qu'elle vous découvrait en train de lire au clair de lune ?

— Dans ces cas-là, j'ai droit au noir complet.

— Mais encore ?

— Elle commence par me déshabiller entièrement, puis elle m'administre une correction. Sur mon… sur mon zizi. Au point d'en avoir mal quand je fais pipi. *Tu ne seras pas comme ton père, mon fils. Jamais tu ne seras comme ce merdeux de bon à rien.* Après m'avoir battu, elle m'enferme dans la boîte toute la nuit.

— La *boîte* ? Quelle boîte ?

— Une boîte en bois dont on peut verrouiller le couvercle. Une boîte assez grande pour y enfermer un enfant. Avec une couverture dans le fond sur laquelle je m'allonge, et des trous pour respirer. Mais sans lumière puisque la boîte se trouve au fond d'un placard aveugle.

— Mon Dieu…, balbutie Jane.

— *Dieu ne te sert à rien si Mère t'aime. Tu n'as besoin de personne d'autre que Mère. Mère te punit parce qu'elle t'aime, pour t'apprendre la vérité et la justice.*

Le 4x4 file au milieu d'un paysage aride. Des formations géologiques semblables à des temples usés, élevés au nom de dieux qu'il est préférable d'oublier. Des rochers gigantesques sur lesquels des tribus connues ou oubliées ont tracé des pictogrammes…

— Combien de fois vous a-t-elle enfermé dans la boîte ?

— Deux ou trois fois par semaine, en moyenne. Alors je finis par m'endormir tôt pour me réveiller à 2 heures du matin, quand elle dort.

— De façon à pouvoir lire au clair de lune.

— Oui. Sans qu'elle me découvre.

— Quand vous étiez petit, elle vous déshabillait, vous battait et vous enfermait dans la boîte. Et ensuite, quand vous avez grandi ?

— Ensuite, c'est pire. J'ai droit à l'escalier du Diable.

Hendrickson lui avait déjà tout révélé de l'escalier du Diable, lorsqu'elle l'interrogeait en présence de Gilberto. Jane savait déjà qu'elle en descendrait bientôt les marches avec Booth.

11

La nuit touchait à sa fin lorsque Gavin s'arrêta au sommet d'une colline, à l'écart de la route 76. Tandis que le petit garçon et les chiens dormaient pêle-mêle sur la banquette arrière, il descendit du véhicule et en retira les plaques d'immatriculation dans l'obscurité, éclairé par la torche que tenait Jessie, bercé par le chant des roitelets que réveillait la proximité de l'aube.

Il remplaça les anciennes plaques par d'autres, fournies par Jane quelques semaines auparavant. Elle lui avait fourni les papiers correspondants, ainsi qu'un permis de conduire établi au nom d'Orlando Gibbons et un autre à l'intention de Jessica, au nom d'Elizabeth Haffner. Ces documents, réalisés par des faussaires auxquels Jane faisait régulièrement appel à Reseda, passeraient sans encombre un examen de police, quand bien même un motard s'aviserait de consulter les bases de données officielles.

Il leur faudrait repeindre le 4x4 en bleu, ainsi que le stipulaient les papiers du véhicule, ce qu'ils feraient en arrivant à destination.

De même, ils devraient modifier leur apparence de façon à ressembler aux photos trafiquées des permis de conduire.

En attendant, le plus urgent était de changer les plaques, l'ancien numéro ayant très probablement été communiqué au NCIC, le service commun à toutes les agences de police du pays. Il suffisait qu'ils croisent la route d'une voiture de patrouille équipée d'un scanner d'immatriculation pour que la NSA soit immédiatement alertée et qu'on localise le refuge où ils étaient censés se rendre.

Gavin creusa un trou à l'aide de la pelle pliante qu'il gardait à l'arrière du Land Rover. Il y déposa les anciennes plaques et les recouvrit de terre qu'il tassa en la piétinant.

Il examina son œuvre à la lueur de la torche. Parfait. Jamais personne ne s'arrêterait dans ce coin perdu. Quand bien même un randonneur passerait par là, il ne remarquerait rien d'anormal.

Par précaution, Gavin arracha quelques branchages à l'aide desquels il balaya les empreintes laissées par ses bottes.

Jessie lui sourit à la lueur de la lampe.

— Tu l'aimes vraiment, pas vrai ?

— Ma femme, je t'aime toi, je l'aime lui, j'aime les chiens, je m'aime moi-même, j'aime la vie et je *hais* tous ceux qui nous prennent pour le bas peuple et se sont mis dans l'idée de nous apprendre les bonnes manières.

— Embrasse-moi.

— Comment, ici ?

— Si tu as peur que les gens nous voient, je peux éteindre la lumière, répliqua-t-elle en appuyant sur le bouton de la torche.

Ils s'embrassèrent longuement dans l'obscurité retrouvée.

— Je me demandais si Elizabeth Haffner savait rouler des pelles. Me voilà rassuré.

— J'en ai autant au service d'Orlando Gibbons.

Alors que l'aurore commençait à poindre et que le garçonnet ronflait sur la banquette arrière en compagnie des chiens rêvant de chasser le lapin, Gavin franchit une ultime colline et s'engagea sur la route 76. Il alluma ses phares et prit la direction du parc naturel d'Anza-Borrego où ils comptaient trouver refuge chez celui qui se surnommait lui-même « le zinzin ».

12

Le désert s'étendait à perte de vue, jonché d'ossements blanchis par le soleil et peuplé de baudets sauvages ou de coyotes suffisamment imprudents pour s'éloigner des zones plus hospitalières. Sans doute y trouvait-on aussi les vénérables restes d'hommes, de femmes et d'enfants reposant dans des sépultures anonymes ou dans les grottes inexplorées ayant servi de cadre à des massacres barbares.

Cramponnée au volant de l'Explorer, Jane rompit le silence.

— Je me souviens d'une autre phrase que vous avez prononcée : « J'aimerais savoir si c'est vrai ou non… »

— « … de savoir qui et quoi », acheva Hendrickson à sa place.

— Un autre emprunt à Milne ?

— Le premier livre de Winnie. Un poème intitulé *Quelques vers écrits par un ourson écervelé*.

— Ce vers a-t-il une signification particulière pour vous ?

Il continuait de fixer le ruban d'asphalte qui s'enroulait sous leurs roues en les attirant à lui à la façon d'une pelote géante. Il laissa s'écouler une minute avant de répondre.

— « Savoir qui et quoi. Ceux-ci et ceux-là. Qui est quoi et vice versa », récita-t-il. *C'est comme ça que tourne le monde, espèce d'ignorant. Les gens ne sont jamais ce qu'ils donnent l'impression d'être, ils ne disent jamais ce qu'on croit qu'ils disent. Tout n'est qu'apparence. Si tu espères survivre, espèce de pauvre petite merde, tu as intérêt à comprendre qu'il faut appartenir à la catégorie des forts, comme moi. N'hésite jamais à écraser tous ceux qui te barrent la route. Pas comme ton abruti de bon à rien de père. Enfonce-toi immédiatement dans ton trou, petit. Dans ton trou !*

Hendrickson tremblait de tous ses membres, trempé de sueur.

À l'est venait d'apparaître le camp militaire de China Lake, face à la forêt d'Inyo dont les pins s'étageaient sur les flancs de la montagne.

De nombreux corbeaux volaient au-dessus de l'Explorer, leur envergure de plus d'un mètre les autorisant à planer sans battre des ailes. Jane avait gardé le souvenir d'une légende indienne selon laquelle la toute première lumière du monde était apparue lorsque des corbeaux l'avaient tirée jusqu'au ciel avec leur bec. Il était dit qu'ils reviendraient un jour en masse, bien avant le crépuscule, et qu'ils plongeraient le monde dans une nuit sans fin. Tout indiquait qu'ils avaient choisi ce jour-là.

– Booth, dit Jane. Quand je claquerai des doigts, vous oublierez la conversation que nous venons d'avoir au sujet de Milne et des livres de Winnie l'Ourson. Le dernier sujet que nous avons abordé était la musique de Mozart. Vous comprenez ?

– Oui.

Elle lâcha le volant d'une main et claqua des doigts.

Son visage couvert de sueur mettrait du temps à sécher, mais il cessa instantanément de trembler et son visage se lissa. Il sc cala plus confortablement dans son siège en regardant droit devant lui, comme s'il rêvassait. Jane préférait ne pas imaginer quelles horreurs lui passaient par la tête, mais il était probable que les corbeaux porteurs de nuit éternelle y avaient leur place et que la figure maternelle qui s'était chargée de le programmer bien avant l'invention du mécanisme de contrôle parcourait les rues sinueuses de sa mémoire.

13

La bourgade de Borrego Springs, au cœur des deux cent quarante mille hectares du parc d'État du désert d'Anza-Borrego, n'est pas l'une des meilleures attractions touristiques de l'État de Californie. La majorité de ceux qui visitent la région sont des campeurs en vacances, et même ceux qui élisent domicile dans les motels de la ville pratiquent des activités liées au désert.

Dans une semaine tout au plus, les touristes viendraient admirer le désert en fleurs, alors que coquelicots, zinnias, gentianes et autres plantes sauvages transformeraient ce secteur décharné en un immense tapis persan multicolore tissé par des artisans euphoriques.

Gavin et Jessica ne se rendaient pas dans la ville même, mais au fond d'une vallée voisine. Deux sillons creusés dans la terre par des roues de véhicules, séparés entre eux par des mauvaises herbes, faisaient office de voie d'accès à la propriété de deux hectares dans laquelle ils étaient attendus. La maison, un bâtiment de plain-pied dont le crépi bleu ciel n'était pas de première fraîcheur, dressait sa silhouette coiffée de zinc à l'abri d'un bosquet de palmiers, au milieu des cactus. Des marches en béton menaient à une véranda dépourvue de mobilier.

Cornell Jasperson, le propriétaire des lieux, ne vivait pas là. La maison, bien que meublée, était inhabitée.

Cornell avait élu domicile cent mètres plus loin, dans l'abri souterrain en béton armé qu'il avait dessiné et construit lui-même, sans le moindre permis, en ayant recours à des travailleurs philippins qui avaient vécu sur place dans des caravanes sans jamais se rendre en ville, où personne n'aurait de toute façon pu les comprendre puisqu'ils parlaient exclusivement le tagalog.

Le blockhaus, enterré sous plus d'un mètre de terre, était invisible. Son existence n'était connue que de Cornell, Gavin et des douze travailleurs philippins rentrés au pays les mains pleines bien des années plus tôt en se vantant, sur les recommandations de Cornell, d'avoir passé un an en Utah à construire la vaste demeure d'un riche excentrique nommé John Beresford Tipton.

Cornell ne manquait pas de contacts, le moins influent desquels était très certainement son cousin germain Gavin, fils de la sœur de sa mère. Cornell, enfant naturel, n'avait jamais connu son père. Sa mère, Shamira, était une toxicomane, prostituée d'occasion, qui avait donné à son fils le nom de celui qu'elle croyait être son géniteur. Shamira et les siens s'étaient reniés mutuellement lorsqu'elle avait seize ans. Elle était morte d'une overdose vingt ans plus tard, alors que Cornell avait tout juste dix-huit ans, sans que personne dans la famille n'ait connaissance de son existence. Six ans plus tard, Cornell s'était retrouvé à la tête d'une fortune de plus de trois cents millions de dollars grâce à la conception et l'exploitation de dix applications.

Cette accumulation de richesse soudaine lui avait « foutu les jetons », pour reprendre son expression. À l'entendre, le système ne tournait pas rond pour qu'un « zinzin comme moi puisse avoir dix dollars en poche à vingt ans et se retrouver quatre ans après avec trois cents millions ». Sa réussite l'avait convaincu que la société était un « râteau de cartes » et qu'il était temps pour lui de « construire un bunker, histoire d'échapper à l'Apocageddon qui nous menace ».

Le terme de zinzin était très exagéré. Les médecins avaient diagnostiqué chez lui le syndrome d'Asperger et diverses formes d'autisme. Ceux qui allaient trop au cinéma avaient beau le traiter d'idiot savant, il avait un

QI exceptionnellement élevé. On pouvait affirmer sans risque de se tromper que Cornell était un excentrique, mais il était inoffensif.

Gavin contourna la petite masure en suivant les traces de roues qui s'arrêtaient devant la grange située entre la maison et le bunker invisible.

La grange, tout de guingois, donnait l'impression de vouloir s'écrouler au premier éternuement. Le soleil, le vent et la pluie avaient transformé ses planches de bois brut en une palette de gris. Les murs nord et sud étaient concaves et le bâtiment tout entier penchait dangereusement vers l'ouest sous son toit de tôle rouillée.

— Il a des chevaux ? s'enquit Travis depuis la banquette arrière.

— Non, répondit Gavin. Il serait incapable de s'en occuper.

— Et il a des chiens ?

— Non, il aurait peur d'oublier de les nourrir.

— Il a des poules ? demanda à son tour Jessie malicieusement, comme si la curiosité du petit garçon de cinq ans était contagieuse. Et des cochons et des moutons ?

Gavin lui pinça affectueusement le lobe de l'oreille.

— Il vit tout seul, dit-il à l'adresse de Travis. Sans aucun animal, et sans personne non plus.

— C'est triste.

— Ce n'est pas l'avis de Cornell. C'est son choix de vivre aussi isolé.

Cornell, tout en se retrouvant seul à la mort de sa mère, n'avait nullement cherché à réintégrer la famille de celle-ci. Il avait attendu d'être riche pour procéder discrètement à des recherches sur ses proches. Il avait alors choisi d'entrer en contact avec Gavin, celui qui lui faisait le moins peur.

Les deux cousins vivaient à quelques heures seulement l'un de l'autre. Cornell avait même laissé entendre à Gavin qu'il avait choisi volontairement de s'installer aussi près de lui, mais il n'était pas question que l'ancien commando vienne lui rendre visite plus d'une fois par mois.

Gavin n'avait jamais compris pour quelle raison son cousin l'avait choisi. Il lui avait bien posé la question, au risque d'être placé sur liste noire pour sa témérité, mais Cornell s'était abstenu de lui répondre. Cornell n'abordait les sujets personnels qu'à sa discrétion, et de façon détournée.

Gavin actionna l'ouverture électrique des vitres du Land Rover et coupa le moteur.

— Je compte le rencontrer seul dans un premier temps, voir s'il a envie de vous dire bonjour.

— Il a des vaches ? demanda Jessie.

— Ouais, des vaches, ce serait trop cool, approuva Travis depuis la banquette arrière.

Gavin laissa échapper un soupir.

— Je n'en reviens pas d'avoir une telle patience.

Il descendit du 4x4 et s'approcha de la petite porte de la grange, voisine de la double ouverture autrefois capable d'accueillir un tracteur traînant une charrette de foin. Il ne prit pas la peine de toquer, sachant que Cornell était alerté automatiquement par un détecteur chaque fois qu'un véhicule pénétrait sur la propriété. À l'heure qu'il était, s'il se trouvait à l'intérieur de la grange et non dans son bunker, il observait son visiteur sur un écran de contrôle grâce aux caméras dissimulées derrière les nœuds des vieilles planches du bâtiment.

La porte, malgré son apparente fragilité avec ses gonds rouillés et son vieux loquet, était blindée et équipée d'une serrure électronique que Cornell commandait depuis un pupitre de la pièce principale. Un grésillement se fit entendre, suivi d'un cliquetis, et la porte s'écarta.

Gavin entra dans un minuscule vestibule vide. Une porte métallique surmontée d'une caméra s'ouvrait face à lui.

La première porte se referma, la métallique s'ouvrit, Gavin pénétra dans la pièce principale et le battant se referma dans son dos.

La grange délabrée n'était qu'une coquille abritant, en plus du vestibule et des toilettes, un immense espace au plafond haut de près de quatre mètres.

C'est là que Cornell passait le plus clair de ses journées, ne se retirant que la nuit dans le bunker que Gavin n'avait jamais visité, et auquel on accédait par un passage souterrain.

Trois des murs, ainsi que la moitié du quatrième, étaient couverts de livres. Il devait y avoir là près de quatre cents mètres de rayonnages chargés à craquer.

Le pan de mur restant accueillait deux portes – celle que Gavin venait de franchir et celle des toilettes –, mais aussi une petite cuisine équipée d'un placard, d'un plan de travail, d'un double évier, de deux grands réfrigérateurs, de deux micro-ondes et d'un four.

Quatre immenses tapis recouvraient le sol de béton et la pièce était meublée d'une multitude de fauteuils dont la disposition ne faisait sens qu'aux yeux de leur propriétaire. Chaque fauteuil disposait de son repose-pieds, d'une table basse et d'une lampe ou d'un lampadaire. La lumière du jour pénétrait dans la pièce à travers des hublots de verre soufflé recouverts de rideaux de soie ou de parchemin. Les lampes étaient allumées, ce qui permettait à Cornell de changer de siège à tout moment sans interrompre sa lecture. Toutes diffusaient une lumière douce rose ou ambrée, à l'exception de deux luminaires équipés d'abat-jour bleus et de deux autres de couleur verte, tout en maintenant de nombreux coins d'ombre.

Sans que la pièce recèle le moindre objet hors du commun, l'effet général était irréel. Gavin aurait pu se croire dans une capsule intemporelle dont les occupants, tous fervents lecteurs, étaient des Hobbits. Malgré l'étrangeté du lieu, il y régnait une atmosphère confortable et accueillante.

La seule personne autorisée à placer un marque-page entre les millions de feuilles des volumes réunis là était pourtant un être humain, bien que son apparence ait changé depuis le dernier passage de Gavin. Cornell Jasperson, un géant de plus de deux mètres dominant son cousin d'une demi-tête, se tenait debout au milieu d'un cercle de quatre fauteuils dépareillés. Davantage chocolat au lait que noir, il ressemblait à un épouvantail dégingandé avec ses mains gigantesques et son allure menaçante qui aurait fait de lui un candidat tout trouvé pour les films dont l'action se déroule de nuit dans des lieux isolés et où le rugissement d'une tronçonneuse est seul capable de troubler le silence. Son visage, d'une douceur et d'une rondeur improbables, tranchait avec le reste de son physique. Ses yeux sombres respiraient l'intelligence et la gentillesse, au point qu'il aurait aisément pu incarner Jésus au cinéma. Tel était le Cornell que connaissait déjà Gavin. En revanche, jamais il ne l'avait encore vu avec le crâne lisse comme un œuf.

Gavin s'immobilisa à un mètre de son cousin sans lui tendre la main ou le serrer dans ses bras. Cornell ne supportait les contacts humains qu'avec une extrême réticence.

Quelques années auparavant, soucieux d'éviter d'être touché par un dentiste qui aurait pourtant pu lui prodiguer des soins dont il avait besoin depuis l'enfance, il s'était rendu par deux fois chez un parodontiste arrangeant. Lors du premier rendez-vous, ce dernier lui avait arraché toutes les dents sous anesthésie avant de lui implanter dans les mâchoires des racines en titane. Le temps que l'opération cicatrise, Cornell était retourné voir le praticien afin qu'il lui pose des prothèses dentaires. Adieu les caries, les gingivites et les brosses à dents.

— Qu'as-tu fait de tes dreadlocks ? s'étonna Gavin.

La voix de Cornell était à l'unisson de son visage, et non de son physique de brute.

— J'ai lu dans un livre que M. Bob Marley était mort.

— Sa disparition ne date pas d'hier.

— Je ne savais pas. Merci d'avance de transmettre mes condoléances aux siens, s'il te plaît. Je me suis réveillé au milieu de la nuit en pensant à M. Bob Marley dans son cercueil, et c'était comme si je portais les cheveux d'un mort, alors j'ai décidé de tout raser. Tu trouves ça bizarre ?

— Oui, avoua Gavin.

Cornell hocha la tête.

— C'est ce que je pensais.

— Tu ne portais pas de dreadlocks à cause de Bob Marley.

— Non, c'est vrai. Tu as raison.

— Rien ne t'empêchait de les garder.

— Pas une fois que j'avais appris sa mort.

Cornell n'avait entendu qu'une seule chanson de Bob Marley, mais elle l'avait profondément affecté. Chaque fois qu'il entendait du reggae, il avait l'impression d'être couvert de fourmis. Il écoutait régulièrement de la musique orchestrale, avec une prédilection pour les cordes, mais son préféré était « M. Paul Simon, dont la voix pourrait être celle d'un ami de toujours ».

— Tu te souviens de ce que je t'ai dit un jour ? Que j'aurais peut-être besoin de venir habiter quelque temps avec Jessie dans la petite maison bleue ?

— Et je t'ai répondu oui, avec plaisir, que ça ne me démangeait pas.

— Absolument, et je t'en suis très reconnaissant.

Gavin n'avait jamais su si les impropriétés de langage de son cousin étaient involontaires, ou bien si elles l'amusaient. Il avait fort bien pu se tromper et prononcer *démanger* en lieu et place de *déranger*, mais la lueur qui brillait dans son regard suggérait un jeu subtil. Quoi qu'il en soit, Gavin ne le corrigeait jamais.

— Eh bien, le jour en question est arrivé, Cornell. Il faut que je t'explique de quoi il retourne pour que tu saches dans quoi tu mets les pieds.

— Ça t'ennuie si on s'assoit pour discuter, s'il te plaît et merci ?

— Bien sûr.

Cornell tapota le dossier du fauteuil le plus proche.

— C'est le mien en ce moment, dit-il en désignant les trois autres sièges en arc de cercle. Prends celui que tu veux. Si tu n'arrives pas à choisir, je peux m'en charger à ta place, si tu préfères.

— Je veux bien m'asseoir dans le fauteuil en cuir.

— Il est très bien. C'est un bon fauteuil.

Cornell s'installa au fond de sa bergère dans une débauche de genoux et de coudes, puis il croisa les doigts et posa ses mains sur son ventre, un sourire satisfait aux lèvres.

— Alors c'est la fin du monde, comme je te l'avais prédit ?

— Pas exactement, rétorqua Gavin.

14

À force d'enchaîner les missions en Californie, au Nevada et en Arizona, Carter Jergen et Radley Dubose dorment le plus souvent à l'hôtel. Ils jouissent de toute la considération de leurs supérieurs au sein des Arcadiens. Techniquement, ils dépendent de la NSA, de la Sécurité intérieure, du FBI, de la CIA et de l'Agence de protection de l'environnement, ce qui leur permet de cumuler chacun cinq traitements, avec les avantages que cela représente en termes de retraite, sans parler du statut particulier dont ils jouissent grâce à leurs diverses cartes professionnelles. Ce statut, tout comme le fait que leurs frais de mission sont à la charge partagée des cinq agences qui les emploient, leur permet de dépenser sans compter.

Depuis l'opération qui a précédé la capture des Shukla, et maintenant qu'ils poursuivent les Washington, ils ont élu domicile dans deux chambres avec vue sur mer du Ritz-Carlton Laguna Niguel. Contrairement à ce que l'on pourrait croire, l'établissement se trouve à Dana Point, et non à Laguna Niguel, mais cette dernière appellation est infiniment plus chic.

Après le fiasco de leur virée dans le désert, Jergen et Dubose se sont fait conduire en hélicoptère à Capistrano Beach avant de se rendre dans leur hôtel où ils sont arrivés à 3 h 30 du matin.

Jergen, épuisé, avait l'intention de dormir jusqu'à midi, mais le téléphone de la chambre le réveille à 7 h 15. Comme il néglige de répondre, son smartphone posé sur la table de nuit sonne à son tour. Il ne répond pas davantage et le téléphone de la chambre prend le relais, sans qu'il décroche.

Il sombre à nouveau dans le sommeil lorsque les lumières de sa chambre s'allument.

— Je sais bien que les Brahmanes de Boston ont besoin de reposer leurs traits patriciens, mais tu es déjà assez beau comme ça, fait la voix de Radley Dubose. Grouille-toi de t'habiller.

Jergen se redresse dans son lit.

— Comment es-tu entré ?

— Tu plaisantes ? Tu as oublié qui nous sommes et ce qu'on fait ? Allez, collègue. La piste refroidit à chaque heure qui passe.

— Nous n'avons pas de piste.

— Il y en a forcément une. On a tout intérêt à coincer les Washington et le gamin si on ne veut pas se retrouver dans la liste noire du grand livre de la révolution.

— Je n'ai pas encore pris ma douche.

— Je te donne cinq minutes.

— Comment veux-tu que je me douche en cinq minutes ?

— Je te conseille d'y arriver si tu ne veux pas que je t'emmène de force dans la salle de bains, que j'ouvre le robinet et que je te savonne moi-même.

— Le pire c'est que tu en serais capable, espèce de sale con, maugrée Jergen en repoussant les couvertures.

— Mon Dieu, quel joli pyjama !

— Je t'emmerde.

— Il ne te reste plus que quatre minutes, rétorque Dubose.

15

Assis dans son fauteuil en cuir, nimbé d'une lumière rose, Gavin déchiffra le titre du volume relié que lisait son cousin : *Les Orchidées noires* de Rex Stout, un polar qui met en scène le détective obèse Nero Wolfe. D'autres romans de la même série étaient posés à côté des sièges voisins, un marque-page figé entre les pages de chacun d'eux.

Le manège de son cousin n'échappa pas à Cornell.

— J'ai récemment lu les œuvres d'un philosophe appelé Emmanuel Kant. J'avais besoin de me changer les idées. Tu connais Nero Wolfe ?

— Malheureusement non.

— Je les ai déjà tous lus, mais ils sont agréables à relire. Ce qui n'est pas le cas d'Emmanuel Kant.

Terrifié d'avoir amassé une telle fortune aussi facilement, libéré des contingences de l'existence contrairement à l'immense majorité de ses semblables, Cornell avait décidé de passer le temps qui lui restait à vivre, fin du monde ou pas, à découvrir la vie telle que la décrivaient les autres.

— Tu ne t'intéresses toujours pas à l'actualité ? reprit Gavin.

— Je n'ouvre pas les journaux et les magazines, je n'écoute pas la radio. J'allume une fois par jour mon unique poste de télé, et jamais plus d'une minute, histoire de m'assurer qu'il y a encore des émissions. Tant qu'il y en aura, la fin des temps ne sera pas là, mais notre société ne saurait tarder à s'écrouler, à en juger par le peu que je vois quand j'allume la télé. Je peux tenir trente mois de barbarie en attendant l'émergence d'une autre civilisation.

À l'image de la petite maison bleue, la pièce cachée à l'intérieur de la vieille grange comme le bunker souterrain étaient reliés au réseau électrique ordinaire. Si la société s'effondrait, ainsi que le prédisait Cornell, il lui suffirait de basculer sur un groupe électrogène installé dans une cave et alimenté en propane par une immense cuve enterrée tout près de là. D'après ses calculs, la cuve contenait assez de gaz pour alimenter le bunker et la grange en électricité pendant quatorze mois, la parfaite isolation de ses deux lieux de vie nécessitant peu de chauffage ou de climatisation. À condition de se cantonner dans le bunker, Cornell pouvait tenir jusqu'à trente mois en cas de crise.

— J'estime à 46 % la probabilité que la désintégration de la société actuelle débouche sur une nouvelle civilisation. De toute façon, si l'électricité n'a pas été rétablie en l'espace de trente mois, elle ne le sera pas de mon vivant.

— Que feras-tu dans ce cas ? lui demanda Gavin.

— Je me résoudrai à l'inévitable, répondit Cornell, fidèle à une doctrine dont il ne démordait pas depuis que son cousin le fréquentait.

Le géant afficha un large sourire avant de poursuivre :

— Alors, tu as décidé de t'installer dans ma petite maison bleue.

— Tu as besoin de mesurer le risque que tu prends en nous accueillant.

— Le seul vrai risque est l'effondrement de la société.

— Je tiens quand même à te mettre au courant. Jessie et moi, nous avons accepté de rendre service à une amie recherchée par le FBI.

— Une criminelle ?

— Une innocente injustement poursuivie. Elle…

Cornell l'arrêta d'un geste.

— La version éclair, s'il te plaît et merci. Après les aventures de Nero Wolfe, j'ai l'intention de lire tout ce qui a été écrit par M. Henry James. J'ai bien aimé *Le Tour d'écrou*, que j'ai trouvé bien tourné et bien boulonné. M. Henry James était un auteur très, très actif. Il a publié plus de cent vingt livres de son vivant, beaucoup plus que toi.

— Alors voici la version éclair, le recentra Gavin. Notre amie est activement recherchée par le FBI et d'autres personnes très dangereuses. Elle est veuve…

— Tu lui transmettras mes condoléances, s'il te plaît et merci.

— Je n'y manquerai pas. Quoi qu'il en soit, elle a peur que les gens qui cherchent à la tuer veuillent également tuer son fils, alors elle l'a caché chez nous.

— Je me sentirais en sécurité si j'étais caché chez toi, remarqua Cornell, mais je me sens encore plus en sécurité dans mon bunker, sans vouloir te vexer.

— Aucun souci. Toujours est-il que le pire est arrivé, ces gens nous ont retrouvés et nous nous sommes enfuis juste à temps hier soir. Nous avons réussi à les semer, mais nous devons nous montrer discrets pendant un moment.

— Se montrer discret, je connais. Ça arrive souvent à certains personnages dans les aventures de Nero Wolfe, ou dans les romans de M. Dashiell Hammett ou de M. Charles Dickens. Je pense plus particulièrement à Magwitch, le prisonnier évadé au début des *Grandes Espérances*.

Gavin se pencha en avant.

— Il s'agit de la vraie vie, Cornell. Je ne te parle pas des romans de Dickens ou de Dashiell Hammett, mais de personnes réellement dangereuses.

— Ce n'est pas très différent, mon cousin. Platon serait d'accord avec moi. Sauf qu'il est mort. Toutes mes condoléances. Quand je lis des romans, comme je le ferai dans une minute ou deux, s'il te plaît et merci, je suis dans *ma* réalité. Tu n'as qu'à te montrer discret dans ma petite maison bleue sans t'occuper de moi.

Il se déplia de sa bergère en poussant un soupir digne d'un accordéon.

— Tu as déjà la clé de ma maison bleue.

— Oui. Je te remercie, Cornell.

— Pas un mot de plus, pas un mot de plus, pas un mot de plus, dit-il en se bouchant les oreilles.

16

Ils prennent leur petit-déjeuner au bar de l'hôtel, une salle lumineuse et meublée avec élégance. Le box en forme de U dans lequel ils ont pris place pourrait accueillir six personnes et Dubose s'est installé tout au fond, dos au mur, afin que personne, pas même la serveuse, ne puisse voir ce qui s'affiche sur l'écran de son ordinateur.

Carter Jergen ne supporte pas que son collègue se serve de son ordinateur à table, mais il ne dit rien. S'il devait se plaindre chaque fois que Dubose se montre grossier ou vulgaire, il attraperait une laryngite.

Tout en savourant un grand bol de fruits rouges à la crème avec du sucre roux, Jergen se demande une fois de plus comment son association avec Dubose peut fonctionner aussi bien. Il a beau retourner le problème dans tous les sens, il en arrive à la conclusion que leurs différences constituent le meilleur des atouts, au même titre que les contraires s'attirent au sein d'un couple. Associer deux agents aussi dissemblables ouvre des perspectives inédites à chacune de leurs missions.

L'inconvénient d'une telle théorie est de suggérer que chacun d'eux est imparfait. Carter Jergen a la prétention de croire que ce n'est pas son cas, qu'il est aussi admirable qu'une goutte d'eau flottant dans le vide absolu. Tout en *sachant* qu'il est parfait et complexe, Jergen ne voit pas d'autre explication à l'efficacité de leur tandem.

Grâce au mouchard installé par la NSA dans les systèmes informatiques des principales banques de Gavin et Jessica Washington, Dubose s'assure qu'ils n'ont pas effectué d'achat à l'aide d'une carte bancaire depuis la nuit précédente. Ils sont trop malins pour commettre une telle erreur, mais les gens les plus brillants ne sont pas à l'abri d'une bévue.

Tout en travaillant sur son ordinateur, Radley Dubose grignote son bacon avec les doigts. Il se lèche bruyamment les babines, comme si le plaisir de manger s'exprimait obligatoirement par des bruits de bouche. Il se suce goulûment le pouce et l'index, entre deux tranches de bacon, pour être sûr d'en avaler toute la graisse.

Jergen se console en voyant son collègue manger son omelette au fromage avec une fourchette, au lieu de la gober directement dans l'assiette avec sa bouche.

— Ils n'ont fait aucun achat avec une carte, note Dubose. Voyons un peu si les plaques du Land Rover ont été scannées quelque part cette nuit.

La façon dont mange Dubose n'est rien à côté de le voir commander douze tranches de bacon supplémentaires, en plus des trois qui accompagnent son omelette.

En posant devant lui les tranches de graisse pure, empilées de façon obscène sur une assiette à part, la serveuse a fait la remarque à Dubose qu'il doit être affamé, ce à quoi ce balourd inimitable lui a répondu d'une voix lascive, avec un clin d'œil :

— Je suis vorace de nature dans tous les domaines, ma chérie.

Comme si le Ritz-Carlton était le meilleur endroit au monde où s'adresser de façon aussi vulgaire à une jolie femme. Le *Ritz-Carlton* !

Dubose se rend sur les bases de données de la NSA et entre le numéro d'immatriculation du Land Rover. Aucun véhicule de police équipé d'un scanner de plaque n'a enregistré la présence du 4x4 au cours des douze heures écoulées.

Le géant s'enfonce sur la banquette, le front soucieux, perplexe sur la conduite à adopter. Comme de juste, il dévore une tranche de bacon afin de se graisser les méninges.

Jergen, horripilé par les bruits de bouche de son compagnon, hésite à lui demander s'il a des ancêtres cannibales, mais user de sarcasmes ne servirait à rien. Dubose est imperméable à la honte. Il trouvera surtout le moyen de glisser une remarque qu'il croit spirituelle sur les Brahmanes de Boston, Harvard, ou le Hasty Pudding Club[1].

– On sait, depuis l'abandon de sa voiture précédente au Texas, que Hawk a les moyens de se procurer de fausses plaques dûment enregistrées auprès des services officiels.

Jergen, après avoir vidé son bol de fruits rouges, s'essuie la bouche à l'aide de sa serviette soigneusement amidonnée avant de boire sa tasse de thé.

– Elle a très bien pu donner des plaques aux Washington avec une carte grise en règle au cas où ils devraient prendre la fuite.

– Les grands esprits se rencontrent, approuve Dubose. J'y pensais aussi.

– Mais à moins d'avoir le nouveau numéro de plaque ou le nom du propriétaire supposé, on reste au point mort.

Le géant saisit deux tranches de bacon qu'il plie en deux avant de les enfourner et de les mastiquer avec le zèle d'un amateur de chique.

– J'ai peut-être une idée, dit-il après avoir avalé l'énorme bouchée.

1. Cette amicale, fondée à la fin du XVIIIe siècle, est réservée aux étudiants de la prestigieuse université de Harvard.

17

Jane fit halte sur une aire d'autoroute équipée de toilettes publiques à hauteur de Coso Junction. Le parking était désert.

Le ciel d'un bleu pur qui les avait accompagnés au début de leur périple s'était voilé à mesure qu'ils montaient vers le nord, jusqu'à devenir d'un gris uniforme, porteur des derniers soubresauts de l'hiver.

Neuf corbeaux étaient perchés à intervalles réguliers sur une ligne électrique, comme si le vol aperçu un peu plus tôt avait dépêché à Jane des éclaireurs.

Elle cisailla les liens autobloquants de Booth Hendrickson et l'autorisa à se rendre aux toilettes. Elle l'accompagna et patienta devant la porte avant de retourner à l'Explorer et de lui lier les poignets à la ceinture, comme auparavant.

Suffisamment sûre de l'efficacité du mécanisme de contrôle, elle le laissa seul dans le 4x4 et se dirigea à son tour vers les toilettes sous le regard des neuf corbeaux qui agitaient muettement leur bec.

À son retour, elle trouva Hendrickson parfaitement immobile sur son siège, aussi docile qu'un bon chien, imperméable au monde. Il répondait uniquement lorsqu'elle lui adressait la parole et donnait l'impression de s'enfoncer peu à peu dans un univers intérieur dont il pourrait bien ne plus ressortir un jour. Jane était convaincue que cet état était moins lié à un dysfonctionnement de l'implant cérébral qu'à un processus de désintégration psychique.

Ils achevèrent la traversée du désert de Mojave qu'ils quittèrent à Owens Lake. Lorsqu'ils firent étape à Lone Pine pour faire le plein et manger un morceau, ils venaient de franchir la barre des mille mètres d'altitude. Le paysage, bordé par la Sierra Nevada et la forêt d'Inyo était impressionnant.

Elle acheta quatre hamburgers et deux Coca Light. Comme Hendrickson ne voulait rien avaler, elle lui ordonna de manger et il obtempéra, une fois débarrassé de ses liens.

La température avait baissé, aussi laissa-t-elle tourner le moteur pendant leur pause, dans le double but de préserver la chaleur et d'écouter Arthur Rubinstein interprétant la *Sonate n° 21 en do majeur* de Beethoven.

Cette fois, elle ne prit pas la peine d'immobiliser les poignets de son prisonnier, constatant qu'il avait perdu toute capacité d'autonomie.

Elle reprit la route en direction du nord, bercée par la *Sonate n° 18 en mi bémol majeur* de Beethoven, admirative de Rubinstein qu'elle estimait être le plus grand pianiste de tous les temps. Certains spécialistes affirmaient que Franz Liszt était un virtuose plus accompli encore, mais il avait vécu trop tôt pour pouvoir être enregistré.

Elle finit par comprendre ce besoin d'écouter Rubinstein. Sa destination était un lieu si marqué par le mal qu'elle pourrait bien en repartir à jamais changée. À condition d'en sortir vivante. Tout en ayant elle-même des talents de pianiste bien inférieurs à ceux de Rubinstein, elle ressentait sans peine la joie pure qui coulait de ses doigts et marquait son regard sur l'existence. Le mieux était encore de profiter de la musique de cet interprète de génie tant qu'elle avait encore la capacité de l'apprécier pleinement.

À mesure que la route s'enfonçait dans les montagnes, le plafond de nuages s'abaissait et c'est à peine si l'on devinait encore la présence du soleil derrière un manteau cotonneux d'un gris uniforme. Le vent s'était levé, soulevant des tourbillons de poussière et d'aiguilles de pin.

Ils approchaient de Bishop, une heure plus tard, lorsqu'un panneau électronique l'avertit qu'au vu des conditions météo, les véhicules poussant au-delà de Mammoth Lakes avaient l'obligation de rouler avec des chaînes.

Elle s'arrêta à une station-service, acheta le nécessaire et le fit installer sur ses pneus.

Hendrickson, les yeux fermés, semblait dormir. Ses lèvres s'agitaient en formant des mots sans que le moindre son s'en échappe.

Les chaînes installées, elle se rangea à l'écart avec l'intention de passer un appel rapide à Gavin et Jessica avant de s'apercevoir que la batterie de son téléphone jetable était à plat.

Depuis près de trois mois qu'elle s'était lancée dans cette mission, c'était seulement la troisième fois qu'elle oubliait de recharger son téléphone, sous la pression des événements. Elle en ressentit un profond malaise, de façon excessive, comme si une telle négligence annonçait une catastrophe. Elle s'en voulut de cette pensée superstitieuse. Elle n'allait pas perdre son petit garçon parce qu'elle avait omis de charger un portable. Travis était en sécurité avec Gavin et Jessie, il était heureux auprès de son poney et des deux chiens.

Elle brancha le cordon d'alimentation de l'appareil sur la prise du tableau de bord. En fonction de la météo, elle se promit d'appeler lorsqu'elle aurait dépassé Mammoth Lakes, à hauteur de Lee Vining.

Rubinstein interprétait le *Premier concerto pour piano* de Tchaïkovski, accompagné de l'orchestre symphonique de Minneapolis.

Les paupières closes, Hendrickson marmonna quelques mots :

— *Des têtes dans la tête, des yeux à l'intérieur des yeux...*

18

Ils quittent la salle du petit-déjeuner et regagnent la chambre de Dubose où celui-ci installe son ordinateur sur la petite table qui fait face à la fenêtre de l'autre côté de laquelle s'étend l'immensité de l'océan. Jergen est impatient de savoir quelle idée de génie a pu germer dans le cerveau embrumé par le bacon de son collègue.

— Hier soir, dans quelle direction se dirigeait le Land Rover, d'après les deux types de l'hélico ?

— Le sud-ouest, répond Jergen.

— Nous sommes d'accord, acquiesce Dubose. Jetons un coup d'œil à une carte sur Google Maps.

Jergen n'a aucune envie d'approcher sa chaise de celle de Dubose afin de voir l'écran. Il aurait trop l'impression de jouer au petit garçon qui regarde papa travailler. Les yeux perdus dans les eaux scintillantes du Pacifique, il préfère que son collègue lui décrive ce qu'il voit.

Le raisonnement de Dubose est simple : tout d'abord, Gavin Washington sait que ses poursuivants disposent de moyens illimités. Il voudra donc trouver une cachette avant que toutes les polices de Californie se mettent en chasse d'un Land Rover blanc. Il commence par remplacer les plaques, à supposer qu'il en ait d'autres à sa disposition, mais le véhicule reste le même, ce qui est risqué. La carte, à présent. Partant du postulat que Washington n'a pas changé de cap après s'être débarrassé de l'hélico, on peut imaginer qu'il se sera dirigé vers le comté voisin, celui de San Diego, qu'il aura atteint entre De Luz et Fallbrook, au cœur d'une région rurale. La première route qu'il peut emprunter est la S13. Celle-ci rejoint l'Interstate 15, mais il préférera éviter les autoroutes, les sachant surveillées, même en pleine nuit. Il choisira de rester sur des axes plus modestes où il a peu de chance de croiser des flics. Il peut donc poursuivre sur la S13 jusqu'à Camp Pendleton, le camp de Marines qui occupe une bonne partie de la région côtière, et s'enfoncer vers le sud en direction de Tecate où se trouve la frontière.

— Il ne tentera jamais de passer au Mexique à Tijuana, estime Dubose. C'est bien trop risqué pour lui.

— Le Mexique en général est trop risqué, précise Jergen. Souviens-toi qu'ils sont armés, lui et sa connasse de femme. Jamais ils ne voudront passer la frontière, de peur d'être rançonnés par des *Federales* corrompus.

— Tout à fait, acquiesce Dubose, comme s'il avait lui aussi pensé à la présence d'armes dans le Rover.

En résumé, les fuyards n'ont pas trente-six solutions. Ils souhaiteront rester à l'écart des grands centres urbains tant qu'ils n'auront pas fait repeindre le Land Rover. Pour y parvenir, ils doivent impérativement disposer d'une planque isolée, sans doute dans les secteurs les moins peuplés du comté de San Diego, et ils ne sont pas nombreux. Par exemple, ils peuvent continuer sur la S13 en direction du sud et bifurquer vers l'est sur la 76.

La S13 longe Camp Pendleton, la base est logiquement équipée sur son pourtour de caméras de sécurité. Jergen va chercher son propre ordinateur dans sa chambre et se branche sur les bases de données de la NSA. Il fait apparaître à l'écran les images des caméras du camp, enregistrées en fin de nuit, qu'il fait défiler à vitesse rapide en quête du Land Rover blanc.

De son côté, Dubose étudie le tracé de la 76 et découvre deux détails intéressants.

19

La petite maison bleue était aussi modeste à l'intérieur que l'indiquait sa façade décrépite. C'était là qu'avait vécu Cornell à l'époque où il faisait construire son bunker. En plus de ses talents de concepteur d'applications grand public, il avait le don des langues. Il en parlait six couramment, dont celle des ouvriers philippins qu'il avait apprise afin de mieux superviser les travaux.

Le salon, le bureau, l'une des deux chambres ainsi que la cuisine étaient équipés de meubles bon marché et dépareillés, mais solides.

— C'est drôlement poussiéreux, remarqua Travis en visitant les lieux en compagnie de Gavin et Jessie, tandis que les chiens exploraient chaque recoin.

— Il ne vient plus jamais ici, expliqua Gavin. Chaque mois, quand je lui rends visite, j'en profite pour m'assurer que tout fonctionne et qu'il n'y a pas de fuite d'eau, mais j'avoue ne pas avoir le temps de nettoyer.

— Le temps et l'envie, ajouta Jessie en passant un doigt sur le plan de travail couvert de poussière.

— On va tout ranger en un clin d'œil, affirma Gavin. Il suffit d'attacher un chiffon à la queue des chiens. Sans oublier d'obliger ce petit garçon à travailler jusqu'à l'épuisement, pendant qu'on boit tranquillement du thé glacé dans la véranda.

— Il se prend pour qui, celui-là ? se moqua Travis.

20

De l'autre côté de la vitre, la mer brille au soleil et s'abat en vagues successives sur une plage d'albâtre en laissant dans son sillage des serpents d'écume. À l'intérieur de la chambre, Jergen fait défiler les images en vitesse rapide lorsqu'il pousse un petit cri.

— Je l'ai ! Ma main à couper que c'est lui dans son putain de Land Rover.

— Bien sûr que c'est lui, opine Dubose sans même prendre la peine de relever les yeux de son propre écran lorsque Jergen lui tend son ordinateur.

Il n'a jamais douté un seul instant de sa théorie et c'est uniquement dans le but d'occuper Jergen qu'il lui a demandé de visionner ces enregistrements, pendant que lui-même continue de réfléchir.

— De mon côté, explique-t-il, je me suis intéressé à la 76 qu'il aura empruntée s'il dispose d'une planque dans un coin paumé des environs. Il y a deux caméras au croisement de la 76 et de la 16, dans un patelin qui s'appelle Pala.

— Jamais entendu parler.

— Un trou perdu, où a été construite l'une des premières missions californiennes. Ne me demande pas pourquoi, mais ils ont installé des caméras au croisement des deux routes pour surveiller les allées et venues de suspects en cas d'attaque terroriste.

— Les vieilles missions sont connues pour leur valeur historique.

— La merde de dinosaure pétrifiée aussi a une valeur historique, c'est pas pour ça qu'on plante une caméra devant à chaque fois qu'on en découvre une nouvelle.

Jergen est atterré par tant de bêtise, et ce n'est pas la première fois.

– Je te signale que les terroristes de Daech et autres cinglés du même acabit adorent s'en prendre aux monuments historiques pour mieux effacer les traces du passé.

– C'est moins le passé que le présent qui me préoccupe, se défend Dubose. Tu n'as qu'à regarder les images des caméras de Pala pour voir si tu repères le Land Rover.

En moins de dix minutes, Jergen voit passer le 4x4 blanc.

– Je l'ai ! s'écrie-t-il.

– Je te l'avais dit, réplique Dubose sans lever le nez de son écran. Maintenant, à une vingtaine de kilomètres de Pala, toujours sur la 76, un embranchement vers la 6 permet d'accéder à Palomar Mountain, un trou du cul minuscule. Deux caméras sont installées au croisement. Sans doute à cause de la présence tout près de l'observatoire Palomar.

– C'est là que se trouve le télescope Hale, l'un des plus gros au monde, qui sert à étudier les étoiles.

– Les étoiles n'ont pas changé depuis des millions de siècles, et je lis ici que l'observatoire a ouvert ses portes à la fin des années 1920. S'il leur a fallu tout ce temps pour observer des étoiles qui ne bougent pas d'un poil, tu peux être sûr que ces types-là passent leur temps à se branler en fumant de l'herbe.

Jergen se demande si son collègue ne fait pas exprès de sortir de telles énormités dans l'espoir de le faire sortir de ses gonds. Jergen n'entend pas donner une telle satisfaction à ce cul-terreux.

Sans même répondre, il se met en quête des images enregistrées au croisement concerné.

21

Les produits d'entretien stockés sous l'évier étaient vieux, mais pas encore périmés. Pendant que Jessie et Travis s'employaient à récurer la cuisine, Gavin se rendit dans le garage attenant à la maison.

Cornell y avait abandonné sa vieille Honda quatre ans plus tôt, lorsqu'il avait pris possession de son abri dans l'attente de l'Apocageddon. Depuis, il ne mettait le nez dehors qu'une fois par semaine pour prendre son courrier. À chacune des visites de Gavin, Cornell lui demandait de poster les règlements de ses factures car il n'utilisait plus lui-même sa voiture. En dépit des millions qui garnissaient son compte en banque, il avait acheté la Honda d'occasion. Elle avait douze ans et affichait au compteur 76 550 kilomètres dont Cornell avait parcouru moins de 3 000, à l'époque où il faisait ses courses à Borrego Springs pendant la construction de son bunker de fin du monde. Il n'aimait guère conduire, trouvant la vitesse de croisière d'une automobile parfaitement inadaptée à l'homme.

Gavin s'était assuré à chacune de ses visites mensuelles que la Honda était en état de marche, en prévision du jour hypothétique où son cousin déciderait que la société n'allait finalement pas s'écrouler. Depuis que Jessie et lui s'occupaient de Travis, il avait une autre raison de s'occuper de la voiture, sachant qu'il pourrait en avoir besoin un jour.

Il sortit la Honda du garage, la gara le long de la maison et prit le temps de réfléchir à la situation, assis sur une vieille souche de laurier d'Inde à l'ombre des grands palmiers. Si l'existence confortable qu'ils menaient avec Jessie n'avait pas définitivement disparu, elle ne serait qu'un souvenir tant que durerait la croisade de Jane. Et si d'aventure cette dernière échouait, leur vie ne serait pas uniquement inconfortable, elle se déroulerait jour après jour dans le stress et la peur.

Il est vrai que si Jane perdait la partie, le pays tout entier sombrerait dans un abîme sans fond, en attendant que le reste de la planète coule à son tour. Trois mois plus tôt, il n'aurait jamais cru quiconque lui aurait annoncé qu'une élite dotée d'un pouvoir sans précédent dominerait un jour une humanité craintive, composée pour partie de millions d'esclaves au cerveau modifié, et pour le reste de moutons soumis.

Les esclaves en question étaient capables, en l'espace d'une minute, d'abandonner leur rôle de voisins serviables pour se métamorphoser en tueurs sans scrupules, capables d'assassiner ceux qu'on leur désignait comme rebelles, qu'il s'agisse de proches, de parents, ou même d'enfants. À ce stade, il voyait mal comment le monde pourrait échapper à un tel cataclysme. En comparaison des êtres modifiés, les morts vivants du cinéma faisaient figure de plaisantins.

Jessie et lui croyaient assez à la défense des libertés pour avoir donné à ce combat des années de leur vie, et même ses jambes dans le cas de la jeune femme. Ils étaient heureux de s'être rencontrés, de la vie qu'ils menaient depuis leur démobilisation. Y renoncer aussi brutalement était insupportable. Il leur faudrait toutefois s'habituer à cette idée, pour avoir toujours donné le meilleur d'eux-mêmes face à l'adversité.

Il devinait d'avance l'avis de Jessie, dont il connaissait la philosophie : *Personne ne m'a jamais dit que la vie serait une partie de plaisir. Tant que tu es là pour rire et espérer avec moi, rien ne peut m'atteindre.*

Le bleu soutenu du ciel, les palmiers avec leurs feuilles ballantes, l'immensité du désert qui ne serait bientôt plus qu'un champ de fleurs jusqu'aux montagnes qu'il distinguait dans le lointain, tous ces trésors d'apparence banale n'avaient pas de prix si l'on y réfléchissait bien. À condition d'échapper à la mort, ou à la servitude réservée à tous les individus modifiés.

Il rangea le Land Rover dans le garage et referma la porte basculante en se promettant de repeindre le 4x4 en bleu d'ici un jour ou deux.

Cette décision prise, il rentra dans la maison avec l'intention de se raser le crâne.

22

Carter a envie de capturer Travis Hawk de façon à mettre sa mère à genoux, mais il aimerait presque autant que la théorie de Dubose fasse long feu, que le Land Rover ne soit pas passé devant les caméras installées à l'entrée de la route conduisant à l'observatoire. Si les Washington avaient eu la bonne idée de s'évanouir dans la nature entre Pala et Palomar, il serait trop heureux de voir l'autre yéti sudiste en avaler son chapeau. Mais ce désir secret ne se réalise pas, le 4x4 traverse Palomar comme prévu.

— Une vingtaine de kilomètres plus loin, fanfaronne Dubose, la 76 rejoint la 79. J'imagine qu'ils auront pris vers le sud et j'ai déniché deux caméras planquées à Santa Ysabel où se trouve une autre mission. Va vérifier.

— Tu aurais pu t'en charger pendant que je visionnais les images des caméras de Palomar, observe Jergen sur le ton le plus neutre possible.

— Je réfléchis en regardant la carte. Il faut bien que quelqu'un se serve de ses cellules grises, non ?

Jergen ne répond rien et se met en quête des images demandées.

— S'ils étaient passés par Santa Ysabel, ils y seraient arrivés une demi-heure après avoir traversé Palomar. Je viens de regarder en accéléré quatre-vingt-dix minutes de vidéo, pas de Land Rover. Que disent tes cellules grises ? Il est temps de les utiliser.

— Elles fonctionnent en permanence, se défend Dubose. Si seulement il y avait d'autres missions dans le coin, on aurait d'autres caméras. Pas de souci, mets-toi en veille.

— En veille ?

— Je sens poindre une idée.

Le géant se redresse devant l'écran de son ordinateur, menton en avant. Dans cette pose, il est le portrait craché de Dudley Do-Right, le héros de dessin animé en uniforme de la police montée canadienne.

23

Le vent tomba peu avant que les premiers flocons ne s'échappent des nuages en tourbillonnant, avant de s'écraser sur le capot de l'Explorer et de glisser le long du pare-brise sans s'y accrocher. Le manteau vaporeux, tout d'abord fragile, finit par coller à la route.

Jane fut obligée de ralentir et de mettre en route ses essuie-glaces à l'entrée de Lee Vining. Comme le battement mécanique des balais de caoutchouc et le chant monotone des chaînes troublaient Rubinstein, elle éteignit le lecteur de CD.

Elle s'engagea sur le parking d'une supérette, gara l'Explorer et s'assura que le téléphone jetable était chargé. Hendrickson, sortant de sa torpeur, observa l'appareil avec intérêt. Il croisa le regard de Jane alors qu'elle s'apprêtait à composer le numéro du portable confié à Gavin et Jessie.

Contrairement au personnage qu'il était dans le cauchemar de Jane, Booth n'avait pas les yeux blancs, mais elle crut y lire une curiosité malsaine, comme s'il était convaincu, dans un recoin de son esprit, qu'elle restait son ennemie bien qu'il ne soit plus en mesure de lui résister.

— Tournez la tête, lui ordonna-t-elle afin qu'il ne puisse pas voir quel numéro elle appelait.

Loin de lui obéir, il la regarda.

— Tournez la tête, répéta-t-elle.

Cette fois, il pivota en direction de sa fenêtre.

Parce que la bourgade était éloignée de tout, ou bien à cause de la neige, aucun signal ne lui parvenait. Elle se promit de retenter sa chance plus tard, tout en sachant que chaque tour de roue les éloignait de la civilisation et que la météo n'irait pas en s'améliorant. Sans doute lui faudrait-il attendre jusqu'à leur arrivée à Carson City, dans le Nevada.

Elle reprit la 395 et se trouva coincée derrière un chasse-neige qui poussait d'énormes paquets de poudreuse sur le bas-côté. Le gyrophare du camion projetait des éclairs orangés dans la grisaille ambiante, transformant la neige en or par une alchimie secrète.

— Ils le trouveront, dit soudain Hendrickson, toujours tourné vers sa fenêtre.

— Ils trouveront qui ?

— Votre fils, répondit-il sur un ton factuel, sans le plus petit signe d'animosité ou de satisfaction.

Jane sentit son cœur se serrer dans sa poitrine.

— Que savez-vous au sujet de mon fils ?

— Presque rien. Ce n'était pas ma priorité, mais récemment…

— Récemment ?

— Ils ont doublé le nombre des agents chargés de le retrouver.

— Que savez-vous d'autre ? Je veux tout savoir.

— Je ne sais que ça. Ils ont mis deux fois plus d'agents sur le coup.

— Ils ne le trouveront jamais.

— C'est inévitable.

De façon irrationnelle, elle fut tentée de le frapper avec le canon de son pistolet, mais elle n'y aurait rien gagné, bien au contraire. Elle lui avait déjà infligé le pire.

Voyant qu'il tournait la tête vers elle, Jane l'interrogea :

— Quelle était votre mission prioritaire ?

— Vous retrouver.

— Et vous avez réussi.

— Je ne sais pas encore, répliqua-t-il après un silence.

24

Radley Dubose estime que si les Washington n'ont pas emprunté la 79 en direction du sud, ce que confirment les images des caméras de surveillance de Santa Ysabel, ils foncent forcément vers le nord.

Jergen se retient de féliciter son collègue pour ses brillants pouvoirs de déduction.

— Cela dit, précise Dubose en scrutant l'écran de son ordinateur comme s'il s'agissait d'une boule de cristal, ils ne seront pas allés loin. Je les vois mal retourner dans le comté d'Orange. Ils ne se sont pas lancés dans un tel périple pour faire une simple balade.

— J'en suis bien conscient.

— La seule route qui traverse la 79 dans ce coin est la 2.

— Et donc ?

— Ils auront bifurqué sur la 2 qui repart vers le sud en direction du Mexique, mais je les vois mal tenter de franchir la frontière avec des armes.

— Tu as trouvé ça tout seul ? l'interroge Jergen.

Dubose est trop concentré pour entendre le sarcasme.

— Cela dit, la 2 ne se dirige pas uniquement vers le sud.

— Un autre choix difficile pour un brillant limier comme toi.

— Juste après avoir bifurqué brusquement vers le sud, la 2 croise la 22. Je suis prêt à parier qu'ils ont pris celle-ci jusqu'à Salton City, de l'autre côté du désert Anza-Borrego, près de la mer de Salton.

— Salton City, sur la mer de Salton. Tu devrais écrire des chansons, le raille Jergen.

— D'un autre côté, il leur aurait été plus facile de quitter la 79 au niveau de la 78 puis de s'engager sur la 86, si leur destination était la mer de Salton. Ce sont de bien meilleures routes que la 22.

— Tu me donnes le tournis avec tous ces chiffres. Tu en conclus quoi, précisément ?

— La 22 ne mène qu'à deux bourgades : Salton City, et Borrego Springs en chemin.

— Alors je te propose de commencer par explorer Borrego Springs.

Dubose lève la tête de son ordinateur.

— C'est ce que je viens de t'expliquer. C'est à cent quatre-vingts kilomètres d'ici, on peut y être en moins de deux heures.

Jergen prend son ordinateur alors que Dubose laisse le sien dans la chambre et les deux hommes quittent l'hôtel.

La journée est chaude, les palmiers dressent leurs silhouettes majestueuses dans le ciel d'un bleu immaculé au milieu duquel tournoient en silence des mouettes.

Le portier leur confirme qu'un certain Harry Lime a livré un véhicule à leur intention une heure plus tôt. L'employé précise qu'il n'a jamais vu un pick-up pareil.

Les équipes de la NSA ont changé les deux pneus crevés du VelociRaptor avant d'en laver et cirer la carrosserie. Le 4x4 est magnifique. Dubose s'installe tout naturellement au volant.

25

Le crâne rasé de Gavin n'était pas aussi lisse que celui de son cousin. Il quitta la salle de bains et se rendit dans la cuisine en caressant sa tête d'une main curieuse.

– J'ai des bosses partout.

– À cause de toutes les fois où j'ai voulu te mettre du plomb dans la tête, plaisante Jessie.

– Oncle Gavin, tu ressembles à Vin Diesel, s'écrie Travis.

– Le héros de *Fast & Furious* ? Je le prends comme un compliment, mais je ne suis pas certain que je me serais rasé les cheveux si j'avais su que j'avais autant de bosses.

– Tout le monde a des bosses, le rassure Jessie. C'est même grâce à ça que les phrénologues ont du boulot.

– Cornell a un crâne lisse comme un œuf.

– C'est bien la preuve qu'il n'est pas comme tout le monde.

– Je me demande quelle tête j'aurais avec une barbe.

— Tante Jessie, s'interposa Travis. Les chiens perdent leurs poils en ce moment. On pourrait les récupérer et les coller sur le menton d'oncle Gavin ?

— C'est une idée de génie, Trav. On n'a plus qu'à récupérer la toison de Duke et Queenie avec un aspirateur à main avant de sortir un pot de colle ce soir. Ça nous donnera une petite idée de la tête qu'aura mon homme dans quelques semaines.

De fait, les chiens s'intéressaient particulièrement à Gavin dont ils reniflaient les pieds et le pantalon, curieux de savoir s'il avait perdu sa force, tel Samson après le passage de Dalila.

Gavin se tourna vers sa femme.

— Il faudrait aller en ville acheter des provisions. Il est temps que tu te déguises à ton tour, histoire que je me moque de toi, moi aussi.

— Moque-toi un peu trop et tu mangeras de la pâtée pour chien au dîner, répliqua Jessie avant d'aller se préparer.

— On a nettoyé les meubles de la cuisine, oncle Gavin, dit Travis. Il ne reste plus qu'à laver l'intérieur des placards au lysol. Je te préviens, ça pue.

— Peut-être, mais ça pue le propre. Tu n'as qu'à commencer, je te rejoins dans cinq minutes.

— Où tu vas ?

— Me cacher à un endroit où tu ne me trouveras jamais.

L'explication fit sourire le jeune garçon.

— T'inquiète pas pour ça. Grâce à leur flair, Duke et Queenie te trouveraient même sur Mars.

Gavin gagna le salon où il comprit que Jessie avait deviné ses intentions. Elle lui tendit le téléphone jetable fourni par Jane.

— La nouvelle de notre fuite va la secouer, mon chéri.

— Carrément.

Il emporta le portable dans la véranda en refermant derrière lui la porte de la petite maison, anxieux à l'idée d'ajouter aux soucis de Jane en l'avertissant de leur cavale. Il n'avait pas le choix.

Sans doute se trouvait-elle hors de portée d'un émetteur car il ne put la joindre.

26

Dubose quitte l'Interstate 5 à Oceanside et s'engage sur la 76 en direction de l'est. Ils ont parcouru une quarantaine de kilomètres lorsqu'il rompt le silence.

— Ça y est ?

— Ça y est, quoi ? demande Jergen.

Dubose tend le doigt vers le pare-brise.

— On arrive à l'embranchement de la 16 vers Pala, ce trou paumé avec une vieille mission. Tu vois ce pylône ? Ils ont installé les caméras de surveillance tout en haut, comme je l'avais prédit. Elles sont à peine visibles.

Il ralentit au passage.

— C'est là que tu as vu passer le Land Rover sur la vidéo. La cavale de Jane touche à sa fin.

Il s'exprime avec emphase, comme s'il répétait son rôle dans le documentaire que lui consacreront les Arcadiens au lendemain du triomphe qui les attend.

Il enfonce la pédale d'accélérateur.

— L'embranchement avec la 6 en direction du mont Palomar nous attend dans un peu plus de vingt kilomètres. Une étape cruciale de l'enlèvement historique de Travis Hawk qui conduira à la reddition de sa mère.

La façon dont son collègue joue les guides touristiques commence à irriter sérieusement Carter Jergen.

— Ouais, mais en attendant, on n'a encore capturé personne.

— On va récupérer ce petit connard, le rassure Dubose. Je le sens.

— Fee-fi-fo-fum, réplique Jergen, curieux de savoir si son brillant compagnon relèvera l'allusion au conte populaire *Jack et le Haricot magique*.

Radley laisse s'écouler quelques instants avant de reprendre son monologue.

— Voici la route du mont Palomar. Les deux caméras discrètement installées au sommet de ce poteau enregistrent consciencieusement notre passage juste avant l'étape finale. C'est là-haut que se trouve le télescope Hale, un trésor national.

Jergen, qui n'en peut plus de la suffisance de son compagnon, lui rappelle ce qu'il lui a dit un peu plus tôt.

— Là où les astronomes passent leur temps à se branler en fumant des pétards ?

— C'est sans doute le cas, mon ami, mais je ne te conseille pas de le crier haut et fort. Tu risques de subir les moqueries de nos concitoyens, et nos chefs risquent de penser que tu n'es pas très sérieux.

27

Lorsque Jane lui avait laissé ce déguisement, Jessie n'avait pu s'empêcher de penser qu'on la reconnaîtrait de toute façon. En se regardant dans la glace, elle fut bien obligée de constater que Mme Hawk ne s'était pas trompée, une fois de plus.

Elle retourna dans la cuisine, ses longs cheveux noirs dissimulés sous une perruque afro qui ne détonnait en rien avec le teint café au lait qu'elle devait à ses origines plurielles. Quant à ses yeux verts, héritage de son ascendance irlandaise, ils avaient disparu derrière des lentilles de contact marron.

– Oh tante Jessie ! s'exclama Travis. Tu es belle aussi, comme ça.

– C'est vrai, acquiesça Gavin. J'ai l'impression de croiser une superbe créature inconnue pendant que ma femme est en voyage.

– Mon chéri, tu es bien un mec pour dire des bêtises pareilles en pensant marquer des points.

Gavin fit la grimace.

– C'est ce que j'ai pensé en m'entendant moi-même, je te l'avoue. Il faut croire que j'ai été pris d'une crise d'imbécilité aiguë l'espace d'un instant.

Le moment tant redouté de laisser Travis seul pendant une heure et demie ou deux heures était arrivé. Jessie s'en voulait terriblement d'abandonner le petit garçon.

Elle savait pourtant qu'il avait sous la main deux bombes de gaz poivre de type Sabre 5.0, habituellement réservé à l'usage des policiers, dont ils lui avaient enseigné le maniement lorsqu'il était venu habiter chez eux. Il serait en outre sous la garde des chiens, deux animaux de garde qui l'adoraient. Travis n'avait pas encore six ans, mais il était aussi responsable que n'importe quel enfant de dix. La porte de la maison serait soigneusement verrouillée, le soleil brillait dehors, et Borrego Valley était une zone paisible, en partie du fait de l'âge moyen de ses habitants, de l'ordre de cinquante-sept ou cinquante-huit ans. Depuis le temps que la maison était inhabitée, jamais elle n'avait été cambriolée ou vandalisée.

Travis serait plus en sécurité là qu'avec eux, ce qui n'empêchait pas Jessie de s'inquiéter. Gavin et elle avaient prévu d'acheter des provisions en quantité suffisante pour un mois. En dépit de leurs déguisements, ils ne souhaitaient pas s'aventurer à Borrego Springs plus que nécessaire, sachant que des étrangers seraient rapidement repérés dans une petite ville de moins de quatre mille habitants. Surtout des étrangers noirs, étant donné que la population locale était blanche à 99 %. Moins ils sortiraient, mieux ils s'en porteraient, et il était préférable que personne ne les voie en compagnie de Travis. On les prendrait pour des gens ordinaires, des touristes en vacances dans le coin.

Rien ne leur permettait de croire que leurs poursuivants aient pu les suivre jusqu'à leur nouveau refuge. Les caméras de surveillance, installées à tous les carrefours en ville comme sur les principaux axes routiers, étaient inexistantes dans des zones aussi reculées.

Gavin aurait pu se rendre seul au supermarché, mais il courait le risque d'être distrait, ou d'avoir les deux mains occupées, ce qui le rendrait vulnérable. Dans les circonstances présentes, la moindre faiblesse pouvait se révéler mortelle.

Ils auraient pu s'adresser à Cornell, mais le malheureux était suffisamment perturbé par leur visite pour accepter de s'occuper tout de suite du petit garçon.

— Tu ne crains rien ici pendant notre absence, déclara Jessie à Travis sans parvenir à museler l'inquiétude qui la tenaillait.

— Je sais bien. Tout ira bien.

— Ne réponds à personne si jamais on toque à la porte.

— D'accord.
— Reste constamment loin des fenêtres.
— Promis, tante Jessie.
— Personne ne cherchera à s'introduire ici, mon trésor.
— Je sais. Tout va bien.
— Quand bien même quelqu'un chercherait à entrer dans la maison, ce qui n'arrivera pas, envoie-lui les chiens.
— Bien sûr.
— Si jamais les chiens ne suffisent pas, ce qui ne risque pas d'arriver, mais on ne sait jamais, n'hésite pas à te servir des bombes de gaz poivre.
— Comme tu m'as appris.
— Tu commences par asperger le visage des intrus avant de t'enfuir. Tu cours jusqu'à la grange, Cornell est au courant, il t'ouvrira.
Elle se tourna vers son mari.
— Il lui ouvrira, au moins ?
— Évidemment.
Elle connaissait suffisamment Gavin pour savoir qu'il avait répondu de façon hésitante.
— On sera revenus avant même que tu t'en aperçoives, mon chéri.
Travis poussa un soupir.
— Je ne suis plus un bébé, tante Jessie.
Elle s'accroupit et serra l'enfant contre elle.
— Je t'aime, Trav.
— Moi aussi, tante Jessie.
Elle aurait été capable de passer dix minutes de plus à rassurer le petit garçon si Gavin n'avait pas interrompu leurs effusions.
— Au cas où tu ne serais pas au courant, Jess, on n'a jamais vu de Bigfoot dans le coin et Godzilla est resté au Japon, plaisanta Gavin.

La jeune femme se releva.

— Tout ira bien, mon chéri.

L'enfant hocha la tête.

Gavin se planta devant lui au garde-à-vous.

— Je compte sur vous pour garder le fort pendant notre absence, lieutenant. On sera de retour avec la caisse de bières à 14 heures pétantes.

— Le fort est en sécurité, mon général, dit Travis en lui rendant son salut.

Jessie et Gavin avaient à peine franchi le seuil de la maison que Travis refermait le battant et poussait le verrou avant de leur adresser un signe de la main à travers la vitre crasseuse de la porte. C'est tout juste si les Washington purent deviner la silhouette de l'enfant à travers le carreau, comme s'il disparaissait déjà de leur vie.

28

Sans doute était-ce la dernière tempête de neige de l'hiver finissant, mais la nature s'en donnait à cœur joie, bien décidée à repousser les avances du printemps. Faute de vent, les flocons s'écoulaient paresseusement vers le sol en voilant le ciel. Les résineux formaient des remparts sombres de part et d'autre de la route.

Du coin de l'œil, Jane remarqua que Hendrickson l'observait à la dérobée. Elle tourna la tête dans sa direction et il s'empressa de regarder ailleurs, comme intimidé.

Elle ne s'était pas trompée sur son compte. En dépit de sa dangerosité passée, pas une seule fois il n'avait tenté de s'échapper, il se contentait de lui obéir comme la machine humaine qu'il était devenu.

La route restait praticable grâce aux chasse-neige dont les phares trouaient péniblement le jour incertain, telles des créatures préhistoriques aux yeux phosphorescents. Des saleuses déversaient leur cargaison dans leur sillage. De temps à autre, un véhicule dont le conducteur avait négligé de s'équiper de chaînes glissait dans le fossé ou s'enfonçait dans les congères avant d'être abandonné, ou dégagé péniblement par une dépanneuse.

— Plus il neige et plus il va neiger, murmura Hendrickson dont le sourire songeur contrastait avec ses joues mouillées de larmes.

Jane le soupçonna de citer un autre poème d'enfance, mais elle se refréna de lui poser la question. À présent qu'il appartenait à la catégorie des êtres modifiés, il se comportait de façon si dérangeante et grotesque qu'elle souhaitait limiter au maximum ses contacts avec lui.

Son fils lui manquait, elle aurait tout donné pour l'avoir auprès d'elle, en lieu et place de cet étrange homme-enfant dont l'histoire torturée faisait de lui à la fois la victime d'abus insoutenables et le bourreau impitoyable d'innocents. Ce pouvoir maléfique se trouvait toujours là, de façon latente, prêt à servir les intérêts de quiconque le placerait sous sa coupe en apprenant qu'il possédait un implant cérébral.

Jane parvint à l'embranchement de la 50 à 13 h 30, une heure et demie plus tard que prévu, et prit la direction du lac Tahoe. Des engins de déneigement faisaient la queue pour faire le plein dans une station réservée aux véhicules d'entretien et elle se gara sur le bas-côté avec l'intention de joindre les Washington.

Elle prit le téléphone jetable et vit Hendrickson détourner brusquement le regard et se couvrir les yeux de la main, comme un enfant pris en faute.

Cette fois, elle put accéder au réseau, mais le téléphone sonna dans le vide. Des nuées de flocons continuaient de s'écraser contre le pare-brise et le ciel de la mi-journée se faisait de plus en plus sombre. À l'autre bout de la ligne, le téléphone continuait de sonner.

Gavin et Jessie pouvaient avoir de bonnes raisons de ne pas répondre, Jane n'avait pas nécessairement lieu de s'inquiéter, mais elle avait les mains moites lorsqu'elle se décida enfin à raccrocher.

29

Travis n'avait pas peur de se retrouver seul. Pas le moins du monde. Il était le fruit des amours d'un Marine et d'une enquêtrice du FBI.

Et puis il avait les chiens avec lui. Des chiens aux dents acérées comme des sabres, capables de déchiqueter n'importe qui. Pas lui, bien sûr, mais tous ceux qui méritaient d'être déchiquetés.

Il avait aussi des bombes de gaz poivre. Au besoin, c'était *lui* qui protégerait les chiens.

Il n'était pas aussi petit qu'on le croyait. Il avait son propre poney et le jour viendrait, pas si lointain, où il monterait un vrai cheval.

Il avait dormi à peine quelques heures la nuit précédente sur la banquette arrière du Land Rover, une sieste aurait été la bienvenue, mais ce n'était pas une bonne idée de dormir maintenant.

Il commença par grignoter une autre PowerBar pour rester éveillé, puis il donna un biscuit à chacun des deux chiens, ce qui lui prit cinq minutes.

Deux heures, c'était long, mais ça pouvait passer vite à condition de trouver à s'occuper. Ce n'étaient pas les tâches ménagères qui manquaient, la maison était pleine de poussière et de toiles d'araignées, il y avait même des cadavres de cloportes dans les coins.

Il s'arma d'un rouleau de papier absorbant, d'un flacon de produit à vitres, et se rendit dans la salle de bains.

Il se hissa sur le petit meuble voisin du lavabo et commença par nettoyer le miroir.

Il savait comment s'y prendre pour bien le faire, et quitte à effectuer une tâche, autant bien l'accomplir. Sa maman lui avait expliqué que le meilleur moyen était encore de s'appliquer pour en avoir terminé plus vite.

Queenie venait régulièrement observer son manège, sans jamais pénétrer dans la pièce parce que le produit à vitre la faisait éternuer.

Pendant ce temps, Duke patrouillait d'une pièce à l'autre en grondant entre ses dents chaque fois qu'il passait devant la porte de la salle de bains.

Le lavabo était dégoûtant, Travis aimait mieux ne pas penser à qui avait pu cracher dedans. Il se figea en entendant un téléphone sonner quelque part dans la maison.

Tante Jessie et oncle Gavin lui avaient bien recommandé de n'ouvrir à personne et de ne pas approcher des fenêtres, mais ils ne lui avaient fait aucune recommandation au sujet du téléphone.

Il sortit de la salle de bains en compagnie de Duke, Queenie dans leur sillage, et vit le téléphone sur le plan de travail de la cuisine.

Il s'agissait d'un portable spécial, comme celui sur lequel appelait sa mère. Elle téléphonait rarement, seulement pour indiquer une prochaine visite, et uniquement le soir, quand il était au lit, si bien qu'il n'avait jamais entendu sonner l'appareil. Pourtant, il était quasiment sûr que c'était le portable donné par sa maman, à n'utiliser qu'en cas d'urgence.

S'il s'agissait bien de sa maman, il voulait lui parler.

Mais si ce n'était pas elle, s'il s'agissait des méchants qui les poursuivaient, mieux valait ne pas répondre, de peur qu'ils ne parviennent à le localiser.

Il contempla l'appareil d'un air perplexe tandis que les bergers allemands, oreilles dressées et queue immobile, observaient la scène avec défiance.

Travis prit la décision de décrocher et d'attendre de voir s'il reconnaissait la voix de sa mère avant de prononcer la moindre parole.

Il tendait la main pour répondre lorsque la sonnerie s'arrêta.

30

Aux yeux de Carter Jergen, Borrego Springs pouvait aussi bien se trouver sur la lune. S'il croyait au diable, il y verrait une antichambre du royaume de Satan.

Le thermomètre de bord du VelociRaptor affichait 31 °C quelques minutes plus tôt, mais à mesure qu'ils arpentent les rues de la petite ville avec Dubose, il est persuadé que la température grimpe. L'été, la chaleur doit atteindre 50 °C une bonne partie du temps. La sécheresse de l'air est telle qu'il s'humecte régulièrement les lèvres, et il a l'impression que ses sinus se recroquevillent dans sa tête.

Les surfaces qui ne sont pas bétonnées ou goudronnées à Borrego Springs sont recouvertes de sable. Les montagnes encadrent la bourgade de tous côtés, des amas de roche aussi avenants que les falaises où Zeus a enchaîné Prométhée avant d'envoyer un aigle lui déchiqueter lentement le foie jour après jour, pour avoir offert à l'humanité le feu du ciel. Le désert qui entoure la ville de toutes parts est peuplé de buissons rabougris abritant sans doute des serpents à sonnette, des lézards venimeux et des tarentules géantes. Les petits centres commerciaux et les magasins sont entourés de cailloux, de cactus et de rochers disposés de façon étrange, presque mystique.

Des bosquets recouverts de poussière apportent un peu d'ombre aux maisons. Dans le centre du bourg, c'est à peine si de rares palmiers pathétiques émergent de l'asphalte, donnant l'impression de réclamer qu'on les déracine afin de se réfugier en Floride.

Le soleil inonde la terre désolée, les trottoirs, les bâtiments, les fenêtres qui maintiennent la chaleur à l'intérieur des maisons. La ville n'est qu'un four à pizza géant.

Il faut s'approcher du centre de Borrego Springs pour découvrir un peu d'herbe dans Christmas Circle, un petit parc planté de palmiers et de persistants duquel s'échappent sept rues, telles les rayons d'une roue.

Jergen se sent mal à l'aise dans ce décor, persuadé d'avoir échoué sur un rivage inconnu. Une pizzeria, un vendeur de tacos, un snack mexicain, un café, un magasin d'alcool. Pas l'ombre d'un restaurant français ou de cuisine méditerranéenne. Pas même un sushi. Il est clair que l'on mange ici en t-shirt, short et sandales. Dans la vitrine d'une galerie, il ne trouve pas le moindre objet susceptible de correspondre à l'idée qu'il se fait de l'art. On aperçoit des pick-up, des Jeep et autres 4x4 à perte de vue. Les passants ne se soucient guère des mélanomes. Tous ont le teint hâlé alors que l'été est encore loin, et les autochtones sont curieusement avenants. La plupart de ceux dont ils croisent la route les saluent aimablement. « Quel temps magnifique », « Bon après-midi », « Passez une bonne journée »… Dubose, que cette familiarité ne semble pas surprendre, rend son salut à chacun en souriant. Carter finit par lui poser la question.

— Tu peux m'expliquer pourquoi tu t'adresses à tous ces inconnus comme si tu les connaissais ? Ce n'est pas le moment d'attirer l'attention sur nous.

— C'est en ne leur répondant pas que tu risques d'attirer leur attention.

— Je me fiche éperdument de ce qu'ils pensent de la météo. En quoi ça les dérange si je passe une journée de merde ?

— Tout doux, Carter Northrup Jergen, troisième du nom. Ouvre plutôt les yeux, à l'affût du moindre détail inhabituel.

— *Tout* est inhabituel ici. Sinon, pour ta gouverne, je suis le quatrième du nom.

— Voilà qui explique tout.

— Voilà qui explique quoi ?

— La pureté du patrimoine génétique est inversement proportionnelle au nombre de générations sans apport de sang neuf.

Jergen hésite à rétorquer que les Northrup et les Jergen ne se marient pas entre cousins, comme certains, mais il a trop chaud pour se lancer dans une joute oratoire.

31

Le stress de laisser derrière lui une existence confortable, la poursuite en plein désert et une nuit sans sommeil avaient entamé la résistance de Gavin. Il avait les yeux rouges, la nuque raide, des courbatures partout, et une fatigue générale qu'il était obligé de combattre à tout instant pour rester alerte. Ils avaient avalé des barres énergétiques en guise de petit-déjeuner mais n'avaient rien mangé depuis, aussi son ventre gargouillait-il à la vue des produits que Jessie entassait dans le caddie.

Tenir tous les trois pendant un mois avec deux chiens aurait nécessité deux caddies, un chacun, ce qui les aurait empêché de rester sur leurs gardes. Ils avaient alors décidé de s'approvisionner dans les deux principaux supermarchés de la ville en entassant des conserves dans le premier, et des produits frais dans le second.

Jessie prit en main le caddie dans le premier supermarché, suivie par Gavin avec qui elle discutait innocemment des prix et des marques de façon à ne pas éveiller la curiosité des autres clients.

Jamais leurs poursuivants n'auraient pris le risque de diffuser leurs portraits à la télévision, de peur que les médias n'apprennent l'identité du couple abritant le petit garçon de Jane Hawk. Ces salopards n'avaient aucunement l'intention de sauver l'enfant, mais bien de l'enlever. En cas d'annonce officielle, il leur faudrait le jour venu placer Travis entre les mains des services de protection de l'enfance, ce qui permettrait aux beaux-parents de Jane au Texas, Clare et Ancel Hawk, de réclamer sa garde. Les médias sauteraient sur l'occasion pour se pencher sur le destin tragique de cet enfant de cinq ans orphelin de père et dont la mère était la criminelle la plus recherchée d'Amérique. Un juge qui aurait refusé de confier la garde de Travis aux grands-parents aurait fait figure de monstre aux yeux du grand public en créant un élan de sympathie pour Jane, avec le risque que les journalistes découvrent le pot aux roses et s'interrogent sur la réalité de ce « monstre ravissant » accusé d'avoir vendu à un ennemi mystérieux des secrets fumeux.

Non, jamais ces salauds ne prendraient le risque de mettre à mal la version officielle, ce qui les obligeait à poursuivre Gavin et Jessie loin des caméras.

Tout se déroula sans anicroche dans le premier supermarché. Leurs courses terminées, les Washington remplirent le coffre de la Honda avec leurs emplettes, puis ils prirent la direction du second établissement.

32

Jergen arpente les rues de la ville en compagnie de son collègue lorsqu'il remarque sur le parking d'un supermarché un couple d'Afro-Américains d'une trentaine d'années poussant un caddie. Il est trop loin pour distinguer les traits de l'homme, mais sa taille et sa carrure correspondent à ceux de Gavin Washington. Le type est chauve, mais il a très bien pu se raser la tête. Quant à la femme, on dirait qu'elle est noire, ce qui n'est pas le cas de Jessie, mais rien ne l'empêche d'avoir enfilé une perruque afro. Un détail les distingue des autres habitants de Borrego Springs : à l'image de Jergen et Dubose, ils portent des manteaux suffisamment larges pour dissimuler une arme.

— Peut-être, déclare Dubose, mais la fille a des jambes normales, au cas où tu n'aurais pas remarqué.

— Comment peux-tu le savoir, puisqu'elle est en pantalon ?

— Elle marche normalement.

— Rien de surprenant si elle porte des Ottobock.

— Des *quoi* ?

— Quand elle participe à des épreuves sportives, elle met des prothèses à lames, mais elle a des Ottobock X-3 le reste du temps. O-t-t-o-b-o-c-k, épelle Jergen. Je constate que tu as lu en diagonale le rapport consacré à cette salope.

L'argument n'émeut guère Dubose.

– Les rapports sont rédigés par des tapettes de gratte-papier qui croient avoir des talents d'écrivain. J'ai tendance à ne pas m'attarder sur leur prose de merde.

– Alors autant te résumer la prose de merde en question. Ces prothèses sont équipées au niveau du genou de capteurs, d'un gyroscope, d'un système hydraulique dernier cri, d'un microprocesseur, d'un logiciel et d'une pile, ce qui lui permet de courir à peu près bien, de marcher à reculons et de monter un escalier, le tout le plus naturellement du monde.

– Tu crois que c'est eux ?

– Qu'en penses-tu ?

Dubose fronce les sourcils.

– Je pense qu'on ferait bien d'aller voir de plus près.

33

Jessie regardait constamment sa montre en pensant à Travis qu'ils avaient laissé seul avec les chiens et ses bombes de gaz poivre. Elle s'inquiétait moins de leurs adversaires que de la possibilité d'un incendie, d'un tremblement de terre, d'une blessure quelconque susceptible de provoquer une hémorragie.

Ses craintes s'expliquaient essentiellement par la fatigue et l'angoisse. Elle ne s'était pas sentie aussi mal depuis l'Afghanistan.

Lors de leur passage dans le premier supermarché, elle avait déjà éprouvé les plus grandes difficultés à paraître détendue. Elle avait peur de ne pas réagir assez vite en cas de danger. Ses réflexes étaient émoussés. S'il lui fallait sortir son arme, elle craignait d'être gênée par son manteau. Aussi avait-elle profité du court trajet en voiture entre les deux supermarchés pour glisser dans son sac le Colt Pony .380 qu'elle portait dans un étui à sa ceinture.

Le sac en question, fermeture éclair ouverte, se trouvait à présent dans le panier repliable situé à hauteur de la barre du caddie. La crosse de l'arme se trouvait à portée de main, coincée entre son portefeuille et un paquet de Kleenex.

Malgré tout, et même si tout s'était déroulé sans encombre jusqu'alors, Jessie se faisait du souci au sujet de Travis, seul depuis une heure et demie alors qu'ils entamaient tout juste les secondes courses. Il leur faudrait bien une heure pour compléter leurs provisions, si bien qu'ils auraient une demi-heure de retard sur le planning initialement prévu.

34

À peine les suspects repérés, Jergen et Dubose contournent le supermarché. Ils comptent s'introduire en passant par la zone de livraison et trouvent la porte ouverte. Ils prennent le temps de s'habituer à la pénombre dans la réserve que traverse un air frais, après la chaleur du dehors.

L'espace, situé sur l'arrière du magasin, est plus petit que ne l'imaginait Jergen. Sans être une simple épicerie, l'établissement ne mérite pas le préfixe *super* qu'il s'est attribué.

Trois individus en pantalon noir et chemise blanche s'agitent entre les rayonnages, deux d'entre eux affublés d'un tablier clair sur lequel s'étale le sigle du magasin. L'employé sans tablier découpe au cutter le film plastique d'une palette pendant que les deux autres déchargent de gros sacs de sucre et les rangent sur des étagères métalliques.

Le type au cutter se redresse. Il est soigneusement rasé, n'exhibe ni tatouage ni piercing, son pantalon est bien repassé, ses souliers sont cirés à la perfection. Tout indique qu'il s'agit d'un Mormon, ce qui est un atout aux yeux de Jergen, les Mormons étant traditionnellement des individus serviables.

— En quoi puis-je vous aider, messieurs ?

— On voudrait voir le gérant, répond Dubose.

— C'est moi. Je m'appelle Oren Luckman. De quoi s'agit-il ?

— Nous sommes des agents du fisc, ment Jergen en jetant un coup d'œil en direction des deux employés, un peu trop curieux à son goût. Pourriez-vous nous recevoir dans un endroit plus tranquille ?

Le bureau de Luckman se trouve dans un coin de la réserve. Des piles de factures s'entassent sur son bureau, des pierres polies de toutes les couleurs en guise de presse-papiers.

— Beau spécimen de rhodonite, remarque Dubose en désignant une pierre rouge marbrée de noir. Et ce cabochon de chrysocolle est splendide.

— Je vois que vous vous y connaissez en minéraux, dit Luckman, ravi de croiser la route de quelqu'un qui apprécie ma collection.

— C'est mon hobby, acquiesce Dubose. Oh ! Et cette rhodochrosite incrustée de quartz ! Quelle splendeur !

— Elle provient de la mine Sweet Home dans le Colorado, explique Luckman avec une fierté agaçante.

Jergen n'était pas au courant de la passion de Dubose pour les minéraux. Soucieux de ne pas être de reste, il tend le doigt en direction d'unc picrre bleue.

— Belle turquoise.

Luckman et Dubose posent sur lui un regard apitoyé.

— C'est une howlite colorée, laisse tomber le gérant.

— Les gens qui n'y connaissent rien achètent couramment des bijoux en howlite en payant le prix d'une turquoise, explique Dubose avant de tirer de la poche intérieure de sa veste sa carte de la NSA.

Jergen l'imite aussitôt, au grand désarroi de Luckman.

— Je croyais que vous étiez des agents du fisc ?

— Nous n'avons pas voulu révéler notre véritable fonction en présence de vos employés, le rassure Jergen. Inutile qu'ils aillent crier sur les toits que des fonctionnaires de la NSA se trouvent dans le magasin.

— Nous avons repéré deux suspects qui viennent de pénétrer dans votre supermarché, poursuit Dubose. S'il s'agit bien des personnes que nous recherchons, nous allons procéder à leur arrestation.

— Mon Dieu ! balbutie Luckman. Nous ne sommes pas habitués à ce genre d'opération par ici.

Jergen désigne l'écran fixé au mur sur lequel s'affiche la porte d'entrée du magasin.

— De combien de caméras de surveillance disposez-vous ?

— Huit, répond Luckman aussi fièrement que lorsqu'il évoquait son drôle de caillou incrusté de je-ne-sais-quoi. Deux à l'extérieur et six dans le magasin. Je peux les visionner l'une après l'autre, ou bien quatre par quatre.

— Seulement six à l'intérieur ? regrette Dubose. Vous devriez en avoir au moins vingt-quatre.

— Pas dans un bâtiment aussi petit, se défend Luckman. Surtout dans la région.

Il prend une télécommande et fait défiler les images avant de repérer en moins de deux minutes le couple d'Afro-Américains dont il grossit les silhouettes grâce à un zoom. Jergen et Dubose observent longuement leurs visages en s'intéressant tout particulièrement aux mouvements de la femme.

— Ce sont eux, décrète Dubose.

Jergen hoche la tête en signe d'approbation.

Le mieux serait d'attendre que les Washington sortent du magasin avec leur caddie, mais ils risquent de se tenir davantage sur leurs gardes sur le parking. Un dimanche après-midi, celui-ci n'est pas pris d'assaut et les deux fugitifs sauront de quoi il retourne à l'instant où ils verront Jergen et Dubose se diriger vers eux. Inutile de prendre le risque d'une bataille rangée alors qu'il est tellement plus simple de les surprendre à l'intérieur.

Entre amateurs de pierres, Dubose est le mieux placé pour exposer leurs plans à Luckman. Ce dernier pâlit, mais finit par accepter.

35

Le caddie des Washington était si chargé que l'une de ses roues se désolidarisa des trois autres.

— Laisse-moi prendre le relais, suggéra Gavin.

— Non, on a quasiment terminé, dit Jessie en tapotant le sac posé sur le panier repliable.

Trois minutes plus tard, alors qu'ils se rapprochaient des caisses, le gérant prénommé Oren, à en croire le badge accroché à sa chemise blanche, voulut les aider en remarquant les provisions entassées dans leur caddie.

— Je vous conseille d'aller à la 3. Eddie est notre meilleur caissier, il s'occupera de vous en moins de deux.

Le dénommé Eddie, un blond aux yeux bleus d'une trentaine d'années, avait des allures de Robert Redford dans *Butch Cassidy et le Kid*. Son sourire obséquieux déplut souverainement à Gavin, le genre de sourire faussement aimable des racistes qui feignent d'aimer les Noirs.

Au moment de passer à l'avant du caddie pour en décharger le contenu sur le tapis roulant, il fut pris d'un mauvais pressentiment en remarquant que le caissier portait un polo à manches courtes sous son tablier, alors que tous ses collègues étaient en chemise blanche. Son badge n'indiquait pas Eddie, mais Eduardo. Blond comme il l'était, ce type-là n'était pas plus latino que la reine d'Angleterre.

Gavin, mû par son intuition, chercha de la main droite la crosse de son pistolet. Un coup d'œil en arrière lui indiqua que le gérant s'éloignait précipitamment d'un air inquiet. Il posa les yeux sur Jessie qui lui adressa une question muette.

Quoi ?

Gavin prit dans le caddie un paquet de chips de maïs qu'il laissa tomber avec une maladresse feinte.

— Oups !

Si son instinct ne le trompait pas, ils n'avaient pas trente-six moyens de s'en tirer, sachant que leurs poursuivants n'avaient pas l'intention de les arrêter de façon officielle. S'ils se faisaient prendre, les Arcadiens feraient d'eux des esclaves en leur implantant dans le cerveau un mécanisme de contrôle.

Tout en faisant semblant de ramasser le paquet de chips, il sortit son calibre .45 et adressa un regard à Jessie en pensant trop fort à l'amour qu'il lui vouait pour qu'elle ne l'entende pas dans sa tête.

36

Une poignée de secondes plus tard, Washington et sa femme se seraient trouvés au bon endroit, Jergen et Dubose n'auraient eu qu'à sortir leur arme en criant « Police ! » et le tour aurait été joué, mais voilà que l'homme fait tomber un paquet de chips de façon louche aux yeux de Jergen.

Le temps qu'il sorte son pistolet, dissimulé sous la caisse, Washington se redresse, un énorme Springfield Armory au poing. *Et merde !*

Dubose, accroupi derrière le stand à journaux, se relève précipitamment et fait feu à deux reprises, sans préavis. L'une des balles atteint Washington en pleine tête.

Dans un ultime réflexe, le mourant appuie sur la détente et le projectile, épargnant Jergen, frappe de plein fouet la caisse qui émet des signaux électroniques inquiétant. La femme en profite pour sortir de son sac une arme de petite taille dont elle vide le chargeur sur Dubose, qui se jette à terre et se met à l'abri. Jergen n'a jamais vu un tel regard de haine. Les yeux de la femme jettent des éclairs de fureur d'une telle intensité qu'elle en perd toute humanité. Jergen tire, la première balle atteint sa cible à l'épaule et la fait tituber en arrière, la seconde la fauche.

Clients et employés se ruent vers les portes du magasin en hurlant tandis que Dubose crie « Police ! Police ! Police ! » à tue-tête, afin d'éviter qu'un témoin armé ne commette une bavure regrettable. Jergen, les tympans meurtris par les coups de feu qui n'en finissent plus de résonner dans sa tête, se lève et quitte la caisse numéro 3.

Courbé en deux, la crosse de son arme serrée dans ses deux poings, le cœur battant à tout rompre, il longe l'étalage de bonbons, de chewing gums et de magazines. La femme qui gît derrière le caddie, toujours en vie, le regarde approcher. Elle semble incapable de se relever, sans doute paralysée, mais sa main gauche tâtonne en direction de son pistolet.

Il s'empresse de repousser l'arme d'un coup de pied et voit un voile d'écume rouge franchir la barrière de ses lèvres. Elle pose sur lui un regard féroce. Si ses yeux, l'un brun et l'autre vert, étaient des mitraillettes, il serait aussi mort que son mari. Jergen a toujours les oreilles bouchées, les paroles de la femme lui parviennent pourtant avec une clarté effrayante alors qu'elle est à bout de forces.

— *Je n'en ai pas fini avec toi*, dit-elle avant d'expirer.

Les yeux de la morte continuent de fixer Jergen, comme si elle le voyait toujours depuis l'au-delà.

Il a un mouvement de recul. Malgré tous les éléments concordants dont il dispose, il se demande soudain s'ils n'ont pas commis une erreur, s'il peut s'agir d'un couple inoffensif doté de bonnes raisons de posséder des armes. Les deux morts composent un tableau effrayant, c'est une catastrophe si ce ne sont pas les Washington. Un tel échec peut leur valoir une mise à la retraite anticipée, sachant que la retraite, pour des gens comme eux, est synonyme d'une balle dans la nuque ou d'un implant cérébral.

Il trouve la force de s'approcher du corps près duquel il s'accroupit avant de relever une jambe de pantalon, après une courte hésitation. Il découvre avec soulagement une prothèse Ottobock.

— Tu peux toujours courir le dix mille mètres, salope, gronde-t-il entre ses dents en sondant les yeux de la morte.

CINQUIÈME PARTIE

DESCENTE AUX ENFERS

1

Le ciel glacé restait invisible derrière l'épais rideau des flocons qui s'en échappaient silencieusement.

À 14 heures, ils quittèrent la 50 et bifurquèrent sur une petite route avant de s'engager un peu plus loin sur un chemin de terre entretenu par les services des forêts, à en croire Booth Hendrickson. La voie, tout juste assez large pour laisser passer un véhicule, était parsemée de zones de stationnement permettant aux voitures de se croiser en cas de besoin. Elle avait été dégagée un peu plus tôt, mais Jane n'en comptait pas moins sur ses quatre roues motrices équipées de chaînes pour ne pas rester bloquée.

Le célèbre lac Tahoe s'étalait à moins d'un kilomètre à l'ouest du petit chemin, dissimulé à la vue par les bois recouverts de neige. Malgré l'urgence de la mission qui attendait Jane, la majesté du paysage lui donna le sentiment que les drames auxquels elle était confrontée n'étaient qu'un mauvais rêve.

Booth était son prisonnier depuis plus de vingt-quatre heures et les recherches risquaient de s'intensifier si sa disparition s'éternisait.

Les Arcadiens ne connaissaient pas l'existence de l'escalier du Diable. En dehors de Booth et du couple chargé d'entretenir la propriété, seuls sa mère et son frère étaient au courant de ce passage naturel. Les Arcadiens ne savaient pas davantage l'impact que ce lieu avait eu sur le prisonnier, ils n'avaient donc aucune raison de redouter les découvertes que ferait Jane au terme d'une descente éprouvante.

Elle parvint à un nouvel embranchement et, toujours guidée par Booth, s'engagea sur un autre chemin suffisamment dégagé pour permettre au 4x4 de passer. Elle touchait au but.

Depuis des millénaires, la beauté du lac, des forêts et des prés environnants émerveillaient tous ceux qui les découvraient. L'endroit possédait une aura mystique donnant l'impression que les mystères du monde y étaient plus transparents qu'ailleurs.

Le lac Tahoe, sans être aussi vaste que les Grands Lacs, était plus encaissé puisqu'il atteignait cinq cents mètres en son point le plus profond. Formé par des glaciers il y a un million d'années, il était d'une transparence inégalée. L'été, la lumière du soleil le transformait en un immense étalage d'émeraudes et de saphirs.

Le lac ne gelait jamais, mais le froid extrême de ses profondeurs y ralentissait le processus de décomposition. On avait notamment retrouvé intact un jour, à cent mètres de profondeur, le corps d'un plongeur qui s'y était noyé dix-sept ans auparavant.

— Arrêtez-vous là, dit Booth en pointant du doigt une aire dégagée.

Jane obtempéra.

— Nous allons faire le reste du trajet à pied, poursuivit-il.

Elle regretta de ne pas s'être procuré des parkas et des bottes, il est vrai que la météo n'annonçait pas autant de neige.

— C'est tout près, insista Booth, comme s'il perçait ses pensées.

2

Les services du shérif du comté de San Diego possèdent une antenne à Borrego Springs, si bien que plusieurs adjoints se trouvent sur les lieux de la fusillade à peine éteint l'écho des coups de feu. Il s'agit de policiers efficaces et bien formés, c'est-à-dire des emmerdeurs de première aux yeux de Carter Jergen.

Dubose et lui sont des agents de la NSA alors que ces types sont de simples flics de base. Ils souhaitent pourtant enquêter sur les circonstances du drame au prétexte que celui-ci s'est déroulé sur leur territoire.

Sauf qu'ils n'ont rien à foutre là. Il s'agit d'une affaire de sécurité nationale qui les dépasse de cent coudées. Aucun d'entre eux ne possède les qualifications nécessaires pour participer à une telle enquête, d'autant que pas un seul de leurs chers concitoyens n'a eu une égratignure. Les dégâts se limitent à une caisse enregistreuse éclatée par une balle, quelques bonbons, chewing-gums et autres magazines souillés par le sang et la cervelle des deux victimes. Pas de quoi fouetter un chat.

Cela n'empêche pas les hommes du shérif de mitrailler cette prétendue scène de crime et de relever les noms des témoins, au grand agacement de Jergen et Dubose.

Ce dernier se voit contraint d'appeler du renfort, histoire de pousser dehors les flics du cru.

Le chef de la maréchaussée locale ne tarde pas à se pointer. Un certain capitaine Carré, ça ne s'invente pas. Une mâchoire de bouledogue, des yeux d'acier dignes d'un videur de Las Vegas capable de jeter dehors sa propre mère en l'accusant de tricher si elle gagne plus de quarante dollars au black jack. Il insiste pour connaître l'identité des victimes et ne veut rien entendre lorsque Jergen lui explique qu'il s'agit d'agents étrangers. Il exige de les fouiller pour voir leurs papiers. Fort heureusement, Jergen et Dubose ont eu la présence d'esprit de délester les Washington de leurs portefeuilles avant l'arrivée de la cavalerie. C'est ainsi qu'ils ont découvert la clé d'une Honda dans le manteau du mort.

Pendant que Jergen se débat avec Carré, Dubose s'éloigne en direction du parking en annonçant son intention de relever les numéros d'immatriculation de tous les véhicules, au cas où l'un d'eux appartiendrait aux victimes. En réalité, il essaie d'ouvrir l'une après l'autre les Honda garées là, en se servant de la clé retrouvée sur les Washington.

Carré prend à part Oren Luckman, le gérant, afin de recueillir son témoignage. Pendant ce temps, l'un de ses hommes ramasse les cartouches vides tandis qu'un autre présente à Jergen l'entrepreneur de pompes funèbres de la ville qui fait également office de légiste.

Dubose, de retour, annonce discrètement à Jergen que la clé correspond à une voiture verte, pleine à ras bord de provisions achetées dans l'autre supermarché du cru. Tout indique que les Washington comptaient entrer en hibernation pendant plusieurs semaines. Rien ne permet d'identifier le propriétaire de la Honda, la boîte à gants ne contient ni papiers, ni certificat d'assurance.

Dubose profite du fait que Luckman raconte à Carré les circonstances de la fusillade, avec force détails plus ou moins imaginaires, pour se glisser dans son bureau. Il compte utiliser son ordinateur pour retrouver l'identité du propriétaire de la Honda en fouillant les bases de données du service californien des permis de conduire.

Jergen, de son côté, continue de se coltiner tous ces fouille-merde en uniforme. S'il y a bien un truc qui l'énerve chez les flics de base, où qu'ils soient, c'est leur conviction que faire respecter la loi est un devoir sacré alors que la loi, quand on y réfléchit bien, repose entre les mains d'une bande de politicards cupides et assoiffés de pouvoir. Et tout indique que Borrego Springs est un nid de flics intègres.

Le mieux est encore de prendre son mal en patience. Dès que Dubose aura pu identifier le propriétaire de la Honda, ils sauront où se planquaient les Washington.

Il ne leur restera plus qu'à cueillir le petit garçon.

3

Les arbres étaient si serrés qu'ils avaient empêché la neige de tomber au sol en quantité. Le vent ne s'était toujours pas levé et les flocons continuaient de s'accumuler en silence sur les branches décharnées des feuillus. Son cabas à l'épaule, Jane suivait Hendrickson sans peine au milieu des broussailles éparses, en dépit du froid qui faisait pleurer ses yeux. Un nuage de buée s'échappait de sa bouche à chaque respiration.

Elle n'aurait pas su dire comment son prisonnier pouvait se repérer dans cette immensité uniforme, mais il avançait sans la moindre hésitation.

— Nous venons d'entrer dans la propriété, lui glissa-t-il par-dessus son épaule. La maison est tout près.

Anabel avait arraché ce terrain de près de quatre hectares au père de Booth au moment de leur divorce. Seule la partie dans laquelle se trouvait la maison était pourvue d'une enceinte.

Un étrange bâtiment de pierre dépourvu de fenêtres apparut au milieu d'une clairière. Construit au cœur d'une pinède, il ressemblait à un four géant avec le dôme qui lui servait de toit. Son accès était protégé par une porte métallique enchâssée dans un chambranle en acier.

Jane posa son sac à ses pieds afin d'examiner la serrure : un cylindre affleurant, impossible à arracher, soudé à son encoche. Quiconque aurait eu la tentation de pénétrer à l'intérieur du curieux édifice aurait mis plusieurs heures à venir à bout de cette serrure et le bruit n'aurait pas manqué d'attirer l'attention des gardiens installés cent cinquante mètres plus loin.

À la vue du pistolet crocheteur que Jane tirait de son sac, Hendrickson laissa échapper un petit cri et se détourna du bâtiment en tremblant de tous ses membres.

— Vous pouvez y arriver, voulut-elle le rassurer. Je vous l'ordonne.

Le front barré d'un pli, les paupières plissées, Hendrickson s'exprima brusquement d'une voix dure :

— *Retrouver ton chemin avec une lampe n'est pas compliqué, mon fils, mais tu comprendras mieux ta douleur quand tu devras effectuer la descente dans le noir, à l'aveugle, comme un scolopendre dans une grotte. Cet escalier symbolise la vie, mon fils. Il évoque la triste réalité du monde, la cruauté et la brutalité humaines. Si tu espères survivre, sale petit merdeux, je te conseille de te montrer fort, comme moi. Descends au fond du trou et retiens la leçon, mon fils. Au fin fond du trou.*

La tirade de sa mère récitée, il hoqueta à plusieurs reprises, le souffle court, donnant l'impression de manquer d'oxygène alors que de longs nuages de buée s'échappaient de ses lèvres.

La lumière du jour, déjà ténue, baissa encore d'intensité, la clairière figurant un sas entre le monde matériel et le royaume des esprits. Le vent, en se levant enfin, chassa des branchages des paquets de neige qui tourbillonnèrent dans la clairière en dessinant des silhouettes improbables.

– Ne m'obligez pas à descendre dans le noir, supplia Hendrickson.

Jane chercha dans son sac une première torche, la lui tendit et en sortit une seconde pour elle.

– Nous ne serons pas dans l'obscurité grâce à ces lampes. Vous n'aurez qu'à me montrer le chemin. Je vous *ordonne* de me montrer le chemin. C'est compris, Booth ?

– Oui.

– Tout ira bien.

– Je sais, acquiesça-t-il sans grande conviction.

Si sa mère était tordue, sans doute son père l'avait-il été aussi à sa façon. N'était-ce pas lui qui avait découvert l'escalier du Diable ? Au lieu d'en signaler l'existence aux services d'archéologie compétents qui auraient pris la mesure de sa valeur historique, il avait demandé à des ouvriers grassement payés pour leur silence d'en protéger l'entrée avec ce dôme de pierre.

Jane chassa la neige de ses chaussures. Elle avait les pieds trempés et gelés.

Elle déverrouilla la porte à l'aide du pistolet crocheteur, chercha l'interrupteur à tâtons et la lumière inonda une pièce circulaire. Elle y poussa Hendrickson et franchit à son tour le seuil de la pièce.

Elle s'assura de la présence d'une serrure à l'intérieur avant de refermer la porte. Quand bien même quelqu'un l'aurait verrouillée de l'extérieur, elle aurait pu l'ouvrir grâce à son pistolet crocheteur.

Un escalier s'enfonçait dans le sol, que Booth observait avec effroi.

Elle dirigea le rayon de sa lampe sur les premières marches, grossièrement taillées à même la roche. Le conduit était étroit et bas de plafond, les murs usés par l'érosion.

– Vous n'aurez pas peur, commanda-t-elle à Hendrickson. Montrez-moi le chemin sans avoir peur.

De la buée continuait de s'échapper de la bouche du prisonnier, mais il était aussi pâle que le cadavre sur sa table mortuaire dans le sous-sol de l'entreprise de pompes funèbres de Gilberto.

Après une dernière hésitation, il alluma sa torche et s'engagea dans l'escalier tortueux.

4

Deux macchabées dans le supermarché, un pot de glace dont le contenu fondu s'échappe du caddie, du sang et de la cervelle partout, Oren Luckman qui tourne nerveusement autour de la scène de la fusillade, la lumière crue des néons, l'ennui qui s'installe… La situation avec le capitaine Carré et ses hommes est devenue intenable, au point que Carter Jergen sort son portable afin d'appeler un directeur adjoint de la NSA affilié aux Arcadiens. L'intéressé est un ancien sénateur dont on a souvent vu le visage à la télévision. Il se veut le champion des syndicats de police, de sorte que Carré connaît bien son nom.

Sa voix est aisément reconnaissable, le capitaine se montre impressionné et flatté lorsque Jergen lui tend son téléphone. La conversation dure moins de quatre minutes et Carré est tout sourire lorsqu'il rend l'appareil à Jergen.

– Vous auriez dû me prévenir que vous étiez à son service, reproche le policier à ce dernier.

— Je n'aime pas montrer que j'ai des relations, se défend Jergen.

— C'est tout à votre honneur, déclare Carré, magnanime. Je n'ai pas la possibilité de renoncer à l'enquête, mais je peux me mettre en retrait en attendant l'arrivée de vos collègues. Le sénateur me dit qu'ils seront là dans une demi-heure.

— Merci, capitaine. Je vous suis très reconnaissant, répond Jergen avec la sincérité feinte dont il est capable.

En fait de reconnaissance, il considère Carré comme un parasite de première.

Et voilà que débarque Dubose. Il affiche une mine constipée qui fait craindre le pire à son collègue.

5

Plusieurs dizaines d'années après son calvaire, Hendrickson retrouvait le trou dans lequel sa mère l'avait obligé à s'enfoncer autrefois. Jane le suivait à quelques marches de distance, au cas où il aurait eu des velléités de rébellion, ce qui était peu probable.

L'étroit escalier semblait se construire progressivement à la lueur des torches, tel un édifice imaginaire tout droit sorti d'un rêve. Il avait été creusé par la nature il y a plusieurs millions d'années, bien avant l'apparition de l'homme sur terre, à la suite de quelque confrontation tectonique brutale entre la Sierra Nevada et le mont Carson.

Ce passage naturel était constitué d'une longue suite de cavernes superposées, reliées entre elles par des galeries en pente qui descendaient vers le lac à travers la roche. Il était parcouru de boyaux menant à des grottes voisines, différentes de celles qui s'alignaient à la verticale. À en croire Hendrickson, certains de ces passages s'enroulaient sur eux-mêmes comme des intestins et rejoignaient l'escalier principal en formant un dédale inextricable de galeries. D'autres s'achevaient en cul-de-sac, parfois au bout de plusieurs dizaines de mètres, parfois sur près d'un kilomètre, avant de rétrécir au point qu'un enfant n'aurait pu y ramper.

Son cabas accroché à l'épaule gauche, Jane tenait de la main droite une bombe de peinture fournie par Gilberto. À chaque embranchement, elle dessinait sur le sol une flèche en direction de la sortie.

Si le temps lui-même avait fait le gros du travail, les hommes s'étaient emparés de cette œuvre d'art naturelle afin de la modeler à leurs besoins. Chaque fois que la pente devenait trop raide, des marches avaient été creusées dans la roche. Le sol était parcouru de crevasses, larges pour certaines de deux mètres, que des planches permettaient de traverser. Lorsque le père de Booth avait découvert l'escalier, ces ponts de fortune avaient disparu, pourris par l'humidité depuis longtemps, et il lui avait fallu les remplacer.

Dès le début de la descente, Jane vit Hendrickson se figer à l'entrée d'une vaste caverne. Il se plia en deux en se tenant l'estomac, sans pour autant se retourner et implorer Jane de ne pas l'obliger à continuer.

Il se redressa au bout d'une minute et poursuivit sa route à travers la grotte fendue en deux par une crevasse traversant le sol comme le plafond. Il régnait dans ce lieu une atmosphère médiévale pesante et des odeurs suspectes de décomposition flottaient dans l'air. La partie droite de la caverne était plus haute que la gauche d'une vingtaine de centimètres, et tandis que le plafond à droite était lisse, son jumeau de gauche était couvert de pics acérés évocateurs d'une herse de château fort. Des gouttes d'eau brunâtre s'écoulaient de ces stalactites laquées par l'humidité et s'écrasaient sur le sol boueux.

De part et d'autre de la faille, des centaines de mains coupées dont il ne restait que les os luisaient de façon sinistre à la lueur des lampes, leurs doigts donnant l'impression de se tordre de façon implorante lorsqu'ils n'étaient pas repliés, comme sous l'effet de la rage. Les squelettes des mains abandonnées dans les parties sèches de la grotte étaient blancs et bien conservés, à l'inverse de ceux qui gisaient dans les zones humides, jaunis ou marbrés de taches brunes lorsqu'ils n'étaient pas couverts d'un duvet de moisissure.

Ayant entendu Hendrickson lui détailler le contenu de ce lieu monstrueux, Jane savait à quels tableaux d'horreur s'attendre au cours de son périple, mais le spectacle qu'elle découvrait était plus terrible encore qu'elle ne l'avait imaginé. Elle parvenait difficilement à s'expliquer la présence de ces ossements. Pour avoir longtemps côtoyé le monde des tueurs en série, elle était persuadée de trouver là des trophées, à en juger par la façon dont les os du poignet avaient été brisés et arrachés, sans doute parfois du vivant de leur propriétaire.

Cette grotte témoignait de violences innommables, de brutalités insignes, de guerres archaïques et d'assujettissements indignes. Quant aux caractères tracés sur les parois de la caverne, telles des runes étranges, ils dessinaient des cris de haine.

— *Regarde, sale petit lâche. Regarde !* murmura Hendrickson. *Si quelqu'un te veut du mal, coupe-lui les mains avant qu'il puisse passer à l'action.*

Les êtres qui avaient taillé ces marches et modelé cette grotte à leurs besoins étaient forcément les assassins de ces centaines de victimes. Ils avaient transformé cet escalier naturel en un ossuaire diabolique.

On connaissait la présence de tribus paléo-indiennes dans cette région douze mille ans avant notre ère, mais on ne savait quasiment rien de ces gens, sinon qu'ils chassaient de gros gibiers, y compris des mastodontes. Leurs outils, des massues et des pointes de flèches de silex ou d'obsidienne, étaient bien trop primitifs pour les autoriser à tailler la pierre comme cela avait été fait dans cette grotte. On leur attribuait des habitudes pacifiques, mais les traces qu'ils avaient laissées dans leur sillage faisaient d'eux de simples fantômes perdus dans la brume de la préhistoire.

Seule une datation au carbone 14 aurait permis de savoir qui avait imaginé ce lieu infernal. Qui sait si les peuplades anciennes de la région ne possédaient pas des outils plus sophistiqués qu'on ne l'imaginait ? Lors de son interrogatoire dans la cuisine de Gilberto, Hendrickson avait expliqué que les Indiens Washoe étaient longtemps restés sous le joug des Paiutes du Nord, à une époque nettement moins reculée. Peut-être ce temple de violence était-il le fait d'un parti de Paiutes particulièrement brutaux.

Les Indiens Martis avaient également vécu dans cette région pendant deux mille cinq cents ans avant de disparaître sans laisser de traces au milieu du Ier millénaire avant notre ère, à l'époque où d'autres tribus inventaient l'arc et la flèche. Il n'était pas impossible que cette grotte abrite leurs restes.

Hendrickson continuait de réciter les paroles de sa mère, dont l'écho évoquait le murmure de mille-pattes sur les parois rocheuses.

— *Regarde bien, mon fils. Qui sait si ces gens n'ont pas été mangés après avoir été démembrés ? Nous ne sommes pas loin de l'endroit où les membres de l'expédition Donner ont avalé la chair de leurs morts pour survivre. On affirme souvent que les loups se dévorent entre eux. Les hommes ne valent guère mieux.*

Jane tenta d'imaginer Booth Hendrickson, obligé de dormir dans un coffre cadenassé jusqu'à l'âge de cinq ans lorsqu'il était puni, contraint par la suite de hanter seul ce labyrinthe avec la promesse d'en être délivré uniquement lorsqu'il atteindrait le bas de l'escalier du Diable. Muni d'une lampe les premières fois, par la suite sans la moindre lumière, avançant à tâtons le long de ces boyaux aux murs suintant d'humidité, sur ces marches biscornues et ces planches posées au-dessus des crevasses, à travers ces cryptes remplies de trophées génocidaires, tel un fantôme errant dans une obscurité hantée par des bruits inconnus et des présences inexplicables, parfois perdu pendant deux ou trois jours, survivant en buvant l'eau glacée de flaques au goût innommable.

Hendrickson était un misérable, mais elle ne pouvait s'empêcher d'éprouver un semblant d'admiration pour lui en pensant à ce qu'il avait enduré sans sombrer dans la folie. En apparence, tout du moins, car ces épreuves avaient fait de lui un être tordu et impitoyable. Lors de ses pérégrinations dans le noir, il avait cessé d'être un petit garçon pour se métamorphoser en monstre. Booth était le Minotaure de ce labyrinthe. Sans se nourrir de chair humaine à l'image de son prédécesseur crétois, il avait perdu toute humanité.

À mesure qu'elle avançait dans ce dédale de cavernes, Jane voulut se souvenir qu'elle tenait en laisse un monstre à figure humaine. Mais l'histoire ne lui avait-elle pas enseigné que les monstres finissaient invariablement par s'échapper ?

6

Plusieurs adjoints du shérif ont repris leurs patrouilles. Carré et deux de ses hommes attendent dans le rayon des produits frais au cas où l'on ferait appel à eux, ce qui ne risque pas d'arriver, lorsque débarquent les équipes de la NSA.

Dubose prend Jergen à part près des sacs de charbon de bois en promotion.

— Figure-toi que les plaques de la Honda ne sont plus valables depuis quatre ans et que le nouveau propriétaire n'a jamais pris la peine de se procurer une carte grise. Cette bagnole ne devrait même pas circuler.

— Tu as récupéré le nom et les coordonnées du conducteur précédent ?

— Un certain Fenouil Martin.

— Fenouil ? C'est quoi, ce prénom ?

— Aucune idée. En tout cas, il vit toujours à la même adresse. J'ai vérifié dans l'annuaire.

Un battement de pales attire leur attention au-dehors. La vitrine du supermarché se met à vibrer et ils sortent sur le parking en se protégeant les yeux avec la main à cause du soleil, soulagés de l'arrivée de leurs collègues.

7

Jane, craignant de se trouver à court de peinture avant d'arriver en bas de l'interminable suite de grottes, dessina sur les murs des flèches plus modestes.

La plupart des cavernes qu'ils traversaient étaient pourvues d'inscriptions rédigées dans une écriture inconnue, mais seules les plus grandes contenaient des ossements. Jane découvrit dans l'une d'elles des peintures rupestres peut-être plus anciennes encore que les runes. Le contenu de la crypte était différent, suggérant la présence de plusieurs peuplades à travers le temps. Les auteurs des fresques avaient voulu commémorer leurs talents de chasseurs en mettant en scène les crânes de trois mastodontes sur des colonnes de pierres empilées. Le faisceau des lampes, en dansant dans les orbites géantes, donnait l'impression que des yeux spectraux observaient les visiteurs à travers les âges. Les défenses dessinaient des courbes aussi majestueuses qu'inquiétantes.

Les deux grottes suivantes recelaient des centaines de crânes humains, alignés sur des corniches comme des chopes de bière grotesques. Leurs propriétaires avaient quasiment tous été victimes de crimes rituels, ainsi que l'indiquait la présence de pointes de chert ou d'obsidienne, enfoncées au milieu du front à l'aide d'un marteau de fortune. Les morts qui n'étaient pas affublés de cette curieuse corne avaient des têtes de serpent à sonnette à la place des yeux, ce qui leur donnait une apparence démoniaque étrange dont il était difficile de pénétrer la signification.

Hendrickson resta hypnotisé à la vue de ces effroyables totems aux yeux de serpent.

— Allez, allez, le houspilla Jane, glacée par ce spectacle. Il est temps de rejoindre le bas de l'escalier.

Au lieu de lui répondre directement, il poursuivit la litanie des leçons données par Anabel quarante ans plus tôt.

— *La vérité du monde se trouve résumée là, mon fils*, dit-il d'une voix qui se réverbérait à travers la nécropole. *Celui qui ne vole pas se fait voler, celui qui ne roule pas les autres se fait rouler, celui qui ne commande pas se fait commander, celui qui ne tue pas se fait tuer.*

— Vous m'entendez, Booth ?

Comme il ne répondait pas, elle poursuivit :

— Jouons au crime dans la tête.

— *Répète après moi, espèce de petit merdeux inculte. Répète après moi, mon fils : « Tu feras subir aux autres ce que tu ne voudrais pas qu'ils te fassent subir. » Allons, répète ! Je veux que tu le répètes à t'en user la voix.*

Jane changea de ton.

— Booth, jouons au crime dans la tête. *Tout de suite !*

— Très bien, répondit-il après une hésitation. Oui, très bien.

— Vous devez m'obéir.

— Oui, Mère.

— Pardon ?

— Oui, Mère. Très bien.

— Regardez-moi, Booth. Regardez-moi *tout de suite*.

Hendrickson posa sur elle un regard terne, puis il baissa les yeux.

— Oui, bien sûr. Par ici, ce n'est plus très loin.

— Qui suis-je, Booth ?

— Qui êtes-vous ?

— C'est la question que je vous ai posée.

— Vous êtes Jane Hawk.

— Alors pourquoi m'appeler Mère ?

— Je vous ai appelée Mère ?

— Oui.

— Je ne sais pas. Vous n'êtes pas ma Mère. Vous êtes vous-même. Je ne sais pas.

Elle le dévisagea longuement.

— Conduisez-moi au pied de l'escalier, finit-elle par décider.

Ils poursuivirent leur chemin en franchissant des ponts de planche et en suivant des couloirs suintant d'humidité, précédés par le cordon ombilical des lampes sur le sol couvert de flaques.

Les deux dernières grottes étaient jonchées de petits squelettes abandonnés là sans la moindre considération. Il ne s'agissait pas d'elfes à la Tolkien mais d'enfants, probablement ceux d'ennemis vaincus, tués par instinct génocidaire.

Au terme d'une demi-heure de descente, ils parvinrent enfin à l'extrémité inférieure de l'escalier du Diable où les attendait une ultime grotte. L'ouverture de la caverne était bouchée par un mur de brique dans lequel s'ouvrait une porte blindée semblable à celle du dôme de pierre par lequel ils étaient entrés.

Jane se débarrassa de sa bombe de peinture et posa sa torche sur le sol avant de déverrouiller la serrure à l'aide du pistolet crocheteur, éclairée par Hendrickson.

De l'autre côté du battant se trouvait ce qu'elle cherchait.

8

Deux agents descendent de l'hélicoptère, d'autres doivent arriver par la route.

Jergen et Dubose laissent leurs collègues se débrouiller avec les autorités locales, parfaitement coopératives à présent. Ils vont devoir nettoyer la scène de la fusillade, placer les corps dans des housses mortuaires et les évacuer à l'aide de l'hélicoptère.

À l'exception des rares témoins de la scène, l'incident ne laissera pas de traces. Aucun journal, aucune télé n'évoqueront la tuerie de Borrego Springs. Personne ne saura jamais que Gavin et Jessie Washington ont été tués là. Il n'y aura pas d'autopsie, pas de rapport médico-légal. On concoctera une histoire plausible et la mort des deux anciens militaires passera pour un accident tragique.

Dubose et Jergen, habitués des accidents tragiques depuis quelques années, regagnent le VelociRaptor et se rendent à l'adresse de Fenouil Martin, le propriétaire de la Honda. Dubose a repris le volant.

La maison de l'intéressé se trouve juste à l'extérieur de la ville. Il s'agit d'un mobile home posé sur des parpaings, à l'ombre de deux grands lauriers d'Inde. Dans un coin sont abandonnées une table métallique peinte en blanc et quatre chaises de jardin dépareillées. La minuscule pelouse est grillée depuis longtemps, les rares brins d'herbe qui ont survécu composent un tapis de paille usé.

Sous l'abri voisin du mobile home est rangé un vieux Jeep Wrangler Sport.

Quelques blocs de béton superposés font office de marches devant la porte. Jergen et Dubose sortent leurs papiers du FBI, sachant que les citoyens lambda ne savent pas ce qu'est la NSA, mais qu'ils éprouvent un semblant de respect pour le Bureau. Dubose toque.

L'homme qui ouvre les a vus arriver. Son regard s'arrête sur le VelociRaptor.

— Putain, c'est quoi ce truc ? demande-t-il sur un ton admiratif. Un Ford F-150 ?

— C'en était un initialement, répond Dubose en tendant son badge. Vous êtes Fenouil Martin ?

Le type ouvre de grands yeux, puis il regarde Jergen. Ce dernier exhibe à son tour un badge.

— Vous êtes vraiment du FBI ? Waouh ! C'est pour quoi ?

— Vous êtes Fenouil Martin ? répète Dubose.

Le type, grand et hâlé, approche de la quarantaine. Ses cheveux lui tombent sur les épaules et il ne s'est pas rasé ce matin-là. Il porte des tongs, un jean et un t-shirt des Smashing Pumpkins. La majorité des marginaux se montrent arrogants et affichent volontiers leur mépris. Les autres tremblent en présence des flics en faisant preuve d'humilité, dans l'espoir de passer pour des citoyens modèles. Martin ne relève d'aucune de ces catégories. Il est sincèrement étonné de découvrir deux agents du FBI devant sa porte, heureux d'échapper à l'ennui d'un dimanche de routine.

— Oui, c'est moi. Fenouil.

— Nous aimerions vous poser quelques questions au sujet d'une voiture, monsieur Martin, se lance Dubose.

— Une voiture ? Pas de souci, les bagnoles, ça me connaît. Quelle voiture ?

— Cela vous ennuie de nous laisser entrer, monsieur Martin ? Nous avons besoin d'un peu de temps.

— C'est-à-dire, c'est un vrai foutoir chez moi, rétorque Martin en pointant du doigt la table blanche et les chaises pliantes à l'ombre des lauriers d'Inde. On n'a qu'à s'installer là-bas. Je peux vous proposer une bière ?

— Merci de votre cordialité, monsieur Martin, mais nous ne sommes pas autorisés à boire pendant le service, réagit Dubose en rempochant son badge. Et nous préférons nous asseoir à l'intérieur.

Au grand étonnement de Fenouil Martin, Dubose le saisit simultanément par l'entrejambe et le cou, le soulève comme une plume et entre d'autorité avec son paquet à l'intérieur du mobile-home.

9

La porte blindée située dans la dernière des grottes en espalier s'ouvrait sur une pièce de dix mètres sur dix aménagée en bureau avec élégance dans un style contemporain. Elle était meublée d'une immense table en U, de placards du même bois blond, d'un fauteuil complété par une ottomane et une lampe, d'un canapé, de quelques tables basses, d'une chaîne stéréo et d'une télé à grand écran.

Hendrickson expliqua à Jane que la première des deux portes intérieures donnait sur une salle de bains et que la seconde s'ouvrait sur un placard. Un battant métallique, situé en face de la porte blindée qu'ils venaient d'emprunter, permettait de rejoindre le jardin de la maison principale surplombant le lac.

À première vue, le vaste bureau pouvait passer pour une annexe de la villa, mais plusieurs détails venaient contredire cette hypothèse. Les volets intérieurs, munis de serrures et recouverts de blindage d'acier, étaient conçus pour repousser les cambrioleurs. Quant à la porte donnant sur le jardin, protégée par des barreaux et dépourvue de barillet, elle était équipée d'un verrou électronique que l'on activait en composant un code sur l'un des claviers installés sur les murs intérieur et extérieur.

Jane avait recueilli ces informations de la bouche de Hendrickson dans la cuisine de Gilberto. Le prisonnier lui avait expliqué que le bureau n'était pas sous alarme, contrairement à la maison principale, Anabel étant peu soucieuse de voir débarquer la police dans cette pièce en cas de tentative d'effraction.

– Nous n'avons pas de temps à perdre, déclara Jane. Donnez-moi ces DVD.

Elle avait initialement envisagé de prendre Hendrickson avec elle en repartant. Elle voyait en lui une preuve vivante de l'existence du mécanisme de contrôle, le jour où elle voudrait convaincre les autorités politiques ou judiciaires de la réalité du complot. Encore lui fallait-il dénicher des gouvernants intègres. La détérioration psychique de son prisonnier, de plus en plus manifeste, rendait son plan caduc et elle allait devoir abandonner Hendrickson.

Elle suivit ce dernier dans la grande salle de bains, marbrée de carreaux couleur miel du sol au plafond. La baignoire et le lavabo étaient taillés dans des blocs du même marbre, tandis que la robinetterie était plaquée or. Anabel avait ses quartiers à l'intérieur de la maison principale, mais elle tenait à disposer d'installations dignes d'elle lorsqu'elle se trouvait dans son bureau. Des installations couleur miel pour la reine des abeilles qu'elle était.

Hendrickson enfonça l'un des coins du grand miroir à cadre doré installé au-dessus du lavabo et le panneau tout entier s'écarta, dévoilant une armoire à pharmacie traditionnelle. En tirant simultanément sur la deuxième et la troisième tablettes, l'intérieur de l'armoire coulissa sur des rails en dégageant une cache où se trouvait un boîtier en plastique de forme rectangulaire. Hendrickson le tendit à Jane.

Pendant que Booth remettait tout en place, Jane souleva le couvercle de la boîte. Celle-ci renfermait seize DVD rangés dans des pochettes en carton. Sur chacune d'elles figurait un prénom différent, écrit au feutre noir.

— Comment s'appelait votre père ? s'enquit-elle.

— Stafford. Stafford Eugene Hendrickson.

Elle regagna le bureau, posa la boîte sur la table en U et montra à son prisonnier un DVD sur lequel s'étalait le prénom STAFFORD.

— L'avez-vous déjà visionné ?

— Bien sûr, répondit-il d'une voix morne, le visage impassible, replié dans un coin de son âme où les émotions n'avaient plus cours. Nous l'avons souvent regardé ensemble, avec Mère. À l'époque, il s'agissait de vidéocassettes. Les DVD n'existaient pas. Tu as fait effectuer le transfert par la suite.

Jane devait être certaine que le contenu de ces disques était le bon.

— Je voudrais visionner celui-ci, décida-t-elle en tendant le DVD à Hendrickson.

— Oui. Très bien, acquiesça-t-il en insérant le disque dans le lecteur.

À l'époque où Jane travaillait dans les Unités 3 et 4 du département d'analyse du comportement du FBI, elle avait enquêté à plusieurs reprises sur des tueurs en série. Chaque fois qu'elle avait réussi à découvrir l'un de ces monstres dans sa tanière, elle avait assisté à des scènes qu'elle n'oublierait jamais et qui la hantaient les nuits d'insomnie. Il fallait posséder une foi solide dans l'humanité pour affronter les perversions d'individus aussi dévoyés. Les certitudes de Jane avaient souvent été ébranlées, mais elle ne les avait jamais perdues.

Elle se prépara néanmoins au pire en voyant s'animer l'écran, avec l'intention de visionner quelques images seulement, histoire de s'assurer de la véracité des dires de son prisonnier.

10

Jergen suit Dubose et son prisonnier à l'intérieur du mobile-home. Il comprend instantanément pourquoi

Fenouil Martin préférait répondre à leurs questions dehors. La fille, un joli petit lot aux cheveux blond cendré, doit tout juste avoir treize ans.

L'arrivée du trio la prend par surprise. Elle se lève précipitamment du canapé en reboutonnant son chemisier, mais Jergen a le temps de profiter brièvement du spectacle.

Il s'approche, un sourire affable aux lèvres.

— Comment tu t'appelles, mon petit ?

— Qui êtes-vous ? Qu'est-ce que vous lui avez fait ?

Jergen lui montre son badge du Bureau, ce qui n'a pas l'air de rassurer la fille.

— Il s'en remettra, répond-il, tout sourire. Ce sont des trucs qui arrivent. Je ne sais toujours pas comment tu t'appelles, mon petit.

— Ginger.

— Tu peux me dire où se trouve la salle de bains, Ginger ?

— Pourquoi ?

— Parce que j'ai décidé que tu resterais dans la salle de bains pendant qu'on discute avec M. Martin. Je tiens juste à m'assurer qu'il n'y a pas de fenêtre par laquelle tu pourrais t'enfuir.

— Il n'y en a pas.

— Ce n'est pas comme si je refusais de te croire, Ginger, mais j'ai besoin de vérifier. Ça fait partie de notre formation au FBI. Je me contente de suivre le règlement. Tu comprends ?

— Non, enfin peut-être. Oui.

— Alors montre-moi la salle de bains.

La fenêtre, minuscule, se trouve en hauteur. Jergen rabat le couvercle des toilettes et fait signe à la fille de s'y asseoir.

— Où se trouve ton téléphone, Ginger ?

— Dans mon sac. Sur la table à côté du canapé.

— Bien. De toute façon, tu n'as besoin d'appeler personne. Attends sagement ici, on n'en a pas pour longtemps.

Elle se met à trembler.

— Je vais attendre. Ça ne me dérange pas d'attendre.

Au moment de quitter la salle de bains, Jergen se retourne.

— J'ai bien peur que Fenouil ne soit pas en mesure de s'occuper de toi, tout à l'heure. Vous n'aurez qu'à jouer aux cartes quand on sera partis.

Il referme la porte et retourne dans la pièce principale où le fan des Smashing Pumpkins a pris place dans un fauteuil.

Son bronzage s'est teinté de gris. Il transpire abondamment, des perles de sueur brillent au niveau de ses sourcils et il tient délicatement son entrejambe.

Dubose s'est assis en face de leur hôte et Jergen pose une fesse sur le canapé.

— Fenouil, commence Dubose, on a besoin de savoir toute la vérité, et vite.

— Vous ne faites pas partie du FBI, balbutie Fenouil avec la voix d'un gamin de treize ans.

— Ce dont je n'ai pas besoin en revanche, poursuit Dubose, c'est de commentaires imbéciles. Je pose les questions, tu y réponds et on s'en va. Tout à l'heure, tu nous as expliqué que tu t'y connaissais en voitures.

— Oui, je suis mécanicien. J'ai un atelier en ville. Rien de grandiose, mais je me plains pas.

— Tu effectues des contrôles techniques bidon en liquide, c'est ça ?

— Quoi ? Jamais de la vie. Je tiens pas à perdre ma boîte.

— Tu soudes des compartiments secrets sous la carrosserie pour que des enfoirés importent de la cocaïne du Mexique ?

Fenouil lance un coup d'œil en direction de Jergen.

— Je crois que je veux appeler un avocat.

— Je crois surtout que tu veux répondre à mes questions si tu n'as pas envie d'avoir une greffe de testicules. Avant de répondre n'importe quoi, demande-toi si je ne suis pas déjà au courant de la vérité.

Le mécanicien n'est plus en état de mentir, mais il commence à se demander si la vérité servira vraiment sa cause.

— Je fais mon métier honnêtement, mec. Je vous le jure.

Dubose se mordille la lèvre inférieure d'un air déçu.

— Tu avais une Honda verte autrefois. J'aimerais savoir ce qu'elle est devenue.

Fenouil affiche son étonnement.

— Je l'ai revendue. Une bonne bagnole pas chère, mais pas vraiment sexy.

— Quand ça ?

— Je sais plus exactement. Je dirais il y a six ans.

— À qui l'as-tu vendue ?

— À un type.

— Il avait un nom, ce type ?

— Ça fait si longtemps, j'ai oublié.

— À quoi ressemblait-il ?

— Un Asiatique.

— Mais encore ? Un Chinois, un Japonais, un Coréen ?

— Comment voulez-vous que je sache ?

— Tu as passé une petite annonce dans le journal ou sur Internet ?

— Non. J'avais mis une pancarte à l'atelier.

— Quelle est ta banque ?

— Ma banque ? La Wells Fargo, pourquoi ?

— J'ai besoin de ton numéro de compte et du montant du chèque.

Fenouil transpire à grosses gouttes.

— Il avait pas la même banque que moi.

— Tu t'en souviens ? Moi qui croyais que ça faisait trop longtemps. Aucune importance. On n'aura pas de mal à suivre le chèque d'une banque à l'autre. Le montant ?

Fenouil jeta un regard perdu autour de lui, comme s'il ne reconnaissait pas son propre salon.

— Quand je pense que ça me retombe sur la gueule au bout de *six ans* ! Fait chier !

11

Hendrickson enfonça une touche et tendit la télécommande à Jane, debout à côté de lui face à l'écran.

L'objectif de la caméra glissa sur des torches plantées dans des barils d'essence remplis de sable. Les flammes de centaines de bougies jetaient un éclairage tremblant sur des lézards pourchassant des cafards sur les murs de tôle d'un baraquement, dans une atmosphère rougeoyante de chaudière. Sur le sol de béton s'étalaient des symboles vaudous. Dessinés à l'aide de farine de blé ou de maïs, de cendre et de poudre de brique rouge, ils représentaient les forces astrales invoquées pour la cérémonie.

Tout indiquait qu'il s'agissait d'un rite vaudou de pacotille en prévision du meurtre qui allait suivre. Les soupçons de Jane se confirmèrent lorsqu'elle vit apparaître à l'écran quatre individus cagoulés et vêtus de noir. Au centre de l'espace, un homme entièrement nu était enchaîné sur un autel sacrificiel composé de trois cercles concentriques en pierre taillée et au centre duquel se dressait un totem en bois sculpté représentant des serpents entrelacés.

Toujours avec la voix d'Anabel, Hendrickson commenta la scène.

— *Le voilà donc, ce prodige de lâcheté qui t'a servi de père. Tu vas l'entendre me supplier. Écoute bien ses suppliques, mon fils, et souviens-toi de ne jamais supplier personne, quelles que soient les circonstances. Tu vas voir dans un instant ce qui arrive aux geignards.*

La caméra flotta au-dessus d'un bataillon de tambours bleu et vert de forme conique avant de revenir se poser sur le corps blafard de l'homme. Le silence fut soudainement rompu par le chant rythmé des tambours, sans que l'objectif ne révèle jamais les percussionnistes. Comme annoncé, Stafford multiplia les supplications, d'une voix désespérée dans un premier temps, puis de façon hystérique alors que les quatre bourreaux en tenue noire le mettaient longuement à mort. Ils commencèrent par lui couper la main droite à l'aide d'une machette acérée avant de lui poser un garrot afin d'éviter que l'hémorragie ne l'emporte prématurément.

Jane enfonça la touche rouge de la télécommande et l'écran vira au noir.

— *Ton père n'était qu'un amateur d'histoire et un gratte-papier*, reprit Hendrickson. *Il adorait le passé dans toute sa splendeur barbare. Il adorait son escalier du Diable qu'il considérait comme son trésor archéologique personnel. Je ne lui ai pas donné la satisfaction d'ajouter à sa collection souterraine la moindre partie de son corps. On a abandonné son cadavre aux lézards et autres cafards jamaïcains, en attendant que la police retrouve les restes de ce salopard sans intérêt.*

12

Carter Jergen aimerait conduire le VelociRaptor, lui aussi. Son collègue l'énerve au plus haut point, mais il doit bien s'avouer qu'observer Radley Dubose est parfois jouissif. Il a une façon bien à lui de prendre un air menaçant, tel un orage qui monte en puissance avant de lâcher son premier éclair. Le pauvre Fenouil Martin est dans ses petits souliers.

Le géant se lève et tourne comme un lion en cage dans le mobile-home en faisant trembler le sol sous ses semelles.

— En Californie, l'ancien propriétaire d'un véhicule a l'obligation de transmettre aux services compétents un certificat de vente en bonne et due forme précisant notamment l'identité de l'acquéreur. Vous ne l'avez pas fait, monsieur Martin.

— Il ne voulait pas, ça faisait partie du marché. Il achetait la Honda à condition que je ne remplisse pas les papiers.

— Vous nous parlez du mystérieux acquéreur asiatique, c'est bien ça ?

— C'était *vraiment* un Asiatique. Je ne vous ai pas menti.

— Comment s'appelait-il, monsieur Martin ?

— Il ne m'a jamais donné son nom. Il ne parlait même pas anglais.

Dubose se fige dans sa ronde et pose sur Fenouil un regard assassin.

— Je vous jure, insiste le mécanicien. Il avait un document tout préparé.

— Quel document ?

— Le détail de l'accord pour l'achat de la Honda.

— Votre client qui ne parlait pas anglais était capable de rédiger un contrat ?

— Quelqu'un l'avait rédigé pour lui. Le véritable acheteur. Mais je vous jure que je ne sais pas qui c'est.

— L'acheteur en question souhaitait donc se procurer un véhicule en préservant son anonymat. Vous n'avez pas réfléchi aux conséquences d'une telle vente, monsieur Martin ? Vous n'avez jamais imaginé que ces gens-là pourraient utiliser ce véhicule pour commettre un hold-up ?

— Jamais de la vie. Ce type était très gentil.

— Quel type ?

— L'Asiatique.

— Sauf que ce n'était pas l'acheteur véritable. L'acheteur véritable pouvait fort bien être un terroriste désireux de se procurer une voiture pour la remplir d'explosifs et commettre un attentat.

Le mécanicien reste prostré dans son fauteuil, les coudes sur les genoux, la tête dans ses mains, au bord de la nausée.

— Le véhicule n'a pas servi lors d'un attentat, reprend Dubose, au grand soulagement de son interlocuteur. Il n'empêche que nous avons le plus grand besoin de retrouver l'homme qui l'a acheté, et vite. Qu'avez-vous négligé de m'avouer, monsieur Martin ? Il manque à votre histoire le petit détail susceptible de la rendre crédible.

Fenouil Martin, au bord du gouffre, s'exprime d'une voix sourde.

— Vous avez déjà deviné de quoi il s'agit.

— Sans doute, mais je veux l'entendre de votre bouche.

— Ce type arrive un beau jour avec un contrat tout préparé et une mallette pleine de fric. La Honda n'est pas de première jeunesse, elle a pas mal de kilomètres au compteur, je dirais qu'elle vaut six mille dollars à tout casser, mais la mallette en contient *soixante* mille.

— Net d'impôt.

— Plus maintenant, j'imagine.

Dubose laisse s'écouler un silence pesant avant de réagir.

— Vous vous êtes dit que si jamais cette voiture se trouvait impliquée dans un délit grave, il vous suffirait de vous apercevoir qu'on vous l'avait volée.

— C'est ce que j'ai pensé. J'avais besoin de fric.

— Avez-vous jamais vu quelqu'un d'autre que l'Asiatique la conduire en ville par la suite ?

— Il m'est arrivé de la voir garée ici ou là. Sans jamais personne dedans. Je ne tenais pas à savoir qui l'avait achetée, ni pourquoi.

— Pour ne pas courir le risque que l'acheteur vous réclame son argent.

Le mécanicien ne dit rien.

— Regardez-moi, monsieur Martin.

Il ne relève pas la tête.

— Je ne veux pas.

— Regardez-moi.

— Vous allez me faire mal.

— Ce sera bien pire si vous refusez de me regarder.

Fenouil Martin, terrifié, finit par obtempérer à contrecœur.

— Je serais ravi de vous broyer les couilles, et ce n'est pas une image, pour m'avoir obligé à vous tirer les vers du nez un par un. J'ose espérer que vous m'avez fourni toutes les informations dont vous disposiez. Si jamais j'apprends que ce n'est pas le cas, je peux vous assurer qu'aucune femme ne voudra plus de vous.

Fenouil Martin est l'incarnation du désarroi.

— Je vous ai tout dit. Tout.

— Je vous le conseille.
— Tout dit.
— Levez-vous, monsieur Martin.
— Je ne peux pas.
— Levez-vous.
— Il y a bien…
— Je vous écoute.
— Il y a bien un truc à propos du contrat. Chaque paragraphe se terminait par la même formule. « S'il vous plaît et merci. » Du genre : « Le prix d'achat est fixé à soixante mille dollars, s'il vous plaît et merci », ou bien : « Les deux parties s'accordent à ne pas mentionner cette vente, s'il vous plaît et merci. »

Dubose pose sur lui un regard méprisant.

— Que voulez-vous que je fasse d'un détail aussi crétin ?
— Je ne sais pas, mais c'est tout ce que je peux vous dire. Je n'y pensais même plus.
— Vous avez gardé votre exemplaire du contrat ?
— Non.

Dubose ne dit rien pendant une poignée de secondes interminables et le mécanicien manque de tourner de l'œil.

— Décidément, vous n'en valez même pas la peine, décrète soudain le géant avant de quitter le mobile home.

13

Jane resta saisie d'effroi à la vue de ces images atroces.

Écœurée, elle glissa le DVD dans son étui cartonné avant de le ranger dans la boîte avec les autres. Booth lui avait expliqué que deux autres DVD chroniquaient le calvaire d'anciens maris d'Anabel. Le premier, censé s'être suicidé en se passant du fil de fer barbelé autour du cou, suppliait longuement ses bourreaux cagoulés avant d'être pendu par eux. Sans doute s'agissait-il des mêmes complices, grassement payés, dont le second mari avait imploré la miséricorde avant d'être brûlé vif dans l'incendie de sa propre maison.

Les autres vidéos, plus récentes, chroniquaient l'injection d'un mécanisme de contrôle à un sénateur, à un gouverneur à la carrière nationale prometteuse, à un membre de la Cour suprême, au président d'une grande chaîne de télévision, au propriétaire d'un magazine d'opinion respecté, ainsi qu'à d'autres notables. Anabel avait une dent contre chacune de ses victimes, et ces enregistrements servaient à alimenter son plaisir.

À présent qu'elle se trouvait en possession de ces DVD, Jane trouverait bien un moyen de dénoncer le complot arcadien.

Elle enfouissait la boîte en plastique dans son cabas lorsque le visage d'Anabel Claridge s'afficha sur l'écran de télévision. À soixante-quinze ans, c'était encore une femme séduisante à la beauté impérieuse, avec ses pommettes saillantes, ses traits fins et son opulente chevelure argentée. Elle avait des yeux d'un bleu aussi éclatant que celui de Jane. Les mêmes yeux que Petra Quist et toutes les autres femmes de Simon, la lueur de folie qui les éclairait en plus.

Hendrickson, tel un zombie, regardait fixement l'écran. Jane crut un instant qu'il s'agissait d'une vidéo, jusqu'à ce que résonne la voix d'Anabel.

— Que fabriques-tu ici, Booth ? Quelle bêtise as-tu encore commise ?

— Je suis désolé, Mère. Je suis désolé. Désolé. Elle m'a obligé.

Jane comprit qu'il s'agissait d'une communication en direct, sans doute sur Skype. Le palmier dont on apercevait la silhouette derrière la fenêtre lui indiqua qu'elle se trouvait dans sa propriété de La Jolla, en Californie.

Prise d'une fascination morbide, Jane était entrée involontairement dans le champ de la caméra interne du téléviseur.

La matriarche se tourna vers elle.

– Mon fils n'est pas un faible comme son incapable de père. Mon fils a du caractère. Comment avez-vous pu le maîtriser aussi facilement ?

À l'évidence, Hendrickson avait déclenché une alarme en ouvrant le compartiment secret de l'armoire à pharmacie. Ce n'était toutefois pas la police qui avait été alertée, mais Anabel dans sa villa de La Jolla, à des centaines de kilomètres de là.

Anabel reporta son attention sur son fils.

– Ne prends pas de risque, Booth. Tue-la avec ce que tu sais.

Il se dirigea aussitôt vers le placard.

– Booth, jouons au crime dans la tête ! s'interposa Jane.

Le haut-le-cœur d'Anabel lui apporta la preuve que personne ne la savait en possession des mécanismes de contrôle dérobés quelques semaines plus tôt chez Bertold Shenneck.

– Jouons au crime dans la tête, répéta Jane.

Loin d'obtempérer, il ouvrit la porte du placard.

Jane sortit son Heckler et fit feu à deux reprises en le voyant s'engouffrer dans le réduit. La première balle s'enfonça dans le chambranle en l'arrosant d'échardes tandis que la seconde se perdait dans la pièce en frôlant le battant avant qu'il ait pu le refermer.

– Pauvre ignorante ! s'écria Anabel.

Son visage se métamorphosa sous l'effet de la haine et la grande dame raffinée, digne de figurer dans les pages d'un magazine de déco, céda la place à un monstre superbe et terrifiant, un ange déchu enivré par le pouvoir du mal.

— Pauvre petite connasse. Ton mécanisme de contrôle ne peut rien contre celui que je lui ai injecté il y a un mois, infiniment plus puissant que le tien. Il *m'appartient*, et m'appartiendra toujours.

Jane comprit soudain pourquoi Booth s'était lentement désintégré psychiquement. La seconde nanomachine s'était reconstituée au-dessus de la première.

Tue-la avec ce que tu sais. Il ne faisait guère de doute qu'une arme automatique était dissimulée dans le placard. Peut-être même un fusil mitrailleur.

Anabel, à La Jolla, ne constituait pas une menace immédiate, à l'inverse de Booth.

Jane rengaina son pistolet, prit son cabas au vol et se rua sur la porte métallique.

Elle l'ouvrait lorsqu'une arme puissante aboya dans le placard. Une volée de projectiles troua la porte et déchiqueta les meubles derrière elle.

Elle franchit le seuil d'un bond, saisit au vol la torche qu'elle avait pris la précaution de déposer là à son arrivée et rejoignit au pas de course la première grotte. Le battant blindé se referma bruyamment dans son dos en faisant résonner une longue suite d'échos à l'intérieur des souterrains.

14

Des lunettes noires sur le nez afin de se protéger de l'éclat atomique du soleil, Dubose serre entre ses mains le volant du VelociRaptor. Il parcourt les rues de la petite ville, sans vraiment savoir ce qu'il cherche, en creusant sa maigre cervelle et en faisant appel aux rares connaissances que la prestigieuse université de Princeton aura daigné lui inculquer.

À côté de lui, également muni de lunettes de soleil, Carter Jergen est plus inquiet qu'il ne veut bien le montrer.

– Avec tout ça, on n'a même pas déjeuné. Où pourrait-on dîner ? On a le choix entre le grill mexicain, le restaurant de tacos et un distributeur dans un mauvais motel.

– S'il avait vendu cette voiture à quelqu'un qui habite en ville, réplique Dubose, il l'aurait vue plus de deux ou trois fois.

– C'est possible, acquiesce Jergen.

– C'est certain. L'acheteur est donc quelqu'un qui vit dans le coin, mais pas en ville. Un type prêt à payer une montagne de fric pour une voiture anonyme.

– Je ne dirais pas que soixante mille dollars est une montagne de fric.

– C'en était une pour Fenouil Martin.

– Tiens, on a oublié de lui demander d'où il tenait son prénom.

– Je lui ai posé la question pendant que tu enfermais Ginger dans les chiottes.

Jergen fait la grimace.

– Dans la salle de bains.

– Sa mère, accro aux vertus des plantes médicinales, a toujours prétendu qu'on vivait vingt ans de plus que la moyenne en mangeant du fenouil tous les jours. Alors elle l'a prénommé Fenouil.

– Quel âge a sa mère ?

– Elle est morte à trente-deux ans. En attendant, on va se balader un peu dans la vallée tant qu'il y a encore assez de lumière.

— À la recherche de quoi ?

— De tout. De rien. Tu as pris la Honda en photo avec ton iPhone ?

— Oui.

— On n'aura qu'à la montrer aux gens dont on croisera la route. Le vert de cette Honda n'est pas courant, quelqu'un s'en souviendra peut-être.

Jergen a du mal à en croire ses oreilles. Comment son collègue peut-il connaître un détail aussi insignifiant, digne de Sherlock Holmes ?

— Parce que tu connais toute la gamme de couleurs des vieilles Honda ?

— J'adore les Honda. Ma première voiture était une Honda.

Dubose ressemble plus que jamais à un personnage de bande dessinée. Loin de s'en amuser cette fois, Carter Jergen se demande s'il ne perd pas son âme à force de traîner avec ce monstre, au risque de se transformer lui-même en détective de dessin animé.

15

Jane, à force de voir danser le rayon de sa lampe sur la roche luisante d'humidité, avait l'impression d'être prisonnière d'un intestin géant. Elle gravissait les degrés de pierre bouche fermée pour limiter le bruit de sa respiration, à l'affût du moindre bruit.

Après avoir traversé une première grotte, elle arriva à celle dans laquelle étaient entassés les squelettes d'enfants. En quittant cet ossuaire d'innocents, elle rencontra un premier embranchement. Elle s'engageait dans le boyau identifié par une flèche blanche lorsque le claquement de la porte blindée lui parvint.

Il venait de se lancer à sa poursuite à l'intérieur de l'escalier du Diable.

Elle n'avait pas le droit de céder à la peur, la survie de son petit garçon dépendait d'elle.

Elle s'enfonça dans un couloir humide, le visage caressé par des gouttes d'eau glacée, et se retrouva bientôt au bord d'une faille large de deux mètres traversée par une planche. L'obstacle franchi, elle posa son sac et sonda la crevasse à l'aide de sa torche. Profonde d'une dizaine de mètres, elle était constituée d'un côté de roches faciles à descendre et, de l'autre, d'une paroi plus difficile à escalader. Il mettrait plusieurs minutes à passer de l'autre côté, ce qui offrirait à Jane un répit bienvenu.

Elle reposa la lampe, dégagea la lourde planche de ses encoches et l'envoya rouler au fond du trou où elle s'écrasa bruyamment.

Elle se releva aussitôt, récupéra le sac et éteignit la lampe afin de scruter l'obscurité. Une lueur dansante apparut au niveau de la sépulture des innocents. Hendrickson progressait plus vite qu'elle ne l'espérait.

Elle ralluma la torche et remonta au pas de course une étroite volée de marches inégales, dérangeant sur son passage trois curieux insectes translucides de la taille de son pouce et dont les entrailles, révélées par le faisceau lumineux, n'étaient pas sans évoquer les mystérieux hiéroglyphes vaudous entrevus sur le DVD. En dépit de son désir d'avancer le plus rapidement possible, elle ne pouvait se permettre de glisser et de tomber. Jamais elle n'échapperait à cette antichambre de l'enfer avec une jambe cassée.

Elle traversait la caverne suivante lorsque la voix de Hendrickson arriva jusqu'à elle.

— Je vais sauter par-dessus la crevasse ! se vanta-t-il comme un gamin. Je n'ai même pas besoin de passerelle.

Elle n'attendit pas qu'il crie de douleur en tombant au fond du trou. Peut-être était-il capable de franchir un tel obstacle quarante ans plus tôt, mais il n'était plus aussi leste qu'autrefois, en dépit de ses fanfaronnades d'adolescent attardé. Tout en priant le ciel qu'il fasse une mauvaise chute, elle accéléra le pas et manifesta son dépit en l'entendant pousser un cri de triomphe après avoir atteint le côté opposé d'un bond.

Le couloir suivant faisait un coude vers la droite. Elle s'y précipita et éteignit la torche qu'elle glissa dans sa ceinture, posa le cabas à ses pieds, dégaina le Heckler et se retourna, fermement décidée à tuer son adversaire lorsqu'il émergerait de l'escalier aux insectes.

Les pas de son poursuivant résonnèrent sur les marches sans qu'apparaisse la moindre lueur signalant son arrivée. Il avançait dans le noir ! Et si, sous l'effet des implants cérébraux, il avait retrouvé ses réflexes d'enfant, aiguisés par les milliers d'heures passées à explorer ces lieux à tâtons ?

Le cœur de Jane battait à tout rompre, mais elle tenait fermement la crosse de son arme des deux mains. Elle entendrait forcément sa respiration et le bruit de ses pas lorsqu'il déboucherait de l'escalier. Il se trouverait exactement face à elle à ce moment-là, à moins de dix mètres de distance. Sans doute ne ferait-elle pas mouche à tout coup si elle faisait feu à quatre reprises, mais il suffisait d'une ou deux balles pour le blesser grièvement ou le tuer.

Le tout était de ne pas perdre ses repères dans le noir absolu. Les bras en avant, elle se tint parfaitement immobile, retenant son souffle afin de mieux l'entendre venir.

À l'époque où elle travaillait pour le FBI comme depuis qu'elle avait entamé sa cavale, Jane avait toujours dû sa survie à son entraînement et son intuition. S'il lui avait fallu choisir entre les deux, elle aurait opté pour la seconde, cette petite voix qui vibre à l'unisson des os, du sang et des muscles.

La petite voix lui soufflait à présent que Hendrickson avait senti un piège. Il retenait sa respiration et avançait sans bruit en effectuant un mouvement circulaire afin de ne pas se trouver dans sa ligne de mire. Portée par l'espoir de ne pas s'être trompée, elle tira à deux reprises au lieu des quatre prévues pour ne pas lui offrir une cible trop visible. Sachant que chaque fraction de seconde comptait, elle se précipita dans l'étroit passage au moment où crépitait dans sa direction une salve d'une demi-douzaine de balles. Les projectiles ricochèrent avec des râles aigus et elle entendit siffler une ou deux balles mortelles à l'endroit précis où elle se tenait un millième de seconde plus tôt.

Elle allait devoir lui laisser dix ou quinze secondes, le temps qu'il se demande s'il l'avait abattue. Allumer sa lampe n'était pas une option, il arroserait aussitôt le boyau et la faucherait, directement ou pas. Elle ramassa son cabas sans toucher à sa torche et repartit de l'avant dans l'obscurité la plus totale. Elle savait que le passage montait vers la gauche quatre ou cinq mètres plus loin et croyait se souvenir qu'il était dépourvu de marches sur toute sa longueur, consciente que sa mémoire en la matière n'était en rien comparable à celle de son poursuivant.

16

Ils auraient dû être rentrés depuis des heures, mais Travis refusait de croire qu'il leur soit arrivé quelque chose.

Tout en ayant promis de ne pas approcher des fenêtres, il n'avait pu résister à la tentation de regarder au-dehors dans l'espoir de voir surgir la voiture verte.

De rares autos passaient à l'extrémité du petit chemin, mais jamais celle qu'il espérait.

Le jour où quelqu'un avait tué son papa, il dormait chez un copain. Il n'avait appris la nouvelle que le lendemain.

Il n'avait pas envie d'apprendre plus tard qu'il était arrivé malheur à oncle Gavin et tante Jessie. Il voulait qu'ils rentrent et il demanda à Dieu de les lui renvoyer.

Les chiens commençaient à s'agiter. Ils erraient dans la maison, manifestement inquiets.

Ils cherchaient Gavin et Jessie, comme Travis. Gavin et Jessie auraient dû être là depuis longtemps. Duke et Queenie le savaient aussi bien que Travis.

C'était l'heure de leur donner à manger. Gavin et Jessie avaient emporté dans leur fuite des croquettes, des biscuits, les colliers et les laisses, et même des sacs bleus pour les crottes.

Travis savait quelle quantité de croquettes leur donner. Les chiens avaient faim et il leur faudrait aussi les sortir, mais il ne se sentait pas prêt. D'abord, on lui avait interdit de quitter la maison. Ne pas répondre si on frappait à la porte, ne pas s'approcher des fenêtres, ne pas sortir. Il connaissait les règles. Sa maman disait toujours que le meilleur moyen de vivre heureux était d'obéir aux règles.

Et puis il avait peur de porter la poisse à Gavin et Jessie s'il leur désobéissait. Peut-être qu'ils ne reviendraient jamais, tout ça parce qu'il avait désobéi.

Duke se posta à côté de lui. Il observa longuement l'ombre des palmiers qui s'allongeait sur la route, puis il se mit à geindre.

17

La pente de roche décrivait une courbe lisse, dépourvue de marches. Jane ne cessait de se cogner contre la paroi, ce qui ne l'empêcha pas d'atteindre le sommet de la déclivité où elle s'attarda quelques instants, l'oreille tendue. Hendrickson semblait hésiter à la suivre de trop près, de peur qu'elle se retourne et l'abatte.

Continuer d'avancer. Décider d'un plan d'action et s'y tenir. Entre le rôle de chasseur et celui de proie, elle risquait de payer de sa vie tout manque de détermination.

Elle rengaina son arme. Une main serrée autour du cabas, elle saisit la lampe de l'autre en veillant à en atténuer le faisceau avec deux doigts et franchit un étroit goulet en avançant de biais, la torche en avant, à la façon d'une escrimeuse armée d'un fleuret. Elle déboucha dans une grotte dont la partie centrale, dégagée, était entourée de colonnes naturelles formées de stalactites soudées à des stalagmites. Le lieu n'était pas sans évoquer un temple réservé à une congrégation de mutants souterrains adorant des idoles inconnues. Trois couloirs s'ouvraient à elle et elle s'engagea sur celui marqué d'une flèche blanche tout en multipliant les coups d'œil par-dessus son épaule.

Elle pensa à Jonas dans le ventre de la baleine et se fit la réflexion que son Léviathan à elle s'était fossilisé des centaines de millions d'années plus tôt lorsque la mer s'était retirée, ses entrailles interminables transformées en pierre.

La descente de l'escalier du Diable avait duré une demi-heure, elle savait déjà que la remontée serait plus longue. Oubliant toute prudence, elle accéléra dans l'espoir de mettre un maximum de distance entre son poursuivant et elle afin d'atteindre la sortie en moins de quarante minutes.

Elle se surprit à plusieurs reprises à retenir son souffle, accumulant la salive dans sa bouche, portée par la peur inconsciente que le bruit de sa déglutition la trahisse.

Parvenue à la salle des crânes aux yeux de serpent, elle comprit à l'opacité des ténèbres derrière elle que Hendrickson, loin de la suivre silencieusement, n'était plus là. Et pas parce qu'elle l'avait blessé ou tué, ou parce qu'il avait sombré dans la folie. *Il ne la suivait plus parce qu'il avait emprunté un raccourci dont lui seul connaissait l'existence. Il l'avait devancée et l'attendait plus loin.*

Elle se figea au milieu des centaines de morts qui l'observaient de leurs orbites creuses en souriant de toutes leurs dents d'un rictus sinistre. Il lui fallait impérativement ravaler sa peur. La mort la cernait de toutes parts, c'est vrai, mais elle était tout aussi présente dans le monde extérieur. *L'ombre se glisse entre le fantasme et la réalité, entre le mouvement et l'action.* Elle devait continuer d'avancer, même dans la vallée de l'ombre de la mort. *Décider d'un plan d'action et s'y tenir.* Toute hésitation lui serait fatale.

18

En ce dimanche après-midi lumineux, au cœur de la vallée de Borrego, la petite église de bois au clocher recouvert de bardeaux blancs attire le soleil du désert comme pour l'adoucir et reposer les yeux. La scène évoque chez Carter Jergen ces villages miniatures que l'on trouve dans les vitrines de Noël, au milieu desquels tournent inlassablement des trains électriques.

Une vingtaine de véhicules sont garés devant l'entrée du bâtiment, mais les nouveaux arrivants ne se rendent pas à l'église ; ils la contournent pour se diriger vers une douzaine de tables de pique-nique installées à l'ombre d'un bosquet.

Dubose arrête le VelociRaptor le long de la route et observe leur manège.

— À quoi jouent-ils ?

— On est dimanche, lui rappelle Jergen.

— Je sais, mais on n'est pas dimanche *matin*.

— La plupart de ces gens portent des paniers.

— Des paniers de quoi ?

— De nourriture, j'imagine, répond Jergen. Ces gens-là mangent probablement ensemble tous les dimanches.

Dubose médite longuement avant de répondre :

— Ça ne me dit rien de bon.

Jergen acquiesce.

— Ce genre de truc est aussi ennuyeux qu'une partie de loto dans une maison de vieux. D'un autre côté, c'est l'occasion de montrer à plein de personnes d'un coup la photo de la Honda.

Dubose lui lance un regard noir.

— D'accord, mais on ne traîne pas.

Il redémarre et se gare sur le parking de l'église à côté des autres véhicules.

Ils descendent du VelociRaptor et Jergen en profite pour admirer ce monstre d'acier qui serait bien capable, quand tout le monde a le dos tourné, de dévorer les petites voitures qui l'entourent.

Les rires d'enfants montent en puissance lorsqu'ils passent au coin dc l'église. Dubose s'immobilise.

— Et merde.

Le géant déteste les enfants car ils ont tendance à le prendre pour un gros chien pataud et sautent spontanément sur ses genoux en lui tirant les oreilles et lui pinçant le nez.

— On reste juste dix minutes, lui promet Jergen.

Ils remontent une allée en brique bordée de cactus et de plantes grasses en direction du bosquet de neuf arbres qui abrite les tables de pique-nique.

Loin de se mêler aux adultes, les enfants s'amusent dans un espace au sol caoutchouté où sont regroupés un toboggan, des balançoires, une cage à écureuil et d'autres jeux que Jergen croyaient oubliés depuis l'invention de la Game Boy. Les gamins crient, courent, sautent et se battent entre eux avec des épées en mousse.

— Saloperie, maugrée Dubose.

Jergen demande à une femme en paréo à fleurs où se trouve le pasteur. Elle lui désigne un homme d'une trentaine d'années occupé à discuter avec ses ouailles, deux arbres plus loin.

— Le pasteur Milo, précise-t-elle.

Celui-ci, le crâne rasé, a un physique d'athlète. Il porte des baskets, un jean blanc, une chemise hawaïenne bleue, et la boucle qui pend à son oreille est une croix.

— Évite de l'abattre, murmure Jergen à son collègue en se souvenant du révérend Gordon de la Mission de la Lumière divine.

19

Le cabas à l'épaule, la lentille de sa torche filtrée par deux doigts de la main gauche et le Heckler & Koch serré dans son poing droit, Jane avançait, tous ses sens en alerte sous l'effet de la peur et de l'adrénaline. Les zones d'ombre qui l'entouraient se déplaçaient au gré de la lampe en animant des formes fantomatiques. Pas un bruit ne traversait l'espace, en dehors du murmure cristallin des gouttes d'eau qui s'écoulaient du plafond en égrenant les secondes, ainsi qu'elles le faisaient depuis des millions d'années. Il flottait dans l'air une odeur de pierre humide et de peur.

Jane se retrouvait prise au piège de l'un des rêves qui hantaient ses nuits, chaque minute la rapprochant du règlement de comptes final au terme duquel elle tuerait ou serait tuée. Les grottes déroulaient leur immensité de façon fluide, leurs parois fondant à son approche pour mieux se reconstituer derrière elle. Les crânes et les défenses gigantesques des mastodontes reprenaient vie sous ses yeux. Les régiments de squelettes de mains, des mains qui avaient travaillé, joué, caressé, combattu, dessinaient une infinité de gestes décharnés. Dans ses cauchemars, ses adversaires les plus terrifiants étaient invariablement des humains. À l'inverse du tigre ou du loup, seuls les monstres issus du genre humain étaient capables de reconnaître la beauté et de la repousser, de savoir la vérité et de la dédaigner, d'entrevoir la paix et de la rejeter.

Cette fois, le monstre était un enfant. Un enfant perdu qui cherchait sa voie depuis près d'un demi-siècle dans ce souterrain dont l'obscurité le rassurait. On lui avait ordonné de la tuer, il le ferait avec une sauvagerie d'autant plus grande qu'il confondait Jane, dans sa démence, avec cette mère haïe qui avait fait de lui une bête.

Jane atteignit l'extrémité du cimetière de mains et fit halte à l'orée du sas qui la séparait de la grotte suivante. Un large couloir s'ouvrait à droite, un étroit boyau partait vers la gauche, et une troisième ouverture permettait d'accéder à une caverne dépourvue de reliques. Elle ne se trouvait plus qu'à quelques niveaux de la sortie.

Elle avança lentement, retira les deux doigts qui filtraient le faisceau de la lampe et fit danser celui-ci sur le couloir de droite. Des marches s'enfonçaient dans la roche en zigzaguant avant de s'évanouir dans la pénombre. À l'inverse, le boyau de gauche filait dans le noir de façon rectiligne.

Elle masqua la lumière et tendit l'oreille. Un murmure lui parvint de la caverne voisine et elle se souvint d'y avoir entrevu un conduit naturel à travers lequel s'écoulait un mince filet d'eau. Elle s'efforça de percevoir les bruits au-delà de ce chuchotement humide, à l'affût d'un son signalant la présence de son ennemi, en vain.

Elle se figea sur le seuil de la grotte, sous un surplomb rocheux, et pointa en avant le canon du pistolet. Elle découvrit la lentille de la torche et explora l'obscurité sans découvrir le moindre recoin dans lequel aurait pu se dissimuler l'ennemi.

Le passage le plus dangereux était un petit pont de planche enjambant la crevasse qui coupait la caverne en deux. Elle ne se souvenait pas de la profondeur et de la largeur de cette faille. Jusque-là, elle avait fait preuve de prudence chaque fois qu'elle en traversait une, de peur qu'il se tapisse au fond et l'arrose d'une volée de balles lorsqu'elle franchirait l'obstacle. À mesure qu'elle approchait du but, la moindre difficulté de terrain signalait un danger croissant.

Elle reposa ses doigts sur la lentille et avança dans la grotte. Elle l'entendit une fraction de seconde seulement avant qu'il ne lui fonde dessus depuis le surplomb rocheux. Elle chuta lourdement à terre, le Heckler lui échappa et roula sur le sol, tout comme la torche. Il l'étouffait de tout son poids et elle attendit le coup de grâce, dans l'incapacité de résister.

Au lieu de l'achever, il la bascula sur le dos et l'immobilisa avec ses genoux en lui enserrant la gorge d'une main avec une telle férocité qu'elle ne parvenait plus à respirer. À la lueur diffuse de la torche, le visage de son agresseur dessinait un masque grotesque d'ombre et de lumière déformé par la haine. Il n'avait plus rien d'humain, comme si cette remontée des enfers l'avait définitivement privé de toute identité en dévoilant l'être primitif qui sommeillait au fond de lui, un être barbare dépourvu d'intelligence, soumis à la dictature de ses émotions les plus primaires.

Il ouvrit la bouche et les mots sortirent sous forme de cris torturés, éructés au milieu d'une pluie de postillons.

— *Il m'appartient, et il m'appartiendra toujours. Tu as compris ? TU AS COMPRIS ? Il m'appartient, et il m'appartiendra toujours ? Qu'est-ce que tu en dis à présent, pauvre salope ? Tu crois vraiment que je t'appartiens ? Que je t'appartiendrai toujours ? Jamais de la vie ! C'EST TOI QUI M'APPARTIENS DÉSORMAIS !*

Il ne faisait plus la différence entre Jane et Anabel, ou bien alors cette différence avait perdu toute importance. Elle voulut arracher la main qui l'empêchait de respirer et l'égratigna douloureusement. Un voile d'obscurité s'abattit sur elle à cause du manque d'oxygène, mais elle le vit du coin de l'œil ramasser de la main droite un objet qu'il brandit au-dessus de sa tête. Un fémur humain, prélevé dans une caverne qu'elle n'avait pas visitée. L'extrémité de l'os, brisée, était couronnée d'échardes acérées. Sous l'effet de la démence, il n'était plus capable de se servir de son arme automatique, ou alors il avait négligé d'emporter des chargeurs de rechange en se lançant à sa poursuite. À force de scruter ce visage diabolique dans lequel brillaient deux yeux rougis par un élan sanguinaire décadent, elle comprit qu'il avait abandonné son arme par besoin de tuer à mains nues, de respirer sa terreur, de la sentir trembler sous lui, de voir couler son sang.

Le voile se fit plus opaque encore. Si elle avait la possibilité d'emporter avec elle une dernière image, elle voulait que ce soit celle de son fils, de son cher Travis dont l'innocence était le contrepoint de la vision du mal à laquelle elle se trouvait confrontée. Hendrickson voulut enfoncer l'extrémité acérée du fémur dans ses yeux. Peut-être le visage de Travis donna-t-il à Jane un ultime sursaut de force alors que ses poumons étaient près d'éclater, mais elle trouva le moyen de le soulever légèrement et de tourner la tête. L'os s'écrasa contre la pierre en l'arrosant d'échardes.

Des décennies de haine alimentaient la force surhumaine de Hendrickson, mais en éclatant contre la roche avec une telle force, le fémur envoya dans son bras droit des vibrations qui le déstabilisèrent et l'arme de fortune s'échappa de ses doigts gourds. Sa rage décupla lorsqu'il constata qu'elle était indemne, au point d'en perdre son instinct animal. Il lui lâcha la gorge, serra le poing de la main gauche avec l'intention de la frapper et la pression de ses genoux se relâcha sur les cuisses de Jane. Elle en profita pour plier la jambe gauche avec l'intention de lui assener un coup de pied dans les testicules. Elle manqua sa cible, mais le coup l'atteignit à l'aine. Déséquilibré, il abattit son poing dans le vide et elle le repoussa avec force. Il chuta lourdement et elle se releva d'un bond.

Elle chercha son pistolet des yeux, sans succès. Il avait dû voler dans un coin d'ombre, à moins qu'il ne se soit perdu dans la crevasse.

Hendrickson se remit péniblement debout, dos à elle, en laissant échapper un chapelet d'obscénités tel que Jane n'en avait jamais entendu de sa vie, comme si son vocabulaire se limitait désormais aux images les plus ordurières. Il se retourna et se rua sur elle. En désespoir de cause, elle ramassa le fémur dont l'extrémité, en se brisant contre la roche, avait éclaté en une forêt de pointes aiguisées comme des stylets. Emporté par sa haine, il ne vit pas l'arme et le fémur acéré se ficha profondément dans sa gorge.

Jane recula vivement en laissant l'os enfoncé dans la chair. Du sang s'écoulait de la plaie, mais en trop petite quantité pour signaler la rupture de la carotide, ainsi qu'elle l'avait espéré. Figé par la stupeur, il tituba en remuant silencieusement les lèvres, la main sur le fémur fiché dans son cou. Loin de s'écrouler, il trouva la force de dégager l'os de sa gorge trouée et s'avança vers elle d'un air menaçant, tel un dieu de vengeance indestructible. Du pied, il repoussa la torche en montrant un rictus sanglant.

La lampe, telle une roulette, tourna sur elle-même avant de s'arrêter en révélant brusquement l'emplacement du Heckler. Jane ramassa prestement celui-ci, serra la crosse entre ses deux poings et tira à trois reprises sur Booth Hendrickson à l'instant où il se jetait sur elle en brandissant le fémur. Il s'écroula à ses pieds, mort, et elle fit à nouveau feu sur sa dépouille par deux fois.

20

Le révérend Milo assure ses visiteurs de son profond respect pour le FBI, en dépit des doutes qu'il peut entretenir au sujet de ses dirigeants les plus récents. Il présente Jergen et Dubose à ses paroissiens en leur demandant expressément de ne pas prendre de photos avec leurs smartphones en pensant les poster sur Internet, afin de ne pas compromettre le travail de ces enquêteurs de l'ombre.

De toutes les personnes présentes, seules quatre pensent avoir déjà aperçu la Honda. L'une d'elles, un homme grisonnant nommé Norbert Gossage, apporte une précision qui intrigue Jergen et Dubose.

— Cette Honda est d'une couleur verte particulière, dit-il en grattant son cou parsemé de poils. C'est pour ça que je m'en souviens.

Dubose adresse à Jergen un coup d'œil qui en dit long sur ce qu'il pense des anciens étudiants de l'université de Harvard.

— Vous avez tout à fait raison, monsieur.

— Les gens vont jamais dépenser d'argent pour customiser une Honda, poursuit Gossage en glissant l'index dans son oreille gauche. C'est pour ça que la couleur m'a frappé. Cette Honda, ajoute-t-il en tapotant l'écran du smartphone avec le doigt qu'il a retiré de son oreille, sans s'inquiéter que Jergen soit obligé de décontaminer son téléphone par la suite, je l'ai souvent vue dans la vallée au sud de la ville, aux alentours de l'embranchement avec la 3. J'ai longtemps travaillé dans le coin.

— Où l'avez-vous vue, précisément ? insiste Dubose.

— Nulle part précisément. Je la voyais passer sur la route.

— Vous vous souvenez du conducteur ?

— Un type. Je l'ai jamais bien vu. Pour tout vous dire, j'aimais autant me tenir à l'écart, ce type-là ne savait pas conduire. Mais surtout, ça fait des années que j'ai pas vu cette voiture.

— Des *années* ? s'étonne Jergen, déçu.

— Au moins trois ans. Peut-être plus.

Les deux agents ont beau s'escrimer à obtenir de nouveaux détails, Norbert Gossage ne sait rien de plus.

À ce stade, trois très jeunes enfants s'accrochent au pantalon de Dubose et le géant n'est pas loin de les assommer.

Il était temps de partir.

21

Jane ramassa son sac et sa lampe avant de traverser le petit pont de planches en résistant à l'envie de regarder en arrière, comme si Hendrickson faisait le mort en attendant qu'elle se soit éloignée.

Elle remonta à la surface et découvrit le paysage couvert de neige en émergeant du dôme de pierre. Il s'était écoulé trente-huit minutes depuis qu'elle s'était enfuie du repaire d'Anabel au pied de l'escalier du Diable.

De toute évidence, la vieille femme s'était empressée de signaler la présence de Jane à tous ceux qui brûlaient du désir de la savoir morte et elle allait devoir s'éclipser le plus rapidement possible. La tempête de neige qui avait ralenti sa venue à Tahoe jouait désormais en sa faveur. Ses ennemis mettraient sur pied une expédition depuis Las Vegas, Reno, voire Sacramento, mais la neige tombait plus abondamment que jamais et le vent soufflait désormais en rafales. Leur meilleure chance de l'attraper était d'affréter un hélicoptère, mais ils ne pourraient jamais voler avec un tel blizzard et une visibilité aussi limitée.

Elle tremblait de tous ses membres lorsqu'elle finit par arriver à l'Explorer. Elle n'était pas habillée en conséquence, mais le froid n'expliquait pas seul le phénomène.

Le moteur démarra du premier coup et elle s'empressa de pousser le chauffage au maximum.

Le paysage se réduisait à une vaste étendue blanche lorsqu'elle redescendit les deux chemins forestiers successifs et la petite route de campagne jusqu'à la 50 qu'elle prit en direction du sud. Elle ne baissa le chauffage qu'au moment de franchir la limite entre le Nevada et la Californie.

Elle fit le plein à South Lake Tahoe et hésita à passer la nuit sur place en se disant que jamais ses poursuivants ne la chercheraient aussi près le lendemain matin, mais comme les chasse-neige s'évertuaient à dégager la 50, elle décida finalement de dormir à Placerville.

Sa hanche et ses côtes la faisaient souffrir depuis sa lutte à mort avec Hendrickson. Elle avait été blessée une semaine plus tôt à San Francisco, une plaie superficielle qui avait néanmoins nécessité plusieurs points de suture de la part d'un ami médecin. L'un ou l'autre des points avait fort bien pu céder, mais ce n'était pas le moment d'aller regarder et elle se concentra sur la route.

La neige, qu'elle avait toujours trouvée belle, n'eut pour une fois aucun effet sur elle. En lieu et place des flocons, elle croyait voir des cendres s'abattre sur son pare-brise, comme si le monde était en feu derrière l'écran formé par le blizzard. C'est tout juste si elle ne s'attendait pas à découvrir un paysage calciné lorsqu'il cesserait de neiger.

Sa survie dépendait de son intuition et de la qualité de son entraînement, mais elle y voyait aussi un cadeau du destin. À mesure que défilaient les kilomètres, la tristesse qui avait envahi son cœur refusait de s'en aller et l'empêchait d'accéder à la sérénité.

En désespoir de cause, elle se rabattit sur la musique et monta le volume afin de couvrir le crissement monotone des chaînes. Rubinstein au piano, Jascha Heifetz au violon, Gregor Piatigorsky au violoncelle interprétaient le *Trio pour piano en la mineur* de Tchaïkovski.

Elle ne sut jamais à quel moment les larmes avaient commencé à couler, ni quand elles se tarirent, mais la neige succéda progressivement à la cendre et elle sentit monter en elle un élan de gratitude, de grâce et d'espérance.

22

La nuit ne tomberait que dans une demi-heure, mais Travis comprit qu'il ne pouvait pas attendre davantage. Il était arrivé un malheur terrible.

Il n'était pas censé sortir de la maison, mais les règles n'avaient plus cours. Il devait réfléchir à la suite seul.

Il donna à manger aux chiens, les mit en laisse et les sortit. Duke et Queenie étaient de braves bêtes et elles ne cherchèrent pas à s'enfuir lorsqu'il lâcha les laisses pour ramasser leurs crottes. Il ferma et noua les sachets bleus avant de les déposer à l'entrée de la véranda, puis il ramassa les laisses et se dirigea avec les chiens vers la vieille grange qui n'était pas du tout en ruine, en dépit des apparences.

Il arriva à la porte devant laquelle s'était présenté oncle Gavin plus tôt dans la journée, quand tout allait encore bien.

Il ne prit pas la peine de tourner la poignée ou de toquer. Oncle Gavin lui avait expliqué qu'il y avait des caméras partout et que le cousin Cornell serait immédiatement averti de sa présence.

Peut-être le cousin Cornell dormait-il, ou alors il ne savait pas comment réagir car il ne se passa rien le temps d'une éternité. Et puis Travis entendit un grésillement et la porte s'ouvrit.

Il pénétra dans une petite pièce avec les chiens et le battant se referma automatiquement derrière eux.

L'autre porte, celle qui lui faisait face, ne s'ouvrit pas immédiatement et les chiens commencèrent à s'agiter.

Travis leva son visage vers la caméra et estima qu'il lui fallait s'expliquer.

— Il s'est passé quelque chose de grave.

Une ou deux minutes s'écoulèrent, et le battant intérieur s'ouvrit.

Il s'avança dans une vaste pièce remplie de livres et de fauteuils confortables. De nombreuses lampes dessinaient des cônes de lumière dans la pénombre.

Duke et Queenie, au comble de l'excitation, tirèrent sur leur laisse et échappèrent à Travis avant de visiter les lieux en reniflant.

Un individu de très grande taille, maigre comme un épouvantail, la peau nettement plus claire que celle d'oncle Gavin, l'observait, debout en pleine lumière à côté d'un fauteuil.

— Ce sont de très gros chiens. Veille à ce que tes gros chiens ne me tuent pas, s'il te plaît et merci.

23

La nuit ne tardera pas à tomber, mais Jergen et Dubose continuent de parcourir la vallée de Borrego sans très bien savoir ce qu'ils cherchent. Du moins est-ce le sentiment de Carter Jergen. Son collègue, sans doute persuadé de posséder un don de voyance, roule lentement en faisant signe de doubler aux automobilistes impatients. Il observe le paysage aride en plissant les yeux derrière ses lunettes noires, comme si Travis Hawk allait apparaître en tenue camouflage, armé jusqu'aux dents, au détour du refuge où il se tapit.

— Je ne vois pas à quoi ça sert de chercher cette Honda puisqu'elle est restée garée sur le parking du supermarché.

Dubose ne répond pas.

— Le type qui l'a rachetée autrefois a probablement changé de voiture.

Dubose continue de conduire en silence.

— À mon avis, on ferait mieux de fouiller dans le passé des Washington en cherchant à comprendre ce qui a pu les conduire dans ce coin paumé.

Dubose daigne enfin ouvrir la bouche.

— On fera ça ce soir, une fois le soleil couché.

— D'accord, mais que cherches-tu, au juste ?

Dubose n'a pas l'intention d'expliquer sa stratégie à Jergen.

Il ralentit en s'approchant d'une maisonnette bleue au crépi usé, surmontée d'un toit de tôle et entourée de vieux palmiers.

24

Pendant que Travis lui expliquait comment oncle Gavin et tante Jessie avait changé d'apparence avant de partir en ville et de ne pas revenir, l'étrange géant ne cessait de s'agiter. Il s'approcha d'un fauteuil sur lequel il fit mine de s'asseoir mais changea d'avis, en choisit un autre et se releva avant que ses fesses en ait touché l'assise.

Il arpentait la pièce en frottant ses énormes mains l'une contre l'autre, comme s'il les passait sous l'eau. Il finit par se couvrir le visage pour ne plus voir, oubliant qu'il lui aurait suffi de serrer les paupières, et faillit tomber en se prenant les pieds dans les pattes de l'un des sièges. L'instant suivant, il se cognait contre une table basse en faisant trembler la lampe qui y était posée.

L'histoire de Travis était pourtant simple, mais l'étrange bonhomme lui demanda à plusieurs reprises de la répéter, sans doute persuadé que le petit garçon en changerait petit à petit les détails, jusqu'à en modifier le cours et lui expliquer qu'il n'y avait aucune raison de s'inquiéter puisque Gavin et Jessie étaient rentrés depuis plusieurs heures.

Cornell Jasperson, enfin à bout de questions, se planta devant Travis et l'observa entre ses doigts écartés.

— Je ne sais pas quoi faire, dit-il après un silence.

— Moi non plus, reconnut Travis. Je ferais mieux d'en parler à ma mère.

Il s'aperçut en prononçant la phrase qu'il avait oublié de se munir du téléphone jetable sur lequel figurait le numéro de sa maman, sur un bout de papier scotché au dos de l'appareil.

— Il faut que je retourne dans la maison, décida-t-il.

25

Une allée de terre rongée par les mauvaises herbes mène à la maison bleue. Au-delà de celle-ci, on aperçoit une grange de bois brut aux murs de guingois. Un amas de planches pourries, de rouille et de toile goudronnée prêt à s'écrouler au premier pet de vache.

— Ça me rappelle la Virginie-Occidentale, remarque Dubose.

L'occasion est trop belle pour que Jergen la laisse passer.

— Pourquoi ? Tu as grandi dans une grange ?

— La maison en elle-même était un peu mieux que celle-ci, mais notre grange était dans un état encore plus piteux.

— Je vois mal comment c'est possible, s'étonne Jergen.

— C'est vrai qu'il fallait se donner du mal, mais elle était si délabrée que personne ne s'y aventurait, à moins d'avoir souscrit une bonne assurance vie. Jamais les autorités locales n'ont voulu y mettre les pieds alors que mon grand-père et mon père y fabriquaient du bourbon. Mon frère Carney a pris la suite en faisant pousser des plants de marijuana avec des lampes.

— Ton grand-père et ton père fabriquaient de l'alcool clandestin ?

— Ce n'était pas l'expression qu'ils employaient.

— Et ton frère vend de la beuh ?

— Il en fait pousser un peu, mais il fume l'essentiel de sa récolte. De toute façon, Carney est un connard de première, il est mort pour moi.

Jergen médite l'information.

— Quand tu dis qu'il est mort, je dois comprendre…

— Non, je ne l'ai pas tué, même si j'en ai souvent eu envie. Toujours est-il que la vie était cool à l'époque, même avec Carney dans les parages.

— On a tous un proche qu'on ne peut pas sentir, réplique Jergen sur un ton conciliant.

Cette page nostalgique tournée, Dubose lâche la pédale de frein et le VelociRaptor démarre lentement.

— Ils auront laissé le gamin dans leur planque le temps d'aller acheter des provisions. Il est donc quelque part dans le coin. Sa mère est forcément au courant, elle finira bien par venir le chercher.

26

— Ne me laisse pas tout seul avec ces gros chiens qui me font peur, dit M. Jasperson. S'il te plaît et merci.

— Ils ne te feront jamais le moindre mal, lui promit Travis. Je file jusqu'à la maison chercher le téléphone. Je reviens tout de suite.

— Seigneur ! Oh, mon Dieu !

— Tu verras, tout ira bien.

Duke et Queenie, allongés l'un contre l'autre, formaient à eux deux une boule de fourrure à peu près aussi effrayante qu'un tapis.

— Je me dépêche, insista Travis.

Il avança dans le vestibule, la porte de la grande pièce se referma derrière lui et il put ouvrir celle qui donnait sur l'extérieur.

Au bout de l'allée, un énorme pick-up noir monté sur six roues, tout droit sorti d'un film de la série *Star Wars*, s'éloignait lentement sur la petite route lorsqu'il émergea de la grange.

27

— ... quelque part dans le coin. Sa mère est forcément au courant, elle finira bien par venir le chercher, affirme Dubose en accélérant.

— On va lui tendre des pièges dans tous les coins, acquiesce Jergen.

– Ouais, mais je suis prêt à parier qu'elle ne tombera pas dedans. En attendant qu'elle rapplique, il faut absolument retrouver le gamin.

– Tu crois qu'elle acceptera de se rendre si elle apprend qu'il est entre nos mains ? Elle se doutera forcément qu'on va la tuer, ou qu'on lui implantera une nano-machine.

– Pour avoir longuement réfléchi à la nature des liens entre une mère et son enfant, dit Dubose sur un ton sentencieux, si elle ne se rend pas dans les six heures en apprenant qu'on tient le gosse, le mieux est encore d'abattre ce petit con. Tu tues son môme, c'est comme si tu tuais cette salope. Elle n'aura plus aucun jus après ça. Elle serait même capable de se suicider, ce qui nous éviterait de nous salir les mains.

Le soleil disparaît à l'horizon et les deux hommes continuent de rouler en silence. En son for intérieur, Jergen ne peut s'empêcher d'admirer la dureté de son collègue.

– Je pense que tu as raison au sujet du gamin. En revanche, il n'est pas question d'accorder un délai de six heures à la mère. Deux suffiront.

28

À l'époque de la ruée vers l'or, Placerville, qui avait poussé sur le flanc est du principal filon, portait le nom d'Old Dry Diggins. La ville était sans foi ni loi, au point que les autorités pendaient les délinquants deux par deux pour gagner du temps, ce qui avait valu au lieu d'être rebaptisé Hangtown, la Ville aux Pendus. Placerville s'était beaucoup assagi depuis, jusqu'à devenir une bourgade endormie.

Jane avait quitté la neige une trentaine de kilomètres plus tôt et s'était empressée de retirer ses chaînes en prenant de l'essence. Elle se mit en quête d'un motel anonyme, régla une nuitée en liquide et porta tous ses bagages dans sa chambre.

Elle commença par dissimuler l'attaché-case contenant 210 000 dollars sous une commode basse, puis elle se rendit dans le supermarché voisin où elle acheta deux sandwiches au rosbif avec du provolone et de la moutarde.

La vendeuse épaisse qui confectionna les sandwiches était observatrice.

— La journée a été longue, ma chérie ?

— J'ai connu mieux.

— Ça peut pas être un homme qui vous rend aussi malheureuse.

— Plus maintenant.

— Jolie comme vous l'êtes, c'est *vous* qui devez rendre les hommes malheureux.

— Ça m'est arrivé.

Elle termina ses emplettes en prenant une demi-bouteille de vodka Belvedere au rayon alcool.

Au motel, elle remplit un seau à la machine à glace et acheta deux cannettes de Coca Light au distributeur.

De retour dans sa chambre, elle retira la perruque d'Elizabeth Bennet et s'aperçut qu'elle avait perdu quelque part le faux piercing nasal qui complétait son déguisement. Aucune importance. Anabel l'avait vue dans cet accoutrement, elle avait peut-être même réalisé une capture d'écran, de sorte que Liz était cramée.

Elle se déshabilla et examina sa blessure au flanc gauche. Rien de grave, une mince croûte de sang s'était formée au moment où lâchait l'un des points de suture. La plaie cicatrisait convenablement et elle disposait d'antibiotiques en quantité suffisante.

Elle prit une douche brûlante, enfila une culotte propre et un t-shirt, puis elle se prépara une vodka-coca et s'allongea sur le lit avec ses sandwiches. Le premier avalé, elle se contenta de la viande et du fromage du second.

La chambre était équipée d'une télé, mais elle n'eut pas envie de l'allumer.

Un radio-réveil, boulonné à la table de nuit pour ne pas être volé, lui permit d'écumer la bande FM et de trouver une station proposant une rétrospective consacrée à Mariah Carey. La chanteuse à la voix acrobatique interpréta successivement *I Don't Wanna Cry* et *Emotions* avant d'enchaîner avec *Always Be My Baby*, *Love Takes Time*, *Hero* et plusieurs autres tubes.

Elle savait la musique capable de l'emporter au ciel comme de lui détruire l'âme, parfois les deux en l'espace d'une même chanson.

Rassérénée et rassasiée, elle se promit d'appeler Gavin et Jessie sur le téléphone jetable qu'elle leur avait laissé.

Elle vidait son deuxième verre de vodka lorsque son portable se mit en branle. Elle coupa la radio, saisit le téléphone et décrocha. Elle reconnut la voix de Travis à l'autre bout du fil.

— Maman ?

Elle comprit à ce mot qu'un drame était survenu. Depuis qu'elle s'était enfuie de Virginie avec son fils quelques mois plus tôt, il l'avait toujours appelée « m'man », à la façon des ados, car il avait deviné qu'il lui faudrait grandir vite. En outre, deux syllabes lui suffisaient lorsqu'il s'agissait de pénétrer la pensée son fils. Elle se redressa d'un bloc et se mit en position assise sur le bord du lit.

— Que se passe-t-il, mon chéri ?

– Oncle Gavin et tante Jessie sont partis faire des courses, mais ils ne sont jamais revenus.

29

La chambre du motel s'était métamorphosée en une cage que Jane arpentait sans raison, la poitrine serrée. La peur qui l'étreignait était une ronce sauvage, une angoisse démoniaque lui envahissait la tête…

Elle savait que Cornell Jasperson, le cousin de Gavin, était un génie excentrique persuadé de l'imminence de la fin du monde. Elle savait aussi qu'il n'était pas fou, au point de donner son accord pour que sa petite maison serve de refuge aux Washington le jour où surviendrait un problème, mais jamais elle n'avait imaginé qu'un tel jour puisse arriver.

Travis était provisoirement en sécurité à Borrego Springs. Très provisoirement. Deux jours, trois tout au plus.

À moins que Gavin et Jessie n'aient reçu un implant cérébral, auquel cas ils révéleraient tous leurs secrets. Mais c'était impossible. Jamais ils ne se seraient laissé capturer, sachant le sort qui les attendait.

Ils étaient donc morts. Son cœur se serra à cette pensée. Les médias se feraient l'écho de leur disparition le lendemain, conformément à une version mensongère concoctée par leurs assassins.

Elle ne pouvait s'empêcher de se sentir responsable de leur mort, pour les avoir embarqués dans une guerre qui était la sienne. Ils savaient quels risques ils encouraient, aucun doute là-dessus. Ils s'étaient associés à son combat, le combat de tous les amoureux de la liberté, de tous ceux qui avaient conscience de la nature implacable du mal. S'ils pouvaient lui parler à présent, depuis ce lieu mystérieux dont aucun être humain ne connaissait la réalité, ils la dédouaneraient de toute responsabilité, mais cela n'empêchait pas le chagrin de Jane de se teinter de culpabilité.

Elle se rhabilla, sortit dans la nuit et aspira l'air frais par bouffées, toute tremblante à l'idée de son impuissance. Le ciel restait aussi couvert qu'à son arrivée.

Un tonneau de vodka n'aurait pas suffi à l'aider à dormir.

Elle aurait voulu se trouver à Borrego Springs *sur-le-champ*. Elle savait pourtant que se précipiter à la rescousse de Travis était la pire des solutions. Elle mettrait des heures avant d'arriver sur place et offrirait une cible facile à ses ennemis car elle serait épuisée. Il lui fallait trouver le moyen de se rendre dans la vallée de Borrego incognito. Forte de son expérience lorsqu'elle pourchassait les tueurs en série et, plus encore, de celle acquise depuis qu'elle était recherchée, elle avait survécu parce qu'elle avait su garder son calme, contre vents et marées. La menace qui pesait directement sur elle à présent allait lui permettre de tester vraiment sa prudence comme sa force de caractère puisque de sa capacité à maîtriser ses émotions dépendait la vie de son fils, en plus de la sienne.

Elle avait pourtant envie de se rapprocher de Travis, ne fût-ce qu'un tout petit peu. Elle éprouvait aussi le besoin de contempler les étoiles.

Elle regagna sa chambre et enfila la perruque noire ébouriffée avant de se noircir les yeux et de se passer du bleu sur les lèvres. Ses adversaires savaient désormais à quoi elle ressemblait, mais ils ne connaissaient pas son nom et elle se transforma une dernière fois en Elizabeth Bennet.

Elle chargea ses bagages dans le 4x4, rendit à la réception la clé de sa chambre et prit la direction de Sacramento avant de bifurquer vers Stockton.

30

Sa fatigue, palpable, pesait sur sa nuque et ses épaules. Il y a toujours un moment où la volonté et la détermination ne suffisent plus à compenser l'accablement de la tête et des muscles. Elle était épuisée au point de voir trouble, courant le risque de mettre sa vie et celle des autres en danger si elle poursuivait sa route.

Elle approchait de Stockton, peu avant minuit, lorsque le ciel commença à se dégager. À mesure qu'elle filait vers le sud, les derniers nuages achevaient de se dissiper et elle sortit de l'Interstate 5 au niveau de Lathrop où elle comptait passer la nuit.

Elle se rangea sur le bas-côté peu avant d'arriver en vue de la petite ville, descendit du 4x4 et s'enfonça dans un pré. Une mer de soleils lointains flottait dans le noir absolu du ciel. Le soleil le plus proche, celui qui réchauffait la terre, n'apparaîtrait à l'horizon que bien des heures plus tard. En se levant, il ferait naître un monde de merveilles, un monde doté d'une foison de splendeurs naturelles auxquelles aucun cœur honnête n'aurait su résister, mû par la volonté de comprendre et de *savoir*. En pleine nuit comme au petit matin, la terre servait de refuge à des hommes et des femmes capables de composer de la musique, d'écrire de la poésie et des romans, de découvrir de nouveaux remèdes, de combattre les forces du mal, de travailler dur, d'élever des enfants, d'aimer et d'espérer.

L'escalier souterrain qu'elle avait visité quelques heures auparavant, avec ses grottes transformées en musée des horreurs, ne résumait pas la vérité du monde, contrairement à ce qu'affirmait Anabel. Sa vérité à elle était le leurre de ceux qui ne voyaient dans l'existence qu'une lutte pour le pouvoir. Ceux-là restaient aveugles à la beauté du monde, refusaient de découvrir un sens à la vie au-delà de leur propre existence, n'aspiraient qu'à dominer les autres en imposant leurs pensées et leurs croyances, prenaient un malin plaisir à écraser ceux qui rejetaient toute forme de soumission. S'il était inévitable que les progrès de la science leur offrent le pouvoir absolu dont ils rêvaient, il n'en fallait pas moins résister. Jane préférait être damnée que d'accepter un tel avenir pour son fils et pour elle. S'il lui fallait traverser une mer de sang et ne jamais échouer sur une rive amie, elle poursuivrait sa quête de liberté jusqu'à la mort. Et si ses ennemis s'entêtaient à vouloir transformer cette terre en machine infernale, elle leur ouvrirait les portes de l'Enfer.

Épuisée, elle remonta dans l'Explorer et se mit en quête d'une chambre. Elle avait besoin d'un oreiller où poser la tête et dormir, accablée par un mélange de fatigue, de chagrin, de grâce et de gratitude, tout en sachant déjà que les premiers rayons du soleil révéleraient aussi sûrement la beauté du monde que son horreur.

DU MÊME AUTEUR
(Suite)

Ne crains rien, Robert Laffont, 2000.
Seule Survivante, Robert Laffont, 1999 ; Pocket, 2001.
Chasse à mort, Albin Michel, 1988 ; J'ai Lu, 1999.
La Nuit du forain, Pocket, 1998.
Le Visage de la peur, Pocket, 1998 ; J'ai Lu, 2001.
Les Yeux des ténèbres, Pocket, 1998.
La Porte rouge, Plon, 1997 ; Fleuve noir, 2004.
Tic Tac, Pocket, 1997.
Prison de glace, Pocket, 1996.
Les Larmes du dragon, Plon, 1996 ; Pocket, 1998.
Lune froide, Pocket, 1995.
Mr Murder, Plon, 1995 ; Pocket, 1996.
La Cache du diable, Albin Michel, 1994 ; Fleuve noir, 2005.
Fièvre de glace, Albin Michel, 1993 ; Pocket, 1995.
La Maison interdite, Albin Michel, 1992 ; Fleuve noir, 2006.
Midnight, Albin Michel, 1991 ; J'ai Lu, 1994.
La Mort à la traîne, Pocket, 1990.
Le Masque de l'oubli, Pocket, 1989.
Les Étrangers, Albin Michel, 1988 ; J'ai Lu, 1991.
Les Yeux foudroyés, Albin Michel, 1988 ; J'ai Lu, 1990.
Le Rideau des ténèbres, J'ai Lu, 1986 ; Pocket, 1998.
Spectres, J'ai Lu, 1986.
La Nuit des cafards, Hachette, 1984 ; Pocket, 2000.
Miroirs de sang, Pocket, 1982 ; 1989.
La Peste grise, Pocket, 1979 ; 1989.
Le Monstre et l'Enfant, Pocket, 1978.
La Chair dans la fournaise, Opta, 1976.
La Semence du démon, Opta, 1974 ; Pocket, 1999.
Dans l'ombre des bois, Opta, 1970.

DU MÊME AUTEUR
AUX ÉDITIONS ARCHIPOCHE

DARK WEB

« Il faut que j'en finisse...
C'est urgent ! »

Tels sont les derniers mots d'un homme que la vie semblait avoir comblé... mais qui y a mis fin. Brutalement.

Jane Hawk, inspectrice du FBI, refuse de croire que son mari se soit donné la mort. Pour elle, il y a une autre raison. Sa conviction en sort renforcée lorsqu'elle apprend qu'une vague inexpliquée de suicides frappe le pays.

Quitte à se mettre à dos sa hiérarchie – qui souhaite étouffer l'affaire –, Jane veut des réponses, quel qu'en soit le prix... Or, son enquête dérange. Ses ennemis de l'ombre détiennent un secret si terrifiant qu'ils sont prêts à tout pour l'éliminer.

Mais, bien que seule contre tous, la fugitive la plus recherchée des États-Unis possède pour atouts son intelligence et sa froide détermination. La vengeance est comme l'amour : elle ne connaît aucune limite...

« Fort de son talent pour les scènes d'action,
Dean Koontz nous offre ici du grand spectacle...
Sans nul doute, son roman
le plus percutant depuis longtemps. »
Kirkus Reviews

ISBN 978-2-3773-5236-4 / H 11-8174-4 / 448 pages / 7,95 €

LA CHAMBRE DES MURMURES

Qu'a-t-il bien pu se passer dans l'esprit de Cora Gundersun, une enseignante appréciée de tous, pour qu'elle commette un attentat-suicide aussi effroyable ? Le contenu du journal intime de Cora corrobore l'hypothèse de la démence.
Lorsque de nouveaux cas surviennent, Jane Hawk, ancienne du FBI devenue la fugitive la plus recherchée des États-Unis, y voit un lien avec la mort de son mari, un marine qui s'est suicidé sans raison apparente.
Voici la jeune femme sur la piste d'une confrérie secrète dont les membres se croient au-dessus des lois. Une quête de justice à la mesure de sa soif de vengeance…

« Tout le talent de Dean Koontz est là :
il sait maintenir le suspense et concocter
une histoire digne des meilleurs thrillers hollywoodiens. »
Les Échos

« Magistralement scénarisé.
Vous serez scotché dès la première page ! »
Suspense Magazine

ISBN 978-2-37735-408-5 / 729159-20-02 / 8,95 €

LA NUIT DES CAFARDS

Depuis trente-cinq ans, Bruno Frye vit dans l'ombre de sa mère, qui lui inspire une sainte terreur. Morte depuis cinq ans, elle continue à lui murmurer à l'oreille… et lui intime de tuer. Sa prochaine victime est toute désignée : Hilary Thomas.
Peut-être parce qu'elle est scénariste à Hollywood, la police ne croit pas la jeune femme, qui se dit en grand danger. Hilary n'a alors d'autre choix que de se défendre elle-même lorsque Frye l'agresse de nouveau. Et, par accident, elle le tue.
Elle commence à peine à se remettre de cet horrible cauchemar que Bruno Frye réapparaît ! Pourtant, c'est bien connu, les morts ne ressuscitent pas…

Postface inédite de l'auteur

ISBN 978-2-37735-328-6 / 75-3290-7-1909 / 9,95 €

Cet ouvrage a été composé
par Atlant'Communication au Bernard (Vendée)

Impression réalisée par
CPI France
en janvier 2021
pour le compte des Éditions Archipoche

IMPRIM'VERT
Votre imprimeur agit pour l'environnement

Imprimé en France
N° d'édition : 666
N° d'impression : 3041511
Dépôt légal : février 2021